KB155278

Scarlet
스칼렛
www.bbulmedia.com

Scarlet
스칼렛

www.bbulmedia.com

모란꽃
향기를
품다

모란꽃 향기를 품다

1

류도향 장편소설

목차

서막

하늘은 탁한 구름에 싸여 서편에서부터 붉게 타오르고 있었다. 그 하늘을 향해 머리를 들이대는 까마귀 떼가 까악까악 불경한 울음소리를 내며 퍼덕거렸다. 늙은 까마귀의 시커먼 깃털 하나가 노을이 일렁이는 강물 위로 소리 없이 떨어졌다. 강물에 실려 가던 깃털은 강을 건너던 나룻배의 물살에 어디론가 휩쓸려 갔다.

나룻배에 몸을 실은 상인들은 노곤한 하루의 기억을 강물에 씻어 내며 돌아가 쉴 곳을 향해 눈을 떼지 못했다.

"자네들도 들었나?"

정적을 이기지 못한 누군가의 물음에 상인들은 널브러진 몸을 움직이지 않고 심드렁하게 되물었다.

"왜 또 누가 역모로 잡혀갔대?"

"아니. 그런 건 아니고. 황후마마 말이야."

"이 사람이. 무슨 얘기를 하려고 돌아가신 분을 입에 올려!"

"아, 글쎄. 들어 봐. 마마께서 승하하신 이유가 황후가 될 분이 따로 계셔서 그렇다질 않아……."

"그건 또 무슨 괴상망측한 소리래?"

사람들은 곧 그 괴상망측한 이야기에 깊이 빠져들었다. 어린 황후가 세상을 뜬 지 한 달도 채 되지 않았는데 측은지심은커녕 죽은 자를 모독하는 말이 서슴없이 나오고 있었다.

'구하국의 황후는 효씨 가문의 여식뿐이다.'

나룻배가 저쪽 강둑에 닿고 나면 이 같은 소문은 강물보다 더 빨리 흐를 것이다.

갓 약관에 들어선 팔대 황제 강위가 까마귀가 몰려드는 먼 산을 바라보고 서 있었다. 죽음이 뒤덮은 나라. 그것이 지금 자신의 구하국이었다.

"폐하. 너무 오래 계셨나이다."

"……."

중년의 내관 사모달은 나날이 말과 웃음을 잃어 가는 황제가 안타까워 더 보챌 수가 없었다. 게다가 지금 황제의 뒷모습에서는 범접할 수 없는 분노마저 느껴졌다. 절절 끓어오르는 쇳물마냥 언제 넘칠지 모르는 뜨거운 노기였다. 아니나 다를까, 황제는 꾸욱 억누른 음성으로 말했다.

"효씨 가문의 여식이 아니면 황후가 될 수 없다."

"폐하……."

"본래 소문이 빠른 것이냐? 아니면 나 모르게 소문이 먼저 나고 황후가 죽은 것이냐?"

"폐하. 부디……."

사모달은 말을 잇지 못했다. 부디 어쩌란 건가. 저 역시 말을 꺼내 놓고 보니 해결책이 없었기 때문이었다. 궁무(宮巫:나라의 무녀)가 효씨 가문을 언급한 것이 불과 하루 전이거늘 어찌 도성 안에 어린애들도 이 같은 사실을 알고 있단 말인가. 황제는 지금 그것이 의심스러운 것이리라. 아니 의심하고 분노하는 것이 당연했다.

"이대로 당하고만 있어야 하느냐?"

황제의 꽉 쥔 주먹이 하얗게 질려 갔다.

나라 안팎이 흉흉하기 이를 데 없고 한여름에도 살얼음 진 황궁에서 기댈 곳 없는 황제 강위가 의지하고 숨 쉴 곳은 몇 년이나 함께해 온 자신의 황후밖에 없었다. 어린 황제에게 그것은 남녀의 연정이 아니었다.

태자 시절부터 함께해 왔으니 누이 같은 여인이었다. 여인을 품을 때 마음도 함께 품어야 한다는 것을 모르던 때였다. 조금 더 시간이 있었다면 그녀와 연인이 될 수 있을지도 몰랐으리라. 그러나 시간은 기다려 주지 않았다. 유일한 안식처였던 황후께서 지난겨울 엄동설한 차가운 얼음 못에 발을 헛디뎌 빠져 죽고 말았으니.

'폐하, 고향에 다녀오고 싶습니다.'

강위는 그녀의 마지막 간청을 무심히 흘려버린 것을 후회했다. 뼈가 에이는 듯한 찬물 속에서 얼마나 추웠을지, 살아생전 따뜻한 품을 알았다면 덜 춥지 않았을까 안타까웠다. 가슴이 찢어질 만큼 괴롭지는 않았다. 다만, 왜 그녀가 그 시린 달밤에 얼음 같은 백석정 길을 홀로 걸어야 했을지, 그 마음을 헤아려 주지 못한 것이, 그녀를 지켜 주지 못한 것이 후회스러울 뿐이었다.

'아니. 제 발로 나간 것이 맞긴 한 것이오?'

궁무들의 참언. 그리고 이 같은 이야기가 널리 퍼져 나가는 괴이한 현상을 듣고 보니 꺼림칙했던 일들이 전부 의심이 갔다.

오늘 아침에 대신들이 한 목소리로 새 황후를, 그것도 효씨 가문의 여식을 황후로 들이라 했을 때만도 그저 황후의 죽음을 기회로 여기거니 했다.

"폐하. 이미 황후마마께서 승하하신 지 여러 달이 지났사옵니다. 후궁도 없으니, 어서 새로운 황후를 간택하여 정국을 안정시켜야 함이 옳은 줄 아옵니다."

"경들의 농이 참으로 재밌군. 황후가 없어서 이 나라의 정국이 혼란스러운 줄, 나는 이제야 알았네."

힘없는 황제의 빈정거림은 대신들의 심기를 불편하게 만들지조차 못했다. 그들은 황제의 심기 따위는 안중에도 없었기 때문이다.

"폐하. 신이 마침 좋은 자리를 알아 두었사옵니다. 얼마 전 세상을 뜬 문인 효문재의 여식이 어린 나이에도 미색도 뛰어나고 총명하기가 이루 말할 수 없다 하옵니다. 지금이라면 효씨 가문의 명성이 건재하고, 또한 외척의 득세를 걱정할 일도 없사오니 황후의 자리에 이만한 인물이 없지 않겠사옵니까? 어떠시온지요?"

강위는 승상 해일주의 번지르르한 말솜씨에 눈꼬리를 추켜올리며 비스듬히 앉았다.

"그런가? 얼마나 뛰어난 미색이기에 승상이 직접 내 혼사를 주선할 맘을 먹었을까?"

"궐 안에 소문이 자자해 멀리서 몰래 살펴보러 올 정도라니, 대단하지 않습니까. 게다가 어미 되는 연월부인이 엄히 가르쳐, 몸가짐이 바르고, 글도 일찍 깨우쳤다고 합니다. 가진 재주가 열 가지가 넘는다니, 황후가 되기 위해 태어난 여아가 아니고 뭐겠습니까."

해일주는 저를 괘씸하게 보는 황제의 반문에도 아랑곳 않고 준비해 온 말들을 쏟아 냈다.

"오호라. 그래서 나의 황후가 일찍 비명횡사하였나 보오. 황후의 자리에 어울리지 않는 여인이라? 내 그걸 몰랐네!"

"어찌 그런 말씀을 하시옵니까, 폐하. 승하하신 황후마마 역시는 안타깝기 그지없으나, 하늘이 내리신 명이 그러한 것을 너무 마음 아파하지 마옵소서."

"경들의 뜻은 잘 알았네. 그러나 나는 재주 많고 잘난 여인을 곁에 두기에는 모자람이 많으니, 경들은 방금 말한 효씨 가문의 딸 말고 다른 이를 간택해 올리시게. 그만 아니면 누구도 상관없으니! 아, 나는 외척이 필요하니 그것도 참고해 주게. 외로워서 말이지."

단단히 심사가 틀어진 황제는 황후의 간택을 신하들이 원하는 대로 호락호락해 줄 생각이 없었다. 어린 치기라 비웃어도 좋았다. 아무것도 할 수 없는 꼭두각시 황제가 제 반려를 구하는 일만큼은 힘을 행사할 수 있었으니 그것으로 만족하고 있었다.

'효씨 가문의 딸? 미색이 뛰어나? 아무리 경국지색이고 가진 재주가 천이 넘는다 해도 간신들이 권하는 계집의 속을 어찌 믿고 곁에 둔단 말인가!'

그녀만큼은 결코 후궁으로라도 들이지 않으리라, 단단히 결심을 굳혔었다.

헌데 한나절도 지나지 않아 온 나라 백성들이 이 일을 알고 있다니 황후의 어이없는 죽음을 그냥 사고라 여길 수가 없었다. 만약 황후가 시해되었다면 효씨 가문이 이를 사주했을 가능성이 가장 컸다. 그리고 효씨 가문의 딸이 황후가 되면 이득을 보는 자들이 이를 도왔을 것이다. 다만 그들 전부가 이 일에 직접적으로 개입을 했는지는 알 수 없었다.

'일단은 효씨 가문부터 지켜보아야겠다.'

도성에는 유명한 저택 한 채가 있었다. 뛰어난 학문과 시로써 그 재주를 떨친 효문재가 도성으로 입성하며 지은 저택이었다. 본가가 있던 동강의 빼어난 풍광을 잊지 않겠다며 연월장이라는 이름만큼이나 정취 있는 저택을 지었다. 그러나 효문재는 도성에 자리 잡은 지 채 두 해도 되기 전에 병으로 죽었고, 지금은 부인이 연월장의 주인이 되었다.

밤이 되면 연월장의 연못에 비친 달이 요사스러울 만큼 신비로운 분위기를 자아냈다. 그런데 오늘 밤, 그 아름다운 연못 한 켠의 정갈한 전각에서 쥐어짜는 듯한 듣기 괴로운 신음 소리가 흘러나오고 있었다.

올해 열다섯. 일 년 전 세상을 뜬 효문재의 어여쁜 두 딸 중 첫째 효난비. 그녀는 지금 어린 나이에 겪어선 안 될 끔찍한 고통과 싸우고 있었다.

"으헉. 꺽…… 끄으……켁켁……커윽."

목젖이 타들어 가고 오장육부가 배배 꼬이는 고통 속에서 바닥을 뒹굴던 난비는 부친이 돌아가시기 전부터 늘상 새겨 주시던 말씀을 떠올리고 있었다.

'난(鸞)은 봉황처럼 성스러운 새란다. 그 이름을 너에게 준 것은 네가 그만큼 귀한 아이이기 때문이니라. 잘 자라서 누구도 함부로 하지 못하는 자리까지 훨훨 비상하거라.'

난비는 이제 와 이룰 수 없는 꿈을 새겨 주고 가신 아버지가 원망스럽기만 했다.

'아버지……. 지켜 주시지 못할 바에야 왜 그런 당부를 하셨습니까. 이 모습이 보이십니까?'

바닥에서 꿈틀대며 꺽꺽 침 흘리는 제 모양이 벌레만도 못하니, 자긍심만 더욱 초라해지지 않았는가. 부친의 벅찬 당부는 비참한 이 몰골을 더욱 추잡스럽게 만들 뿐이었다.

'대체 그자는 누구이기에 날 죽이려고까지 한단 말인가!'

죽음이 목전에 와 있는데, 그것이 궁금하다.

조금 전 깊이 잠들어 있던 그녀는 괴한의 침입에 날벼락 같은 일을 당했다. 검은 복면의 사내가 우악스럽게 그녀 위에 올라타 꼼짝

못 하게 몸을 누른 것이다. 그것은 비몽사몽간에 일어난 악몽 같은 일이었다.

"헉! 누……!"

난비가 비명을 지르기도 전에 괴한은 그녀의 입을 틀어막고, 허리춤에서 호리병을 꺼냈다. 그리고는 억지로 난비의 입을 벌려 호리병 주둥이를 그녀의 입에 갖다 댔다.

"……!"

난비는 호리병 속에서 풍기는 진하고 독한 탕약 냄새에서 위기감을 느꼈다. 한밤중에 쳐들어온 괴한이 몸에 좋은 탕약을 먹일 리는 없으니 말이다!

"읍, 으읍!"

한껏 몸을 흔들고 반항하느라 탕약이 조금 쏟아져 그녀의 옷과 얼굴을 적셨다.

"헉, 이, 이러지 마세요."

"쯧!"

그러자 여태 아무 말 없던 괴한이 짜증난다는 투로 혀를 차고는 난비의 뺨을 인정사정없이 치기 시작했다.

"악! 으윽! 허억. 허억……."

모르는 사내가 제 몸에 올라타 손찌검을 하자, 두려움보다 수치감과 분노가 더 밀려왔다. 숨을 헐떡이며 뻗어 있는 난비의 입을 괴한이 다시 벌렸다. 난비는 기회를 놓치지 않고 그의 손가락을 있는 힘껏 깨물었다.

"끄윽!"

입 안에 역겨운 피 맛이 돌았지만 벗어나야 한다는 생각밖에 없었다. 난비는 그가 손을 움켜쥐고 아파하는 동안 재빨리 빠져나가려 했다. 그러나 좀 전보다 더 우악스러운 손아귀에 옷자락을 붙잡혀 질질 끌려오고 말았다.

"헉, 헉. 제발…… 이, 이러지 마세요."

겁에 질린 소녀의 울먹이는 목소리가 마음을 움직일 만도 하건만, 괴한은 더욱 거칠게 그녀를 눕혔다. 생각보다 난비의 반항이 심해서였을까? 괴한도 꽤 지쳤는지, 헐떡이는 숨소리가 점점 커지고 있었다.

"하아……. 하아……. 먼저 태어난 죄다."

괴한은 한껏 목소리를 낮추어 음산하게 말했다.

'먼저 태어난 죄?'

그는 난비를 혼란에 빠트려 놓은 채 기어이 호리병 주둥이를 그녀의 입에 들이대고 독물을 붓기 시작했다.

"껙! 꿀럭. 커억……."

쓴 독물은 난비의 의지와 상관없이 혀를 타고 목젖으로 꿀럭꿀럭 넘어갔다. 목은 타는 것처럼 화끈거리고, 뱃속은 진탕 쳤다. 토해 내려 안간힘을 써 보지만, 혀를 누르고 억지로 들이붓는 사내의 힘을 어찌 당해 내겠는가. 몸부림치며 저항하는 동안 코로 뿜어져 나오는 독물은 고통만 더해 주었다.

"큭! 끄으윽……어억."

괴한은 호리병을 모두 비우고 나서야 그녀를 놓아주었고, 경련을 일으키는 것까지 확인하고는 밖으로 나갔다.

홀로 침상 위에서 몸부림치던 난비는, 급기야 근육이 뒤틀리는 고통 속에서 바닥으로 떨어지고 말았다. 정신이 혼미해지자 그 사내가 어째서 저를 죽이려 했는지, 사내의 말은 무슨 의미였는지, 알고 싶지 않았다. 다만 괴로웠다.

쿨럭. 한 움큼의 피가 목구멍을 넘어왔다.

'괴롭습니다. 괴롭습니다. 아버지! 왜 저만 이리 두고 가셨단 말입니까!'

아버지께서 이 집에 건재하셨다면, 감히 누가 효씨 가문의 담을 넘으려 했겠는가? 여인들만 산다고 우습게 본 것이 분명했다.

'으윽……. 아버지. 빨리…… 저를 좀 데려가 주십시오.'

눈물 콧물을 쏟아 내며 어서 죽게 해 달라 빌었다. 간절히 숨이 끊어지기만을 기다렸지만 숨 막히는 고통은 저를 쉽게 놓아주지 않았다.

'난비야, 너는 이렇게 가선 안 된다. 살아야 한다. 꼭 살아야 해.'

'아버지……. 어떻게요? 어떻게 해야 제가 살 수 있습니까?'

아버지의 목소리가 환청처럼 들리던 그때 심한 갈증이 느껴졌다.

죽기 전에 물이라도 마시고 싶었을까. 난비는 온 힘을 다해 밖으로 기어 나갔다.

"무, 물……."

삐걱거리는 문을 열자, 밖의 시원한 공기가 땀에 젖은 그녀의 몸을 감쌌다. 맨땅에 몸을 끌다 가뜩이나 풀어진 옷자락이 찢어져 엉망이 되었다. 드러난 살이 돌에 긁혀 피가 나는데도 그녀는 전혀 의식하지 못한 채 눈앞의 연못으로 향했다. 마치 몸에 불이 붙기라도 한 것처럼 연못에 얼굴을 박고 정신없이 물을 들이켰다. 그리고는 뱃속에 가득찬 물을 시커먼 독극물과 함께 토해 냈다.

그러기를 여러 번. 자신은 이제 할 만큼 했다고 풀잎을 베고 드러누웠다. 고통은 여전했지만 이제는 뒤틀리는 팔다리를 어찌할 기력도 남지 않았다. 간헐적으로 부르르 떨며 무거운 눈꺼풀을 들어 올려 하늘을 응시했다. 이런 날마저도 달빛은 참으로 고왔다.

"어라? 스승님. 이것 좀 보십시오."

좀 전까지 들리던 아버지의 목소리와는 달랐다. 환청치곤 또렷하게 울리는 제 또래 사내아이의 목소리였다. 궁금했지만 돌아볼 수 없는 그때, 크고 작은 두 사람의 인영이 불쑥 달빛을 등지고 나타났다.

"쯧쯧쯧. 몹쓸!"

중년 사내의 기품 있는 목소리는 정감 있고 인상적이었다. 난비는 살려 달라 말하고 싶었지만 온몸을 관통하는 지독한 아픔 속에서 콜록거리며 눈을 감았다.

"살려 주실 겁니까?"

"인연이니 살려야지."

"이게 뭡니까! 도적질을 하러 와서 사람을 살리다니!"

"시끄럽다, 이놈아. 의적은 사람을 살리는 도둑임을 잊지 말라."

"허이구. 만날 허울 좋은 의적 타령이십니까? 도둑은 그냥 도둑놈입니다."

오늘 밤엔 도둑들도 이 집을 찾은 걸 보니, 이제 정말 효씨 가문은 끝인 것 같았다. 헌데 그 도적들이 저를 살려 준다니, 난비는 정신을 잃어 가는 와중에도 귀를 쫑긋 세웠다.

"성검아, 일이 끝나면 얘기 좀 하자꾸나."

"헉! 스승님. 일단 사람부터 살리고 봅시다. 제자는 망을 보겠습니다."

"쯧쯧쯧. 어린놈이 어찌 이리 능글맞을꼬."

"애기씨. 걱정 마. 우리 스승님이 금방 낫게 해 줄 테니까."

도움의 손길이 간절했던 난비는 머리를 쓰다듬어 주는 사내아이의 손길이 너무도 따뜻하게 느껴졌다. 그래서일까, 고통 속에서도 편안한 표정으로 눈을 감을 수 있었다.

새벽녘, 요란한 시비들의 비명 소리가 연월장을 발칵 뒤집어 놓았다. 시비들보다 먼저 잠에서 깨어난 연월부인은 그 소란에도 태연히 품위 있는 몸짓으로 차를 마시고 있었다. 은은한 다향이 꽤 만족스러웠는지 차를 머금은 입가에 옅은 미소가 번졌다. 그러나 벌컥 문을 열고 들어온 계집종의 외침에 그녀의 미소가 그늘 속으로 사라졌다.

"마님! 나, 나, 난비 아씨가 연못가에 쓰러져서……. 위, 위, 위독해 보이십니다!"

'위독?'

시비는 딱딱하게 굳은 부인의 얼굴이 안쓰러워 어쩔 줄을 몰랐다. 그리도 아끼신 첫째 따님이 아니신가. 처참한 몰골을 직접 보신다면 얼마나 참담해하실지, 차마 그 모습을 자세히 알려 드릴 수 없었다.

난비는 간신히 숨이 붙어 있었다 했다. 시비 아랑이 평소보다 일찍 연못가를 지나지 않았다면 죽었을지도 모른다 했다.

하지만 난비는 도둑들의 대화가 꿈이 아닌 것을 확신했기에 그들이 저를 살렸다고 믿고 있었다. 남의 집을 털러 온 도적들이 차마 살린 공을 떠들어 댈 수 없어 그냥 두고 갔으리라. 난비는 그들이 저를 살렸다는 이야기를 하는 것이 좋을지, 하지 않는 게 좋을지 고민했으나 곧 그럴 필요가 없다는 것을 알았다.

"아씨께서는 불행히도 목소리를 잃으셨습니다. 목이 너무 상하시어……."

'내가 이제 영원히 말을 못 한다고?'

의원의 말은 절망적이었다. 그러나 난비의 믿기지 않는 시련은 거기서 끝나지 않았다. 그녀가 겁간을 당하고 자결하려 했다는 해괴한 소문이 돌기 시작한 것이다. 부어터진 뺨과 흐트러지고 찢겨나간 옷매무새가 그런 오해를 가져올 만도 했고, 그런 목적이 아니고서야 어린 계집을 죽이겠다고 높은 담을 넘을 리도 없을 테니 말이다. 괴한을 잡았다면 모를까, 얼굴도, 이름도 모르는 그를 잡을 길이 없어 난비의 억울함 역시 쉬이 풀 수 없게 되었다.

"소문은 시간이 지나면 차차 없어질 게다. 너무 염려 말고 몸조리에나 신경 쓰거라."

난비는 어머니의 위로가 어쩐지 차갑게 느껴졌다. 어머니 역시 저를 믿지 못하고 계신 것이다. 동강의 명가 효씨 가문에 이런 추문이 들었으니 제가 얼마나 미우실까. 해명한다고 될 일도 아니며 시간이 지난다고 사라질 소문도 아니었다. 이제 평생 그 추잡한 소문을 안고 살아야 하는데, 목소리마저 잃었으니 살 이유가 없다 느껴졌다.

'차라리 죽었어야 했다.'

떠올리는 것조차 괴로운 그날 밤의 기억은 매일매일 악몽으로 그녀를 덮쳐 왔다. 식은땀에 젖어 간신히 잠에서 깨어나면 어둡고 싸늘한 공기에 몸을 떨었다. 어슴푸레한 새벽녘에 보이는 거라곤 꽉 막힌 시커먼 천장밖에 없었다. 차라리 그 시간에 깨어나 홀로 무릎을 감싸고 있으면 목소리를 잃은 불편함을 알지 못했다.

난비의 피폐해져 가는 마음과 달리 몸은 금세 회복되어 갔다. 거동에 무리가 없을 만큼 되었을 때, 어머니의 부름으로 여동생 금비의 새 글 선생 은호란 자를 소개받았다. 유건과 도포가 잘 어울리는 말끔하고 잘생긴 선비였다.

"네 이름이 난비라고 들었다."

중년 서생과 인사를 나누던 난비는 전율을 느꼈다. 그날 밤 저를 살리겠다던 도적과 글 선생의 목소리가 같았기 때문이었다. 함께 있던 소년은 어디에 두었는지 보이지 않았지만, 깊은 울림이 있던 목소리는 분명 같은 사람의 것이었다.

다 알고 있다는 듯 중년 서생은 놀란 난비를 향해 미소를 보냈다. 그제야 허둥지둥 난비는 허리를 숙이며 저를 살려 주신 것에 깊은 예를 표했다.

"난새의 울음은 오음을 갖추었고, 조화롭고, 사랑스러운 소리라 전해진다. 난새가 목소리를 잃었으나 더 찬란한 음을 갖게 해 주마. 고귀한 음으로 누구보다 아름답게 노래하거라."

은호의 당부를 들은 난비가 커다란 눈을 더 동그랗게 떴다. 아버지와 비슷한 말씀을 하시니, 부친을 다시 만난 것 같았기 때문이었다. 게다가 그가 가르쳐 주겠다는 찬란한 음이 무엇일지, 난비의 눈에 희망과 설렘의 빛이 감돌았다.

난비는 선뜻 고개를 끄덕이며 그를 스승으로 받아들였다. 생명의 은인이자 스승인 은호가 의적이란 것이 그녀에게는 조금도 문제가 되지 않았다. 오히려 그의 위험한 비밀을 혼자만 알고 있다는 사실이 난비의 가슴을 두근거리게 했을 뿐이다.

다음 날 아침, 난비는 오랜만에 창을 열어 새로운 날을 맞이했다. 먼지처럼 뿌옇게 스며드는 햇살에 눈을 찡그리긴 했지만 표정은 밝아 보였다.

바깥은 국장을 치른 지 얼마나 됐다고 두 번째 황후의 입성에 떠들썩했다. 첫 번째 황후를 잃은 슬픔이 고작 반년도 이어지지 못한 것이다. 기쁨으로 넘실대는 민심이 씁쓸했지만 음악만은 듣기 좋았다. 나팔 소리, 북소리, 대금 소리가 서로 뽐내며 힘차게 멋을 내고 날아다녔다.

소리에 귀를 기울여 본 것이 얼마만인가. 흥이 난 난비는 저도 저 소리들에 어울려 노닐고 싶어졌다. 얼른 몸을 돌려 스승이 어제 쥐여 주신 소금을 꺼내 보았다. 아직 소리도 낼 줄 모르는 소금을 들고 푸, 푸, 불며 운지법도 모르는 주제에 손가락을 움직여 흉내를 냈다. 한참을 그렇게 불어 댔더니 바람 빠진 소리에 뾰족한 음이 실리기 시작했다. 그 변화에 이끌려 뾰족한 소리를 부풀리고 달래는 데 집중했다. 어루만져도 보고, 구슬려도 보고, 동글동글 빚어 세게 때려도 보았다.

오죽으로 만든 흑색 소금의 관이 난비의 입김에 한참을 그렇게 두드려 맞다가 어느 순간 퉁 하고 공처럼 튕겨 올랐다.

'아!'

소금의 공명 소리에 난비는 더할 나위 없이 기뺐다. 스승님이 아직 가르쳐 주지 않으셨는데, 벌써 소리를 찾아낸 것이다. 저 혼자 제 머리를 쓰다듬으며 기특해했다. 누가 본다면 우스꽝스러운 모습일 테지만, 아버지의 손길이 그리워 제가 만든 버릇이었다.

난비가 처음으로 낸 소금의 음은 중구난방으로 튀고 솟구치며 불안정했지만 그녀에겐 모두가 귀엽고 사랑스러웠다. 어쨌거나 앞으로 그녀의 목소리를 대신 해 줄 난새의 오음이 아닌가.

01.

진혼곡에 춤추는 사람들

아홉 개의 강이 대지를 살찌우는 풍요의 나라 구하국에는 그 강의 정기가 깃들었다는 아홉 개의 명가가 있었다. 그러나 각 분야에 특출한 인재를 배출해 내던 명가들이 차츰 후진을 양성해 내지 못하자 명성은 옛말이 되었다. 그나마 효씨 가문의 효문재가 문인으로서 이름을 떨쳐 간신히 명가의 자존심을 지켜왔었다. 허나 그 역시 몇 년 전 세상을 뜨지 않았던가. 효문재의 죽음은 너무나 조용히 세월에 묻혀 갔다.

　그도 그럴 것이 몇 년 전 칠대 황제가 승하한 이후 구하국은 피의 나날이 이어져 왔다. 성문 밖에는 어린 황제의 곁을 지키던 충신들의 목이 내걸렸다. 오랜 가뭄과 절망으로 인심은 바짝 메말라, 억울한 시신을 쪼아 대는 까마귀를 탓하지 않았다. 어디 그뿐인가. 황후마저 석연찮은 죽음을 맞이했으니 스러져 가는 명가의 후손이 어찌 죽었는가는 그리 이목을 끌지 못했다.

그러나 모두가 끝났다고 말한 효씨 가문은 몇 년 후 도성에서 가장 유명한 가문으로 자리 잡게 되었다.

❀

연월장에는 달이 지는 연못만큼이나 유명한 새가 있었다. 황금처럼 빛나고 고귀한 아름다움을 뿜어낸다는 효씨 가문의 둘째 딸, 열여덟 살의 금비가 바로 그 소문의 주인공이었다. 그러나 그녀는 밖에 나다닐 때도 좀처럼 얼굴을 드러내는 일이 없었는데, 몇 년 전부터 황후가 될지도 모른다는 소문이 공공연히 돌고 있었기 때문이다. 게다가 연월장 안주인 연월부인의 결벽증에 가까운 엄한 성정 탓에, 몰래 그녀를 훔쳐보다 몰매를 맞고 쫓겨 간 이들이 하나둘이 아니었다.

모든 이들의 관심 속에서 귀하게 자라난 금비는 소문대로 황후가 될 날을 손꼽아 기다리며 새장 속에서 고이 길러지고 있었다. 사실 그녀가 황후가 되려면 세 번째 황후가 죽어야 가능하지만, 사람들은 지금의 황후가 곧 죽을 것을 의심치 않았다.

황제가 효씨 가문의 딸과 혼례를 올려야 죽은 황후들의 원혼을 달래 주고 비로소 세상의 이치가 맞아 돌아갈 것이라는 무녀들의 참언(讖言) 때문이었다. 인심이 흉흉한 때라 별의별 예언들이 나돌았으나, 궁무(宮巫:궁중 무녀)의 참언은 가벼이 넘길 게 아니었다. 그것이 아니면 황후들의 연이은 죽음을 무엇으로 설명해 줄 수 있겠는가. 잔인한 백성들은 황후가 언제 죽을 지를 점치며 내기 돈까지 걸고 있는 실정이었다. 소름 끼치는 일이었지만, 말하기 좋아하는 사람들은 그것이 누군가의 모략이라 여기지 않고 귀신의 짓이다, 혹은 황제가 저주를 받아 그렇다는 이야기들을 입에 올리고 다녔다. 두 명의 황후를 속절없이 잃은 황제는 참언을 믿는 백성들의 어리석음을 나무랄 수 없었다. 황권은 바닥으로 떨어졌고, 미신에라도 기대지 않으면 백성들은 절망에 빠질 뿐일 테니 말이다.

소문의 중심인 연월장의 금비 아씨는 나긋나긋하고 호리호리한 몸매를 뽐내며 후원을 거닐다가, 규칙적으로 들려오는 타작음을 감상하며 기분 좋은 콧노래를 흥얼거렸다. 그녀는 소리에 점점 다가가다 그 근원지인 어머니의 전각 앞에서 걸음을 멈췄다. 화려한 아름다움을 뽐내는 금비의 얼굴에 소문과 달리, 사악한 미소가 번졌다.

획, 짝.

"흡."

연월부인의 발밑에 꿇어앉은 난비는 꽉 다문 입술을 씰룩거리면서도 손으로 떨어지는 회초리를 피하지 않았다. 피가 나지 않는 것이 신기할 정도로 연월부인이 휘두르는 회초리는 매서워 보였다. 그러나 때리는 연월부인뿐만 아니라, 지켜보는 시비들의 눈에서조차 일말의 안타까움이 비치지 않았다.

그녀들이 그런 눈으로 보는 이유는 난비가 매를 맞는 일이 비일비재했고, 또 맞을 만하다 여겼기 때문이었다. 시비들이 보기에 어릴 때부터 착하고 얌전했던 금비 아씨에 비해 난비 아씨는 항상 제 멋대로였다. 주인 나리의 살아생전에 너무 귀염을 받고 자란 탓인지도 몰랐다. 나리가 돌아가시고 그 몹쓸 일까지 당하고 난 뒤 난비 아씨는 집안의 애물단지가 되었다.

말도 못 하는데 추문까지 도는 여인을 누가 데려가겠는가. 억울하고 분한 마음, 같은 여인으로서 이해 못 할 것도 아니지만, 아씨의 행동은 과했고 좀처럼 나아지질 않았다. 조신하게 집 안에 머물러도 소문이 가라앉을까 말까 한데, 마님의 명을 어기고 제멋대로 굴기 일쑤니 말이다. 몰래 집 밖에 나가 산을 타다 크게 다쳐 오질 않나, 집안의 재물을 훔쳐 달아나질 않나. 행여나 이런 일들이 밖으로 새어 나갈까 봐 마님이 늘 노심초사 아랫것들을 단속했는데, 그 때문에 피곤해진 시비들의 눈매가 어찌 곱겠는가.

휙, 짝.

"흡."

난비는 회초리가 손바닥을 할퀴고 갈 때마다 아픔을 이겨 내느라 온 힘을 다했다. 그러지 않으면 저를 둘러싼 시비들의 냉담한 눈빛을 보게 되는 게 싫었다. 난비는 어머니의 구박, 금비의 괴롭힘, 시비들의 냉대를 묵묵히 받아들이고 있었다. 잘못했다 여겨서가 아니라, 억울한 마음을 표현할 길도, 해명할 방법도 없었기 때문이다. 어머니는 마치 그녀가 집안의 치부라도 되는 양 그녀의 존재 자체를 감추고 싶어 하셨다.

이는 동생 금비도 마찬가지였다. 나날이 태양처럼 아름다워지는 금비가 사람들에게 칭송받을 때마다 어둠 속에 갇힌 자신의 처지가 더욱 비참하게 느껴졌다. 동생에게 질투나 느끼는 모난 마음을 탓하며 금비와 잘 지내보려고도 해 보았다. 하지만 금비는 걸핏하면 말 못 하는 허물을 비꼬아 대며 약을 올렸다. 거기까지는 철없는 동생의 장난이겠거니 넘어갈 수 있었다. 그런데 자신이 그저 웃기만 하는 것이 못마땅했는지, 요새는 제게 누명까지 씌우며 괴롭히고 있었다. 그 덕에 억울하게 매를 맞고 광에 갇히는 일이 한두 번이 아니었다. 제가 견디기 괴로운 것도 괴로운 거지만, 이렇게 효씨 가문을 어지럽히고 누가 될 바에야 어디론가 사라져 주는 것이 낫지 않을까 싶었다. 어떤 날은 죽으려 한 날도 있었고, 또 어떤 날은 정처 없이 집을 나온 날도 있었다. 하지만 그때마다 은호 선생이 귀신같이 찾아내 집으로 끌고 왔다.

"난비야. 아직은 때가 아니니 조금 더 기다리거라. 난새가 날기에 바람이 좋지 않다."

그런 뜬구름 잡는 말씀으로 저를 붙잡아 오는 선생이 원망스러울 때도 많았지만, 이제 매를 맞는 일도, 광에 갇히는 일도 그럭저럭 넘길 만큼 담담해졌다.

타악.

"으윽……."

회초리가 부러졌는데도 부인은 성에 안 찬다는 듯이 난비를 매섭게 노려보고 있었다.

"언제까지 어미 속을 이리 썩일 셈이냐. 금비의 장신구가 탐이 나거든 어미에게 말을 했어야지, 어찌 동생의 것을 훔칠 생각을 할 수 있어? 조신하게 있어도 어찌 될지 모르는 판국에! 네 처지를 몰라 이러느냐, 철이 없어 이러느냐! 정녕 니가 손버릇까지 고약한 벙어리 계집이라 손가락질을 받아 보아야 정신을 차리겠느냐 이 말이다!"

난비는 아직도 손바닥을 치켜 올리고 발가락을 꼼지락대며 아파하고 있었지만 어머니의 매정한 꾸짖음은 한 귀로 듣고 한 귀로 흘려버렸다. 들어 봐야 억울한 마음만 들고 어차피 따지고 싶어도 말할 수가 없으니, 안 듣는 게 속이 편했다. 그래도 매를 맞는 것은 어쨌거나 싫은 일이어서 금비만큼은 한 대 때려 주고 싶을 만큼 화가 나 있었다.

대체 자신이 어딜 나갈 일이 있다고 금비의 노리개를 탐낸단 말인가. 그게 어떻게 함 속에 들어 있었는지 제가 더 궁금했다. 아무리 조심해도 금비의 물건이 자꾸 제 방에 있으니 누가 한 일인진 몰라도 참 대단한 재주였다. 어차피 이리될 거 차라리 정말 훔치기라도 해 봤으면 좋으련만, 금비의 방은 무사들까지 지키고 있어 감히 들어갈 수가 없었다.

"어째서 반성의 기색이 없어! 더 혼이 나 볼 테냐!"

연월부인의 호통에 난비가 움찔거리며 고개를 더 숙였다. 그제야 조금 분이 풀린 부인은 다리를 꼬고 앉아 난비의 머리꼭지를 내려다보았다.

그 처량한 모습을 보고 있자니 몇 년 전 동강 시절, 효문재를 찾아 피접 오신 선황의 말씀이 떠올랐다.

'난새가 봉황임을 잊지 말게. 내가 믿을 이는 친우밖에 없으니……'

먼 동강까지 병든 몸을 이끌고 찾아온 선황은 버젓이 태자비가 있는데도 난비를 다음 대의 황후로 점찍어 두고 있었다. 그러나 지금 제 앞에 꿇어앉은 난비는 결코 황후가 될 수 없는 몸이 되고 말았다.

'저 벙어리 년을 어딘가 시집이라도 보내야 할 터인데!'

연월부인의 호통 소리가 잦아들자 연월장을 떠났던 참새들이 다시 날아들었다. 나뭇가지에 앉은 새들이 날개를 털어 대며 햇살을 즐기는 동안 난비가 조용히 문을 열고 터덜터덜 밖으로 나왔다.

난비는 부어터진 손을 슬며시 말아 쥐며 소맷자락에 숨겼다. 아프기도 하고 부끄럽기도 해서 아무하고도 되도록 마주치고 싶지 않았다. 서둘러 연월호 근처에 있는 자신의 처소로 걸어가는데, 연못가에 스승의 모습이 보였다.

'스승님!'

아무나가 아닌 사람. 언제 봐도 반가운 분. 5년 전 그날부터 한결같으신 스승님. 난비는 방금 매를 맞은 것도 잊고 붉은 생채기 자국이 난 손을 활짝 펼쳐 흔들었다.

은호는 선명하게 보이는 손바닥의 상처에 눈썹을 찡그리면서도 입술엔 미소를 머금었다. 한걸음에 달려오는 난비의 웃음이 어찌나 맑고 예쁜던지 아버지뻘 되는 은호의 가슴이 두근거릴 지경이었다.

"혼기 꽉 찬 처자가 아직도 아이처럼 웃으니 큰일이 아니냐."

난비는 스승의 농에 입을 삐쭉거리면서도 눈웃음은 거두지 않았다.

"오늘은 어디서 수업을 하면 좋을까…… 바깥 구경이라도 해

볼 테냐?"

눈이 번쩍 뜨이는 제안이었다. 난비의 얼굴이 활짝 피어났다.

얼마나 오랫동안 담 안에 갇혀 지냈는지 모른다. 어머니는 제가 밖을 나돌아 다니는 것을 질색했으나, 은호 선생의 부탁으로 가끔은 천민의 옷을 입고 나갈 수 있게 해 주었다. 사람들이 연월장의 첫째 딸 난비임을 절대로 모르도록 말이다.

소금을 챙겨 든 난비는 은호 선생의 뒤를 따라 황급히 밖으로 나갔다.

오늘따라 시전이 북새통이다 했더니, 구하국의 가을 명절인 추경절(秋慶節)이 얼마 남지 않았다. 유기전에서는 극성맞은 아낙이 이것저것 두들겨서 놋그릇이 쨍쨍 울음을 터트렸고, 한쪽에서는 개장수가 기를 쓰고 뻗대는 개와 진땀을 빼며 실랑이 중이었다. 더 가다 보니 맛깔스런 엿장수의 장단 앞에 우르르 몰려든 아이들의 엽전 던지는 소리가 경쾌했다.

낑낑, 쨍쨍. 낑낑. 채각채칵. 낑낑. 쨍쨍. 낑낑. 찰랑찰랑.

사람들이 저마다 살아 있는 소리를 내는 것이, 바람 소리밖에 없는 심심한 연월장과 이토록 달랐다. 정신없는 소리의 향연에 푹 빠져 있던 난비는 시전으로부터 벗어나는 스승의 걸음을 안타까워하면서도 불평 한 마디 없이 뒤따랐다.

마을을 나서고도 한참을 걸어간 두 사람은 한적한 야산에 들어섰다. 까마귀가 날아오르는 숲은 평범한 산처럼 보이진 않았지만 두 사람의 걸음은 유유자적했다.

은호가 걸음을 멈춘 야산의 구릉에는 목이 없는 시신들이 나뒹굴고 있었다. 난비는 눈을 꼭 감고 바위 위에 앉았다. 은호는 등에 멘 긴 봇짐에서 삽을 꺼내더니 땅을 파기 시작했다. 건조한 땅이라 속을 파내기가 쉽지 않을 텐데도 삽질이 어울리지 않게 능숙했다. 그러는 동안 난비는 소금을 꺼냈다. 손을 엇갈리게 해서 구멍 여섯 개를 막는 것이 수저를 잡는 것보다 자연스러웠다. 퉁퉁 부어오른 손으로도 거칠 것 없이 소금을 잡았으니 말이다. 빛깔이 검은 오죽 소금은 난비의 손때가 묻은 덕에 반지르르한 윤기가 났다.

투웅…….

난비는 첫 음을 낼 때가 가장 떨렸다. 오랜 시간 불어온 소금인데도 같은 곡명의 처음 소리가 늘 미묘하게 달랐다. 그리고 오늘은 한층 더 낮으면서도 울리는 음으로 시작했다.

투웅……투우우…….

선율은 흡사 사람들의 흐느낌처럼 나직하게 끊이지 않고 바람을 탔다. 은호가 만든 진혼곡이었다. 딱히 진혼곡이라 할 만큼 장엄한 곡은 아니었으나, 혼을 위로하는 데 귀천이 어디 있냐며 투박하고 솔직한 가락으로 만든 백성들의 진혼곡이었다. 곡조가 자유로워 그때그때 난비의 기분에 따라 조금씩 가락이 달라지곤 했으나, 곡에 담긴 뜻만은 한결같았다.

사공이 노를 저으면 바람이 배를 밀었다.
까마귀 검은 날갯짓, 까아악 처량한 울음.

천 리 길 넘어가서도 쟁쟁히 쪼아 대건만,

무정한 사공의 쪽배 적막한 강물만 따라.

저마다 뽐내던 꽃들 강둑에 휘청거릴 때
까마귀 검은 깃털도 비처럼 흐드러진다.

풀피리 불던 엊저녁 다 함께 노닐었건만
서늘한 강바람 속에 노을빛 그림자 앉네.

훠어이 어서 가거라, 한 번도 질긴 인연에
좋은 날 한때뿐이니 봄날을 그리지 마라.

진달래 손짓하거든, 종달새 유혹하거든
아서라, 이 풍진 세상 다 잊고 바람 주련다.

스승이 지어 준 노랫말이 난비의 마음을 울리고, 소금을 울렸다.
때론 숨이 멎을 만큼 낮게 흐느끼다가, 어느 순간 벅찬 슬픔이 터
져 나와 울부짖었다. 애달픈 가락이 바람도, 새도, 풀벌레도 잠재웠
는지 혼을 어루만지는 소금 소리에 산은 슬픔에 잠겼다. 나고 자라
죽기까지 한만 남긴 세상, 훌훌 털고 어깨춤 들썩이며 가시기를 난
비는 진심으로 바라며 노래했다.

꽤 오랜 시간이 흘렀다. 은호가 시신들을 모두 묻어 주자 쉼 없
이 반복하던 난비의 연주도 끝이 났다. 할 일을 끝낸 두 사람은 후
련한 얼굴로 산을 내려갔다.

그들의 모습이 완전히 사라진 후였다. 쥐 죽은 듯 조용한 숲 속에서 갑자기 풀들이 크게 흔들렸다. 수풀을 헤치고 여태 숨어 있던 세 명의 사내가 나타났다. 세 사람 모두 아직 젊었으나 풍기는 기도는 예사롭지 않았다. 그중 가운데에 서 있던 황제 강위는 평복을 하고 있는데도 범상치 않은 분위기를 풍기고 있었고, 그의 왼편에는 황제의 직속 호위를 맡은 무위비사(武衛祕士) 적운이 한 치의 흐트러짐 없이 서 있었다.

내관 사모달은 산길을 뚫어지게 바라보시는 황상의 깊은 눈매를 힐끗 살피곤 입을 열었다.

"보잘것없는 곡을 저 계집이 참으로 훌륭하게 연주를 하였사옵니다. 아니 그렇사옵니까?"

"……."

강위는 대답하지 않았다. 아직도 손이 떨릴 정도로 여운이 남는 연주였다. 궁중의 화려하고 웅장한 음이 아니라는 이유로 보잘것없다 치부할 수 있는 곡이 아니었으며, 절절하게 토해 내는 연주는 훌륭하다는 말로는 부족했다.

"폐하. 저 여인이 마음에 드시는지요?"

여인의 연주가 황상의 마음을 잡았노라 여긴 사모달은 계집을 여인으로 고쳐 부르며 그의 눈치를 살폈다. 제가 듣기에도 눈물이 찔끔 날 만큼 애절한 진혼곡이었다. 비록 뒤태만 보았지만, 그 정도 재주라면 세상을 떠돌기에는 아까운 여인이었다.

"알아보거라."

마침내 황상의 대답이 들리자 사모달은 신이 났다. 오랜만에 제가 황상의 마음을 맞춘 것이다.

"복색이 천한 것을 보니, 악공인가 봅니다."

"여인 말고, 삽질하던 선비 말이다."

"예?"

"낯이 익다. 알아보거라."

황제가 걸음을 재촉해 산을 내려가자 여태 한 마디도 없이 서 있던 무위비사 적운이 앞장서 걸었다.

사모달 역시 허둥지둥 뒤를 따랐으나 방금 전 황상의 명은 가슴 깊이 새겨 두었다. 황상은 길게 말하는 일도, 필요 없는 것을 거론하는 일도 없었다. 황제를 대신해 죽을 수도 있다는 유일한 심복 사모달은 생전 일을 시키는 법이 없는 황제의 명에 저도 모르게 주먹을 불끈 쥐었다. 그러다 갑자기 걸음을 멈춘 황제의 등에 코를 박고는 황망해서 어쩔 줄을 몰라 했다.

강위는 잠깐 걸음을 멈추고 뒤를 돌아보았다. 초라한 행색의 여인이 앉아 있던 바위에 눈이 머물렀다. 얼굴도 보지 못한 여인의 모습이 선명하게 투영되더니 소금 소리가 생생하게 다시 들렸다.

'내가 버린 백성들을 다른 백성이 위로하는구나.'

먹을 것이 없어 도적이 된 사연 많은 백성들의 시체가 온 나라를 덮어 갔다. 썩어 가는 육신의 향기가 발목을 붙잡기 전에, 귀신이 붙었다는 저주받은 황궁으로 돌아가야 했다.

황제 일행까지 사라지고 나자 스산한 바람이 이름 없는 무덤가에 불어왔다.

산길을 내려가던 난비는 흙이 묻은 스승의 손을 잡아 주었다. 말씀은 안 하시지만, 시신을 묻고 오는 날이면 스승의 어깨가 한없이 무거워 보였다.

따뜻한 손길을 느낀 은호가 그녀를 돌아보며 다정한 미소를 지었다. 이 아이를 다시 보게 되었을 때는 막연한 운명의 이끌림이라고 생각했으나, 아니었다. 이는 필연이었다. 외로움이 무엇인지도 모르고 지내던 자신에게 사람의 정을 나눠 준 아이였다.

선황의 치세가 자신이 그리던 것과 달라 오랜 벗이자 주군이었던 그를 떠났었다. 선황이 승하하신 이후에도 혼란스러운 정국을 돌아보지 않고 우연히 만난 도적떼들을 이끌고 깊은 산속에서 숨어 지냈다. 남은 벗 하나가 도성에 입성했을 때도 찾지 않았건만, 그마저도 죽었다는 소식을 들었다. 문득 그립고 안타까운 마음이 들어 그 아이라도 볼 겸 벗의 곳간을 털러 갔다가, 운명이 자신을 이끌었음을 알게 되었던 것이다.

며칠 후 은호는 밝은 날 홀로 연월장을 다시 찾았다.

"알아보니, 장안에 소문이 자자한 글 선생이던데, 어찌 우리 금비를 가르칠 생각을 하셨는지요?"

"효씨 가문이라면 명가가 아닙니까. 명가의 대가 끊겼다, 사람들이 안타까워하나 그것은 모르는 말들일 뿐입니다. 문인의 자손에 남녀의 구분이 어디 있으며, 둘째 따님의 용모가 매우 출중하고 총명하기도 이를 데 없다 하니, 가르치는 기쁨이 어찌 크지 않겠습니까. 분명 앞으로 크게 되실 분입니다."

"후훗. 내가 많은 글 선생을 보았지만, 선생처럼 학식과 인품이 빼어나고 안목 또한 탁월한 분을 뵌 적이 없습니다. 사용하고 싶은 전각에 자유롭게 기거해도 좋으니 잘 좀 가르쳐 주시지요."

"여부가 있겠습니까. 헌데, 집안이 어수선해 보입니다. 무슨……
좋지 않은 일이라도 있습니까?"

"하아. 부끄러운 일이나, 앞으로 저희 집의 식구가 되실 분께 무얼 감추겠습니까? 제게 금비 말고 첫째 난비라는 아이가 있사온데, 얼마 전 괴한이 집에 침입해 죽다 살아났답니다."

"저런!"

"다행히 천운으로 생명은 건졌으나, 목을 크게 다쳐 말을 할 수 없을지도 모른다니, 근심이 이만저만이 아니랍니다."

"하아……. 안타까운 일입니다. 허면 제가 첫째 따님도 잘 가르쳐 보겠습니다."

"네? 글을 말입니까? 그렇게까지 해 주실 필요는……."

"목소리를 잃었으니 그 어린 나이에 답답함이 오죽하겠습니까. 참으로 가여운 일입니다. 지금은 글보다 마음을 다스리는 일이 더욱 중한 듯하니, 악기를 가르쳐 보는 것은 어떻겠습니까? 제가 음을 조금 다룰 줄 압니다."

귀찮은 내색을 감춘 연월부인이 알아서 하라는 듯 허락했다. 금비의 공부에 방해가 되지 않는다면 둘이서 뭘 하든 관심이 없었다.

그 후 은호는 난비에게 새로운 세상을 열어 주었다. 소리는 사람을 웃게 하고 울게도 했다. 때로는 사람을 치유하기도, 살리기도 한다는 것은 아직 난비가 더 깨우쳐야 할 일이지만 은호는 조급해하지 않았다. 이미 그녀 스스로를 치유했고, 스승인 자신의 마음도 채워 주었다. 도적들의 혼을 달래던 진혼곡은 그도 해 보지 못한 진정한 위혼제였으니…….

다만, 이 귀한 아이가 어찌 살아야 할지, 무엇으로 삶의 의미를 찾게 될지는 은호도 가르쳐 줄 수가 없었다. 만약 기회가 온다면 그녀에게 모든 것을 말해 줄 날이 올지도 모른다. 그녀가 더 이상 상처받지 않고 위협받지 않을 날, 그땐 모든 것을 말해 주리라. 하지만 지금처럼 아무것도 모르고 행복할 수 있다면 그것도 나쁘지 않을 것이다.

※

추경절의 해가 떠올랐다. 흉년으로 팍팍했던 민심이 오랜만에 흥에 겨워 술렁거렸다. 집집마다 오늘을 위해 배를 주려 가며 모은 곡식을 풀었다. 햇곡식으로 밥을 짓는 냄새가 향긋했고 고기와 말린 과일에 아이들은 신이 났다. 기름 냄새 가득한 시전에는 귀한 생선과 제철과일, 오색 떡까지 풍성하게 사람들의 눈길을 사로잡았다.

그러나 떡. 떡이 문제였다. 화복해야 할 명절에 국상을 알리는 타종 소리가 찬물을 끼얹었다. 세 번째 황후께서 떡을 드시다 질식하여 승하하시고 만 것이다. 예정된 죽음이었으나 참으로 황후의 죽음에 어울리지 않는 결말이었다.

하필이면 이런 날, 좋지 않게 돌아가셨으니 이것이 저주가 아니냐며 사람들은 고개를 절레절레 저었다. 축제의 흥분은 두려움과 불안감으로 뒤바뀌었다. 모든 것이 황제의 쓸데없는 고집 때문인 것 같았다. 아름답고 총명한 효씨 가문의 여식이 왜 싫다고 저러시는 겐가! 좋은 날을 위해 담근 술에서 쓰고 떫은맛이 났다.

잿빛 구름이 낮게 깔린 하늘 아래 웅장하고 경건한 진혼곡이 울렸다. 둥, 둥, 북소리는 낮고 무거웠고, 대금의 깊은 울림이 백성들의 눈물을 자아냈다. 국화가 뒤덮은 상여가 긴 꼬리를 매달고 산으로 올라갔다. 사람과 악기가 어우러진 곡소리는 오래도록 도성을 울렸다.

이제 황제는 백성들의 바람과 대신들의 압박을 이겨 낼 도리가 없었다.

'결국, 효씨 가문의 딸인가! 허…… 빌어먹을! 대체, 연월장의 손이 어디까지 뻗쳐 있는 것인가!'

세 번째 여인은 무슨 일이 있어도 지키려 했다. 그녀는 어리석고 겁이 많았다. 항간에 떠도는 미신을 믿고 이미 두 명의 황후를 보낸 황제의 악운과 천명을 거스른 죗값을 치르게 될까 두려워했다. 내세울 것 없는 가난한 집안에서 줄줄이 딸린 남동생들의 입신을 위해 희생당한 불쌍한 여인. 황궁의 여인이 되기에는 그 품행이 많이 모자란 여인이었으나 어질고 가엾은 백성이었다.

앞서 간 여인들을 지키지 못했던 사내의 모자람을 잊고 백성을 살리는 황제가 되어 보려 했다. 떠나간 두 여인의 원한을 풀어주고 그녀들의 죽음에 손을 쓴 조정의 악귀들에게 철퇴를 내리겠노라. 그렇게 할 수 있으리라 저를 믿었다. 연월장과 내통하는 내인들이 여럿 있다는 것도, 연월장이 고리대금과 밀거래로 불법적인 이문을 취하고 있다는 정황도 알아냈다. 허나 물증만으로 그들의 죄를 밝힐 수 없었으니, 사람이 문제였다. 황제의 사람. 그것이 없는 이상 황후들의 죽음을 밝혀내는 것도, 세 번째 황후의 죽음을 막는 것도 불가능한 일이었다. 자만이었고 무지했다.

이번 황후의 죽음으로 강위는 절망적인 사실을 깨달았다. 자신은 이미 혼자였다. 이 넓고 삭막한 궁 안에서 궁인들조차 제게 돌아섰다는 것을 말이다. 황좌에 매인 꼭두각시는 시킨 것 외에는 아무것도 할 수 없다는 것을.

황궁에서 굿을 하는 망조가 깃든 날, 황제는 이 같은 자신의 무력함을 더욱 뼈저리게 느꼈다.

"흐윽……. 괴롭습니다. 폐하. 숨이 막힙니다. 폐하."

황후에게 빙의되었다는 무녀의 간드러지는 목소리에 황제는 코웃음을 치면서도 자리를 뜰 수 없었다. 황후가 걸신에 든 것도 아닌데 떡을 삼키다 죽었다는, 말도 안 되는 죽음을 백성들은 두려워했다. 그녀들의 공포심을 부추긴 이들은 보나마나 황후를 죽게 한 자들이었으나, 세 번째 황후를 닮은 백성들은 그 이치를 알지 못했다.

두웅. 둥.

세 황후의 영혼을 달래는 북소리에 모두가 따라 울었다. 절정에 오른 무녀의 춤사위가 좌중을 숨죽이게 했다. 무녀가 보이지 않는 마귀와 싸울 동안 황제는 보이는 악귀들을 훑어보며 흉흉한 살기를 내뿜었다. 용포를 움켜쥔 황제의 주먹이 부르르 떨렸지만 그의 살기는 너무도 미미해서 정신없는 굿판에서 아무도 눈치채지 못했다.

다음 날, 황제는 연월부인을 불러들였다.

"그래, 자네의 여식이 내 저주를 풀어주고 나를 화평하게 이끈다지?"

"망극하옵니다, 폐하. 저도 어째서 그런 소문이 도는지, 처음 들었을 때는 두려운 마음에 가슴앓이를 하고 식은땀을 흘렸사옵니다."

"호오. 그러했는가. 황후감을 둔 어미가 얼마나 대단하신가 했더니, 그냥 아낙이었군."

"폐하. 저희들은 진정 황후 자리에 아무 욕심이 없사옵니다. 허나, 자꾸만 황후마마께서 망극한 일을 당하시니, 혹시나 하는 마음에 혼처 자리를 마다하고 딸을 고이 키워 왔사옵니다. 나라에 도움이 된다니, 제 여식이 행여 늙어 죽어 간다 해도 어찌 다른 곳에 시집을 보낼 수 있었겠습니까."

"그랬구려. 참으로 고마운 일 아닌가. 나도 더 이상 황궁에서 곡소리가 나는 것이 듣기 싫으니, 어디 그대의 여식이 소문대로 나의 저주를 풀 수 있는지 보아야겠다. 설마 그대 딸도 다른 황후들처럼 비참하게 죽어 나가진 않을 테지? 아니, 그런 일은 절대 일어날 수가 없지. 그렇지 않은가?"

연월부인은 황제의 말에 뼈가 있음을 눈치챘다. 궁 안에서 일어난 연이은 죽음들을 어떤 모자란 황제가 단순한 우연으로 보겠는가. 황제가 살수를 찾겠다고 뒤에서 전전긍긍 애써 온 것을 오래전부터 알고 있었다. 하지만 위로는 대신들, 아래로는 나인들에 이르기까지 조정과 궁에 자신의 사람이 수두룩했다. 황제 혼자 괜한 고생을 하는 모습이 어찌나 안쓰럽던지.

"실은 저도 미신을 믿는 어리석은 여인인지라, 제 딸이 그 저주를 받아 죽을까 두렵기만 합니다. 하지만 어쩌겠습니까. 지금으로서는 여식이 하늘이 점지한 황후라는 것을 믿을 수밖에요. 그것밖에 방법이 없는 것을요."

실로 가증스럽기 짝이 없는 대답에 황제는 너털웃음을 터트렸다.

"하하하. 아마 그대의 딸은 오래오래 살 것이다! 하하하!"

웃을 일이 아닌데, 크게 웃는 황제의 모습에서 연월부인은 제 딸의 불행한 인생이 그려져 눈을 번뜩였다. 이러다가 황제가 복수랍시고 제 딸을 죽이기라도 한다면 곤란했다. 그냥 황후가 되는 것으로 끝내려고 시작한 것이 아니다. 황제를 손에 쥐고 흔들려면 황후에게 눈이 멀게 해야 한다.

"폐하. 실은 제 여식이 모자람이 많아 걱정이 많사옵니다. 간택전에 멀리서라도 여식을 살펴보시고, 그때도 정히 마음에 차지 않으시거든 제 여식을 가엾게 여기시어 차라리 간택을 물러 주시옵소서."

강위는 부인의 걱정에서 오히려 자신감을 읽었다. 대체 얼마나 대단한 미인이기에 저를 현혹시킬 수 있다고 믿는지 내심 궁금하기도 했다.

"어떤 여인인가가 무에 중요한가. 죽지 않을 황후라는 것에 만족하고 있으니 차차 간택에 대해 논해 보도록 하지."

황제가 그렇게 말했지만, 부인은 벌써부터 회심의 미소를 지었다. 분명 보러 올 것이다. 사내들의 쓸데없는 자존심에, 금비에 대한 호기심이 자리 잡았을 테니 말이다.

집으로 돌아온 부인은 아랫것들에게 신신당부를 했다. 당분간 모르는 손님이 오거든 무조건 후원으로 모시고 집안을 가꾸는 데 힘쓰라 한 것이다. 그리고 금비에게는 당분간 한껏 가꾸고 후원을 거닐도록 미리 언질을 해 두었다.

연월장이 분주하게 돌아갔다. 이런 집안의 분위기를 전혀 모르는 난비만이 스승이 새로 알려 주신 곡을 연습하느라 방 안에서 나오지 않았다.

연월부인의 예상이 어느 정도는 들어맞았다. 어차피 궁에서 할일이 없었던 황제는 하루 건너 변복하고 나들이를 다니는 것이 일과였다. 물론 금위군이 멀리서 뒤를 따르는 것도 알고 있었지만 황제의 행보는 늘 보란 듯이 거침이 없었다.

"일전에 알아보라 하신 서생 말이옵니다."

"벌써 알아냈느냐?"

"목 잘린 도적들을 묻어 주는 서생을 아느냐 물었더니 모두가 한 목소리로 알려 주어 쉽게 찾았습니다."

"이미 유명 인사였군."

"이력이 조금 특이합니다. 어린 나이에 장원급제하고, 선황 폐하의 젊은 시절 함께 뜻을 나누며 높은 관직에 있던 자였습니다. 헌데, 무엇 때문인지 갑자기 낙향을 하고는 세상을 떠돌며 글 선생을 하는 모양이었습니다. 야학에서 종종 가난한 아이들에게 글을 가르치고, 재주 있는 아이들을 골라 음악을 가르치기도 한답니다."

"그럼 그때 그 계집도 제자 중 하나겠구나. 실력이 출중하다 했더니."

"그건 또 아는 이가 많지 않았사옵니다. 어떤 이들은 계집종이라 하고, 또 어떤 이들은 제자라 하고. 늘 데리고 다니는 것도 아니라 했사옵니다."

"그래? 이름은 뭐라 하더냐?"

"계집종 말씀이옵니까?"

"그럴 리가 있겠느냐."

"은호 선생으로 불리고 있었습니다."

"은. 호?"

역시나 이름도 낯설지 않았다. 걸음을 멈춘 강위의 귓가에 어린 시절 선황의 목소리가 들렸다.

'태자, 이자가 바로 그 능력 많은 나의 벗이자 충신 중 하나인 녹상서사(錄尙書事:지금의 내각총리) 은호이니라. 앞으로 이 사람을 스승이라 여겨도 좋다.'

'설마 그자인가…….'

"헌데, 요즘 들어 그가 머무는 곳이 바로 그 연월장이라 하옵니다. 그 집 여식들이 스승으로 모신다 하니 한번 만나 보시겠습니까?"

"음……! 효씨 가문의 주구였군. 만나서 뭘 하겠느냐?"

울컥 마음이 돌아선 강위가 다시 걷기 시작했다. 지난 몇 년간 잠행으로 인재들을 모아 보려는 시도를 해 보았지만 그것조차도 마음대로 되지 않았다. 제 맘에 들어 관직을 주면 어느새 간신들의 수하가 되어 있질 않나, 그렇지 않으면 죄를 뒤집어쓰고 낙향하거나 죽고 말았다. 괜한 사람들의 인생을 이런 식으로 망쳐 놓았구나, 죄책감이 들어 한동안 사람을 탐내지 않았는데 은호는 유난히 욕심이 났다.

때가 때인 만큼 노점에 깔린 국밥집들이 뜨끈한 김을 뿜어내고 있었다. 딱히 허기진 것도 아닌데 구수한 풍경을 보니 발길이 절로 향했다.

"한 그릇 하고 가자꾸나."

어설프게 마련된 투박한 의자에 앉자마자 몸집 좋은 아낙이 국밥을 놓았다. 아무리 궁의 음식에 비할 수 없다 해도, 보잘것없는 건더기와 맹물에 가까운 육수에 밥알이 떠다녔으니, 백성들의 궁핍을 알 만했다. 그런데도 맛이 없지는 않았으니 아낙의 손끝이 야문 모양이었다.

"들었어? 이제 곧 금비 아씨가 황후가 된다며?"

"드디어 그런 날이 온 게지. 황제께서 그동안 괜히 고집을 부리셔 가지고 엄한 목숨을 여럿 잡지 않았나."

"글쎄, 뭐가 그리 마음에 안 드시기에 그간 금비 아씨를 마다하셨을까?"

"보기나 했겠어? 보셨으면 거절하셨을라고? 경국지색의 뺨을 후려갈긴다는 미모 아닌가. 편부모에다 고관대작의 집도 아니니 싫으셨던 모양이지."

"왜 또 그 집 큰따님이 소문도 안 좋았잖아. 그런 것도 한몫했겠지?"

"허기사, 말만 한 큰딸이 그러고 있으니 고고한 황실에서 좋아할 리가 없지. 쯧쯧."

사람들의 말소리가 하도 망측해서 사모달이 땀을 뻘뻘 흘리며 이를 갈았다.

　이를 본 강위가 태연히 물었다.

　"더우냐?"

　"예? 아, 아닙니다. 국밥이 뜨거워서."

　"거 선비님. 종복이 그리 허약해서 어디다 쓴답니까? 식은땀을 뻘뻘 흘리는 걸 보니 보약 한 제 해 먹여야겠수다."

　오지랖 넓은 사내 하나가 끼어들자, 황제가 고개를 끄덕이더니 대화를 이었다.

　"그러게 말이다. 헌데, 자네들이 방금 한 이야기가 궁금하네. 금비라는 여인이 그리 아름다운가?"

　"선비님은 어디서 오셨습니까? 도성 분이 아니신가……."

　"좀 멀리서 왔네."

　"흐음. 그렇다면야……. 동강에서 유명한 효씨 가문이 연월장이라는 저택을 짓고 도성에 입성을 했읍지요. 헌데, 그 집 둘째 따님인 금비 아씨가 황후감이라고 소문이 자자하고, 선녀도 울고 간다는 미색이지 뭡니까. 몰래 훔쳐보다 상사병 돋은 이가 한둘이 아니라지요."

　"그렇군. 그럼 큰딸은 왜 여태 시집을 못 갔는가? 설마하니 자매끼리 그리 닮지 않았을 리도 없을 테고. 보나마나 미인일 텐데."

　"그게 말입니다. 좀 불쌍하게 됐지요. 겁간을 당해 자결하려다가 죽진 않고 벙어리가 됐다는 소문이 파다합니다. 뭐, 소문을 그대로 믿을 건 못 되지만, 그게 아니고서야 관에 신고도 하지 않고 꽁꽁 숨겨 둘 리가 없지 않겠습니까? 게다가 그 아씨 성격이 보통 괴팍한 게 아니라서 연월마님이 소문이라도 새어 나갈까 봐 아랫것들 입단속에 피가 마른다는 말도 있지요."

"안됐군."

"뭐, 첫째는 그래도 둘째가 워낙 대단하니……. 둘째 아씨가 미모만 뛰어나신 게 아니라 인품도 훌륭하시고 몸가짐도 바른 데다 못하는 게 없다지 않습니까. 구하국 최고의 여인이 황후가 되는데 집안의 그 정도 흠은 봐주는 게 옳지 않겠습니까요? 대체 폐하께서는 왜 금비 아씨가 맘에 안 드신다는 겐지 답답해 미칠 지경입니다."

사내들은 마치 제 일인 양 가슴을 치고 금비와 연월장을 옹호하느라 열변을 토했다.

백성들이 이토록 원하는 금비는 대체 어떻게 생겨 먹은 여인인지, 강위는 제 눈으로 직접 확인해 보고 싶어졌다.

연월장의 커다란 대문을 망설임 없이 두들기자, 마치 기다리기라도 한 듯 종놈이 튀어나왔다. 사모달이 눈을 치켜 올리고 또박또박 말했다.

"연월부인을 뵈러 오셨네. 전하게."

"아, 그렇잖아도 기다리고 계셨습니다."

영악한 부인이 이미 모든 준비를 끝낸 모양이었다. 황제는 코웃음을 치며 차려 놓은 밥상을 받아 볼까 하고, 안으로 들어섰다. 연월장은 거대한 저택의 겉모양과 달리 단아하고 소박한 멋을 가진 저택이었다. 그 풍경 속에 연월부인의 간사함이 도사리고 있다는 것이 안타깝고 치가 떨렸다.

포오…… 포…….

몇 걸음 걷다 보니 어디선가 발길을 멈추게 하는 피리 소리가 들렸다. 경쾌한 피리 소리는 놀랄 만큼 맑은 상청(높은 음)을 자유롭게 연주하고 있었다.

"아, 신경 쓰지 마시고 이리 오시면 됩니다."

"저건 누가 부는 것인가?"

"첫째 아씨가 소금을 부는 소리입니다. 더 안으로 들어가시면 들리지 않으니 신경 쓰지 마십시오."

"제법이군."

"예?"

"아무래도 차려 놓은 밥상은 질리는구나."

"예? 어, 어라. 선비님!"

당황하는 종놈을 내버려 두고 황제는 거칠 것 없이 소리를 향해 걸었다.

뜻밖의 행동은 무뚝뚝하던 적운마저 고개를 갸웃하게 만들었다. 국밥집에서 들은 이야기로는 난비란 여인에게 황제께서 관심을 둘 이유가 없었기 때문이다.

하지만 소리에 가까이 다가갈수록 적운도, 사모달도 황상의 호기심을 이해할 수 있었다. 듣는 이의 무거운 마음을 훌훌 날려 보낼 만큼 음이 새처럼 가벼웠다.

세 사람은 곧 다다른 작은 호숫가에서 소금을 연주하는 여인을 보게 되었다. 눈을 감고 연주에 심취한 그녀의 자태가 물결에 아른거려 신비로운 분위기를 자아냈다. 여인은 황궁에서도 보지 못한 흰 피부와 고운 선을 가진, 그야말로 이야기책에나 나올 법한 설부화용(雪膚花容)의 용모였다. 오뚝하고 아담한 코와 선한 인상 덕분에 청순해 보이기도 했다.

강위 역시 기대하지 않았던 난비의 외모에 놀라 가슴이 뛸 지경이었다. 이제껏 보아 온 어떤 미인도 난비의 앞에서는 평범한 여인일 듯했다. 그러나 강위는 고작 계집의 외모에 혹하는 저를 탓하며 야박한 평가를 내렸다.

'그저 반반한 얼굴일 뿐.'

효씨 가문의 여식에게 이 이상 관심 둘 일도 없었다. 그러나 강위는 발길을 돌리지 않았다. 저도 모르게 소리에 홀렸는지 어느새 그녀의 앞으로 다가가고 있었던 것이다.

인기척을 느낄 만도 하건만 난비는 제 소리 말고는 아무것도 듣지 못하고 있었다. 마침내 연주를 끝내고 눈을 떴지만, 음에 취한 눈동자에는 아무것도 비치지 않았다. 그러다가 눈이 차츰차츰 맑아지자 붉은 노을빛으로 물든 수면이 보였고, 또 누군가의 그림자가 제 뒤에 서 있는 것이 보였다. 그림자라니! 물에 비친 사내의 그림자에 난비는 화들짝 놀라 일어섰다.

"헉!"

뒤돌아선 난비는 그림자의 실체를 확인하고 혼비백산했다. 제가 잘못 본 게 아니라 정말로 낯선 사내가 소리 없이 다가와 있었던 것이다.

반면에 강위는 난비의 겁에 질린 표정은 개의치 않았다. 비로소 똑바로 마주하게 된 그녀의 얼굴에 감탄하느라 상대방의 감정 따위는 살피지 못한 것이다.

'과연, 미색이 출중하단 소문은 틀리지 않았구나. 가을날의 물같이 맑고 깨끗한 눈동자다……!'

총기로 빛나는 커다란 눈과 도톰한 붉은 입술이 인상적이었다. 그러나 그는 좀 전에도 그런 것처럼 제 자신에게도 난비에게도 냉정했다.

'여색에 홀린 황제만큼 추잡한 것도 없지.'

강위는 복잡한 속내를 감추고 퉁명스럽게 물었다.

"무슨 곡인가?"

어둠이 내리는 시기에 낯선 사내와 집 안에서 마주친 난비는 악몽의 날로 돌아가 있었다. 그날 밤의 공포와 고통이 엄습해 왔고, 식은땀이 날 정도로 심장이 세차게 뛰었다. 덜덜 떨리는 다리에 억지로 힘을 주며 한 발 뒤로 물러섰지만 그 이상은 연못 때문에 움직일 수 없었다.

"무슨 곡이냐 물었다."

강위는 잔뜩 경계하며 뒤로 물러서는 난비의 몸짓을 이해할 수 없었다. 설마 제가 오는 것을 몰랐단 말인가? 종놈도 알고 있는 일을? 모르는 척 몸을 사리는 것이 괘씸해 저 역시 한 발 더 다가갔다.

"……!"

난비는 도망가려는 제 앞으로 다가오는 사내를 보며 그가 예상대로 저를 순순히 놔줄 생각이 없다고 느꼈다. 그의 눈빛이 더 날카로워졌다. 엄습해 오는 위기감에 난비는 그를 피해 한 발 옆으로 움직였다. 그리고는 곧장 달아날 셈이었으나 무언가에 툭 부딪쳐 넘어지고 말았다.

"헉!"

주저앉은 난비의 앞에는 두 명의 사내가 더 있었다. 그중 한 명은 긴 검을 차고 싸늘하게 그녀를 내려다보고 있었고, 다른 한 명은 위협하듯 눈을 부릅뜨더니 그녀의 팔을 붙잡아 억지로 서도록 했다.

"윽!"

사모달은 폐하께서 물으시는데 감히 도망가려는 효씨 가문의 여인이 탐탁지 않았다. 그래서 좀 거칠지만 여인을 끌어 올려 황제의 앞에 돌려세웠다.

"또 묻게 할 셈이냐?"

낯선 침입자의 공격에 입을 꼭 다문 난비는 큰 결심을 하고 소금을 꽉 움켜쥐었다. 그리고는 사내의 얼굴을 있는 힘껏 후려쳤다.

퍼억.

"윽!"

강위는 뺨을 갈기는 둔탁한 고통을 느끼고 손으로 얼굴을 감쌌다. 예상치 못했기에 더 눈앞이 번쩍하는 아픔이었다.

"허억! 폐하!"

"폐하!"

설마 이런 일이 생길 거라곤 생각도 못 했던 적운이 분노한 표정으로 난비의 손목을 낚아채고 땅에 무릎을 꿇려 제압했다.

"헛!"

난비는 부지불식간에 제압당해 세 명의 사내들에게 둘러싸이자 정신이 하나도 없었다.

"폐하! 이런 망극한 일이……. 괜찮으시옵니까?"

'뭐? 폐하? 정말 황제라고?'

사모달이 난비를 죽일 듯이 노려보자 그녀는 움찔 어깨를 떨며 고개를 숙였다. 가슴이 철렁하고 등에서는 식은땀이 흘렀다.

사모달이 큰 소리로 죄를 물으려고 입을 벌리는 순간이었다.

"네 이년! 이게 감히 무슨 짓이냐!"

날카로운 호통 소리에 사모달은 입만 뻐끔대다 소리가 들린 쪽을 쳐다보았다. 어느새 사색이 되어 나타난 연월부인이 제 딸을 잡아먹을 것처럼 무시무시한 눈으로 노려보고 있었다.

난비는 어머니가 저렇게까지 화를 내는 모습을 본 적이 없어서 제가 무슨 짓을 저질렀는지 와 닿기 시작했다. 한 달음에 달려온 어머니가 황제의 앞에 부복하며 비통하고 단호하게 외쳤다.

"폐하! 제 여식이 크나큰 죄를 지었나이다. 죽어 마땅한 죄를 지었으니, 어찌 용서를 바라겠나이까. 죽여 주시옵소서! 폐하!"

난비는 어깨를 축 늘어뜨리고 그 옆에 함께 엎드렸다. 황제가 마음만 먹으면 연월장을 멸문한다 해도 할 말이 없는 죄를 지었다. 어차피 사는 것도 지쳐 가던 때이니 저 하나 죽는 것으로 끝난다면 다행스러운 일이었다. 헌데, 어깨가 떨렸다. 죽고 싶을 때는 죽어지지 않더니, 이렇게 죽게 되는 재수 없는 삶이 억울했다.

강위는 부어오른 용안에서 손을 떼고 떨고 있는 난비와 연월부인을 번갈아 바라보며 천천히 입을 열었다.

"과연, 그대가 엄히 키웠다더니, 모르는 사내는 사람 취급도 아니하는구나."

누가 들어도 칭찬이 아니라 빈정거림이었다. 난비는 이제 제 억울함과 비천한 목숨 따위를 생각할 때가 아님을 깨닫고 땅에 머리가 닿도록 엎드렸다.

"폐하! 면목이 없사옵니다. 이 죄를 어찌 갚아야 할지 모르겠나이다."

강위는 연월부인이 눈물까지 글썽이며 비는 모습을 가소롭다는 듯이 지켜보다 난비의 뒤통수에 대고 물었다.

"그 곡이 무엇이냐?"

"……?"

황제가 던진 뜻밖의 물음은 팽팽했던 긴장감을 흩트려 놓으며 모두를 의아하게 만들었다.

"예? 그게 무슨…… 아!"

황제를 살펴보던 부인은 그의 눈이 난비를 바라보는 것을 보고 대충 상황을 파악할 수 있었다.

"폐하. 이 아이는 말을 못 하나이다."

"아!"

짧은 탄식은 세 사내에게서 동시에 흘러나왔다. 국밥집에서 들은 것을 그새 잊고 있었기 때문이다.

"그랬군."

강위는 그녀가 피하려고 물러설 때 위협적으로 다가갔던 것이 실수임을 깨달았다. 그러자 말 못 하는 여인을 희롱한 기분이 들어

썩 개운치가 않았다.

"어리석은 계집이 그만……."

"그만 가 보겠네."

"예, 예?"

"흥이 깨졌다."

"폐하. 간단히 치료라도 하고 가시는 것이 어떻겠사옵니까? 이대로 죄스러워 어찌 보내 드릴 수 있단 말입니까?"

강위는 똑같은 말을 늘어놓는 부인의 비통한 목소리가 더는 듣기 싫어 차갑게 몸을 돌렸다.

"여기까지 오셨는데 그냥 보내 드리면……."

"그냥 가지 않으면, 네 딸년의 목이라도 베고 가야 한다더냐?"

"폐하……."

부인은 황제가 분노만 안고 돌아가겠다 하시니 붙잡지도 못하고 쩔쩔매며 따라나섰다.

그녀가 다시 돌아왔을 때 난비는 미동도 없이 그 자리에서 혼이 나간 듯 주저앉아 있었다.

'얼마나 공을 들였는데, 네까짓 게 이런 식으로 망쳐 놔?'

씩씩대며 난비 앞에 선 부인은 이미 이성을 잃었다. 팔을 걷어붙이고 주변을 두리번거리더니 바닥에 떨어진 소금을 주워 들었다.

"이 모자란 년! 감히 니가 황제의 용안을 후려쳐? 미치지 않고서야!"

퍽.

"윽!"

난비는 왼쪽 뺨에서 번쩍하고 불꽃이 튀었다, 생각했다. 아픔을 제대로 느낄 새도 없이 곧이어 오른쪽 뺨에도 뼈를 아리게 하는 무자비한 매질이 쏟아졌다.

부인이 휘두르는 소금은 더 이상 악기가 아니었다. 인정을 두지 않고 난비의 뺨을 치는 흉기일 뿐이었다.

퍽, 퍽…….

"으윽! 흡……."

정신없이 손바닥도 아닌 단단한 오죽 소금으로 뺨을 맞던 난비는 이러다 죽겠구나 싶을 만큼 아팠다. 게다가 저를 매질하는 것이 하필이면 아끼던 오죽 소금이라는 게 더 아프게 느껴졌다.

'여러모로 사람을 울릴 줄 아는 녀석이구나…….'

"얼빠진 년 같으니! 왜 하필 거기서 피리를 불어 댄 게냐! 네년이 무슨 짓을 했는지 알기나 해? 동생 금비의 앞날을 망친 것이다. 이년! 차라리 죽어 버릴 것이지, 버러지같이 살아서 누굴 욕보이려고!"

퍽, 퍽, 퍽…….

"윽! 흐읍!"

'어머니…….'

완전히 정신이 나간 부인은 제가 무슨 말을 하고 있는지도 모르는 듯했다.

난비는 울었다. 너무 아프고 놀라서 눈물을 흘릴 겨를은 없었다. 그러나 이럴 때마저 제 편이 되어 주지 않는 어머니가, 오로지 금비만 걱정하는 어머니가 서운해서 속으로는 펑펑 울고 있었다. 여전히 연월부인의 무지막지한 매질은 도무지 멈출 줄 몰랐고, 황제가 귀엽다고 여겼던 도톰한 입술은 진즉에 터져서 피가 흐르고 있었다. 그뿐이 아니었다. 코에서 흘러나온 피가 난비의 얼굴을 새빨갛게 물들이고 있었으니, 이제 그녀는 아픈 정도가 아니라 까무러치기 직전이었다. 한 대만 더 맞으면 정말 그리되었을지도 몰랐다. 그러나 죽일 것처럼 퍼부어지던 매질은 고진이 말리는 소리에 멈췄다.

"마님! 이러다 아씨가 죽습니다. 진정하십시오!"

부인에게서 소금을 빼앗은 것은 호위무사 고진이었다.

"왜 말리느냐! 죽어도 시원찮을 대죄를 지었는데! 살아봐야 벌레만도 못한 인생! 이참에 죽어 주는 것이 가문을 위해 좋은 일이다!"

난비는 정신이 혼미해지는 와중에 어머니의 잔인한 말로부터 도망치고 싶었다. 이대로 의식을 잃었으면 좋았을 것을, 고진이 말려 준 게 고맙지가 않았다. 벌레만도 못한 것이 어머니가 생각하는 제 모습이리라. 차마 입 밖에 내지 못한 추잡한 모습. 평생토록 가슴을 후벼 파는 상처로 남을 것이니 듣지 않았다면 얼마나 좋았을까.

어렴풋이 짐작은 하고 있었다. 어머니가 저런 마음을 품고 계실지도 모른다고. 하지만 어머니니까. 제가 아무리 미워도 그때뿐일 거라고. 속으로는 불쌍한 딸의 인생을 마음 아파하고 계실 거라고……. 다 저를 위해 엄하게 대하시는 거라 믿고 있었다. 그런데 아니었나 보다. 몸을 더럽힌 벙어리 딸년이 거추장스러우셨던 게다. 제가 아니라고 했는데도 말이다.

"그만하십시오. 폐하께서 다시 오고 계십니다."

축 늘어져 있던 난비가 눈을 번쩍 떴다. 폐하가 오신다는 소리 때문이 아니었다. 나지막하게 경고하는 고진의 목소리가 늘 듣던 그것과 다르게 들렸다. 그러나 들어 본 목소리였다. 절대 잊을 수 없었던 그날 밤 괴한의 목소리처럼 거칠게 웅웅거리는 기분 나쁜 목소리였다.

'먼저 태어난 죄다.'

난비는 아닐 거라 여기면서도 저도 모르게 그의 손을 뚫어져라 보고 있었다. 있는 힘껏 깨물었던 괴한의 손가락이 생각났기 때문이었다.

"뭐, 폐하께서?"

"예. 그러니 어서 이걸 내려놓으시고 진정하십시오."

소금을 쥔 고진의 손은 잘 보이지 않았지만 계속되는 그의 낮은 목소리는 자꾸만 그날의 기억을 떠올리게 했다. 난비는 부들부들 떨리는 손을 가슴 앞에 모아 쥐었다.

'모, 목소리만 같을 거야. 그런 걸 거야……'

그가 어머니에게서 소금을 받아 들었다. 조금만 더 가까워지면 손의 상처를 확인할 수 있을 것이다. 숨이 가빠 왔다. 만약 그가 범인이라면 어머니에게 뭐라 설명해야 할까. 어릴 때부터 함께한 호위무사를 믿으실까, 자신을 믿으실까. 난비의 눈동자는 불안감으로 계속 흔들리고 있었다.

"폐하!"

황제의 등장에 고진이 소금을 바닥에 던져 놓았고, 난비는 아섭게도 손을 볼 수가 없었다.

"폐하……. 이, 잊으신 것이라도……."

강위는 연월부인의 말을 무시한 채 무심한 눈으로 난비를 보고 있었다. 피 범벅을 하고 시퍼렇게 부어터진 얼굴은 원래 얼굴로 돌아올 수나 있을까 싶을 만큼 흉측해져 있었다. 헌데 희한하게도 두려움에 젖은 눈빛에 눈물은 보이지 않았다. 더군다나 그녀의 시선은 혼자 다른 세상에 가 있는 사람처럼 공허하고 멀었다.

'황제가 오거나 말거나, 네가 죽거나 살거나 아무 관심이 없어 보이는구나.'

산 사람의 눈에 생기가 없었다. 분명 조금 전 피리를 불 때만 해도 놀라긴 했으나 빛나던 눈이었다.

부인은 황제가 난비를 보는 눈빛이 심상치 않음을 눈치챘다. 가엾고 미안한 눈빛. 분명 제가 호통치는 것을 들은 것이다. 이 추태를 어디서부터 들켰는지는 중요하지 않았다. 이미 난비의 얼굴이 충분히 불쌍한 몰골이었으니 말이다. 당황한 부인은 정신을 가다듬고 묻지도 않은 것을 정중하게 고했다.

"이, 이 아이는 감히 하늘같은 황상께 대죄를 지었으니, 응당 그 벌을 받아야 마땅하옵니다."

난비를 바라보던 강위의 시선이 연월부인을 향하며 싸늘해졌다.

"버러지의 연주치고는 매우 훌륭했다."

"그, 그것은……."

부인의 얼굴이 시뻘게졌다. 품위 없이 막말을 쏟아 내며 불쌍한 벙어리 딸년을 핍박하는 꼴을 들키고 만 것이다. 가뜩이나 저를 좋게 보지 않는 황제 앞에서 이 추태를 보인 것이 전부 다 난비 때문인 것만 같아 이가 갈렸다.

"여기까지 온 김에 매 값으로 연주나 들어 볼까 했더니, 이미 열 곱절로 치른 듯하군."

다시 한 번 난비의 얼굴을 살피던 강위는 절로 눈썹이 찌푸려졌다. 제가 맞은 한 대에도 아직 뼈가 욱신거리는 아픔이 남아 있었는데, 저 얼굴을 보니 더 아파 왔다.

그러자 부인은 크게 감격한 목소리로 말했다.

"폐하의 자비로우심에 저는 오늘 크게 감격하였나이다. 용안에 상처를 입힌 계집을 이리 용서해 주실 줄 생각지도 못했사옵니다. 이 은혜를 어찌 잊겠사옵니까. 뭐하고 있느냐! 어서 큰절을 올리지 않고!"

하지만 난비는 어머니의 말씀도, 황상의 말씀도, 아무것도 귀에 들어오지 않았다.

"이것이 그래도! 아직도 정신을 못 차리고……!"

"그만 됐네. 내게 지은 죄를 그대가 대신 벌할 이유는 없다. 차후에 그 일은 내가 알아서 죗값을 치르게 할 터이니 그대는 장차 황후가 될 이 여인을 귀하게 보살펴 상처를 치료해야 할 것이다."

"네? 화, 화, 황후라 하셨습니까? 이, 이 아이를요?"

"내가 처음 본 얼굴 그대로 다시 돌려놓게. 황후 자리가 급하니, 한 달 안에 준비해 두는 것이 좋겠다."

"폐, 폐하. 뭔가 오해가 있으십니다. 설마하니, 제가 이런 모자란 여식을 황후로 들이라 청하였겠사옵니까. 제 둘째 딸 금비는 이 아이와 비교할 수 없을 만큼 빼어나고 재주 많은 아이입니다."

"그러니 말이다. 나는 나보다 잘난 여인은 자신이 없네. 모자라다니, 딱 좋구나."

"무, 무슨 그런 말씀이 다 있사옵니까. 하늘 아래 감히 폐하보다 나은 인간이 어디 있단 말씀이신지, 거두어 주시옵소서."

"참언에 의하면, 효씨 가문의 여식이 저주를 푼다 했지 둘째 딸이란 말은 없었다. 누가 되어도 좋다면 나는 저 아이의 연주가 마음에 들었으니, 데리고 있으면 심심치 않을 게 아니냐? 그리 알고 진행하시게."

"폐하! 실은 폐하께서 모르시는 일이 있사옵니다. 이 아이는 절대 황후가 될 수 없습니다!"

"무슨 뜻인가?"

강위는 부인이 뭐라 말할지 다 알고 있었으나 태연하게 물었다.

"하아……. 이 아이는 실은 겁간을 당했다는 추문이 있어…… 대신들의 반대가 심할 것이옵니다."

"겁간을 당하였다 관에 신고는 하였는가?"

"예?"

"신고도 하지 않았는데, 소문이 사실이 될 수야 없지. 오히려 이번 기회에 그런 추문을 말끔히 씻어 내고 가문의 명예를 회복할 수 있으니 잘된 일이 아닌가?"

"허, 허나……. 조정과 황실에서 이를 받아들일지……. 게다가 이 아이는 말을 못 하지 않사옵니까."

"게다가 말을 못 한다니 더 좋은 일이다. 내가 필요한 것은 쓸데없이 말 많고 잘난 여인이 아니라 죽지 않을 황후. 그것이면 된다."

말문이 막힌 부인이 입을 벙긋거리는 동안 난비는 제 얘기를 하는 줄도 모르고 까무러쳤다.

"마님. 일단 은호 선생을 불러 치료하라 해야겠습니다."

망연자실한 부인이 제 딸이 쓰러지는 것을 보고도 마냥 서 있자, 고진이 그녀를 재촉했다. 그제야 부인은 아랫것들에게 난비를 방으로 옮기게 하고 은호를 부른다고 수선을 떨었다.

강위는 돌아갈 생각을 않고 이를 죽 지켜보고 서 있었다. 그리고 그날 밤, 무슨 생각이었는지 연월장에서 밤을 보내겠다며 전각 하나를 차지했다.

밤이 완전히 까맣게 물들었는데도 잠자리가 바뀐 탓인지 강위는 잠이 오지 않았다. 잠이 들라치면 쓰러지는 난비의 처참한 몰골까지 아른거려 괜스레 마음이 좋지 않았다.

'효씨 가문의 계집이다. 불쌍히 여길 이유가 없다.'

그러나 제가 내린 결정이 자꾸 맘에 걸렸다. 부인이 아끼던 금비 대신 숨겨 놓은 난비를 황후로 데려가기로 한 데는 그녀의 계획을 망쳐 놓겠다는 얄은 계산이 있었다. 그래 봐야 효씨 가문에서 황후를 내세운 것은 변함없으나, 말 못 하는 황후가 조정 일에 간섭을 하면 얼마나 하겠는가 무시하는 마음이 컸다. 그런데 제 맘이 그것뿐만은 아닌 것 같아 신경 쓰이는 것이다.

'괜히 나로 인해 매를 맞아 미안한 탓이겠지.'

그렇게 몸을 뒤척이며 짜증스러워하는데, 어디선가 얼마 전 야산에서 들었던 계집종의 연주 소리가 환청처럼 들렸다.

'왜 갑자기 이 소리가……! 진짜구나!'

헛 게 들리는 줄 알았더니 참 소리였다. 흔한 진혼곡이 아니기에 단번에 곡조를 느낄 수 있었다. 자세히 들어 보면 그날과 느낌이 사뭇 달랐다. 그날은 마치 백성들의 곡소리가 들리는 듯했으나 지금은 그저 슬픈 곡조였다. 연주하는 이의 마음이 다르면 충분히 그럴 수 있으니 그것은 대수롭지 않았다.

강위는 벌떡 일어나 밖으로 나갔다. 적운과 사모달이 황급히 뒤따랐지만 강위가 손가락을 입술에 갖다 대자 움직임이 비밀스러워졌다. 세 사람이 소금 소리를 쫓아 조심스럽게 걸어간 곳은 안뜰의 정원이었다. 달빛의 음영에 그늘진 정자와 그곳에 앉아 소금을 연주하는 여인의 모습이 한 폭의 그림처럼 펼쳐졌다.

그 좋은 풍경을 보고 강위가 눈살을 찌푸렸다.

'야산에서야 그렇다 치고, 청승맞게 이 밤중에 진혼곡이라니!'

무슨 마음으로 연주하는지는 모르겠으나, 이번에야말로 그 낯짝을 확인할 때였다. 이 집에 있으니 은호의 제자는 아닐 것이고, 계집종이 확실할 것이다. 그러나 성큼성큼 걸어가던 강위는 여인의 자태에 눈이 휘둥그레졌다. 달선녀가 하강했대도 믿을 만큼 화려하고 호리호리한 미모의 여인이었다.

'금비……. 저 여인이 금비로구나.'

그리 생각한 것은 강위뿐만이 아니었다. 사모달은 입이 떡 벌어졌고, 무뚝뚝한 적운마저도 눈을 떼지 못했다. 연월장에 저런 미인이 둘일 리가 없으니 금비가 분명했다.

투우…….

인기척을 느낀 금비가 연주를 멈추고 고개를 들었다.

"누……구……! 아, 폐하!"

여린 음성으로 입을 연 금비는 자리에서 벌떡 일어나 황급히 계단을 내려왔다. 서두른 탓인지, 긴 치맛자락이 거추장스럽게 발을 휘감더니 몸이 기울어졌다.

"아……!"

강위는 위태롭게 떨어지려는 금비의 몸을 받았다.

황제의 품에 안긴 금비는 부끄러운 듯, 그러나 조심스럽게 그를 밀어냈다.

"화, 황공하옵니다. 폐하……."

강위는 수줍어하는 금비의 모습을 날카롭게 살펴보고 있었다. 같은 곡을 연주하고 있지만 그때 그 계집종과는 복색이 전혀 달랐다. 어깨가 비치는 얇은 옷감과 하늘거리는 비단치마는 아무나 입을 수 있는 옷이 아니었다. 한껏 치장한 모습이 천박해 보일 만도 한데, 금비에게는 날개옷처럼 잘 어울렸다.

"나를 어찌 아는가?"

"어머니께 들었사옵니다. 어, 언니를 간택하시기로 결심하셨다는 것도 들었사옵니다. 경하드리옵니다, 폐하."

"경하받을 일인지는 모르겠다만."

"언니는 지금 마음의 상처가 낫지 않아 저런 것이지, 본래는 상냥하고 어진 성품이옵니다. 분명 폐하께서도 후회하지 않으실 것입니다."

"사이가 좋은 자매로군. 헌데, 방금 연주한 곡이 혹 진혼곡이더냐? 생소한 음이구나."

"예. 실은 스승님께서 만드신 곡이온데…… 아! 이 밤중에 제 연주가 언짢으셔서 예까지 오신 것입니까? 들리지 않게 연주하려 하였사온데, 소녀가 너무 심취하여 그만……."

"최근 스승과 함께 산에 다녀온 적이 있느냐?"

"그, 그런 일은 없었사옵니다. 저 같은 여인이 아무리 스승이라지만 사내를 따라 산을 오르다니요. 있을 수도 없는 일입니다."

금비는 마치 산에 갔던 사실을 들킬까 봐 전전긍긍하는 것처럼 부러 당황하는 기색을 보였다. 그리고 금비가 실제로 산에 갔다면 그것이 당연한 반응이었다. 도적들의 시신을 수습한답시고 돌아다니는 것을 관리들은 눈감아 줄 수 있지만 황제는 다르리라. 극형으로 다스려 버려진 시신을 수습한다는 건 도적들과 한패라 말하는 것과 같았다. 인정상 관에서 눈감아 주고 있지만 국법으로는 안 될 일이었다.

"아, 그렇겠군……."

강위가 고개를 끄덕였다. 황제 앞에서 도적들의 시신을 묻어 주러 산에 갔다 할 수는 없을 테고, 당황하는 기색을 보니 부러 천민의 옷을 입고 은호를 따라나섰던 모양이라 여긴 것이다.

"헌데, 갑자기 이 야밤에 진혼곡이라니? 누가 죽기라도 하였느냐?"

"그런 것은 아니옵니다."

금비의 얼굴에 깊은 그늘이 지고 무거운 슬픔이 작은 어깨를 눌렀다.

"헌데, 무슨 연유로?"

"오늘따라 돌아가신 아버지 생각에 그만……. 그동안 언니 걱정에 이승을 떠도시는 건 아닐까 늘 마음에 걸렸었는데, 이제 언니가 황후가 되신다니 아버지도 맘 편히 떠나셨으면 해서……."

"……."

강위는 연월장의 둘째 딸이 제가 생각했던 성품과 너무도 달라 크게 당황하고 있었다. 백성들이 칭송하는 소리를 연월장과 대신들의 음모라고 치부했는데 그게 아닐지도 모른다는 생각이 들기 시작했다.

"아! 황공하옵니다. 폐하! 감히 폐하 앞에서 가족을 잃은 슬픔을 주절거렸습니다. 누구보다도 괴로우신 분 앞에서 말입니다. 소녀의 어리석음을 용서해 주시옵소서."

허나, 자고로 여인을 믿는 것은 경계해야 할 일이라 했다. 고금을 통틀어 여인에 홀린 황제가 나라를 말아먹는 일이 비일비재했다. 더군다나 연월장의 둘째 딸이다. 황제는 흐트러지려는 마음을 다시 다잡고 경계심을 풀지 않았다. 하지만 그녀의 진심이 궁금해졌다.

"달이 지는 못이, 연월장이란 이름에 걸맞을 정도로 빼어난 풍경이더냐?"

금비는 환하게 웃으며 자신 있게 대답했다.

"그렇지 않사옵니다. 달은 하늘에 있어 신비롭고 아름다운 것이 아니옵니까? 다만, 보잘것없는 연못에 귀한 달이 떴으니, 그것이 제법 운치가 있답니다. 한번 보고 가시겠사옵니까? 소녀가 안내해 드리겠습니다."

저녁나절의 소동을 일으킨 곳이 연월호라 길을 모를 리가 없거늘, 황제 일행은 고개를 끄덕이며 금비를 따라갔다.

황제의 앞을 거닐던 금비의 부드러운 표정에 천박해 보이는 회심의 미소가 번졌다.

'과연 어머니시다. 어찌 이런 생각을 다 하셨을까?'

사실 이 깊은 밤 금비가 황상을 만나게 된 것은 우연이 아니었던 것이다.

이곳에 오기 전, 연월부인의 처소에서 황제의 전갈을 들은 금비는 분노의 일갈을 터트리고 있었다.

"난비, 그게 운 하나는 기가 막히게 좋은가 봐요. 황후라니? 세상에 그런 계집이 어찌 황후가 될 수 있는지!"

"그런 소리 말거라! 운이 좋다니? 황후가 된다고 운이 좋다면 앞서 간 세 황후들도 아주……! 가만! 그래, 그 방법이 있었구나!"

"예? 이 와중에 무슨 좋은 생각이 있단 말씀이세요?"

"죽지 않을 황후가 너밖에 없다는 걸 황상께서 깨달으시면 되지 않겠느냐?"

"설마……?"

어머니가 황후가 될 난비를 죽일 계획이란 걸 깨달은 금비의 표정이 어두워졌다. 그러나 그녀의 입에서 흘러나온 이야기는 믿기지 않을 만큼 사악했다.

"난비 계집이 그리 쉽게 죽어 줄지 의문이에요. 제 나이가 이제 열여덟입니다. 난비가 빨리 죽지 않으면 황후가 되길 기다리다 좋은 시절을 다 보내게 생기지 않았어요?"

두 사람은 자신의 딸과 자신의 언니를 죽인다는 것에 조금도 죄책감을 느끼고 있지 않았다.

"쯧쯧쯧. 하나만 알고 둘은 모르는구나. 황후가 되기 전에 폐하의 마음을 얻는다면 네 나이가 스물이 넘는다 해도 폐하께서 너를 간택하시지 않겠느냐?"

"잘난 여인은 싫으시다면서요? 제가 폐하를 어찌 홀릴 수 있겠어요?"

"실은 얼마 전에, 폐하의 심복인 사모달이 은호와 여인 하나를 찾아다녔다는구나."

"스승님과 여인을요? 스승님에게 정인이 있었나요?"

"그런 것이 아니라, 소금을 잘 부는 젊은 여인을 찾았다는구나. 은호와 함께 있던 난비를 본 모양이지."

"아! 그럼 이미 난비를 알고 있었단 말이네요. 그때부터 황상과 인연이 있어서 이번에도 그리된 모양입니다!"

부인은 앞서 가는 금비를 향해 미소 지으며 조용히 고개를 저었다.

"아니다. 어찌 생겼는지 얼굴은 모르고 다만 낡은 옷과 소금을 잘 불었다는 이야기만 했다는구나. 헌데, 내가 알기로 황상께서는 여태 여인에게 관심을 둔 적이 없었다. 궁 안에 나인들이 그리 많아도 거들떠보는 법이 없으시고, 연이어 황후들이 죽은 탓도 있겠지만 후궁을 들인 적도 없었지. 작은 인연이 호기심이 되고, 호기심이 연심이 되는 게다."

"어머니. 그럼 더 큰일이잖아요. 이대로 난비가 궁에 들어가면 황상께서 관심을 둔 여인이 난비라는 걸 금방 알게 될걸요? 둘이 사이가 좋아지면 난비가 죽어도 저를 거들떠나 보시겠어요?"

"너는 은호의 제자가 아니냐?"

"예?"

"너 또한 소금을 배웠다. 은호가 시신들을 묻어 줄 때 난비가 옆에서 무슨 곡을 연주하였는지, 그 곡을 너는 모르느냐 말이다. 짐작 가는 게 없느냐? 설마 배우지 않았다 해도 난비가 온 종일 집에서 연주를 해 대는데 모를 리가 없을 테지."

"어머니 말씀은 제가 황제 앞에서 그 계집이 저였던 것처럼 연주하란 뜻이군요!"

금비의 보석 같은 눈망울에 사특함이 빛나자 부인의 입꼬리가 비로소 만족한 듯 말려 올라갔다.

"거짓을 고하라는 게 아니다. 황제께서 오해하신 것이지. 알겠느냐?"

"예, 어머니! 문제없습니다."

"이번 일은 차라리 우리에게 더 잘된 일이다. 폐하께서 연월장을 좋지 않게 보시는데, 난비가 황후가 되어 죽어 준다면 우리에 대한 의심이 줄어들 게 아니냐. 설마하니 내가 친딸을 죽였다고는 생각 않으실 테니. 너는 황상의 마음을 얻는 데만 힘쓰거라. 아무래도 폐하께선 음악에 조예가 깊으신 듯하다."

난비가 죽고 나면 진정한 황후는 연월장의 둘째 딸 금비였다고 소문을 내면 그만이다. 어쩌면 원래 금비가 황후가 될 거라 여겼던 백성들이 알아서 그 소문을 내 줄 것이다. 순리대로 돌아가느라 애꿎은 연월부인이 큰딸을 잃었다고 사람들이 동정해 줄 테니, 더욱 잘된 일일 것이다.

부인이 제 계획이 완벽하다 여기고 웃고 있자 금비가 입을 삐쭉거렸다.

"어머니. 아무리 그래도 저는 난비처럼 스무 살이 되도록 시집 못 간 여인이 되고 싶지 않아요. 가장 예쁠 때 대례복을 입고 싶으니 서둘러 주세요."

"알았다. 그렇지 않아도 올해 안에 난비 년을 상여에 실을 생각이었다."

금비는 연월부인과 제가 꾸민 짓을 떠올리며 일이 생각보다 쉽게 되어 간다고 의기양양해했다. 그런데 연월호 근처에서 사람의 말소리가 들렸다. 멀리서 바라보니 연못가에 쪼그려 앉은 여인과 서 있는 사내가 두런두런 이야기를 나누고 있었다.

"어머. 언니와 스승님이세요."

"쉿!"

호기심이 생긴 강위가 모두의 걸음을 멈춰 세워 그림자 안으로 몸을 숨기게 했다.

은호도 이곳에 온 지 얼마 되지 않았는지 이제야 난비의 곁에 다가가 앉았다.

"왜 그러고 있느냐? 정신이 들었으면 뭐라도 먹지 않고. 배가 고프면 내가 뭘 좀 챙겨다 주마."

난비는 스승의 다정한 말에도 미동도 없이 물에 비친 제 흉측한 얼굴만 바라보며 앉아 있었다.

"많이 아파 그러느냐?"

"……."

"황후가 되는 것이 두려워 그러느냐?"

"……."

"난비야, 아무도 네가 황후가 될 줄 몰랐을 것이다. 그러나 너는 강한 아이니 황후가 되어도 잘 해낼 것이다."

'저는 그렇게 강하지 않습니다!'

돌연 난비가 거칠게 풀을 뜯어 던지며 고개를 쳐들었다. 은호는 제 몸에 뿌려진 풀을 털어 내지도, 버릇없는 난비를 탓하지도 않고 조용히 바라만 보았다. 퉁퉁 부어오른 난비의 눈꺼풀 아래로 검은 눈동자가 반짝 빛나더니 눈물이 주르륵 흘러내리기 시작했다.

'벌레만도 못한 제가 황후가 되게 생겼습니다. 죽지만 않으면 되는 황후 말입니다! 집에서도 천덕꾸러기였던 모자란 벙어리 계집이 황궁에서는 어떤 취급을 받을지 상상이나 가십니까? 동생의 앞길을 막아 어머니를 화나게 한 버러지 같은 쓸모없는 계집입니다. 아프냐구요? 아픕니다. 맞은 곳도 욱신거리고, 가슴도 아프고……! 저를 이리 만든 원수의 모습을 상상하면 심장이 찢어질 것처럼 괴롭습니다. 그런데, 그런데…… 그가 누군지 알 것 같습니다. 알아도 말할 수 없어서, 말해도 아무도 믿어 주지 않을 제 처지가 가여워서, 제가 불쌍해서 죽을 것처럼 괴롭습니다. 흐윽……흐으윽.'

난비는 닭똥 같은 눈물을 뚝뚝 흘리며 가슴속의 응어리를 절규하듯 내질렀다. 그러나 슬프게도 난비의 이런 심정은 짐승의 웅얼거림처럼 알아들을 수 없는 소리로 뱉어질 뿐이었다. 그것이 더 비통했던 난비가 결국 큰 소리로 울음을 터트렸다.

"으엉! 형!"

"……."

은호 역시 그녀의 마음을 다 알 수가 없었다. 억울하고 분하고 비참하고 아파하는, 시뻘겋고 시퍼런 상처들만 느낄 뿐이었다. 그래서 그녀의 말을 알아듣지 못한 미안함에 한동안은 우는 그녀를 내버려 둘 수밖에 없었다.

"흑. 흐윽……."

난비의 울음소리가 흐느낌으로 잦아들 때쯤에야 은호는 그녀의 등을 쓰다듬어 주었다.

"난새는 봉황이라, 마침내 봉황이 둥지를 찾아 날갯짓을 하니 근심이 따라잡지 못한다."

난비가 눈물이 그렁그렁한 눈을 힘겹게 치켜떴다. 스승님의 말씀은 위로가 아니라 당부같이 들렸다. 그리고 그것은 생전의 부친께서 종종 하시던 말씀과 비슷했다. 그를 처음 만났을 때도 느꼈던 반가움과 그리움이 터질 것 같은 울음을 그치게 했다.

두 사람이 서로를 깊이 들여다보며 침묵 속에 빠지자 연못가엔 바람 소리와 귀뚜라미 울음밖에 들리지 않았다.

"폐하, 어찌해야 좋을지……."

이 광경을 모두 지켜본 황제 일행은 금비의 물음이 고마웠다. 저 두 사람이 저렇게 버티고 있는데 연못 구경을 하겠다고 태연히 등장할 수도 없었다. 무엇보다 스승과 제자라는 두 사람의 관계가 유달리 깊어 보여 끼어들 수가 없었다. 황후가 된다는데 사내 앞에서 저리 펑펑 우는 여인이라니……. 모두가 황제의 눈치를 살폈다.

"폐하……."

"운치는 없었으나 볼만한 풍경이었다. 이만 돌아가자."

냉기를 풀풀 날리며 돌아서는 황제의 모습을 보고 금비는 뜻밖의 수확을 얻었다며 눈을 빛냈다.

❀

가을의 끄트머리를 타고 온 바람이 연월장의 낙엽을 쓸어 갔다. 연월호의 수면에서 달이 사라지는 시기가 찾아온 것이다. 낙엽이 덮은 수면은 어디가 땅인지, 어디가 물인지 얼핏 봐선 잘 구분되지 않았다. 보이는 것이 같다 해서 본질이 같지는 않다, 라는 모호한 계절이 보여 주는 교훈이기도 했다.

난비는 새삼스러운 듯 그 풍경을 오래오래 눈에 담고 있었다. 늘 보아 왔던 이 풍경들이 내일이면 그리워질지도 몰랐다.

"너무 좋아하지 마. 내게 미안해할 이유도 없고. 황제를 직접 뵈었더니 황후가 되지 않는 게 차라리 낫다는 생각이 들지 뭐야. 내가 아니라 언니를 황후로 데려가겠다는 이유를 알아? 나보다 언니가 못났고 모자라기 때문이래. 말 못 하는 계집이니 시끄러울 리도 없고, 소금이나 불어 대는 천박함이 궁에 가만히 앉혀 놓기 딱 좋았대. 죽지 않는 효씨 가문의 계집. 그러니 나는 거기서 불행하게 살지 않은 게 오히려 잘됐다 싶지 뭐야. 그리고 뭐 언니도 어차피 받아 줄 혼처도 없었는데, 그냥 황후 대접 받고 사는 게 낫지 뭐."

금비는 축하도, 위로도 아닌 애매한 말들로 난비의 가슴을 짓이겨 놓았다. 한 달간 은호 선생이 정성을 다해 치료해 준 덕에 난비의 상처는 씻은 듯이 나았고, 편히 쉰 덕에 혈색까지 한층 더 고와졌지만 마음만은 아직도 멍과 부기가 빠지지 않았다. 누덕누덕 기워 놓은 상처가 가라앉을라치면 저런 말들로 다시 해지곤 했다.

금비 말이 아니라 해도 저도 알고 있었다. 황제의 용안에 상처를 입혔으니 저를 데려가 두고두고 괴롭히실 작정이라 해도 어쩔 것인가. 소금 연주에 집착하셨으니, 술상 앞에 앉혀 두고 기녀 취급을 할지도 몰랐다. 다 황제의 뜻이다. 이제는 연월장과 비교도 안 되는 새장에 갇히게 될 것이다. 거스를 수 없는 황명에 운명을 맡기며.

그래서인지 갑갑했던 연월장의 담이 나날이 낮아지는 기분이 들었다.

"아씨, 난비 아씨! 마님께서 부르십니다!"

아랑이 신이 나서 달려오는 걸 보니 대례복이 도착한 모양이었다.

연월부인은 난비에게 온갖 정성과 공을 들였다. 딸이 황후가 되는 기쁨을 마음껏 내색해야 하니 말이다. 그러나 난비는 한동안 그녀를 피하는 눈치였고, 부인도 그 이유는 알고 있었다. 그날 받은 심한 모욕에 꽤나 충격을 받았을 것이니, 가슴의 응어리가 쉬이 풀릴 리가 없었다. 이제 내일이면 완전히 연월장을 떠날 텐데 이제는 가식이라도 그녀의 마음을 달래 줄 때가 왔다.

부인은 대례복을 입은 난비를 앉혀 놓고 다정한 말로 달래 주며 용기를 북돋아 주었다.

"참으로 곱구나. 네가 드디어 황후가 되는 것이냐. 이런 날이 오다니, 대견하다. 참으로 대견해!"

난비는 눈물짓는 어머니의 얼굴이 낯설어 그녀를 어찌 대해야 할지 난감해했다. 그러자 부인이 난비의 손을 꼭 붙잡았다.

"난비야, 내가 그동안 너를 모질게 대하며 후회도 많이 했었다. 허나, 어미로서 어찌 자식을 포기할 수 있었겠느냐. 내가 비정한 어미가 되어도 너만은 잘되기를 바랐어. 속상한 마음에 네게 심했다는 것도 알고 있다. 못난 자존심에 네게 사과도 못 했구나. 어미를 원망해도 좋으니 황후가 되어 행복해야 한다. 실로 하늘이 도우신 게다. 부디, 어미를 미워하더라도 어미의 가르침은 잊지 말고 존경받는 황후가 되어야 한다. 알겠지? 그리하면 하늘에 계신 네 아버지께서 얼마나 기뻐하시겠느냐."

눈물을 자아내는 부인의 당부가 상처받은 난비의 마음을 어루만져 주었다. 난비는 고개를 푹 숙이고 어색하게 대례복의 소맷자락을 만지작거렸다. 비록 그것이 거짓인 줄은 몰랐지만, 난비의 마음은 한결 홀가분해졌다.

그날 저녁 난비는 은호와 마지막 수업을 가졌다. 평소처럼 연주를 마친 난비에게 은호는 칭찬 대신 이별을 고했다.

"내일이면 이제 정말 황후가 되는구나. 정말 장하다, 난비야."

은호의 말을 듣고 보니 난비는 가슴에 꽉 막혀 있던 불안하고 두려운 감정의 실체를 확인 할 수 있었다.

'황후가 되고 나면, 저는 두 번 다시 스승님의 손을 잡고 스승님과 함께 걸을 수가 없을 테지요. 저는 이제 누구에게 위로받아야 합니까?'

아버지처럼 따르고 의지한 은호의 곁을 떠나는 것이, 살얼음 진 황궁 생활보다, 황제의 무서운 얼굴보다 더 두렵다는 것을.

난비의 얼굴에 그늘이 지는 것을 은호가 어찌 이해할 수 있겠는가. 다만 상처투성이의 마음을 안고 아무도 없는 황궁으로 가는 것을 두려워한다고만 생각했다. 은호가 그녀의 머리를 쓰다듬었다.

"궁인들도 모두 사람이다. 사람이 사람을 따르게 하는 일은 모두 정성에서 비롯된다. 포기하지 말고, 조급해하지도 말고 편안하게 정성을 다하면 궁인들도, 황상도 모두 너를 좋아하게 될 것이다."

난비는 피식 웃고 말았다. 마지막까지 스승은 저를 가르치는 것밖에 모르시는 분 같으니 말이다. 그녀는 자신을 보내는 스승의 마음이라도 편히 해 주려고 그의 앞에서 환히 웃어 보였다. 그러나 제 앞에 도사린 시련이 얼마나 크고 무서운지 알았다면 그 웃음도 쉽지는 않았을 것이다.

02.

향연곡, 그리고……

봉황의 금빛 날개와 화려한 꽃 장식의 봉여(鳳輿:대례식에 황후가 타는 가마)에 난비가 몸을 실었다. 연월부인은 가마에 오르는 난비를 향해 거짓 눈물을 찍었다. 봉여를 탄 난비가 상여를 타고 돌아올 것을 기대하며……

　화려한 봉여의 위용에 놀랐던 난비는 가마에 오르자 숨이 턱 막혀 왔다. 아무리 너르다지만, 텅 빈 가마는 사방이 꽉 막혀 아무것도 볼 수 없었다. 거추장스러운 옷과 가체가 짓누르는 무게감은 갑갑함을 배로 가중시켜 가뜩이나 불안한 마음을 조여 왔다. 그러나 다행히도 가마가 움직이고 음악 소리가 들리자 조금씩 숨이 트이기 시작했다.

　축복을 노래하는 궁중음악은 경쾌함에도 힘이 실려 있었다. 새 황후를 맞이하는 악공들의 설렘이 악기를 들뜨게 했다.

음을 듣던 난비도 잠시나마 근심을 잊고 소리가 이끄는 감정을 따르기 시작했다. 한결 마음이 편안해지더니 점점 향연곡의 선율에 몸이 달았다. 그녀는 소매 품에 숨겨 온 소금을 꺼냈다. 떠나기 전에 스승님께 보내는 선물이었다.

난비가 향연곡을 좇아 음을 맞추기 시작하자 가마 밖의 악공들은 당황했다. 일순 음이 흐트러지며 서로 눈짓하기 바빴다.

난비는 그 틈을 놓치지 않고 제 흥에 맞추어 곡을 바꿔 나갔다.

곧 생소한 음률에 이끌린 악공들이 너도 나도 소금 소리를 따라왔고, 멋모르는 백성들의 춤사위가 한층 더 들썩거렸다.

가마 행렬의 꼬리를 지켜보던 은호 선생이 웃음을 머금었다.

'내 생애 이렇게 훌륭한 향연곡을 들어 본 적이 없습니다. 마마.'

은호는 그 소리가 제게 보내는 황후의 이별가라는 것을 알아차렸다. 하지만 그는 이것이 완전한 이별이 아님을 알고 있었다.

향연곡이 아득히 멀어지자 은호는 안으로 들어와 짐을 꾸렸다. 다시 밖으로 나온 은호가 하늘을 우러러보며 속으로 말했다.

'이보게, 문재. 이리 아름다운 향연곡을 들어 보았는가. 부디 이 길 위에 또다시 진혼곡이 퍼지지 않도록, 오늘의 향연곡이 오래도록 이 길에 기억될 수 있게, 그대가 힘써 주어야 하네.'

은호는 대답 없는 하늘을 무시하고 목적지를 향해 걷기 시작했다.

긴 축제의 행렬과 꽃비 같은 향연곡을 이끌고 마침내 난비는 으리으리한 황궁으로 들어섰다. 눈이 휘둥그레질 만큼 거대한 전각들과 한 치의 오차도 없이 정비된 돌길이 난비의 기를 죽였다. 떨리는 몸을 추슬러 간신히 천여 명의 사람들 앞에 선 난비는 대례식이 시작되자 너무 긴장해서 혼이 나가 버릴 것 같았다. 그 좋아하는 음악마저도 쉼 없이 흘러나와 가슴을 울렁이게 하니, 오감까지도 모두 지쳐 버렸다.

반나절을 허비한 끝에 마침내 사람의 진을 쏙 빼놓는 허례허식이 모두 끝났다. 처소에 도착한 난비는 이제야 쉴 수 있게 되었다 한시름 놓고 있었다. 그런데 잠깐의 휴식도 허락되지 않았다. 일사불란하게 움직이는 상궁들이 황상과의 첫날밤을 위해 끊임없이 당부하고 단속하고 준비했다. 이미 한 달 남짓 궁궐 법도와 의식을 익혀 왔으니 꼬장꼬장한 상궁의 잔소리는 시끄러운 잡음일 뿐이었다.

그러나 한동안 쉬지도 못하게 사람을 달달 볶던 상궁들이 시간이 되었다며 한 번에 사라지고 나자 황제와 단둘이 있게 되는 것이 또 두려워졌다. 한 달 전 제가 용안에 상처를 냈던 걸 생각하면 소름까지 돋았다. 그날은 제가 죽도록 맞은 탓에 넘어가졌지만 오늘 그 일을 꺼내시면 어찌해야 하나 불안했다.

그런데 바짝 얼어서 황상을 기다리던 난비도 시간이 흐르자 긴장감이 흐트러지기 시작했다. 이상하게 황상께서는 아무리 기다려도 들어오시지 않았고, 전날도 잠을 설치고 하루 종일 시달렸던 난비는 몰려오는 졸음을 이기지 못했다. 몇 번 하품을 하다 꾸벅꾸벅 졸더니 그만 고개를 아래로 푹 꺾고 잠이 들고 말았다.

얼마나 잤을까. 돌연 제 턱에 얼음같이 차가운 손길이 느껴져 화들짝 놀라 눈을 떴다. 턱을 치켜 올린 자와 눈이 마주친 난비는 가슴이 철렁 내려앉으며 잠이 확 달아났다. 황제의 용안이 코앞에 있었던 것이다.

"제법 깨끗하게 나왔구나."

무심하고 차가운 눈빛으로 난비의 얼굴을 이리저리 돌려 보던 황제가 감상을 늘어놓기 시작했다.

"동생과는 묘하게 닮지 않았군."

난비는 그가 마치 금비와 닮지 않은 자신을 탓하는 것 같아 죄스런 마음에 눈을 감았다. 모두가 황후가 되어 주길 원하는 금비를, 그 아름다운 아이를 황제께서도 보셨다면서 무슨 악취미로 저를 데려오셨을까.

"특히 그 눈이."

날카로운 목소리에 난비는 번쩍 눈을 떴다.

그러나 황제는 흥미를 잃었다는 듯 난비의 턱을 내려놓고 돌아섰다. 맞은편 자리에 털썩 앉은 강위는 예복의 겉옷과 관을 아무렇게나 벗어 둔 채 탁자에 놓인 합환주를 저 혼자 따라 마시기 시작했다.

쪼르륵.

술 따르는 소리가 유난히 크게 들릴 만큼 방 안은 싸늘한 적막감이 감돌았다. 난비는 황제의 돌발적인 행동에 머릿속이 까매지면서 상궁들이 신신당부했던 법도가 하나도 생각나지 않았다. 황상께서 제게 다정할 리가 없다는 건 각오하고 있었지만 이렇게 난감해질 것은 예상치 못했었다.

'술을 따라 드려야 하나? 가만히 있는 편이 나을까······.'

본래, 황제가 술을 따르라고 하면 난비가 잔을 채워 드리고, 또 황제가 난비의 잔을 채워 주는 것이 법도였다. 헌데, 황제가 저러고 계시니 점점 초조해질밖에.

'혼자 다 마셔도 괜찮으신 건가? 그냥 의식이긴 하지만······.'

그런 난비의 마음을 눈치챘는지, 황제가 대뜸 입을 열었다.

"내가 이 합환주를 세 번, 아니 이것까지 네 번을 마셨지만, 백년해로는커녕 다들 몇 해를 넘기지 못했다. 그런데 넌 어차피 죽지 않을 테니 이깟 술 한 모금 못 먹는다고 서운해하지 말라."

"······."

난비는 빈정대는 황제의 말에서 지독한 자괴감을 느꼈다. 말을 잃고 소리에만 미쳐 있던 자신은 황후들의 잇단 죽음에도 그저 나라 안에 울려 퍼지는 음악이 좋았었다. 슬픈 음에 마음이 젖는 것도 좋았고, 흥겨운 선율에 함께 올라타는 것도. 국상이든 국혼이든 그러려니 했다. 하루가 멀다 하고 도적들의 목이 잘려 가고 전염병과 기근으로 굶어 죽는 백성들이 넘쳐나는데, 황후 셋의 죽음은 멀고도 감흥 없는 일이었던 것이다. 그런데 자신이 그녀들의 뒤를 이어 황후가 되고 보니, 그녀들의 사연도, 황제의 괴로움도 와 닿기 시작했다.

쪼르륵.

술을 따르는 소리가 황제의 눈물처럼 처량하게 들린 것도 그런 이유에서였다. 어쩌면 그에게는 부인의 죽음에도 눈물이 허락되지 않았을 것 같았다. 조금 전까지 야차처럼 두려웠던 황제가 저와 다르지 않은 사람으로 보이기 시작했다.

난비는 뭔가에 이끌린 사람처럼 조용히 일어나 펄럭이는 소매 품을 단정하게 추스르고 술병을 집어 들었다. 그리고는 술병을 기울여 황제의 빈 잔에 시냇물처럼 청량한 소리를 채워 드렸다.

여태 무심했던 강위가 찰랑찰랑 차오르는 술잔을 기다리며 힐끗 그녀를 살폈다. 아래로 향한 난비의 눈은 긴 속 눈썹이 내려와 보이지 않았다. 화장 때문인지 더 하얀 피부와 검고 풍성한 속눈썹이 고고해 보였다. 요전 날 연못가에서 소금을 불던 모습과 달라 같은 이가 아닌 것 같았다.

"흥이 나질 않는다."

"……?"

"술을 따랐으면 노래를 하든 연주를 하든 해야 할 게 아니냐?"

초야를 치르는 여인에게 기녀처럼 노래하라는 모멸감을 주었는데도 난비의 얼굴엔 불쾌하거나 서운한 기색이 전혀 없었다. 그 정도는 각오하고 있었으니 오히려 난비는 조금 설렌 표정으로 품속에 손을 넣고 꼬물거렸다. 적어도 소금으로 맞는 일은 일어나지 않았으니까.

난비가 그녀의 분신처럼 여기는 오죽 소금을 꺼내 들자 강위는 한 달 전의 아픔이 새록새록 떠올랐다. 해서 무심코 제 뺨을 어루만지며 퉁명스럽게 물었다.

"그거밖에 다룰 줄 모르느냐?"

난비는 황제께서 인상을 쓰며 뺨을 쓰다듬자 뜨끔해서 소금을 무릎 위로 스윽 내려놓았다. 그러자 강위는 더 노골적으로 자신의 뺨을 문지르며 투덜거렸다.

"됐다. 어찌 다루든, 네가 그것 다루는 솜씨가 뛰어난 듯하니."

난비의 하얀 뺨에 설핏 붉은색이 감돌았지만 소금을 쥔 그녀의 손에는 힘이 들어갔다.

무슨 곡을 연주하는 게 좋을까 잠시 고민했지만 오래 걸리진 않았다. 자신 있게 팔을 들어 올린 난비는 술자리에 어울릴 만한, 그러나 경박하지 않은 풍류악을 골라 새가 노래하듯 자연스러운 선율을 타기 시작했다.

술잔을 내려다보며 강위는 음악에 귀를 기울였다. 상청을 나지막하게 연주하자 소리의 떨림이 운치가 있었다. 봄비를 맞은 꽃봉오리처럼 소리에 젖어 들어갔다. 만개한 꽃이 바람을 타고 흩어지고, 강위의 술잔에 부드러운 파문이 이는 듯했다. 그리고 다시 잔잔해진 음은 꽃잎이 머문 술잔에 눈처럼 고요하게 쌓여 갔다. 강위는 소리의 향기가 가득 담긴 술잔을 입으로 가져갔다. 혀에 감기는 술맛이 달고 청아했다.

연주가 끝났는데도 황제가 이렇다 할 말이 없자, 난비는 빈 술잔을 다시 채워 드리려 손을 뻗었다. 그러나 황제는 그녀의 손이 술병에 닿기도 전에 스스로 술잔을 채우고 탕 소리가 나도록 병을 내려놓았다.

'마음에 안 드셨나……'

무안해진 난비는 소금과 함께 무릎 위에 손을 모으고 그의 다음 지시를 기다렸다.

황제는 쉬지 않고 술을 마셨지만 연거푸 들이켜진 않았다. 깊은 생각에 잠긴 사람처럼 절도 있는 동작으로 술을 따르며 한 방울도 흘리지 않고 천천히 술잔을 기울였다. 그러다 보니 시간은 지루하게 흘러갔다.

소금을 쥔 난비의 손에 촉촉하게 땀이 배었다. 손가락을 꼼지락거리던 난비는 저도 모르게 소금의 운지법을 흉내 내며 긴장을 달래고 있었다.

그때였다.

"두 번째 황후가 어찌 죽었는지 들었느냐?"

황제의 물음에 난비의 손가락이 움찔 멈추었다.

고개를 든 난비가 그와 눈을 맞추고 안다는 듯이 조심스럽게 고개를 수그렸다.

"물을 필요가 없는 질문이었군. 모를 리가 있나……. 그 무거운 돌덩이에 깔려 피떡으로 뭉개져 죽었으니, 백성들의 기억에 오래도록 남을 죽음일 테지."

강위는 두 번째 황후의 곱상한 얼굴을 떠올렸다. 첫 번째 황후를 보낸 후 그녀를 더 보듬어 주지 못한 죄책감에 짓눌려 왔다. 그래서일까. 두 번째 맞이한 여인은 더 고와 보였다. 예쁘다기보다 곱고 가녀린 여인이었다. 그녀를 귀히 여기며 연정을 나누리라 마음먹었다. 거리낌 없이 마음을 열어 웃음을 건네고 늘 최선을 다해 안아 주었다. 여인의 속살이 따뜻하고 편안하다는 것을 알게 해 준 심성이 부드러운 여인이었다.

그러나 죽었다. 처음 여인보다 여섯 달을 더 살았으나 결국 오래 살지 못하고 자신을 떠났다. 성벽 공사장에 백성들을 위로하러 간다 했을 때 말렸어야 했다. 그녀의 자애로운 웃음을 백성들이 보아주길 바란 것이 욕심이었다. 무리 없이 진행되던 공사장에서 축조 중인 성벽이 어째서, 왜 하필 그녀의 위로 무너졌을까. 분노하고 울부짖었다. 황후의 죽음이 불행하고 부주의한 사고라 여기는 대신들의 태도가 더욱 의심을 부추겼다. 연월장과 대사농, 그리고 녹상서사와 승상까지 모두가 한 통속이란 것을 진즉에 알았지만, 이제와 밝혀낼 방법이 없었다. 사건은 서둘러 정리되었고, 증인들은 한목소리로 사고라고 외쳤다.

공사 책임자들의 목을 베며 자신은 무심에 들었다. 그들의 피로 황후의 망혼을 위로할 수 없음을 알았지만 이를 저지할 힘이 없었다. 저들이 죄를 덮기 위해 또 다른 사람을 죽이는 것을 알면서도 이를 막을 힘이 없었으니 지치고 만 것이다. 허나 얼굴이 으깨진 황후의 시신을 비단보로 가리지 않았다. 그 처참함을 모두가 보고 오래도록 기억하길 바랐기 때문이었다. 거짓 울음을 쏟아 내는 간악한 것들에게 꿈에라도 보이게끔 말이다. 그리고 자신 또한 이 모습을 가슴에 새기고 원한을 잊지 않으리라. 덕분에 웃는 모습이 화사하고 뽀얗던 황후의 얼굴이 기억조차 나지 않았다.

다시 시작된 무거운 침묵 속에서 난비는 황제의 까만 눈동자를 불안한 눈으로 바라보고 있었다. 그의 눈에 언제 터질지 모르는 커다란 분노가 도사리고 있었다.

'무엇 때문에 이리 분노하실까? 황후들의 죽음을 황제의 저주로 몰아가는 미신 때문에? 이를 믿는 민심 때문에? 아니면 죄책감이

실까…….'

이번엔 황제께서 또 어찌 나오실까 겁이 나면서도 의아했다. 여태 금비를 마다하더니 돌연 저를 선택한 황제의 변덕도 이해되지 않았는데, 초야에 이런 이야기를 꺼내며 우울해하시는 연유는 대체 뭐란 말인가.

"세 번째 황후는 얼굴이 하얗게 질린 채 혀를 빼물고 죽어 있었다. 아무리 어리석은 여인이었다 해도, 황후가 떡을 먹다 죽었다니……. 믿기느냐?"

강위는 말 못 하는 난비에게 대답을 기대하지 않았는지 저 혼자 대답을 이었다.

"믿어야겠지. 나도 이제 너를 얻어 더 이상 죽어 나갈 황후가 없으니 믿어 볼까 한다."

그러더니 갑자기 그녀 앞에 놓인 잔을 가져가 술을 따랐다.

"좋다. 합환주를 마시자꾸나."

'무엇이 좋다는 말씀이실까?'

난비가 궁금함을 내색 않고 따라 주는 술잔을 입으로 가져가자, 강위는 그 모습을 비웃으며 날카로운 한마디를 던졌다.

"황후들의 처참한 죽음 모두 네 어미의 작품이라지."

"컥. 콜록콜록……."

목으로 넘어가던 술에 사레가 걸린 난비가 간신히 술잔을 떨어뜨리는 참사를 막고 부르르 떨고 있었다.

'그게…… 무슨?'

"아무것도 모른다는 표정이 아주 그럴듯하다. 아니. 실제로 너는 아무것도 모를지도 모르지. 말 못 하는 천덕꾸러기에게 소금 하나 쥐여 주고 바보처럼 살게 했을지도 모르지."

"……."

난비는 그 큰 눈을 동그랗게 뜨고 가슴 철렁한 그의 말을 꼼짝 않고 듣고 있었다.

"실제로 네 연주는 참으로 소탈하고 즐거웠다. 그날도, 조금 전도. 왜 하필 금비가 아니라 너를 선택했는지 궁금한가?"

'줄곧 마음에 걸렸습니다. 왜 하필 저입니까.'

"이왕이면 아무것도 모르는 계집이 황후가 되어야 내가 휘둘리는 일이 덜하지 않겠느냐. 너는 이곳에서 네가 좋아하는 그 소금이나 불며 마음 편히 지낼 수 있으니 나쁘지 않을 것이다."

말할 수 있다 해도 할 말 없게 만드시는 터무니없는 이유였다. 무슨 증거로 연월장을 의심하고 핍박하는지는 모르겠지만 좌우지간 그 때문에 피해를 입은 것은 저였다. 이제 스승님을 쉬이 만나지도 못할 것이다. 낭군 되시는 황상께선 저를 모자란 계집 취급하며 증오하시니 불행한 날들이 펼쳐지리라.

강위는 난비가 우울한 표정으로 들릴 듯 말 듯 한 작은 한숨을 내쉬자 전에도 느꼈던 찜찜한 기분이 엄습해 왔다. 사실 강위가 그녀를 황후로 맞겠다고 말을 뱉은 것은 저도 모르게 충동적으로 저지른 짓이 아닌가.

그날 난비의 소금으로 뺨을 얻어맞고도 이상하게 화가 나거나 불쾌하지 않았다. 그는 진심으로 사람을 홀리는 그 연주가 궁금했고, 신비로운 여인에게 호기심이 생겼었다. 그래서 곡명을 물어 본다는 핑계로 대화를 나누려던 것인데 연월부인의 등장으로 그만 흥이 깨져 버려 돌아섰다. 연월장을 나선 후 그래도 곡명은 듣고 가야겠다는 생각에 다시 찾았더니, 종년에게나 할 법한 매질과 폭언에 엉망이 된 난비의 모습을 보게 된 것이다.

그 순간 연월부인이 그간 제 황후들을 어찌 죽였는지 떠올랐다. 목적을 위해 수단과 방법을 가리지 않는 부인은 일을 망친 여식에게도 자비가 없었다. 난비가 부인의 계획을 망쳐 버렸다. 그리고 더 망쳐 버릴 수 있는 길이 떠올랐다.

'오냐. 어차피 네 딸이 내 황후가 되어야 한다면, 차라리 네가 버린 패가 낫겠구나!'

심술일지도 몰랐다. 그렇지 않으면 제 행동을 스스로도 이해할 수 없으니 말이다.

궁으로 돌아와 사모달이 제 눈치를 보며 넌지시 청했을 때도 대답해 줄 말이 없었다.

"폐하. 금비가 저희가 생각했던 것과 달리 심성이 고와 보이옵니다. 어차피 연월장의 여식을 맞이하기로 하였으니, 그냥 금비와 국혼을 올리시는 게 어떠실지……. 저는 아무리 모르고 그랬다지만 폐하의 용안에 상처를 입히질 않나, 말도 못 하는 데다 소문도 좋지 않은 여인이 황후가 된다는 게 영 마뜩치가 않사옵니다."

"금비든 난비든 다 마뜩치 않다."

"그래도 금비는 폐하께서 찾으시던 여인 아닙니까. 그 진혼곡을 부르던……."

"난 찾은 적이 없다. 네놈이 찾았겠지."

분명 야산에서 그 진혼곡을 들었을 때는 음에 끌렸던 것도 사실이었다. 헌데, 그날 밤에는 그다지 마음에 와 닿지 않았더랬다. 사모달은 제 속도 모르고 이왕이면 금상첨화 금비라며 뭐에 홀린 사람처럼 시끄럽게 굴더니, 크게 마음먹은 듯 위험한 소리까지 꺼내제 맘을 돌리려 애썼다.

"뭣보다 본인이 그리 황후가 되고 싶지도 않아 보이지 않았사옵니까? 은호란 자 앞에서 대성통곡을 하는 걸 보면 영······."

"모달아."

"예, 예, 폐하!"

"말 나온 김에 은호에 대해 좀 알아보거라."

"네? 뭘 더 알아보란 말씀이십니까?"

"그냥. 이것저것. 다. 전부 알아보거라."

그렇게 대답을 회피하자 사모달은 더 이상 참견하지 않았다. 그러나 제 맘은 이미 너무 복잡해서 한 달이란 시간이 흘러도 제대로 답을 찾지 못했다.

갑자기 온갖 잡념이 맴돌자 강위는 고개를 세차게 저으며 그것들을 떨쳐 냈다. 더 이상 난비도, 금비도 생각하지 않겠다고 마음먹고 남은 술잔을 마저 털어 넣었다.

"다 마셨으면 침상으로 가거라."

"······?"

"합환주를 나누었으니, 몸도 나누어야 하지 않겠느냐?"

"콜록······."

"네가 겁간을 당했다는 소문은 나도 들어 알고 있다."

"……!"

"그게 맞든 아니든 그것 역시 나는 개의치 않는다."

난비는 황제의 앞임을 잊고 세차게 고개를 저었다. 결코 그런 일은 없었노라 온몸으로 억울함을 호소했다. 헌데 황제는 이를 아는지 모르는지 제 할 말만 계속해 나갔다.

"여태 황손이 없었던 것도 저주 탓이라지. 효씨 가문의 여식이 황후가 되지 않으면 황실의 대가 끊긴다던가?"

난비는 황상께서 연월장에 대해 오해하고 있음이 답답했다. 황상의 어지러운 심기를 어찌 풀어 드려야 하나 걱정이 앞섰다. 상궁이 그림까지 보여 주며 어찌해야 하는지 알려 줬지만, 난비는 살색 가득한 그림을 눈에 제대로 담을 수가 없었다. 경험 많은 황제께서 그런 것은 어련히 알아서 잘 아시리라, 상궁들도 더 채근하지는 않았으나 막상 닥치니 그때 조금이라도 더 알아 놓을 것을 그랬다 후회가 든다.

"뭘 하고 있느냐? 예 앉아서 초야를 치를 셈이냐?"

황상과의 초야를 꾸물거릴 수는 없었다. 고개를 숙이며 일어선 난비가 먼저 침상으로 들어가 앉았다.

빠르지도, 느리지도 않은 걸음으로 다가간 강위는 침상에 마주앉아 그녀의 가체를 내려놓고 옷을 벗기기 시작했다. 강위의 손놀림에는 조바심이나 기대감 같은 것이 전혀 보이지 않았으니, 난비를 배려해 주려는 마음 역시 있을 리가 없었다.

본능적으로 그것을 느낀 난비는 몸이 떨려 왔다.

'이것이 부부가 되는 자연스러운 의식이라 들었다. 하지만……

내가 정말 황상의 부인이 된다고? 나 같은 게 황후라고?'

　낮에는 너무 따분하고 긴장한 탓인지, 부부의 연을 맺고 황후가 된다는 것을 체감하지 못했었다. 헌데 거침없이 제 옷을 벗기는 황제의 손길이 느껴지자 이제 제가 당할 일이 절감 되었다. 다시 돌아올 수 없는 강을 건너고 만 것이다.

　강위 역시 그녀가 떨고 있는 것을 느꼈다. 하지만 그의 손은 더욱 거칠고 빨라졌다.

　'그런 취급을 당하며 사는 것보단 황후로 대접받는 것이 네게 더 나을 것이다.'

　강위는 황제의 여인이 되는 것을 불행처럼 여기는 난비의 표정이 마음에 들지 않았다. 초야를 보내는 황후들은 하나같이 수줍어하고 두려워했으나 난비 같은 얼굴을 한 이는 없었다.

　강위의 손에 힘이 들어갔다. 그녀의 옷을 어깨에서부터 허리까지 단번에 끌어내리자 난비가 눈을 꼭 감고 몸을 움츠렸다.

　혼란스러워하는 난비만큼이나 강위 역시 흩어지려는 이성을 다 잡느라 힘에 겨웠다. 그녀의 동그랗고 하얀 어깨에서 기다란 마른 팔까지 시선이 따라 내려갔다. 설옥같이 빛나는 피부가, 움츠린 쇄골의 깊이가 만들어 낸 음영과 대조적이었다. 그가 생각했던 것보다 훨씬 더 유혹적인 자태에 정신을 차릴 수가 없었던 것이다.

　'내가 취할 때도 다 있구나.'

　합환주를 혼자 마신 탓으로 돌려 보지만 평소 주량을 생각해 보면 그런 것이 아니었다. 시간을 더 지체했다간 추태를 보일까 염려되니 손이 바빠졌다. 반쯤 벗겨진 난비에게 다가가 안듯이 팔을 등 뒤로 돌려 가슴가리개를 풀었다. 목덜미에서 풍기는 진한 분 냄새가 주향마저 씻겨 내며 그를 유혹하는 것 같았다.

난비는 귓불을 스치는 황제의 숨결에 숨이 턱 막혀 왔다. 귓불이 붉어지는 것을 들킬까 침을 삼키는데, 가리개를 푸는 그의 손이 빨라지고 있었다. 마음의 준비가 아직 덜된 것 같은데 순식간에 가슴이 허전해졌다. 그리고 목을 간질이던 그의 체온이 사라졌다. 눈을 뜨지 않았지만 제 몸을 훑고 있는 시선이 느껴져 팔을 감싸 안았다.

강위는 난비가 등을 웅크리자 가슴이 만들어 낸 계곡에서 새삼 여체의 신비로움이 느껴졌다. 수줍게 자리 잡은 젖무덤에는 조그마한 설익은 열매가 매달려 있었다. 아직 옷에 싸여 있는 잘록한 허리 아래를 당장이라도 벗겨 버리고 싶은 초조함이 밀려왔다.

'강위야. 겨우 육체에 이끌릴 정도로 나약하였느냐.'

세 명의 황후와 첫날밤을 보냈고, 길일을 골라 후사를 만드는 데 힘써 왔던 황제였다. 물론 하늘의 뜻인지, 사람의 뜻인지, 아직 그에게는 후사가 없었다. 아직 젊다 해도 경험이 적지 않은 강위는 자신이 간악한 효씨 가문의 여식에게 끌린다는 것이, 황후들을 죽게 하고 이 자리에 오른 난비에게 사내의 본능이 요동치는 것이 못마땅했다. 돌연 치솟아 오르는 욕정과 그에 반하는 분노에 울컥해 난비의 가슴을 움켜쥐었다.

"으!"

사내의 손이 맨살에 닿은 것만으로도 부끄러울 난비에게 쥐어짜는 듯한 손아귀의 힘은 충격이었다. 절대 소리 내지 말라던 상궁들의 충고가 기억나 입술을 안으로 꼭 말아 물고는 실수로 뱉은 신음을 삼켰다.

"그리하라 배웠더냐?"

대뜸 무슨 말씀이신가, 난비는 꼭 감고 있던 눈을 뜨고 황상의 눈치를 봐야 했다.

"소리 말이다."

그의 짧은 대답 직후 난비는 가슴에 더 진한 아픔이 몰려와 다시 눈을 찡그렸다.

생소한 아픔이었다. 견디기 힘든 그런 통증이 아니었다. 어쩌면 아픔보다 긴장과 부끄러움 때문일지도 몰랐다. 여하튼 그의 손길을 견디기가 쉽지 않았다. 맞물린 입술 사이로 조금씩 내뱉는 신음 소리는 진짜였다.

하지만 강위는 그녀가 피범벅이 될 때까지 매를 맞고도 울지 않는 것을 보았다. 그래서 이 정도에 신음하는 난비를 이해할 수 없었다.

"상궁이 입술을 물어도 된다 하더냐?"

본래 상궁은 경박스러운 교성을 내지 말라는 것이었지만, 남녀의 정사를 해 본 적 없는 난비는 그 말을 곧이곧대로 해석했던 것이다.

난비가 눈을 떴다. 그러고 보니 입술을 깨물면 안 된다고 한 것도 같다. 속으로 어쩌란 말인가, 말도 안 되는 궁중의 법도를 원망하며 물고 있던 입술을 다시 내밀었다.

순간 강위의 가슴이 쿵 하고 울렸다. 크고 맑은 눈동자와 도톰한 입술이 너무 순진해 보여 다른 의미로 도발적이었다. 아무래도 그녀의 얼굴을 더 보고 있다가는 제 이성이 남아나지 않을 것 같다는 생각이 들었다. 강위는 인상을 쓰고는 그녀의 몸을 돌려 앉혔다. 그러나 돌아앉은 난비는 더 요염했다. 하얗게 드러난 늘씬한 등허리는 소금을 연주하느라 늘 바르게 세운 탓에 난비 자신도 모르는 사이 아름다운 여인의 곡선을 만들어 놓았던 것이다.

매끈하고 보드라운 살결이 유연하게 아래로 흐르다가 하얀 속곳으로 가려진 언덕을 만났다. 강위는 한숨을 내쉬었다. 아무런 감정 없이 초야를 대충 보내려 했거늘 자꾸만 저를 흔들어 놓는 난비 때문에 곤욕스러운 것이다.

난비는 왜 제가 뒤돌아 앉아야 하는지 궁금했지만, 그보다 자꾸만 법도와 다르게 진행되는 초야 의식이 신경 쓰였다.

'내가 옷을 벗겨 드려야 하는데. 어쩌지?'

하지만 황제가 과감하게 속곳을 풀어 버리자 그런 고민은 사라져 버렸다.

난비는 이제 몸에 걸친 것이 아무것도 없었다. 금실이 수놓아진 붉은색 비단 예복이 꽃잎처럼 침상 위에 흐드러졌다. 그 가운데 백색 나신의 그녀가 제 몸을 감싸고 주저앉아 있었다.

강위는 난비의 뒤꽂이를 풀어 올린 머리를 앞으로 가지런히 넘겼다. 그리고는 떨리는 호흡을 가다듬고 입을 열었다.

"나는 너를 안고 싶지 않다."

'······!'

등 뒤로 들려오는 황제의 차갑고 단호한 목소리에 난비의 어깨가 움찔거렸다.

"우리에게 후사가 생길지 점쳐 볼 수 있겠느냐? 내가 너를 박대하면, 네 어미가 어찌 나올까? 이번엔 또 무슨 소문으로 나를 음해하고 연월장의 세를 불릴지 무척이나 기대가 되는구나."

'폐하. 설마 무녀들의 참언이 연월장의 음모라 여기시는 것입니까?'

난비의 소리 없는 물음이 황제에게 전해지지 않았기에 그녀는 참담해했다.

'어디든 내가 있을 자리는 없구나.'

진득한 외로움이 밀려오는데, 황제의 팔이 제 허리를 안아 왔다. 맨살에 단단하게 감겨 오는 사내의 굵은 팔에 눈을 꼭 감았다. 황제는 귀엣말로 단호하게 말했다.

"너를 황후라고 생각지도 않는다."

'연월장을 의심하시기 때문입니까…….'

난비는 백성들이 칭송하는 어머니의 인품과 연월장의 명성을 황제께서 오해하시는 게 억울했다. 제게는 차갑고 모진 분이지만 모두가 아버지의 효씨 가문을 바로 세우기 위함이시라 여기고 있었기 때문이다.

"우리 사이에 황손이 생산되는 일은 없을 것이다."

'저는 또 죄인이 돼야 합니까?'

황제는 여태 난비를 희롱하던 손을 거두었다. 그러자 난비는 차라리 그의 손길이 닿을 때가 덜 수치스럽다는 것을 알게 되었다. 흥이 깨졌다는 듯 제 몸에서 떨어지는 황제 덕분에 버림받은 여인의 몸이 얼마나 치욕스러운지 깨달은 것이다.

"허나 초야는 치러야겠지. 어찌해 주길 바라느냐? 겁탈당한 소문을 잠재워 주길 바란다면 그 정도는 해 줄 수 있다."

난비는 초야를 치른다면서 안지는 않겠다는 황상의 말씀이 도통 무슨 소린지 알 수가 없었다.

"초야 혈흔 말이다. 내인들에게 내보일 것은 있어야 하지 않느냐?"

"……!"

난비는 얼굴을 새빨갛게 물들이고 몸을 떨었다.

'제가 더러워 합궁을 치르지 않으십니까?'

난비가 그런 생각까지 하고 있는 줄 모르고 황제는 침상에 몸을 누이며 태연한 목소리로 말했다.

"혹 모를 일이니 짐승의 피를 구해 놓았다."

난비는 황제의 준비가 저를 믿지 못했기 때문이라 여겼다. 실수로 저를 안았다 해도 겁탈을 당한 것이 사실이라 알려지면 황실의 체면이 깎일 것이 염려되셨던 게 아니겠는가.

'저는 그런 거짓을 원치 않습니다.'

난비는 황상이 벗겨 놓은 제 옷가지를 주섬주섬 주웠다.

"그냥 두어라."

"……?"

"초야를 치르겠다 말하지 않았느냐? 누워라."

난비는 두려웠다. 벗어날 수 없는 무거운 현실과 암울한 앞날이 기다리고 있었다. 오늘 밤이 지나면 이보다 더한 불행의 날들이 기다리고 있을 테니, 앞으로의 일을 생각하면 지금 당장의 일은 아무 것도 아니었다. 벗은 몸에 소름이 돋았다. 으슬으슬 오한이 드는데도 사람의 곁에 눕는 게 이리 어려울 줄 몰랐다.

강위는 그녀가 매우 힘들게 침상에 눕는 것을 느꼈지만 그녀에게 눈길도 주지 않았다.

그것은 난비도 마찬가지였다. 난비는 끝끝내 황제 쪽으로 쳐다보지도 않고 옆으로 돌아눕더니 사부작거리며 제 밑에 깔린 이불을 끄집어내겠다며 팔을 휘저었다.

그 모습을 끝까지 모른 체하려던 강위가 인상을 쓰며 눈을 감았다. 하지만 난비의 무거운 몸부림이 자꾸 신경에 거슬렸고, 결국 돌아보지 않은 채 퉁명스럽게 묻고 말았다.

"추우냐?"

난비는 어깨를 움찔할 뿐 대답이 없었다. 이런 무안함을 당해 본 적 없는 강위는 미간을 좁히다가 '아차' 했다.

'말을 못 하지.'

허나 사람이, 그것도 황제가 물으면 고개를 끄덕이든지, 돌아보든지 해야 하는 게 아닌가? 강위는 난비 쪽으로 눈을 흘기며 억양에 은근한 위엄을 담아 다시 물었다.

"추우냐 물었다."

크게 숨을 들이켠 난비는 조그맣게, 아주 조그맣게 고개를 저었다. 강위가 겨우 알아볼 만큼 작은 몸짓이었다.

"그럼, 부끄러우냐?"

난비가 다시 고개를 저었다. 역시나 답답하기 짝이 없는 움직임이었고, 여전히 돌아보지 않은 채였다. 침을 삼키는지 목덜미가 울렁거리고 있는 것을 보면 제가 겁이 나는 것은 분명했다.

답답함이 치솟은 강위가 갑작스레 몸을 일으키고는 순식간에 난비를 돌아눕히며 그녀의 어깨를 붙잡고 내려다보았다. 놀람을 담은 그녀의 눈동자에 서서히 원망과 두려움 아니, 두려움보다는 서운함이 깃들었다. 강위는 그녀의 눈빛이 따가웠다. 한꺼번에 수없이 많은 말들을 쏘아붙이는 것 같았다.

"내가 원망스러우냐?"

난비는 차마 그의 눈을 보며 고개를 끄덕일 수가 없어 눈을 감아 버렸다.

강위는 연월장에서 그리도 바라던 황후의 자리에 오르고도 세상에서 가장 불행한 여인처럼 구는 난비가 마음에 들지 않았다. 자신이 모진 말을 쏟아 내고 험하게 다루긴 했지만 이렇게 쉽게 절망하는 모습을 보고자 한 게 아니었다. 마치 제가 힘없고 죄 없는 황후를 핍박하는 치졸한 꼴이 되었으니 불쾌했다. 그녀가 좀 더 여우처럼 굴며 황후의 자리에 오른 것을 기뻐해 주길 바랐건만, 참으로 쓸모없는 계집이었다. 괜스레 은호의 앞에서 울던 연못가의 풍경까지 떠오르며 그때처럼 울컥 화가 나는 것이다.

"눈을 떠라!"

황제의 명에 난비는 힘겹게 눈을 떴다. 황제를 이해할 수가 없었다. 연월장에게 쌓인 원한을 저를 통해 풀려는 것인지, 저를 불쌍하게 여기는 것인지 종잡을 수가 없는 까닭이었다.

"나를 원망하는구나. 무엇이냐? 황후가 될 맘이 없는 너를 이곳에 데려온 것. 초야에 너에게 모욕을 안겨 준 것. 무엇이 더 원망스러우냐?"

강위는 난비의 눈이 잘게 떨리는 것을 보았다. 그 눈은 이렇게 말하고 있는 듯했다.

'돌아보지 않으시려면, 묻지도 마십시오.'

강위 역시 그녀를 쏘아보며 다그쳤다.

'차라리 할 말이 있거든, 말을 해라!'

'저는 말을 못 합니다. 제가 말을 못 해 더 좋다 하셨다 들었습니다.'

'허면 시끄럽게 굴지는 말았어야지!'

'폐하, 저는 말을 못 합니다.'

"……"

한동안 강위는 갈팡질팡하는 눈빛으로 그녀를 노려보았고, 난비는 슬픈 눈으로 그를 마주했다.

'슬픔? 내가 너를 슬프게 만들었는가? 너는 진정한 슬픔이 무엇인지 아느냐? 알고 그런 표정을 짓는 것이냐?'

강위는 죽은 황후들의 외로웠던 눈동자, 저만을 바라보던 믿음의 눈동자, 두려움의 눈동자를 떠올리며 마지막으로 난비의 슬픈 눈동자를 새기고 있었다. 그러자 갑자기 더럭 겁이 났다.

'연월장의 여식마저 나를 떠난다면……? 강위야. 네가 바라는 것이 도대체 무엇이냐!'

갈팡질팡하는 제 맘이 부끄러워 그녀의 어깨를 잡은 손에 힘이 들어갔다. 그러다가 아픔을 참는 난비의 표정을 보자 가슴 한구석에 뭔가가 찌르르하게 울렸다.

'너는, 너는…… 어미와 다른 아이이거나 천하의 요부, 둘 중 하나일 것이다.'

난비의 어깨를 붙잡고 있던 강위의 손이 스르륵 풀렸다.

"말을 못 하는 것이 때론 편리하겠군."

'불편할 때가 더 많사옵니다.'

불만이 가득한 눈동자를 내려다보던 강위가 한마디 덧붙였다.

"네가 목소리를 잃지 않았다면 시끄러운 여인이었을 게 분명하다."

그리고는 더 이상 난비의 얼굴을 보지 않으려는 듯 고개를 돌리며 그녀가 덮고 싶어 하던 이불을 덮어 주었다.

"더 이상은 욕심 내지 말거라."

'욕심?'

밑도 끝도 없는 말씀에 난비는 어안이 벙벙했다.

'내가 이불을 덮어 달라 한 것도 아니고, 무슨 욕심을 부렸다고…….'

무슨 뜻인지 몰라 황제를 계속 바라보았지만 의관을 갖춰 입으실 뿐 더는 어떤 말씀도 하지 않으셨다. 결국 자신에게 눈길도 주지 않고 밖으로 나가 버리시니 황당할 수밖에.

강위는 황후의 자리에 오른 것으로 만족하라는 뜻에서, 그리고 이불을 덮어 준 마음을 오해 말라는 뜻에서 한 말이었다. 하지만 난비는 황상이 저를 주제 모르는 요망한 계집으로 오해하는 것만 같아 마음이 좋지 않았다.

그가 나간 직후 문 밖에서 아랫것들의 당황한 목소리가 들렸다.

이불을 푹 뒤집어쓰고 속앓이를 하던 난비는 그 뒤 꽤 여러 날을 누워서 지내야만 했다.

초야를 치른 난비가 일어나지 못하고 있다는 소식은 다음 날 아침 곧바로 황제에게 전해졌다. 초야 합궁 다음 날에는 황실의 어른이신 태후마마께 인사를 올리고 선황의 위패에 제를 올려야 했다. 물론, 황제에게는 태후마저 계시지 않기 때문에 두 분의 위패에 제를 올려야 하는데, 황후전에서 황후의 거동이 힘들다고 전해 온 것이다.

이틀 후 백중절에는 세 황후의 능에도 다녀와야 하는데 대체 얼마나 몸이 좋지 않기에 절하러 오라는데도 못 온다는 것인지, 황제의 심기가 매우 불편했다. 이대로 가다간 백중절의 능행도 망칠 것 같았다. 그들이 능으로 행차할 때 백성들에게 황제와 황후의 얼굴을 알리고 곡식을 나누어 주며 황실의 건재함을 과시할 계획이었으니, 황후가 일어나지 못한다는 것은 난감한 일이었다.

"어느 정도로 아프시기에 여태 그러고 계신다더냐?"

내관이 예복을 입혀 주는 동안 강위는 애써 짜증을 감추고 조용하게 물었다. 상궁 공희가 허리를 조아렸다.

"몸살이라 하십니다."

"죽을병은 아니구나."

"……."

황제의 의중을 읽은 공 상궁은 아무 말도 할 수 없었다. 전날 밤

두 사람의 합궁을 두고 궁내에 많은 말들이 오고 갔다. 합궁을 치르던 황상께서 화난 듯이 돌아가셨고, 침상에서는 초야 혈흔의 흔적이 나오지 않아 황후가 겁탈을 당한 적이 있다는 얘기가 사실처럼 여겨지고 있었다. 게다가 황후께서 병이 난 것도 그런 불안한 마음에서 비롯된 것이 아닌가 추측하고 있는 터에, 이제 황제께서 이리 매몰차게 대하시니 그 소문은 더 굳어질 것 같았다.

"시간을 더 줄 터이니, 들것에 실어서라도 모시고 와야 할 것이다."

공 상궁은 속으론 한숨을 내쉬었으나 겉으론 정중히 허리를 조아렸다.

그녀가 서둘러 떠나고 난 뒤, 강위는 전날 밤 그녀의 표정을 떠올리고 있었다.

'정말 많이 좋지 않은 것인가……'

당장이라도 울음을 쏟아 낼 것 같은 솔직한 얼굴이 좀처럼 떠나질 않는다. 연월장의 호수 앞에서 행복한 표정으로 소금을 불던 여인이 어느새 피범벅으로 괴로움을 호소했다.

'폐하, 저는 억울합니다.'

'억울해 마라. 결국 내가 연월장과의 싸움에서 져 네가 황후가 되었다. 넌 아파도 나보다도 오래 살 것이니 살아 있는 동안 황후의 일을 소홀히 말라.'

강위는 자신의 독한 명을 정당화시키면서 가슴 한편이 찌르르해 옴을 느꼈다.

"두 사람만 남고 모두 나가거라."

황제가 말한 두 사람이 누군지 모르는 이가 없었다. 모두가 물러나자 강위는 작은 목소리로 물었다.

"알아보았느냐?"

"다른 것은 지난번과 별다를 게 없으나, 한 가지 수상한 점이 있사옵니다."

"일개 글 선생에게 수상한 점이 있다? 그거야말로 참으로 수상하군."

"은호가 연월장에 묵으면서 금비의 글 선생 겸 집안의 의원 노릇을 하고는 있었지만, 늘 붙어 있는 것이 아니었습니다. 야학하는 아이들 외에도 다른 귀족 자제들도 가르치고 있었다기에 수소문을 해 봤습니다. 헌데 하나같이 말하길, 스승이 석 달에 한 번 정도 며칠씩 도성을 떠났다고 합니다."

"어디로 갔다더냐? 고향이라도 다녀온 게 아니냐?"

"은호의 고향은 도성에서 멀지 않은 곳이옵니다. 본래도 넉넉한 살림이 아니었으나 가산을 모두 정리하여 떠돌이로 산 지 오래이온데, 꼭 그렇게 며칠씩 행적이 묘연해졌다니 참으로 이상하지 않습니까."

"살림을 차린 것은 아닐까?"

"그런 소문이 있긴 하였습니다. 해서 이번에는 적운에게 은호를 감시하라 했는데……."

잠시 말을 멈춘 사모달이 힐끗 적운을 살폈다. 무뚝뚝한 적운의 얼굴을 보더니 씁쓸한 입맛을 다시고는 다시 말을 잇기 시작했다. 저 고목나무 같은 사내는 좀처럼 입을 여는 법이 없어 늘 제 입만 이렇게 바빴다.

"국혼이 있던 날 또 사라졌다 하옵니다. 이번엔 아예 도성을 뜬 것 같사옵니다."

"……."

강위는 괜히 조바심이 났다. 선황께서 아끼던 자라 하니 한 번 더 믿어 볼까 하고 뒷조사를 시켰던 것인데 어디로 갔는지도 알 수 없다니 더 욕심이 나는 것이다.

"헌데, 폐하. 수상한 건 그것뿐만이 아닙니다."

"……?"

"황후마마께 소금을 가르친 것이 은호 아니겠습니까? 마마께서 사고를 당하셨을 즈음에 운명적으로 도성으로 입성하여 국혼날 갑자기 사라지셨으니, 얼핏 금비 아씨를 위해 글 선생을 자처한 것으로 보이지만 그렇지 않다는 것이 저의 추리이옵니다."

"무슨 뜻이냐?"

자랑스럽게 제법 예리한 가설을 풀어놓던 사모달은 황제의 쏘아보는 눈빛에 기가 죽어 자세한 설명을 주저했다.

"그, 그러니까 그게……."

"네 말은 처음부터 황후에게 마음이 있어 금비를 핑계로 연월장에 머물렀으나 그녀가 황후가 되니 스스로 물러난 것이다?"

"꼬, 꼭 그, 그렇다는 것은 아니오라, 제자로서 재능이 있는 아이를 발견한 은호의 아, 안목이 아닐는지……. 그러니까 순전히 제자로서 크게 키우고 싶었던 스승의 사랑이 아니올런지요. 흠! 아, 안 그런가? 적운?"

"……."

사모달의 애달픈 눈길에도 적운은 묵묵부답이었고, 대신 황제가 퉁명스럽게 중얼거렸다.

"반대로 금비를 황후로 키우고 싶었으나, 난비가 황후가 되고 나니 허탈하여 돌아간 것일지도……."

"그……럴 수도 있겠사옵니다. 왜 제가 그걸 생각을 못 했는지……."

사모달이 황제의 눈치를 살피며 쩔쩔매는 동안 방 안에는 침묵이 감돌았다. 잠시 은호와 연월장을 생각하던 강위가 문득 이상한 점을 느끼고 입을 열었다.

"모달아."

"예, 예, 폐하."

"네게 만약 말 못 하는 딸이 있다."

"폐하. 저는…… 내관이옵니다."

"누가 모르더냐? 만약이라 하질 않느냐."

"예. 폐하. 제게 딸이 있사옵니다."

"그 딸이 말을 못 해 집안의 수치라 여겼다. 헌데, 말을 못 하는 대신 놀랄 만한 재능이 있다면 그것을 숨기겠느냐?"

"……!"

"게다가 난비의 미색이 어디에도 빠지지 않을 만큼 수려한 편인데, 여태 시집보낼 생각도 않고 집에만 두었다니 좀 이상하지 않느냐?"

"폐하. 황후마마의 빼어나신 미모가 마음에 드신다니 다행이옵니다. 저도 대례식에서 다시 뵈옵고는 까암짝 놀라지 않았겠사옵니까!"

사모달은 황제께서 여인에게 관심을 가지시지 않는 게 늘 마음에 걸렸었다. 그런데, 난비황후의 미색을 알아보시니 그저 그것이 반가울 뿐이었다. 금비 아씨만큼 화려하진 않았지만 대례식에서 한껏 치장한 모습을 뵈오니, 전에 뵈었던 것과 확연히 다른 분위기였다.

"모달아, 너는 지금 내가 무슨 말을 하고 있는지 알아듣겠느냐?"

"예, 예. 폐하. 만약 제게 딸이 있고, 그 딸이 말을 못 하고 불미스러운 소문이 있는데도 불구하고 아름답고 음악에 재능이 있다면 단점을 감추기 위해서라도 더 부풀려 자랑하고 다녔을 것이옵니다."

"그래. 이제 알았으면 다시 알아보거라. 혹 사람들이 난비에 대해 다른 무엇을 알고 있는지 말이다."

요즘 들어 알아 오라는 게 많은 황제가 그저 고맙기만 한 사모달이었으나 문득 드는 생각이 있었다.

"헌데, 폐하. 여인이 미색이 뛰어나고 악기를 잘 다루면 기녀라 여기지 않겠사옵니까?"

"그럴 수도 있겠다. 허나, 효씨 가문은 뛰어난 문장가들을 배출했고, 예악사상을 중히 여기는 가문이다. 그러니 그런 가문에서 남녀를 불문하고 악재(樂才)가 탄생한 것을 감출 리가 없다."

"아, 그도 그렇습니다."

"알려진 것이 너무 없어……."

그때 여태 한 마디도 하지 않던 적운이 놀랍게도 입을 열었다.

"폐하, 소신이 한 가지 궁금한 것이 있사옵니다."

황제와 사모달의 눈이 커질 만큼 오랜만에 긴 문장을 구사하는 적운이었다.

"무엇이냐."

"굳이 황후마마에 대한 것을 알아야 할 연유라도 있으신지요."

강위는 어린 시절부터 함께해 온 적운에게 새삼 감탄했지만 뭐라 대답해야 할지 정리가 되지 않았다.

"그 연유를 알고자 함이다. 어째서 궁금한지 나도 알 수가 없으니 말이다."

황제의 솔직한 대답을 들은 두 사람은 그가 지금 얼마나 큰 번민에 빠졌는지 느낄 수 있었다.

한편, 난비는 황제와는 조금 다른 번민에 빠졌다. 간신히 침상에 기대앉은 그녀는 상궁과 나인들이 가져온 예복을 보고 안 그래도 하얗던 얼굴이 더 새하얗게 질려 갔다.

'지금 나더러 저걸 입으라고?'

숙의 차림도 힘든 지경인데 무거운 예복을 겹겹이 입고 걸어가 절까지 해야 한다니 끔찍할 수밖에. 입술을 벌리고 멍하니 예복을 보고 있는데 상궁이 냉정한 얼굴로 다시 한 번 강조했다.

"황명이십니다."

'안다. 들것에 실려서라도 오라……'

가지 않겠다고 한 적은 없었다. 궁에 온 첫날. 그것도 초야 합궁부터 황제를 돌려보낸 못난 여인이었다. 혈흔이 보이지 않는 합궁.

저를 두고 나인들이 뭐라 쑥덕댈지 듣지 않아도 알 수 있었다. 저는 그렇다 치더라도 이 이상 황상의 체면을 깎아서야 되겠냐만, 도무지 몸이 말을 들어주지 않는다. 상궁이 제 몸을 살피곤 눈치껏 황제께 아뢰고 왔으나 덕분에 황상의 모진 대답을 들어야 했다. 눈물이 핑 돌 것만 같아 고개를 떨궜다.

곧 공 상궁이 나인들에게 눈짓을 보냈다. 두 명의 나인이 그녀의 팔을 들어 올려 옷을 입히기 시작했고, 또 다른 나인이 젖은 수건으로 얼굴을 닦기 시작했다.

누군가 등 뒤에서는 머리를 매만지는 것이 느껴졌다. 난비는 실이 풀린 인형처럼 초점 없는 눈으로 가만히 주저앉아 제 몸을 내맡겼다.

'내가 황후가 되어 무엇을 할 수 있을까. 죽고 없는 선황께 절을 한다고 세상이 나아질까. 나를 벌레 보듯 하는 황상과 어머니께서는 내게 뭘 바라시고 계실까. 스승님이라면 가르쳐 주실 수 있을 텐데…….'

황후라는 자리의 무거움은 당장 손가락 하나 움직일 기운도 없는 자신에게 너무나 무리하고 과분한 자리라 여겨졌다. 저는 그저 소금이나 즐겨 부는 말 못 하는 계집일 뿐인데, 금비같이 영특한 여인을 내버려 두고 왜 황상은 굳이 자신을 선택했을까. 연월장이 싫어서 반발심에 저를 선택했다면 황상은 어리석었다. 황위에 오른 자가 고작 그런 이유로 대소사를 결정해서야 되겠는가. 그 정도는 저도 알고 있는 것이었다.

자신에게 바라는 것이 무엇인지, 그의 기대감을 배신하지는 않을

지 걱정이 많았다. 오늘만 해도 저는 그저 침상에 누워 있고 싶은 생각만 간절한 보통의 계집일 뿐인 것을. 황후의 의무는 너무 무거웠다. 게다가 전날 황상의 태도로 보아서는 저를 이용해 뭔가를 꾸미실 것처럼 보였는데 그것이 제일 두려웠다.

'설마, 황제께서 나와 연월장을 모두 없앨 생각을 하고 계신 것은 아니겠지?'

난비는 몸을 떨었다. 오한이 이는 것이 몸살 때문인지, 기분 탓인지는 알 수 없으나 한기가 느껴졌다.

"추우시면 속의를 더 입혀 드리겠습니다."

상궁의 말이 떨어지기가 무섭게 난비가 고개를 세차게 저었다. 그렇잖아도 무거워 보이는 옷을 얼마나 더 껴입으란 말인가.

"서두르거라. 폐하께서는 이미 채비를 끝내시고 기다리고 계실 것이다."

"예."

엄해 보이는 상궁의 명은 마치 자신에게 하는 말 같았다. 한 목소리로 대답하는 나인들의 목소리도 싸늘해서 괜히 미안해졌다. 마치 황제께서 기다리게 되신 것이 제 엄살 탓이 된 것만 같아서.

'내가 가지 않겠다고 한 것은 아닌데……'

그때 밖에서 나인 하나가 사발을 받쳐 들고 들어왔다.

"탕약 들었사옵니다."

상궁이 그 탕약을 받아 들고 난비 앞으로 대령했다.

"태의가 처방한 약이옵니다. 통증도 조금 가실 수 있게 지었다 하니, 어서 드십시오."

하지만 난비는 탕약을 쳐다만 보고 받으려 하지 않았다.

"그리 쓰지 않을 거라 했습니다. 드시기 좋게 달였다니 어서 드시지요."

상궁의 말에도 난비는 고개를 저었다.

"황후마마?"

난비의 고개가 약사발을 피해 돌아갔다. 상궁을 비롯해 방 안의 모든 나인들이 그녀의 행동에 어쩔 줄 몰라 했다.

"마마, 약을 드셔야 오늘 일정을 무사히 마치실 수 있습니다. 또 모레는 능행도 있사오니 어서 나으셔야……."

황후가 손을 들어 올려 사발을 살짝 밀어내기까지 하니, 세 명의 황후를 모셔 왔던 상궁 공희는 당혹스러워 입을 다물고 말았다.

난비는 어린 날 마셨던 극독의 끔찍한 기억 때문에 그 뒤로 아무리 아파도 약을 먹지 않았다. 약 냄새만 맡아도 구역질이 올라오고 식은땀이 났다. 몇 년 전 고드름이 주렁주렁 열린 날 문 밖에서 몇 시간이나 바들바들 떨면서 서 있어야 했던 적이 있었다. 금비와 다투던 중 갑자기 그녀가 자해를 하며 난비가 밀어서 다쳤다 난동을 부렸던 것이다. 화가 단단히 나신 어머니는 집 안으로 발도 들이지 못하게 하셨다. 그러고 나서 크게 고뿔을 앓았지만 그때도 약을 먹지 않아서 죽을 뻔했었다. 스승님이 억지로 약을 떠 먹여도 다 토해 내며 먹지 않겠다고 거세게 몸부림을 쳤었다. 시키면 약물이 입에 닿는다는 생각만으로도 속이 뒤집힐 것 같은데 그걸 어찌 먹겠는가.

"마마! 이러시면 아니 되옵니다."

'괜찮네. 원래 나는 약을 먹지 않네.'

난비는 조용하게 웃어 보이며 옷을 입혀 주던 나인들을 재촉했다. 하지만 상궁 공희는 웃지 않았다. 탕약을 물리던 그녀는 단단히 화난 사람처럼 단호하게 말했다.

"마마. 탕제를 드시지 않으신다니, 저희가 어찌 억지로 드시게 할 수 있겠사옵니까. 하지만, 이로 인해 문제가 생긴다면 황상께서 용서치 않을 것이옵니다."

난비의 처소에는 첫날부터 숨 막히는 긴장감이 흘렀다.

태화전에 황송하옵게도 황제께서 먼저 나와 기다리고 계셨다. 탕약을 먹지 않으려고 아픈 내색 없이 씩씩하게 걸어왔던 난비는 그래도 늦은 것에 씁쓸해했다. 황제의 앞에서 공손히 허리를 조아려 사죄의 말을 대신 하였으나 그는 이를 본 체도 않고 먼저 걸었다. 황후의 행렬이 다급히 이를 따르며 선황의 위패를 모신 전각으로 이동이 시작되었다.

"많이 아프다더니 이제는 좀 괜찮은 것인가?"

"⋯⋯."

난비는 황상의 말씀에 대답할 수는 없었지만 크게 안도했다. 다행히 황제께서 왜 늦었냐는 추궁 대신 형식적이나마 자신의 안부를 물어봐 주셨기 때문이었다.

황후를 대신해 공희가 앞으로 나섰다.

"괜찮으시다 하셨사오나, 탕제를 거부하시어 아직 아무런 치료도 받지 못하셨사옵니다."

황제의 걸음이 멈추었다. 덕분에 행렬의 긴 꼬리가 차례로 멈춰섰다. 모두가 다 멈출 때까지도 황제는 황후를 내려다보기만 할 뿐 아무 말도 하지 않았다. 한참 만에 입을 연 황제의 목소리에는 웃음이 묻어 나왔다. 난비를 제외한 여기 있는 모두가 그가 화날 때 쓰는 말투임을 잘 알고 있었다.

"약을 먹지 않아도 나을 만큼 가벼운 몸살에 우리 모두 시간을 허비했군. 그래도 다행히 모레 능행에는 아무 무리가 없을 테지?"

황상의 말투에 대해 아무것도 모르던 난비 역시 그의 노기를 느낄 수 있을 만큼 빈정거림이 짙은 말투였다.

"폐하, 마마께오선 지금 매우 좋지 않으십니다. 이대로 약을 거부하시면 능행에 차질이 생길지도 모른다는 태의의 당부가 있었사옵니다."

난비가 한숨을 내쉬었다. 상궁의 심정을 이해 못 하는 것은 아니었지만 저를 쏘아보시는 황상의 표정이 너무 무서우니 이리 일러바치는 상궁이 얄미웠다.

"제례 전에 나와 이야기를 좀 나누는 것이 좋을 듯하네."

"저를…… 말씀이십니까?"

공희가 조심스럽게 묻자 황제가 단호하게 고개를 저었다.

"아니. 황후와 긴히 나눌 말이 있으니, 모두들 뒤로 서른 보쯤 물러나 있어라."

'폐하, 마마께선 말씀을 못 나누시지 않습니까.'

그 말을 속으로 삼킨 공희가 답답하다는 듯이 돌아섰다. 황제나 황후나 어찌 이리 괴상한 성정들인지 궁을 나가고 싶은 마음이 한 가득이었다.

사모달과 적운까지 물러나자 황제와 단둘이 있게 된 난비는 그렇잖아도 오한이 이는 몸에 소름까지 돋아났다. 뭐라 화를 내시려고 아랫것들을 다 물리셨을지 잔뜩 겁을 집어먹고 있는데, 주위를 스윽 둘러보던 황상이 나뭇가지 하나를 꺾으셨다. 황제께서 왜 그런 것을 가져오실까 난비는 가슴이 철렁했다. 설마 너무 화가 나셔서 그걸로 때리시려는 건 아닐까 엄한 걱정이 되는 것이다. 한 달 전 제가 한 짓도 있지 않은가. 그래서 황상이 그것을 불쑥 내밀자 저도 모르게 주춤 물러났다.

강위는 난비가 움찔 놀라는 걸 보고 한심해하면서 그녀의 손을 낚아채 나뭇가지를 쥐여 주었다.

"무슨 생각을 하는진 알겠다만, 아직 폭군이 될 마음은 없으니 앞서 가진 말라."

'이건 왜……?'

"지필묵이 없으니, 이렇게라도 해야 하지 않겠느냐."

'아!'

"그래. 어젯밤 내가 너에게 모질게 대했다고 병을 핑계 삼아 반기를 드는 것이냐?"

'그럴 리가 있겠습니까!'

"그 가지는 붓으로 쓰라고 준 것이다."

'아!'

버릇처럼 고개를 저으며 대답하려던 난비가 제 손에 든 가지를 보고는 땅에 쪼그려 앉았다. 그 바람에 멀찌감치 떨어져 있던 내관과 상궁들이 난비보다 더 낮게 앉느라 무릎을 꿇어야 했다.

[저는 원래 아무리 아파도 탕제를 먹을 수 없습니다.]

정원의 보드라운 흙은 글을 써 내려가는 데 문제가 없었다. 헌데 흙 위에 쓴 필체가 유려했다. 강위는 글의 내용보다 일필휘지로 써 내려 가는 필체를 내려다보며 놀라고 있었다.

"어째서?"

난비는 먼저 쓴 글을 가지로 지워 가며 부지런히 황제에 물음에 답을 적어 갔다.

[어릴 때 독물을 마신 이후로 탕약은 냄새만 맡아도 구역질이 치밀어 삼킬 수가 없습니다.]

"그런 거라면 억지로라도 마셔라."

[먹지 않아도 이 정도는 금방 나을 겁니다.]

"거짓말을 하기 전에 식은땀이라도 닦는 것이 어떨까 싶은데. 설마 내가 너를 불쌍히 여겨 주길 바라고 일부러 이러는 것이냐?"

"……."

무안해진 난비가 귓가와 이마에 흐르는 땀을 스윽 훔쳐 냈다.

"이곳은 사가가 아니다. 괜한 고집 부리지 말고 돌아가면 탕약을 마셔야 할 것이다."

[여러 번 시도해 보았으나 더 괴롭기만 했사옵니다.]

"네 말대로라면, 나의 첫 번째 황후는 죽지 않았다면 헤엄은커녕 물이 무서워 목욕도 하지 못했을 것이고, 두 번째 황후는 아무리 낮은 돌담 옆이라도 지나다니지도 못했을 것이고, 세 번째 황후는 떡은커녕 아무것도 먹지 못했을 것이다."

[물에 빠진 이후 헤엄을 못하는 이들은 실제로 많이 있사옵니다.]

"다 마음먹기 달린 일이다. 내가 너에게 사약을 내린 것도 아니고, 살리는 탕제를 주겠다는데도 마시지 않겠다는 것은 억지다."

[폐하. 사람이 어찌 다 같을 수 있사옵니까. 저는 억지를 부리는 것이 아니라 참으로 먹지 못하옵니다. 연월장에 사람을 보내 확인해 보시면……]

난비가 글을 다 쓰기도 전에 황제의 신발이 그녀의 글을 쓱쓱 지워 버렸다. 강위는 동그랗게 뜬 눈으로 그를 바라보는 난비에게 엄중한 경고를 내렸다.

"다른 말은 더 이상 듣지 않겠다. 황제의 명과 탕제 중에 무엇이 더 두려운지 생각하고 결정해야 할 것이다. 나는 이틀 후 백성들 앞에서 반드시 능행을 거행할 것이며, 이에 차질이 생긴다면 너를 용서치 않을 것이다. 알아듣겠느냐?"

어차피 이러실 거면 제게 왜 나뭇가지를 쥐여 주셨을까, 난비는 그저 그를 원망스럽게 바라볼 수밖에 없었다.

상궁 공희는 땅에 쪼그려 앉은 황후 때문에 머리가 아파 왔다. 아슬아슬하게 예복은 추슬렀지만, 보기 좋은 광경은 아니었다. 급히 황후 자리에 오르신 분이라 예전 황후들과 달리 법도의 까다로움을 잘 인지 못 하시는 듯했다.

"하아……. 대체 어쩌자고 이리 체통 없이……."

"뭘 그리 팍팍하게 구는가. 두 분이서 오순도순, 얼핏 보기엔 좋아 보이는데."

"소꿉장난할 분위기는 아닌 듯했습니다만?"

공희가 매섭게 눈을 치켜뜨자 사모달이 찔끔 움츠렸다.

"그, 그래도 평화로워 보이지 않나? 두 번째 황후께서 그리 되신 이후로는 여인을 보고도 통 감흥이 없으시던 분이 요즘은 부쩍 새로 맞으신 황후마마에 대해 궁금한 것도 많으시고. 지금도 저 보시게나, 탕제를 못 드신다니 염려되어 저러시는 게지. 척 보면 모르겠는가?"

"염려는 되시겠지요. 얼마나 고대하시던 능행인데 염려가 되실 밖에요."

"거참, 사람 **빡빡**하긴. 폐하께서 저리 하시는 것을 나는 한 번도 보지 못했네. 여태 황후마마께 화를 내시는 걸 본 적이 있느냔 말일세. 여인 때문에 고심을 하시다니, 감격할 일이지. 안 그런가, 적운?"

물은 사모달도, 공 상궁도 적운이 대답하길 기다리지 않고 자기들끼리 계속 투덜거렸다.

"하……! 화를 내시는 게 좋은 조짐이라니 제가 더 무슨 말을 하겠습니까."

그때 두 사람 뒤에서 갑자기 적운이 입을 열었다.

"예."

한참 늦은 적운의 대답은 간결했으나 그 파장은 적지 않아 공 상궁이 입을 다물지 못하고 있었다. 그때 황제의 부름이 들렸다.

"모달아!"

"예, 폐하!"

사모달이 한걸음에 황제 앞에 달려 나갔다. 강위는 아직도 앉아 있는 난비에게서 눈을 떼지 않고 말했다.

"황후께서 돌아가실 때는 가마에 오를 수 있도록 일러두어라. 그리고 이제 그만 출발하자꾸나."

황제께서 성큼성큼 걸어가시자 사모달만 바빠졌다. 아직도 앉아 계신 황후를 일으키려고 공 상궁이 달려왔다. 그녀를 일으키며 땅에 적힌 글을 보던 공 상궁이 하얗게 질렸다.

[그러면 저는 폐하께서 잃으신 네 번째 황후가 될 수밖에요.]

대체 무슨 말들이 오고 간 것인진 모르겠지만 황제께 올리기에는 도발적인 글귀가 아닌가. 그러나 공 상궁은 아무것도 보지 못한 것처럼 난비를 부축하며 자연스럽게 발로 글귀를 지워 버렸다.

제례는 간소했다. 추경절과 대례식을 보냈고, 또 백중절을 앞둔 마당에 제례마저 성대하게 벌일 수는 없었다. 난비에게는 다행스러운 일이었다. 시간이 지날수록 어지럽고 허리가 더욱 욱신거리니어서 눕고 싶었던 것이다.

선황의 위패에 제를 올리던 강위의 고개가 난비를 향했다. 좀 전부터 난비의 숨소리가 거칠어졌는데 본인은 그런 것을 느끼지 못하는지 탁한 눈동자로 제단만 멍하니 보고 있는 듯했다. 그 모습이 하도 위태로워 강위는 차마 눈을 뗄 수가 없었는데, 그녀는 그의 시선조차도 뒤늦게야 알아차리고 고개를 돌렸다.

황제가 뚫어지게 쳐다보며 시선을 거두지 않자 난비는 제가 뭔가 실수한 게 있을까 두리번거렸다. 향을 잘못 피웠을까, 절하는 법이 틀렸을까, 좌우를 살펴보기도 했지만 황상은 뭐가 틀렸다는 지적도 없이 물끄러미 보고만 계셨다.

'말씀이라도 해 주시지 않고……'

난비는 괜히 흐트러지지도 않은 제 옷을 매만지며 그의 시선을 피했다. 그런데 그녀의 앞에 불쑥 고운 손수건 한 장이 내밀어졌다.

'이걸 왜……'

"보기 좋지 않다."

'……'

기가 죽은 난비가 쭈뼛거리며 손수건을 받아 들자, 강위가 사모달을 불렀다.

"가마는 아직이냐?"

"아니옵니다. 대령했사옵니다."

"그럼 황후를 먼저 모셔가거라."

"제례가 아직 끝나지 않았사온데……"

"절도 했고 향도 피웠으니 도리는 다했다. 처소에 도착하는 즉시 태의에게 치료받을 수 있도록 해 두거라."

나인들의 부축을 받으며 밖으로 걸어 나가던 난비는 끝까지 제례를 올리지 못한 것이 사실은 아쉬웠다. 쉬는 것을 그렇게 바랐는데, 내쫓기는 기분이 드는 것은 왜일까.

울적한 마음을 안고 처소로 돌아가던 난비는 흔들리는 가마 위에서 깊은 생각에 빠졌다. 그러다 아직도 쥐고 있는 황제가 주신 손수건을 무릎 위에 내려놓았다.

'욕심 부리지 말라 하셨다.'

✿

천상의 선관이 선악을 살핀다는 백중절. 이 무렵에 구하국에는 과실과 소채가 많이 나와, 추경절을 보내고 얼마 지나지 않았는데도 백중절을 그냥 넘기는 법이 없었다. 술, 음식, 과일을 차려 놓고 망친의 혼을 위로하며 초제를 지냈는데, 그래서 망혼일이라고도 불렀다. 하지만 추경절도 풍요롭지 못한 요즘 민간에서 이 풍속을 지내기란 어려웠고, 몇 해 전부터는 황실에서도 초제를 간소히 하고 있었다.

하지만 올해는 백중을 성대히 치르라는 황제의 명이 있어 민심이 술렁이고 있었다.

'대체 뭘로 제사를 지내란 거야? 하루 한 끼 입에 처넣기도 벅찬 마당에!'

백중절에 능행을 거행한다는 소문까지 더해져 황실이 백성을 돌보지 않고 사치나 일삼는다며 불만이 쌓이고 있었다. 그런데 얼마 후 백중절에 황후들의 망혼제를 위한 능행이 있을 것이며 그날 백성들에게 곡식을 나눠 준다는 공표가 있고 나자 나라 전체가 기대감으로 들썩였다. 사내들은 오랜만에 취흥에 젖을 생각에 입맛을 다셨고, 아낙들은 자식들에게 먹일 귀한 곡식을 떠올리며 한시름을 잊었다.

마침내 모두가 손꼽아 기다린 그 백중절이 돌아왔다. 그러나 백성들과 달리 황후전은 시름에 잠겼다. 이틀간 모두가 진땀을 뺐는데도 불구하고 황후가 삼킨 약은 한 숟갈도 되지 않았다. 오히려 계속해서 약을 토해 내다 몸이 더 상한 것 같아 어제는 차라리 푹 쉬는 것으로 약을 대신했다. 이 일이 황상의 귀에도 들어갔을 터이니, 다들 안절부절못하고 있었다. 특히나 황후가 땅에 쓴 마지막 글귀를 보았던 공 상궁은 뭔가 큰 사달이 날 것만 같아 불안했다. 아니나 다를까, 아침 일찍 황제께서 보낸 전갈에는 경고가 담겨 있었다.

"황후의 첫 행차이시다. 시작이 좋지 못하면 백성들의 불안함도 클 터이니, 그 의무를 다하시라 이르거라. 의무를 다하지 못한 황후를 내가 어찌해야 할지 고민하게 만드는 일이 없어야 할 것이다."

공 상궁은 안색이 파리해진 황후에게 이를 전하며 일순 안쓰러운 마음이 일었으나 황명은 황명이었다. 황후는 나인들이 가져온 겹겹의 거추장스러운 비단 예복과 높은 가체를 두려운 눈으로 바라보며 침상에 기대앉아 있었다. 그런 황후를 보니 저러다 가마 위에서 균형이나 잡을 수 있을까 걱정스러웠지만 지금은 그저 명을 따를밖에.

"황후마마, 폐하께서 소금을 챙겨 오라 하셨습니다. 제가 준비를 하는 것이 좋을지, 마마께서 쓰시던 것을 챙겨 드릴지 알려 주십시오."

'소금을 왜?'

"마마, 어찌하올까요?"

공 상궁이 그녀의 의문에 답을 해 주지 않고 채근하자 난비가 소금을 넣어 둔 함을 가리켰다. 공 상궁은 조심스럽게 그곳을 열어서 소금을 비단으로 감쌌다. 그녀의 행동은 나무랄 데 없이 단정했지만 난비는 이런 상황에서도 제 할 일을 빈틈없이 해내는 공 상궁이 조금 쌀쌀맞게 느껴졌다.

'나를 싫어하는구나.'

어차피 집에서도 시비들에게 찬밥신세였다. 새삼스러울 것도 없지만, 이곳은 집보다 더 싸늘했다. 마음으로 아픈 저를 돌봐 주던 스승님 같은 존재가 이곳엔 없었다. 오로지 능행을 위해, 황명을 위해 조급하게 저를 닦달할 뿐이었다.

[그러면 저는 폐하께서 잃으신 네 번째 황후가 될 수밖에요.]

'좋다. 약을 먹지 않아도 된다. 네 맘대로 해도 되지만 도중에 쓰러져 행사를 망친다면 그 죄를 물을 것이다!'

마지막 글귀를 본 황제의 분부가 뇌리에서 떠나지 않았다.

✿

사람이 다닐 성싶지 않은 험준한 산은 귀기마저 느껴졌다. 은호는 꼬박 이틀을 그 습하고 울창한 숲을 헤쳐 나가며 마치 길이 있는 양 거침없이 걷고 있었다. 커다란 바위 앞에서 잠시 숨을 고르던 은호가 수풀을 눕히자 바위의 틈새가 나타났다. 몸을 웅크리고 그 틈새 사이로 들어가자 깜짝 놀랄 만큼 잘 정비된 화전부락이 나타났다.

"선생님!"

"은호 선생님이 오셨다!"

밭일을 하던 사람들이 그를 알아보고 소란을 피웠다. 은호가 험한 길을 다녀온 내색 없이 잔잔하게 웃으며 인사를 건넸다.

"잘들 지냈는가."

"아이고, 왜 이리 늦으셨습니까. 그렇잖아도 다들 목이 빠져라 기다리고 있었는뎁쇼."

수염이 덥수룩한 장한이 투덜거림으로 반가움을 대신했다.

"도둑질이 무에 좋아 기다리기까지 한단 말인가."

"도둑놈들이 도적질을 기다리지 무얼 기다리겠습니까요."

"그렇다면 실망스러울게다."

"예? 오늘은 계획이 없으십니까요?"

"긴히 할 얘기가 있으니 한 명도 빠짐없이 모이라 일러 주게."

은호가 평소와 달리 힘 있는 목소리로 말하자 다들 긴장한 얼굴이었다.

"헌데, 성검은 어디 있는가?"

"고놈이야 뭐……. 또 아무 데나 처박혀서 늘어지게 자빠져 자고 있을 겝니다. 불러올깝쇼?"

"아니네. 내가 데려갈 테니 먼저들 기다리고 있게."

은호가 평소보다 바쁜 걸음으로 성검을 찾으러 움직이자 나머지 사람들도 요란하게 뛰어다니기 시작했다.

03.

꽃을 피우는 이별가

오밀조밀하게 모여 사는 화전부락에서 조금만 벗어나면 은호가 지나왔던 숲처럼 커다란 나무로 울창한 숲이 있었다. 세찬 폭포 물살까지 멀지않은 곳에 있으니 사람이 살기에는 영 좋지 못한 곳이었다. 은호는 하늘을 가린, 높이 우거진 나무들 중에서도 장정 셋이 감싸야 할 만큼 커다란 나무 앞에 멈춰 섰다. 나무 위를 바라보자 굵은 가지들이 조그마한 집을 품고 있었다. 이 나무를 어찌 타고 올라가 집을 지었는지 볼 때마다 신기했다. 목을 가다듬은 은호가 함박웃음을 지으며 위를 향해 소리쳤다.

"큼! 성검아! 그만 자고 일어나거라!"

대답 대신 썰렁한 바람 소리가 마른 나뭇잎을 떨어트리며 가지 사이를 지나갔다. 한숨을 쉰 은호는 돌을 몇 개 주워 들었다. 그리고 그것을 하나씩 집 쪽으로 던지기 시작했다.

툭. 툭. 툭.

퍽.

"악!"

창문 안으로 돌 하나가 쑥 들어가더니, 마침내 원하던 사람 소리를 들을 수 있었다.

"우씨이! 누구야!"

약관쯤 된 더벅머리 청년이 머리를 부여잡고 문을 열고 나왔다. 헝클어진 머리카락을 손으로 쓸어 올리자 놀랄 만큼 또렷하고 선이 고운 이목구비가 드러났다. 몸집도 소년처럼 날래고 호리호리해서 제대로 의복을 갖춰 입으면 미공자라 칭송받았으리라. 그러나 단단해 보이는 어깨만큼은 사내답고 믿음직스러워 보였다. 은호는 그를 보며 흐뭇한 웃음을 머금었다.

"일어났느냐."

"에이……! 스승님이셨소? 말로 하지, 거 왜 사람한테 돌을 던지시오?"

"성검아, 안 보던 사이에 말이 짧아졌구나."

웃으면서 나무라는 사람이 제일 무서운 법임을 여태 몸으로 익혀 온 성검의 태도가 달라졌다.

"그럴 리가 있겠습니까? 스승님의 제자 광성검은 예를 중요시하라는 스승님의 말씀을 가슴에 새겨, 이미 예가 습관화된 지 오래이옵니다."

"오냐. 그럼 네놈이 내려올 테냐, 사다리를 내릴 테냐?"

잠시 후 사다리를 타고 집으로 올라간 은호는 성검이 차를 내오는 동안 먼지가 뒤덮은 함을 꺼내 무언가를 찾고 있었다. 원하던 두루마리를 꺼내 먼지를 털어 내는 은호를 보고 성검이 퉁명스럽게 말을 던졌다.

"뭘 하시려구요?"

"일단은 황상께 믿음을 드려야 내가 궁으로 갈 수 있지 않겠느냐. 선황 폐하의 교지를 내가 가지고 있다는 것만으로도 폐하께서 관심을 가지실 게다."

"……네? 어, 어딜 가신다구요?"

성검은 제가 잘못 들은 줄 알고 귀를 후벼 파며 물었다.

"궁에 갈 것이다. 내가 할 일이 생겨……."

"할 일은 무슨! 뭐 그 연세에 입신양명하실 작정이십니까? 것도 도적들의 수장께서? 그 두루마리 이리 주십시오. 아무 데도 못 가십니다!"

예상대로 자세히 말하기도 전에 펄쩍 뛰는 성검의 모습에 은호는 자애로운 미소를 머금었다.

"웃지 마십시오! 이게 웃을 일입니까? 사방이 적인데, 힘없는 황제를 돕겠다는 것은 불 속으로 뛰어드는 것과 뭐가 다르답니까. 성문 밖에 걸린 모가지가 몇 개였는지 세어는 보셨습니까? 거기 그 모가지 주인들이 스승님보다 더 잘난 분들인 건 아시는 게죠? 사람 잡는 황궁에 왜 가겠다 설치시냔 말이에요! 절대 가셔선 안 됩니다. 차라리 의적질하면서 간신들 꽁무니나 빨아 먹는 편이 훨씬 재밌고 나라에도 도움이 될 겁니다!"

숨도 쉬지 않고 떠들어 대던 성검이 씩씩거렸다. 은호는 이제 제법 사내 티가 나는 성검이 아직도 어린애처럼 입을 삐쭉거리는 것이 귀여웠다.

"너는 어째 나이를 먹지 않는 것이냐?"

"허! 허허! 다른 사람도 아니고 스승님이 그런 말씀을 하십니까! 대체 어디 불로초라도 숨겨 두셨소?"

펵.

성검의 말이 끝나기가 무섭게 은호의 접선이 그의 입을 소리 나게 쳤다. 입과 턱에 빨간 줄이 그어진 성검이 볼멘소리를 했다.

"어차피 같이 늙어 가는 처지에 무슨 예의를 따지신다고……."

"어허!"

"예. 어쨌든 저는 결사반대입니다!"

"알았다. 네 뜻이 그렇다면 어쩔 수 없지."

"웬일이십니까? 제 말을 이리 순순히 들어주시고?"

"너도 이제 장성했으니, 네 생각대로 행동할 때도 되었다. 사내 대장부가 제 의지대로 살아야 하지 않겠느냐."

"헐……! 스승님이 책을 수만 권 읽으시더니, 이제야 깨달음에 드셨나 봅니다."

"그래. 너는 이곳에 남아 주민들과 함께 의적질을 하든, 화전을 가꾸든, 네 뜻대로 살아보거라."

"예?"

"나 역시 늙어도 사내인지라, 한 번 세운 뜻을 굽힐 수가 없구나. 나는 홀로 야차들의 소굴에 들 것이니, 이만 작별하자꾸나."

"에이 씨! 내 어쩐지 순순히 물러나신다 했어!"

이러니저러니 해도 부모와 같은 스승님이 위태로운 길을 가신다는데, 어찌 모른 척을 하겠는가. 스승의 고집을 잘 아는 성검이 벌떡 일어나 울며 겨자 먹기로 봇짐을 싸기 시작했다.

"어허, 너는 가지 않아도 되는데 말이다."

"거 좀 가만히나 계십시오!"

아무렇게나 짐을 쑤셔 넣던 성검이 빠짝 약 오른 소리를 버럭 내지르자 은호가 즐거운 웃음을 터트렸다. 황제와 황후를 모두 지켜 드리기에 저 혼자는 무리였다. 성검이 어린 시절 황후를 구한 것이 우연이 아니라면 그 역시 자신과 함께 천명을 받은 것이리라. 이제 황후를 지켜 드릴 칼은 제가 아니라 성검이었다.

"네놈의 이름을 광성검으로 짓고 싶더라니……."

"이씨……. 그 이름 얘기도 그만 좀 하십시다!"

잠시 후 두 사람은 각자 봇짐 하나씩을 챙겨 들고 부락민들이 모인 마당에 들어섰다. 상석으로 간 은호는 사람들을 둘러보며 힘을 주어 선언했다.

"오늘부로 나는 의적질을 그만할 생각이네."

"예에?"

"저희를 버리신단 말씀이십니까?"

여기저기서 술렁거리고, 성질 급한 이들이 큰 목소리로 은호를 만류했다. 그러자 은호가 손을 들어 사람들을 진정시키고는 평소와 달리 표정에서 웃음을 지우며 말했다.

"내게 할 일이 생겼네. 모두가 함께해 준다면 분명 힘이 되겠지만, 워낙 위험한 일이니 나는 부탁을 할 수가 없네. 그래서 내가 자네들을 버리는 것이 아니라 자네들이 나를 버려야 하는 것일세."

"대체 무슨 일이시기에……."

수염 덥수룩한 털보가 마른침을 삼키며 묻자 모두들 은호가 입을 열기만 기다렸다.

"궁으로 가야겠네."

"예에?"

"선생께서 궁에서 뭘 하시겠다는 건지, 저희들은 도무지 이해가 안 갑니다. 죽을 자리를 찾아가신다고밖에 생각되질 않습니다!"

성검이 그랬던 것처럼 사람들이 펄쩍 뛰었다. 한 가닥 한다던 대신들도 더 큰 세도가들에게 먹혀 죽어 나갔는데, 깊은 산속에 숨어 지내며 의적질이나 일삼던 재물도, 배경도 없는 은호가 궁에서 뭘 하겠단 말인지 이해가 되질 않았다. 그의 인품으로는 보나마나 그 간신들과 척을 지고 충의와 청렴결백을 내세울 게 뻔하니 목을 빼고 궁으로 가겠단 소리였다.

"새로 맞으신 황후마마를 돕고자 하네."

은호의 설명은 일순 사람들의 머릿속을 흔들어 놓았다.

"말도 안 됩니다!"

"연월장의 첫째 딸을 돕는단 말씀이십니까! 스승님이 그런 분이셨단 말입니까!"

"어찌 우리들에게 그런 말씀을 하실 수 있단 말이오!"

얼굴이 시뻘게진 사람들이 흥분해서 날뛰었다. 그들은 세상이 잘 모르는 연월장의 실세를 너무도 잘 알고 있는 이들이었다. 외진 이곳에서 대부분을 자급자족하며 평화롭게 살고 있지만, 알고 보면 다들 세상에 원한을 품은 자들이라 의적질로 그 분을 풀고 있었다. 원한을 품은 자들 중 몇몇은 연월장의 고리대금에 의해 가족을 잃거나 재물을 잃어야 했다.

그때는 당하고서도 연월장이 뒤에 있는 줄 몰랐으나 은호와 함께 의적질을 하며 더러운 뒷세계를 보고 만 것이다. 연월장의 재물이 어째서 끊이지 않고 더 늘어났는지, 그 재물로 연월장의 뒤를 봐주는 대신들의 더러운 뒷거래까지, 사람들의 치를 떨게 했다. 언젠가는 연월장을 엎고 말리라 울분을 삭이고 있었는데, 연월장의 큰딸을 돕겠다는 선생의 말은 배신이나 다름없었다.

여태 은호의 계획은 한 번도 도리에 어긋나거나 잘못된 적이 없었다. 때문에 한 번도 붙잡히지 않고 소리 소문 없이 이곳에 정착할 수 있었던 것이다. 이런 보금자리를 만들어 주신 것으로 모자라 글도 알려 주고 사는 법을 일러 준 고마우신 분이다. 존경하고 은혜로운 은호가 뒤숭숭한 세상을 만드는 데 한몫한 연월장을 돕겠다니, 사람들의 분노가 끓어오르는 것이 당연했다.

"거 좀 조용히들 좀 해 봐! 스승님을 어찌 보고, 버럭질들이야! 확! 입 안 다물어!"

성검이 우렁찬 목소리로 나무라자 사람들은 성검을 향해 눈을 부라리면서도 입을 다물었다. 잠잠해진 사람들을 둘러보던 은호가 입을 열었다.

"자네들 심정을 왜 모르겠나? 그러나 지금은 연월장이라 불리는 연월부인의 그 저택은 나의 친우 효문재의 것이었네. 헌데 그 어진 효문재가 죽은 후, 부인의 분탕질에 가문이 저리된 것일세. 나는 효문재의 딸 난비를 보살펴 폐하께 힘이 되어 드릴 방책을 찾고자 하네."

"어찌 됐건 연월장의 여식을 돕는다는 건 연월장의 세를 불리는 게 아닙니까!"

"아닐세. 연월부인은 반드시 황후를 없앨 것이네. 금비를 다음 황후로 세우기 위해서. 그리되면 자네들이 말하는 대로 연월장의 세는 더욱 불어나게 되겠지."

사람들은 은호의 말이 이해가 되지 않는 듯 멍한 표정으로 고개를 갸웃했다. 은호는 부드럽게 웃으며 그네들을 찬찬히 둘러보곤 말했다.

잠시 후 은호에게 설득당한 사람들은 분기탱천하여 연월장을 타도해 황후마마를 구하자고 들고 일어났다. 은호가 그 분기마저 가라앉히고 그들에게 무엇을 해야 할지를 알려 주었다.

이제야 겨우 정리가 된 듯하자, 은호는 서둘러 산채를 떠났다. 잠시 쉬고 가라며 모두가 붙잡았지만 마음이 급했다. 술을 두고 가자니 입이 마르는 성검은 사람들의 배웅에도 입을 삐쭉대고 돌아보지 않았다. 한참 험한 산길을 타는데 은호가 털썩 주저앉았다.

"힘드십니까?"

"오냐. 사람들 말대로 조금 쉬다 올 걸 그랬구나."

"업히십시오."

"됐다. 잠시 쉬면 그만이다."

"저 성격 급한 거 모르십니까? 기다리는 건 딱 질색입니다."

성검은 제 키와 비슷한 은호를 번쩍 들어 가뿐하게 등에 업더니 가벼운 짐 하나 없은 양 잘도 걸어갔다.

"여인을 많이 홀릴 놈이로다."

"계집 홀려서 뭐하게요. 밤일이 아쉬우면 창기나 끼고 놀죠."

딱.

접선에 머리를 얻어맞은 성검이 뚱한 목소리로 다시 말했다.

"저는 아직은 계집보다야 스승님을 업는 게 더 좋으니, 그 불로초 꾸준히 드십시오."

은호는 가슴이 뭉클해져 왔다. 아무래도 제 걱정이 많이 되는 모양이었다. 문득 이 아이들 처음 거두었을 때가 떠올랐다. 저를 버린 세상이, 그 모진 하루하루가 원망스러울 만도 한데, 녀석은 그냥 받아들이고 있었다. 그 어린 꼬마가 말이다. 이 선한 아이를 황궁으로 끌고 가기가 미안해져 순간 갈등이 일었다. 이렇게 세상을 등지고 사는 것도 그가 행복하다면야 나쁠 게 없지 않은가.

'그러나 성검아, 네가 가진 재주는 도적질이나 하라고 내려진 것이 아닐 게다.'

문득 하늘을 바라보던 은호는 먹구름이 깔리기 시작하는 것을 보고 혀를 찼다. 그리 오랄 때는 안 오던 비가 하필이면 백중절에 뿌려질 모양이었다.

❀

공 상궁은 흐린 하늘을 보고 마음이 무거워졌다. 능행이 끝나기 전에 비라도 내릴까 봐 염려되는 것이다. 허나, 이제는 정말 어쩔 수가 없었다.

　태화전에는 황제 부부의 행차를 기다리는 천여 명의 사람들이 질서정연하게 의례 준비를 마치고 도열해 있었다. 아침나절 몸단장을 곱절로 공들인 나인들 덕분에 열에 들떴던 얼굴은 하얗게 가려졌으나 열기는 기어이 뺨을 붉게 물들였다. 창백할 정도로 하얀 얼굴과 새까만 눈동자, 그리고 새빨간 입술이 마치 인형처럼 부자연스러웠다. 그럼에도 불구하고 황제와 함께 태화전에 들어선 난비는 무척이나 아름다웠다. 아픈 몸을 이끌고 천천히 걸어가는 그녀는 세상에 존재하지 않을 것 같은 투명한 신비감으로 좌중을 압도했다. 새하얀 피부에 어울리는 동그란 이마 아래 유려한 콧날이 우아한 선을 그렸다. 긴 속눈썹에 반쯤 가려진 깊은 눈매는 사람들의 시선을 사로잡았고, 도톰한 입술은 웃음기가 없음에도 사랑스러운 인상을 만들어 주었다.

　'연월부인이 이런 딸을 애써 숨겨 둔 이유를 아무리 생각해도 모르겠군.'

　난비의 곁에 선 강위는 자연스러운 기품이 흐르는 그녀를 보며 또 한 번 의문스럽지 않을 수 없었다. 말 못 하는 난비보다 금비가 황후 되기에 모자람이 없으니, 그녀의 재주와 아름다움을 널리 알린 것은 이해할 수 있었다. 하지만, 그렇다고 해서 굳이 난비의 존재를 숨기듯이 할 필요까지 있었을까. 초야 때 반응으로 봐선, 겁간을 당했다는 소문은 분명 거짓이었다. 그런 소문이 나도는 것을 방치하고 시집을 보내지 않았다니 부인답지 않았다.

　'벙어리에, 단정치 못한 성격……. 부인의 눈에 차지 않는 딸이

라 방치하였다?'

소금으로 그녀의 얼굴을 때리며 패악을 부리던 부인의 모습이 떠올랐다. 황제의 용안을 후려쳤으니 멸문을 당할 수도 있었으며, 난비로 인해 애써 준비해 놓았던 금비와의 만남이 취소되었다. 그 분함을 이해 못 하는 바는 아니었으나 난비에게 퍼부었던 독설은 매질보다 더 아파 보였고, 난비는 그런 일이 익숙한 사람처럼 울지도 않았다.

'아니지, 아무리 마음에 안 드는 딸일지언정 집안의 명예를 위해서라도 소문을 씻고 시집은 보냈어야 했다.'

거기까지 생각한 강위는 난비와 눈이 마주치자 서둘러 시선을 거두었다.

'무엇이 마음에 안 들어서 그리 보셨을까……'

난비는 황제가 저를 못마땅하게 노려보던 이유를 알 수 없어 출발부터 시무룩해졌다.

그녀의 심정이 어떻든 황제는 태화전 위로 올라가 모두를 내려다보았다.

"듣거라. 짐과 황후는 그동안 황궁을 어둡게 했던 불행한 일들을 모두 청산하고 새로이 시작하려 한다. 그 시작을 위해 망혼일을 맞이하여 황후들의 안타까운 혼을 위로할 것이다. 이번 능행(陵行)으로 백성들에게 황실이 건재함을 알리고, 그동안의 고단함에서 벗어날 수 있도록 다독일 것이니, 차질 없이 행차를 마무리해야 할 것이다. 오늘의 행차가 부디 백성과 나라를 향해 있음을 잊지 말고 황실 모두가 한마음 한뜻으로 따라 줄 것을 당부한다."

"예, 폐하. 성은이 망극하옵니다!"

강위의 연설에 모두가 한 목소리로 대답하자 태화전이 흔들리는 것 같았다. 난비는 젊은 황제의 낭랑한 목소리에 위엄이 깃든 것을 느끼고 저 또한 압도당하고 말았다.

"움츠러들지도, 몸을 낮추지도 말라."

황제의 나지막한 충고에 움찔 놀란 난비가 어깨를 폈다. 제 쪽으로는 눈길 한 번 주시지 않더니, 어찌 알았을까 신기하면서도 제 실수를 감시하는 것 같아 마음이 상했다. 약을 먹지 못하는 저를 모진 말로 다그치기만 하셨지 한 번이라도 찾아와 걱정해 주는 일이 없으셨다. 이불을 덮어 주고 손수건을 주셨지만 그것은 황상의 마음이 편하고자 한 일이었을 뿐 제 몸 따위를 염려해 주신 것은 아니었을 것이다. 그래서 이제는 그가 욕심내지 말라 한 것이 무슨 뜻인지 확실히 이해하고 느끼고 있는 중이었다.

'걱정 마시옵소서. 도중에 쓰러져 폐하의 능행을 망치는 일은 없을 것이옵니다.'

난비는 저를 미덥지 못하게 여기시는 황제에게 고집스러운 눈빛을 보냈다. 그리고는 보란 듯이 정면을 바라보며 한 번 더 허리를 세웠다. 등허리에 찌르르한 통증이 느껴졌지만 보란 듯이 버틸 작정이었다. 아니, 오기 때문만은 아니었다. 오늘 능행에 실패한다면 스승님이 제게 실망하실 것이 분명했다.

'황후의 의무를 충실히 행하여야 한다. 난비야.'

그녀는 스스로 그렇게 마음을 먹고 아랫입술을 꼭 깨물었다.

이를 본 강위는 속으로 혀를 차며 두고 보자는 심정으로 이를 못 본 척했다.

'네 번째 황후는 그 고집 탓에 죽고 말겠군.'

이제 한 명도 빠짐없이 준비를 마친 듯했으니 사모달을 불렀다.

"능행(陵行)을 시작하라 알리거라."

"예, 폐하."

사모달이 다음 행차를 위해 뛰어갔다. 천천히 몸을 돌리는 황제를 따라 난비도 걸음을 옮겼다.

태화전을 나서는 황제와 황후의 뒤로 긴 행렬의 꼬리가 이어지는 장관이 펼쳐졌다. 이런 광경을 태어나 한 번도 보지 못한 난비가 그 행렬의 선두에 선 자신의 지위를 잊고 신기한 듯 힐끔거리며 뒤를 돌아보았다. 그러다 또 황제께서 이를 못마땅해하실까 봐 그의 눈치를 살폈다. 다행인진 모르겠지만, 그는 자신 따위는 안중에도 두지 않고 있었다. 아무리 돌아봐 달라 해도 결코 바라봐 줄 것 같지 않은 단호한 옆모습이었다. 그래서일까. 난비는 점점 더 노골적으로 그의 얼굴을 보게 되었다.

사내라고는 집안의 종들도 가까이해 본 적 없었다. 오직 스승이신 은호 선생이 그녀가 아는 남자의 전부였다. 그런데, 은호 선생보다 훨씬 젊은 사내, 그것도 단정하다 못해 수려한 용모의 황제가 자신의 부군이 되었다. 유약할 줄 알았던 황제의 눈에는 세상을 삼킬 것 같은 강인한 열망이 보였고, 자존감이 서린 콧날은 황족의 우월감을 뽐내는 듯했다. 그의 앞에서 옷을 벗었고, 거칠었지만 그가 자신을 껴안았다. 그로 인해 수치스러웠고 원망도 했지만 말 못하고 더럽혀진 계집과 초야를 보낸 척이라도 해 준 것을 황송하게 여겨야 할지도 몰랐다. 그래서 자신을 이리로 데려와 황후로 만들어 준 그가 싫다. 황제이기에 순종하며 참아야 하고, 잘나신 용모로 선심 쓰듯 더러운 제 몸을 만져 주시는 것도 싫은 것이다.

'싫다. 싫어. 폐하께서 나를 싫어하듯 나도 폐하가 싫다⋯⋯.'

난비는 말을 할 수 있어도 뱉을 수 없는 중얼거림을 세뇌하듯 여러 번 되새겼다. 난비의 발걸음이 무거워지기 시작했다. 몸살이 더 심해지는 것인지, 마음의 무게 때문인지는 그녀도 알 수 없었다. 다만, 그녀의 힘겨운 한 걸음, 한 걸음이 황제에게도 전해진 탓에 긴 행렬이 모두 느린 속도로 걸어야 했다.

"한눈팔지도, 곁눈질하지도 말라."

갑자기 황제가 쳐다도 보지 않고 다 안다는 듯이 충고를 던지자 뜨끔한 난비가 얼른 고개를 돌려 앞만 바라보았다.

강위는 제가 방금 한 충고를 어기고 슬그머니 곁눈질을 했다. 식은땀에 젖은 머리카락과 불안한 듯 입술을 잘근거리는 난비를 보니 또 마음이 약해져 왔다. 욕심내지 말라고 호통칠 땐 언제고 또 흔들리는 것이다.

'강위야, 언젠가 버려야 할 여인이다. 말 못 하는 여인이라 가여운 것이냐, 미색에 홀린 것이냐. 황후들의 죽음을 잊어서는 안 된다.'

비단, 그녀들의 죽음이 아니더라도, 연월부인의 손아귀에 놀아나고 싶지 않았다. 원수나 다름없는 연월부인의 여식을 진심으로 품는다는 것은 있을 수도 없는 일이었다. 언젠가 그들을 벌할 수 있는 날이 온다면 제 손으로 직접 베어야 할지도 모르니 말이다.

다행히 태화전 밖에 준비해 둔 두 개의 정가교(正駕轎:임금이 타는 사방이 뚫려 있는 가마)까지는 멀지 않았다. 두 사람이 각각의 정가교에 올라타자 누군가 알아듣기 힘든 길게 올리는 목소리로 출발을 알렸다. 이를 신호로 말을 탄 고수가 북을 울렸다.

둥. 둥. 둥.

세 번의 큰 울림 후 장수들이 지휘를 시작했다. 활을 멘 기마병들이 정가교 앞을 호위하며 출발했다. 그 뒤로 내관들이 황제의 정가교에 바짝 붙어 걸었다. 말을 탄 고관들은 정가교의 옆에 섰고, 상궁과 나인들은 얼굴을 가리고 정가교의 뒤를 따랐다. 그 뒤로는 여러 지휘관들이 휘하의 병사들을 거느리고 당당한 보무로 행진했다. 좀처럼 볼 수 없는 대장관에 난비의 눈이 휘둥그레졌다.

'이것이 구하국의 황실이로구나. 내가 이들의 황후가 된 것이다.'

정가교가 익숙지 않아 저도 모르게 웅크리고 앉았던 난비의 어깨에 힘이 들어갔다. 허리를 꼿꼿이 세우고 아래를 내려다보니 긴 행렬의 앞, 황궁의 거대한 문이 양쪽으로 열리고 있었다. 고수의 북소리에는 긴장감이 넘쳤고, 난새가 높이 비상할 거라던 아버지의 말씀이 북소리와 공명하여 울렸다. 비록 아직은 이 자리가 자신을 위해 마련된 온전한 둥지 같지는 않았지만, 이 행렬을 이끌고 있는 황실의 안주인은 자신이었다. 억지로 추켜세운 등허리가 힘에 부치고 가마꾼들의 어깨 위에서 흔들리는 정가교는 자신의 모진 인생만큼이나 위태로웠지만 말이다.

'아버지 난새가 지금 날아오른 것입니까? 둥지에 앉은 것입니까?'

제가 가야 할 앞날을 점칠 수는 없었으나 이제 자신은 한순간이라도 귀한 이름을 지어 주신 아버지의 뜻을 부끄럽게 만들고 싶지 않았다. 가느다란 명주실처럼 목숨이 끊어지려던 그날, 비참하게 바닥을 뒹굴었던 수치심이 아직도 상처로 남아 있었다. 영광된 삶을 살게 된 것이 아주 짧은 순간이 될지도 모르겠지만, 운명이 이끄는 대로 멍하니 따르지만은 않으리라.

'나를 지키는 것은 내가 되어야 한다. 바람이 나를 이끌어도 튼튼한 날개를 펼치는 것은 나의 의지이다.'

사냥꾼의 활과 돌팔매질에 날개가 꺾일지도 모르나 그래도 높이 날아 보았노라 자부심을 안고 추락한다면 미련이 없을 것이다.

"와아! 와와!"

마침내 성문이 열렸다. 성문을 나서자 백성들의 함성이 지축을 흔들어 놓았다. 행렬을 향해 일제히 땅에 엎드렸지만 함성 소리는 줄어들지 않고 행렬을 따랐다. 행렬의 끝에서는 백성들에게 곡식을 나눠 주는 수백의 수레가 바쁘게 움직이고 있었다.

강위에게는 꼬리로 몰려드는 백성들의 함성이 황제를 동경하는 환호가 아니라 배고픈 자들의 울부짖음처럼 들렸다. 당분간 국고가 텅 비게 생겼는데도 겨우 몇 끼의 곡식으로 생색을 내는 자신이 부끄러울 만큼 백성들은 절박해 보였다.

난비 역시 무심코 그들을 돌아보다 마치 거지 떼처럼 몰려드는 사람들에게 죄스런 마음이 일었다. 제 몸살이 대수롭지 않을 만큼 가난의 고통이 크게 와 닿았다. 그러다가 저보다 먼저 백성들을 돌아보던 황제와 눈이 마주쳤다. 순간 그의 눈에서 진한 안타까움과 슬픔을 보았다.

보이고 싶지 않은 것을 들킨 사람처럼 황제는 그 감정을 다시 깊숙이 갈무리했지만, 난비의 눈을 피하지는 않았다. 두 사람이 한동안 그렇게 마주 보고 있으니 그것을 발견한 일행들에게 가벼운 술렁거림이 일었다.

'내가 가여우냐?'

'자책이십니까?'

'아니, 원망이다.'

'간신들이 득세한 세상이 힘겨우십니까?'

'백성들의 울음이, 그 원한이 원망스럽고 두렵다.'

'황후의 의무를 물으셨습니다. 황제의 책임을 저버리지 마십시오.'

'어리석은 백성들이 저주받은 황제를 원망하는 소리를 들었는가?'

'사람이 벌인 일은 사람이 해결할 수 있습니다.'

'나는 여태 아무것도 해결하지 못한 황제의 허울을 뒤집어쓴 무능한 사내이다.'

'하나씩 바꾸어 가십시오.'

'무엇부터 바꾸어야 하겠느냐. 내가 가장 바꾸고 싶은 것은 너다.'

'……'

'연월부인의 세부터 몰아내고 싶은 것이 나의 바람이다.'

눈으로 묻고 답하는 동안 서로의 생각이 통하고 있을 줄은 모르고 있었지만, 그 통한 마음조차 상처가 되는 말들뿐이었다. 황제의 눈을 먼저 피한 것은 난비였다. 그녀는 점점 자신을 쏘아보는 황제를 감당할 수 없었다. 하지만 강위는 그녀를 노려보던 눈빛을 거두고 슬퍼 보이는 그녀의 얼굴을 오래도록 안타깝게 바라보았다.

백성들의 함성이 차츰 멀어져 갔다. 도성의 중심부에서 한참을 벗어난 산 아래로 도착하자 이제 따르는 이들은 별로 되지 않았다. 텅텅 빈 곡식 수레가 요란하게 덜컹거린 탓에 음악 소리는 더욱 커졌다. 쉴 새 없이 연주한 악공들의 음은 듣기에도 지치고 힘들었으니, 무사히 목적지에 도착한 것이 다행스러웠다.

한겨울에도 볕이 잘 드는 야트막한 산은 세 황후의 능을 포근하게 품어 주는 아늑한 산세였다.

첫 번째 황후의 소(少)능, 두 번째 황후의 벽(碧)능, 세 번째 황후의 쇄(粹)능이 얼마간의 사이를 두고 나란히 놓여 있었다. 정가교가 땅에 내려오자 병사들이 분지를 따라 원형으로 진을 만들고, 나인들과 내관들이 분주하게 움직여 제상을 준비했다. 그동안 황제는 산책이라도 나온 듯 세 황후의 무덤가를 천천히 걸었다. 무덤을 둘러보며 그의 손으로 직접 잡초를 뽑기도 하면서 무척이나 여유롭게 시간을 보내고 있었다.

그러나 난비는 그냥 앉아서 쉬고 싶은 마음이 가득했다. 황제께서 움직이시니 어쩔 수 없이 함께 따를 뿐이었으니, 그가 일부러 저를 괴롭히느라 저란다는 생각밖에 들지 않았다. 그때, 얼마쯤 말 없이 걷던 황제가 나인들과 내관들을 몇 걸음 뒤로 물러나게 하고는 단둘이 있겠다 했다.

"가까이 오라."

어쩐지 다정한 말투가 더 불안해서 주춤거리며 한 발만 다가갔다. 황제는 손가락으로 세 번째 황후의 쇄(粹)능 곁에 비어 있는 분지를 가리키곤 매우 조용하게 물었다.

"저 자리가 보이는가?"

'예, 보이옵니다.'

"나의 다음 황후가 누울 자리다."

'제가 누울 자리를 보여 주시는 것입니까?'

자신이 얼마나 싫었으면, 굳이 묏자리까지 미리 보여 주실까 난비의 시선이 무겁게 바닥으로 떨어졌다. 그러자 대뜸 자신의 얼굴 앞으로 황제의 얼굴이 다가왔다. 깜짝 놀란 난비가 뒤로 물러나자 황제는 휘청대던 그녀의 어깨를 붙잡았다.

"내가 왜 너에게 하대를 하는지 궁금하지 않느냐?"

난비는 대답하지 못하는 것이 죄송스럽고 어차피 알지도 못하니 고개를 숙였다.

"네가 저기에 묻히지 못하기 때문이다."

'그것은……'

"만약 네가 죽는다면, 너는 황후로 죽지 못할 테니 말이다."

난비의 가슴이 철렁 내려앉았다. 역시 자신의 생각대로 그는 어머니의 죄를 어떻게 해서든 밝힐 생각인 것이다. 어머니가 황후를 시해했다 밝혀지면 효씨 가문은 멸문이었다. 제게 모질게 대하며 방치한 대신, 금비를 앞세워 가문을 일으켜 보려던 어머니의 욕심은 알고 있었다. 그것이 황후들을 시해하는 일일 줄은 꿈에도 생각 못 했고, 지금도 믿을 수 없었다.

'황상께서 분명 잘못 알고 계시다. 효씨 가문이 무슨 그런 든든한 배경이 있어 황후를 시해하고도 들키지 않을 수 있단 말인가.'

생각만으로도 겁에 질린 난비가 눈을 동그랗게 뜨고 고개를 저었다.

"어미 짓이 아닐 거라는 뜻이냐?"

난비가 재빨리 고개를 끄덕이자 황제의 한쪽 입꼬리가 말려 올라갔다. 명백한 비웃음에 난비는 오한이 일었다.

"그것참 안됐구나. 네가 정말 모르는 일이었다 해도, 중요한 것은 네 어미 덕에 네가 이 자리에 있다는 것이다."

어머니의 죄를 확신하시는 황제의 말씀에는 어머니의 죄에 일말의 의구심조차 없었으니, 난비는 이제 혼란스러워졌다.

'폐하의 말씀이 맞다면 어머니는 벌을 받으셔야 마땅하다. 허나, 죄 없는 금비와 나를 위해서라면, 차라리 어머니의 죄가 감춰지는 것이 낫지 않은가. 내가 어찌해야 하는가. 폐하께선 왜 내게 이런 말씀을 해 주시는 것일까.'

그녀의 갈등을 지켜보던 강위의 눈빛이 어둡게 가라앉았다. 그녀는 정말 아무것도 모르는 듯했다. 연못가에서 그리도 밝은 음을 연주하던 여인이었다. 세상의 더러움에 때 묻지 않은 그 음을 제 귀로 직접 들었음에도 연월부인의 딸이라 한통속일 거라 여겼다. 순수한 그녀의 눈빛을 보고 있자니, 그날 연주를 들었던 것이 후회스러웠다.

'그렇지 않다 해도 이제는 어쩔 수 없다. 연월부인에게 죄를 물으려면 너 또한 무사할 수는 없을 터. 어미를 잘못 둔 죄라 여겨라.'

물론 지금으로서는 연월장을 물리칠 방도도 없었지만, 난비에게로 향하는 눈치 없는 마음 탓에 강위의 이성은 점점 더 거리를 두고자 애쓰고 있었다. 두 사람의 침묵을 틈타 사모달이 다가왔다.

"폐하, 제를 올릴 준비가 다 되었습니다."

"알았다."

드디어 망혼제가 시작되었다. 향 타는 냄새가 코끝에 닿았다. 술과 음식을 올리고 황제와 황후의 앞에 예순네 명의 무용수들이 등장했다. 서른두 명의 문무(文舞)가 꿩의 깃털과 피리를 들었고, 서른두 명의 무무(武舞)들이 방패와 도끼를 들고 북소리에 맞추어 팔일무(8명씩 8줄로 추는 제향 춤)를 추었다. 질서정연하고 느린 춤사위가 고고하고 화려하게 펼쳐졌다. 대금과 피리, 아쟁, 해금의 선율이 타악기의 울림을 타고 가락을 중첩시켰다.

강위는 아련한 눈빛으로 팔일무를 감상하고 있었다.

'이런 것으로 그대들이 정녕 위안받을 수 있는 것이오?'

황제의 그런 모습을 흘끔 보게 된 난비는 좀 전에 그가 했던 무시무시한 말을 잠시 잊었다. 지금 그녀의 앞에는 황제가 아니라 세 명의 부인을 잃은 가엾은 사내가 있을 뿐이었다.

마침내 팔일무가 끝났다. 숲 전체를 뒤흔들던 웅장한 음악이 멈추자, 갑작스러운 정적이 낯설었는지 여기저기서 낮은 탄식이 들려왔다. 황제가 난비를 돌아보았다.

"이제 그대의 일만 남았다."

'제가 할 일이라니요?'

"소금을 가져오너라."

공 상궁이 비단보를 펼쳐 소금을 올리자 난비는 어리둥절한 표정으로 황제를 바라보았다.

"송신례(신을 보내는 절차)를 네게 맡기마. 진혼곡을 연주하거라."

황제의 명에 소금을 받아 든 난비는 평소와 달리 한참을 망설이고 있었다.

모두가 그녀를 기다리고 있었지만 황제는 재촉하지 않았다. 그녀의 실력을 이미 보았다. 망설임의 이유는 연주에 대한 긴장감은 아닌 듯했다. 사실 자신이 그녀에게 진혼곡을 연주하라 한 것은 그때 그 여인의 진혼곡이 자꾸만 머릿속을 맴돌았기 때문이었다.

그 계집이 금비와 동일인일 가능성이 높았지만, 혼을 달래 주던 진중하면서도 아련한 선율은 다시 들을 수가 없었다. 금비의 진혼곡과는 확연히 그 느낌이 달랐었다. 혹시 아는가. 난비 역시 은호의 제자이며 뛰어난 실력을 갖고 있으니 그날의 진혼곡을 연주해 줄지도 몰랐다. 아름다웠던 그 선율을 죽은 황후들에게도 들려주고 싶었다. 뿐만 아니라 누가 됐든 좋으니 그날의 음을 다시 한 번 듣고 싶은 것이 솔직한 욕심이었다.

한편, 그런 사정을 모르는 난비는 소금을 들고 어떤 진혼곡을 불러야 할지 망설였다.

'폐하께서 듣고자 하시는 진혼곡이 무엇일까? 황후들에게 들려 주고 싶은 곡…….'

그냥 얼마 전 산에서 불렀던 곡을 연주할까도 했지만, 황후들의 능을 쓰다듬던 황상의 쓸쓸한 손길이 떠올라 마음에 걸렸다.

'부르고 싶은 노래를 부르는 것이 가장 마음을 담는 연주라 하셨다.'

난비는 이별가를 연주하고 싶었다. 황상께서 불행했던 과거들을 청산하고 새로이 출발하고 싶다 하셨다. 떠나지 못하는 영혼은 어쩌면 과거에 얽매여 있던 황제의 탓일지도 몰랐다.

결심이 선 난비가 소금을 잡았다. 기다란 손가락이 우아한 동작으로 구멍을 막았고, 바로 선 난비의 몸은 대나무가 서 있는 것처럼 자연스러우면서도 곧았다. 그 어디에서 좀 전까지 무겁게 늘어져 있던 병든 사람을 찾을 수 있을까.

투웅.

낮고 조용한 첫 음이 바람이 일 듯 고요하게 사람들의 귓가를 지나갔다. 은호가 지은 가사에 난비가 만든 곡조였으나 지금은 이별가를 마치 진혼곡인 양 변주해야 했다. 가장 작은 금이라는 소금에서 마치 풀을 눕히는 바람과 같은, 짝을 잃은 새의 울음 같은, 작지만 널리 퍼지는 선율이 흘러나오기 시작했다. 사람들은 금세 그녀의 연주에 빠져들었다.

얼마쯤 아득해지면 내 노래 닿지 않을까.

가던 길 뒤돌아보며 애달프게 머무는가.

노래 결 실은 바람에 꽃구름 띄워 보내면
푸르른 하늘 강가로 그대 태워 저어 갈까.

빗방울 흩뿌려 내려 내 얼굴 쓰다듬는가.
우지 마 달래는 손길 나보다 흠뻑 젖었네.

흐느껴 우는 비 소리 가슴을 멍들게 하고.
시리게 젖어 든 풀잎 매만져 그대 그리네.

가사를 마음에 새긴 난비의 연주는 듣는 이에게도 노래의 사연
이 전해졌다. 고달프고 외로운 저승길에 홀로 보낸 연인이 안타깝
다. 편히라도 보내고 싶은 간절함에 코끝이 찡해 오다가, 눈물 같
은 빗소리로 연주가 바뀌었다. 처연한 선율이 사람들의 마음을 때
려 분지는 슬픔에 잠겼다. 그리고 다시 바뀐 선율은 비 소리 대신
적막한 공명음으로 무겁고 나직하게 울었다.

인연을 원망하기에 미련도 사무치노라.
이별을 두려워 말고 피리곡조 따르시게.

산 너머 저 안개 기슭 망각에 들어서거든
우리들 인연 나 홀로 오래도록 기억함세.

마침내 연인을 훌훌 떠나보내고 음은 절정을 치달렸다. 진혼곡에서 흔히 쓰지 않는 상청(높은 음)이 맑고 깨끗한 냇물처럼 흘러갔다.

이 비에 젖은 뒤에는 모란꽃 흐드러지네.
안개 낀 새벽 땅 위에 따스한 햇살 피었네.

눈물로 얼룩진 자리 영롱한 이슬 맺으면
옥루주 따라 놓고서 그대 향기 취할 테지.

비록 다시는 보지 못할 연인이지만 이별이 끝이 아니라는 듯 아련함과 그리움을 물씬 풍기며 연주가 잦아들었다. 연주에 취해 제일을 잊었던 관리가 서둘러 축문에 불을 붙였다. 아직 남아 있는 소금 소리를 타고 재가 춤추듯 하늘로 날아올랐다. 날아간 재와 연기는 노을에 물든 잿빛 구름 속으로 빨려 들어갔다. 긴 여운에서 깨어난 사람들이 심상치 않은 하늘을 바라보며 근심했다.

"폐하, 곧 비가 올 것 같습니다."

황제를 위한 연주인 만큼 누구보다도 연주에 흠뻑 빠졌던 강위는 붉어진 눈시울을 들킬까 봐 사모달을 똑바로 바라보지 못했다.

"폐하?"

"가자."

떨리는 목소리를 감추려 딱딱하게 뱉어 낸 황제의 목소리는 난비를 무안하게 만들었다.

'연주가 마음에 안 드셨나 보다. 그냥 평범한 진혼곡으로 할 것을. 또 주제넘은 짓을 했구나.'

잔뜩 풀이 죽은 난비까지 정가교에 오르자 일행은 서둘러 돌아갈 준비를 했다.

얼마 후 올 때보다 더욱 빠르게 능행의 행렬이 분지에서 사라졌다. 그리고 곧 사람들의 걱정처럼 굵은 빗방울이 떨어지기 시작했고, 짙은 어둠도 함께 내렸다. 겨울의 초입에 밤새 내린 비는 멀리 지평선에서 해가 뜨기 시작하자 잦아들었다.

아침 일을 보러 가던 사람들은 한층 싸늘해진 날씨에, 질퍽한 땅을 종종걸음으로 걸었다. 그리고 난비가 소금을 불던 자리 곁에 겨울 모란의 봉우리가 맺혔다. 어느 때보다도 춥고 괴로운 그해 겨울이 다가오고 있었다.

황후의 진혼곡이 이별가로 들린 것은 황제뿐만이 아니었다. 그 자리에 모여 있던 천여 명의 사람들은 밤새 내린 빗소리에 잠을 청하지 못했다. 저녁나절 황후의 소금 소리가 빗물 소리에 섞여 밤새 사람의 마음을 진흙탕처럼 적셔 놓았기 때문이었다.

"황후의 이별가가 하늘을 울렸다."

"세 황후와 황제의 마음을 위로한 천상의 소리였다."

"하늘이 재인을 보내셨으니, 궁궐의 악귀들을 쫓아낼 것이다."

백성들은 드디어 갈망하던 일들이 이루어진다며 새로이 뜬 햇살만큼 밝게 웃었다.

그러나 이런 말들이 달갑지 않은 세 사람이 있었다. 난비가 그저 말 못 하고 모자란 여인으로 죽어 주길 바라는 연월부인과 금비의 마음이 조급한 것은 당연지사였고, 황제도 탐탁지 않아 했다. 간신들의 계략이라 여겼던 궁무들의 참언이 사실이라 여겨지는 게 싫어서였다.

강위는 고심에 빠졌다. 그녀의 연주는 그의 마음까지도 흔들어 놓을 만큼 진실했고, 먼저 떠난 세 황후의 영을 어루만져 주는 것 같았다. 할 수만 있다면 그녀의 연주를 들으며 목 놓아 울어 보고 싶었다.

"폐하, 심기가 어지러우시면 잠시 눈을 붙이고 쉬시는 게 어떻겠사옵니까?"

황상의 안색이 어제 이후로 영 좋지 않으니 사모달은 걱정이 되었다.

"하아……. 냉수나 가져오너라."

"날이 차가우니 따뜻한 물을 드십시오. 황후마마께서 감환(감기의 높임말)이 중하시다니, 폐하의 옥체도 근심스럽사옵니다."

어제 그 빗속을 뚫고 환궁하느라 궁 안에는 고뿔 걸린 이들이 여러 있었다. 비 올 것을 예상하고 정가교에 지붕을 얹었으나 사방에서 들이치는 차가운 습기를 다 막아 낼 수 없었다. 결국 본래도 몸살을 앓고 있던 황후는 심하게 앓아누었다. 열이 펄펄 끓고 정신이 없는 와중에도 약을 입에 넣으면 다 토해 내, 태의들이 온종일 애를 먹고 있다니 큰일이었다. 다행히 황제께서는 워낙 건강하신 체질이라 괜찮으신 듯하지만, 사모달은 궁 안에 만연하는 병이 염려스러웠다.

　강위는 까탈을 부리지 않고 사모달이 가져다 준 더운 물을 몇 모금 마시고 내려놓았다.

　"황후께서는 여전히 그러고 계신다더냐?"

　"예. 폐하. 황후전 나인들 눈 밑이 시커메졌습니다. 고심이 이만저만이 아닌 모양입니다. 소인 생각엔 어차피 연월장에서도 아파도 약을 먹지 않았다 하시니, 약은 그냥 두고 천천히 나으실 수 있도록 하는 것은 어떻겠사옵니까?"

　"연월장이라……."

　"……?"

　"그래……. 그러면 되겠구나. 연월장에 교전나인(轎前內人:이 글에서 사가에서 데리고 온 몸종 나인을 뜻함)을 보내라 해야겠다."

　"예에? 허나 교전나인의 품격이 떨어지고, 궁의 기강을 흐린다 하여 이를 금한 지가 벌써……."

　"잔소리는 그만하고, 교전나인 하나가 흐릴 궁의 기강도, 품격도 남아 있지 않으니 황후의 병환을 핑계로 데려오너라. 집에서 모시던 이가 잘 알 테니."

　사모달의 전갈을 받은 나인이 그 즉시 연월장으로 찾아갔다.

　그즈음 연월장에는 대사농(大司農:현 재무장관) 서대호와 녹상서사(錄尙書事:지금의 내각총리) 양자문, 그리고 승상(丞相:천자를 보좌하는 요직) 해일주까지 모여 연월부인과 회담을 가지고 있는 중이었다.

"이제야 부부인께서 한시름을 놓으셨습니다. 황후마마로 인해 얼마나 마음고생이 심했는지, 내 그간 말은 안 했으나 안타깝게 여기고 있었지요."

연월부인이 도성으로 와 가장 먼저 포섭한 대사농 서대호가 뒤룩뒤룩 살찐 뺨을 씰룩이며 입에 발린 소리를 했다.

"아닙니다. 오히려 추문으로 인해 서씨 가문까지 피해를 보면 어쩌나 죄스러웠을 뿐입니다."

"부부인의 마음 씀씀이가 이리 세심하시니 오늘 날 같은 복이 오지 않았나 싶군요."

대사농과 달리 신경질적으로 마른 녹상서사 양자문이 한껏 체면을 차리며 말했다. 이제 승상 해일주가 인사를 건넬 차례였다.

"그러나 나는 내심 금비가 황후가 되어 주길 바랐소. 지금의 마마께서 황후가 되신 일은 감격적인 일이지만, 우리가 폐하를 도와 큰일을 도모하기에는 금비가 더 낫지 않았을까 하는 아쉬움이 남는구려. 이런……! 욕심 많은 늙은이의 푸념이었다 생각해 주시오."

해일주는 무안한 듯이 길게 늘어뜨린 흰 수염을 쓰다듬었다.

"아닙니다. 저 또한 그게 아쉽긴 합니다만, 시집도 못 간 여식이 황후가 되었으니 어미 된 마음은 또 그게 다행스러워 주책없이 즐거워만 했습니다."

이 자리에 누구도 부인의 모성을 의심하는 이가 없었다. 잠시 숙연해진 분위기에 해일주가 조심스럽게 입을 열었다.

"헌데, 은호 선생은 어디에 있소이까? 내 한번 만나 보고 싶었소만."

"선생은 이제 금비에게 더 가르칠 것이 없다며 나갔습니다. 어째서 찾으시는지요?"

해일주의 뜬금없는 질문이 모두에게 주목받았다.

"음⋯⋯. 요즘 사모달이 은호에 대해 캐묻고 다닌다는 이야기를 들었소. 그래서 내 가만 생각해 보니, 선황 폐하께서 은호에게 태자의 스승이 되어 달라 한 적이 있었지요. 은호가 거절한 데다가 하도 일찍이 조정을 떠나서 잊고 있었는데, 그 얘기를 들으니 불현듯 생각이 났지 뭐요."

"그런 일이 있었습니까? 전혀 몰랐습니다."

대사농이 크게 놀라며 물었다. 은호가 겉으로 보기에는 저보다 한참 어려 보였는데 선황을 모셨다니 잘 상상이 가지 않았다.

"그러게 말입니다. 은호가 그렇게까지 선황 폐하의 신임을 얻었었단 말입니까?"

녹상서사 역시 놀라긴 마찬가지였다. 소문에 관직에 있었다는 이야기를 듣긴 했지만, 글 선생 따위에 그리 신경 쓰지 않았는데 그렇게까지 선황과 가까웠을 줄은 몰랐다.

"그랬지. 그 당시도 워낙에 가난한 살림이라 그리 눈여겨볼 만한 자는 아니었네. 선황께서 그의 재주를 아끼신 덕에 녹상서사까지 올라갔으나 뭐가 틀어졌는지 갑자기 낙향하겠다며 관직을 벗었단 말이지."

"쯧쯧. 그리고 여태 입에 풀칠하느라 글 선생을 전전하였구만. 그럼 이제 황상께서 은호를 다시 스승으로 모시려고 찾는 것일까요?"

대사농의 물음에 해일주가 얼굴을 찌푸렸다.

"글쎄. 그거야 알 수가 없지만……. 어째서 연월장의 글 선생인 은호에 대해 부부인께 물어보지 않고 알아보시는지가 희한한 일이란 말이지. 혹 황상께서 세를 만드시려는 게 아닌가 하는 생각이 든단 말일세."

"고작 글 선생 따위를 말입니까?"

"기댈 곳이 없으니 그리라도 하려는 게 아니겠소. 마음 붙일 곳이 필요하지 않았나 싶습니다. 어서 우리 황후마마께서 황상의 마음을 편히 해 드려야 할 텐데……."

녹상서사의 반문에 대사농이 제 생각을 진실인 양 확신하며 대답했다.

이를 듣고 있던 연월부인은 머릿속이 마구 뒤엉키다 불현듯 은호를 처음 만난 때가 떠올랐다. 어느 날 갑자기 금비를 흠모한다며 찾아왔던 은호가, 난비가 황후가 되자 갑자기 떠나 버렸다. 효문재와 선황이 벗이었고, 선황께서 은호를 신임하셨다면 어쩌면 은호도 효문재를 잘 알지도 모른다는 불안한 생각이 들었다.

'설마. 모든 걸 알고 있는 것은 아니겠지? 아니야. 알고 있다면 어째서 난비에게 아무 말도 하지 않았단 말인가? 그렇지만 금비를 가르치겠다고 찾아와선 난비와 친하게 어울린 것도 이제 와 생각해 보니 수상하기 짝이 없다. 잠깐!'

갑자기 진혼곡이 떠올랐다. 다른 것은 나중에 생각하더라도 황상과 은호가 만나는 것은 막아야 할 필요가 있었다. 두 사람이 만나면 금비가 진혼곡을 연주하지 않았다는 것을 알게 될 것이다.

"무슨 생각을 그리 골똘히 하시오? 은호에 대해 뭐 마음에 걸리는 거라도 있소?"

해일주가 묻자 부인은 그의 의심이라도 살까 봐 얼른 둘러대기 시작했다.

"폐하께서 그를 멀리하시도록 해야겠습니다."

"뭐하러 그렇게까지……. 대사농의 말대로 마음 붙일 곳이 있으면 괜스레 조정의 일을 삐뚤게만 보시진 않을 것일세."

"아닙니다. 은호는 도적들의 묘를 만들어 주던 자입니다. 백성들을 위한답시고 공공연히 위험한 사상을 펼치는 자인데, 그를 조정에 들이는 것은 위험합니다. 그간 제 여식을 가르칠 때도 몇 번이나 주의를 주었는데 소용이 없었습니다. 보통 고집이 아니니, 폐하와 젊은 관료들을 물들일까 걱정됩니다."

"그래요? 그런 자라면 굳이 궁에 들일 필요는 없지요. 안 그렇습니까?"

대사농이 부인의 편을 들며 펄쩍 뛰었다. 녹상서사 양자문과 승상 해일주는 은호에 대해 좀 더 신중히 생각하느라 바로 대답을 하지는 않았다. 하지만 부인의 마음엔 이미 단호한 결심이 섰다.

'없애야지. 불안 요소를 남겨 둬선 안 된다. 아직은 이룬 것이 없으니.'

만약 난비에 대해 알고 있다면 은호는 큰 위험 덩어리였다. 만약이라는 싹을 없애야만이 발을 뻗고 잘 수 있었다.

다음 날 조회를 마치고 걸어오던 황제는 궁으로 들어오는 금비

일행과 마주쳤다. 그에 황제는 이들을 불러 세워 차를 마실 것을 권했다.

가까운 정자에서 다과상을 두고 마주 앉은 두 사람은 멀리서 보면 화폭 속의 선남선녀처럼 잘 어울려 보였다.

"그래. 저 아이를 교전나인으로 들일 것이냐?"

"예, 폐하. 어릴 때부터 함께해 온 아랑이란 아이이옵니다. 궁에 두긴 모자란 아이지만 황후마마와 막역한 사이니 편히 부리기엔 괜찮을 것이옵니다."

"그렇군. 헌데, 내 묻고 싶은 것이 있어 이리로 자리를 마련했다."

"하문하시옵소서."

"황후는 참으로 연월장에서도 탕제를 전혀 먹지 못하였느냐?"

금비가 근심이 가득한 얼굴로 탄식하며 대답했다.

"하아. 송구하옵니다. 마마께서 어린 시절의 충격으로 탕제는 잘 드시지 못합니다."

"잘 먹지 못한다는 것은 먹을 때도 있다?"

"아! 그, 그것은……. 실은 아주 가끔 힘들게 먹을 때도 있사온데……."

"그것이 언제냐?"

"스승님께서 만들어 주신 탕제는 마지못해 드실 때도 있었사옵니다."

"……."

황제의 얼굴이 굳어지자 금비는 속으로 제가 제대로 짚었구나 기뻐했다.

"스승님께서 탕약을 좀 특별하게 만들어서 그런 것일 뿐 다른 이유는 없을 것입니다."

황제는 그녀가 마치 그의 마음을 읽은 것처럼 위로하자 당황한 흔적을 지우고 다른 말로 분위기를 환기시켰다.

"그래. 지금은 아무도 그 탕제를 만들지 못하니 어쩔 수가 없겠 군. 네 번째 황후마저 죽게 생겼으니, 저 아랑이란 아이에게 잘 치 료하라 이르거라."

"예. 교전나인을 들이기로 하신 것은 탁월하신 결정이셨사옵니 다. 실은 황후마마께서 이대로 병중이 심해지면 헛것을 보시는지 망상이 심해지시기도 하옵니다. 아랑이 옆에 있으면 그런 일에도 제법 의연하게 대처할 수 있을 것이옵니다."

"망상증도…… 있단 말이냐?"

"예. 가끔이긴 하오나, 누가 자신을 죽이려 한다며 자해하는 경 우도 있었사옵니다."

"그랬군. 알았다. 황후전 나인들에게도 방금 네가 한 이야기를 해 두는 게 좋겠구나."

"물론이옵니다. 그렇지 않아도 일러둘까 했사옵니다."

이제 물을 것이 없을 듯한데도 황제는 쌀쌀한 날씨에 벌써 식어 버린 찻잔에 미련을 두며 자리를 뜨지 않았다.

"폐하. 제게 또 다른 궁금한 것이 있사옵니까?"

"……."

"폐하?"

"너희 자매는 효문재의 후손답게 재주가 많더구나."

"과찬이시옵니다."

"그 진혼곡 말이다."

"예?"

"한번 연주해 볼 수 있겠느냐?"

"폐하. 폐하께서 원하시면 언제 어디서든 연주할 수 있사오나, 지금은 소금을 가져오지 않았나이다."

"아! 그랬지, 참."

그러고도 황제는 한참을 생각에 잠겨 있었고, 금비는 더 묻지도 못하고 그의 눈치를 살피고 있었다.

'혹시 내가 아니라는 걸 아신 걸까? 아니야. 그럼 저렇게 부드럽게 물으실 리가 없지. 뭣 때문에 그깟 진혼곡 하나에 집착하시는지 알 수가 없단 말이지. 집에 가서 연습이라도 해 둬야겠다.'

진혼곡에 집착하는 연유를 모르는 것은 황제 자신도 마찬가지였다. 그는 금비를 다시 만나 보아도, 그날 산에서 본 여인과 금비가 도저히 같은 인물로 여겨지지 않았다. 그것을 이상하게 여길수록 안개가 덮인 것마냥 가슴이 답답해졌고, 마음이 담겼던 그 진혼곡은 시간이 지날수록 더 선명한 음으로 귓가를 맴돌았다.

'마음을 담은 연주라……. 그러고 보면 난비의 이별가 역시 그리했지. 진혼곡을 연주하랬더니 제멋대로 이별가를 진혼곡인 양 부른 것을 모를 줄 알았더냐? 아프지만 않았으면 혼을 냈을 것을…….'

그 순간 강위는 전혀 다른 진혼곡과 이별가가 어쩐지 많이 닮은 듯한 느낌을 받았다. 아마 금비가 저를 부르지만 않았다면 그 생각을 좀 더 오래했으리라.

"폐하, 날씨가 많이 쌀쌀합니다. 옥체 상하실까 염려되오니 저는 이만 물러나 보겠사옵니다."

그렇게 황제와 헤어져 황후전으로 향하던 금비에게 아랑이 쪼르르 따라붙으며 물었다.

"아씨. 근데 왜 황후마마가 망상증이 있네, 자해를 했네 그런 거짓말을 해야 해요?"

"너는 입조심하는 게 좋겠다."

"아! 물론이죠. 절대 이런 말은 다른 사람한테 안 합니다. 그냥 궁금해서요. 헤헤."

모자란 아이는 아니지만 순박함이 도가 지나치고 어딘가 맹한 아랑은 설마 금비가 언니인 황후에게 나쁜 짓을 할 거라곤 생각 못 했다.

"폐하께서 마마가 아프신데도 따뜻하게 대해 주시지 않으니 더 아프다고 아뢰어야 잘해 주실 게 아니냐. 네가 모르는 남녀의 일이 있으니 너는 그냥 시키는 대로 마마께서 비명을 지르시면 망상증이라 고하면 된다. 알겠니?"

"예. 알겠습니다! 걱정 마세요!"

순진해 빠진 아랑을 비웃은 금비는 황궁을 제집마냥 편안하게 걸었다.

난비는 온몸이 뜨거워 정신을 차릴 수가 없었다. 악몽에 숨이 턱

턱 막혀 오는데도 눈이 떠지지 않고, 몸은 땅으로 꺼질 것처럼 무거워 손가락 하나 까딱할 수 없었다. 그것만으로도 괴로운데 한 번씩 입속을 비집고 오는 금속의 딱딱함과 쓴 약물은 고문 같았다. 지금도 그랬다. 입술을 깨무는 것도 힘에 벅찬데, 왜 이렇게 자신을 괴롭히는지 미칠 노릇이었다. 숨을 헐떡이며 약물을 거부하는데 묘하게 듣기 좋은 목소리가 들렸다.

"이토록 약을 싫어하는데 억지로 먹일 필요가 있겠느냐."

"허나 폐하, 약으로 몸을 보충한 다음에 침이나 뜸을 놓는 것이……."

'폐하?'

낮에는 아랑과 금비의 목소리가 들리더니 이번엔 황제였다.

'왜 여기까지 오셨을까? 감환이 옮으시면 고생이실 텐데…….'

이 방에 누가 있는지 알게 되자 눈꺼풀을 들어 올리려 애썼다. 마음이 나약하게 허물어져서일까? 그에게 서운했던 마음들이 한순간에 풀어졌다. 추레한 이 몸을 어떤 눈으로 보고 계실까 신경 쓰이면서도 그가 찾아와 준 것이 황송해 꿈만 같았다. 외로운 황궁에서 가장 의지하고픈 황상이 저를 보러 오신 것이다. 욕심내지 말라 하셨으니 형식상의 방문일 뿐일진대, 아픈 저를 모멸 차게 대하신 분인데, 그래도 부군의 방문에 설렌다.

가늘게 뜬 눈 안에 아지랑이 같은 열기가 피어올라 상이 흐려졌다. 자세히 보려 할수록 어지러움이 느껴지자 할 수 없이 눈을 감고 목소리에만 집중했다.

"아랑이라 했느냐?"

"예, 폐하."

"사가에서도 황후께서 이처럼 심하게 병이 나신 적이 있었느냐?"

강위는 저로 인해 병이 난 황후를 모질게 다그쳐 능행을 시킨 것이 마음에 걸렸다. 갑자기 황후의 병환이 심해져 혼절했다는 소리를 듣고 태연한 척했지만 가슴이 철렁했었다. 이번에도 황후를 잃는다면 기가 막힌 노릇이 아닌가.

"예. 가, 간혹 그러셨사옵니다."

"이리 되시고도 정말 약을 먹지 않았단 말이냐?"

"은호 선생님이 어쩔 수 없다 하시면서 몸을 보중하고 천천히 안정을 취하는 게 더 낫다 하셨사옵니다. 그래서 한 번 고뿔이 걸리시면 참으로 오래 갔었습니다."

아랑의 대답에도 강위는 안심할 수가 없었다. 식은땀이 송골송골 맺힌 난비의 얼굴은 시뻘건 열기로 곧 타 버릴 것만 같았다. 메마른 입술은 허옇게 일어나 갈라졌고, 며칠 사이에 몸은 바짝 마른 듯했다. 생각 같아서는 목구멍에 약을 들이붓고 싶은 심정이었으나, 그랬다가 사레가 걸려 질식하기라도 하면 이 가냘픈 몸이 버티지 못하리라. 엄한 생각을 떨쳐 내고 마지막 방도를 꺼내 들었다.

"은호란 자가 만든 약을 먹은 적이 있다 했다."

"그것은…… 정말 어쩌다 한 번. 겨우겨우 성공한 것이지, 늘 그리 만들 수도 없다 했사옵니다."

"그래. 은호란 자가 만든 탕제는 어떠했는지 본 적이 있느냐?"

"본 적은 있으나…… 저는 정말 만들 줄 모르옵니다. 선생님도 늘 못 만드신다는데……."

강위는 아랑의 말을 잘라먹고 서둘러 태의에게 명했다.

"태의는 이 아이에게 그 탕제가 어떠했는지 설명을 듣고 만들어 보도록 하게."

"예, 예? 그것을 어찌……."

"태의란 자가 못한다는 말만 하고 있을 참이냐? 은호가 만든 약은 먹었다니 알아내 보란 말이다! 그도 못 하겠으면 은호를 직접 데려와서라도 약을 만들 생각을 해야 할 것이 아니냐!"

"……여, 연구해 보겠사옵니다."

황제의 호된 질책에 태의가 진땀을 빼며 허리를 조아렸다. 강위는 한심하다는 듯 그를 쏘아보다 한층 부드러워진 말로 충고했다.

"뜸과 침과 약이 의술의 전부가 아니라 했다. 은호가 너만큼 의술에 조예가 깊지는 않을 터. 잘 생각해 보거라."

난비는 자꾸만 흐려지는 의식 때문에 그들의 대화를 잘 알아들을 수가 없었다. 그러나 반가운 스승님의 이름과 집안에서 가장 가깝게 지냈던 시비 아랑, 그리고…… 뭔지는 잘 모르겠지만 제 편을 들어주는 것 같은 황상의 목소리에 어쩐지 안도감이 들었다. 더 이상 구역질이 치미는 약물이 느껴지지도 않아서 난비는 좀 전보다 편안해진 마음으로 다시 정신을 잃었다.

04.

낙엽처럼 쌓이고 흩어지고……

강위는 모두를 물리고 탁자에 팔을 괴고 앉았다.

'교전나인이 있어도 그 모양이니!'

뭔가 조치를 취해야겠다는 생각이 들어 급히 와 봤더니 태의고 나인이고 하나같이 병자를 두고 전전긍긍하고 있으니 한심한 일이 었다.

"으⋯⋯음."

끙끙대는 소리를 돌아보던 강위는 그 소리가 거슬리지 않는 것이 이상했다. 오히려 자신의 처소보다 아늑한 느낌이 들어 돌아가고 싶지가 않았다. 어차피 제 처소에서 혼자 머물러도 할 일이 없기는 마찬가지라 느긋하게 방을 둘러보았다.

무엇이 다르기에 이 방이 더 맘에 드는 것일까. 죽은 황후들이 지내던 곳이라 그럴지도 몰랐다. 적어도 여인의 품속에 있을 때만큼은 골치 아픈 생각들로부터, 자신의 무능함으로부터 도망쳐 위로 받곤 했었으니 말이다. 참으로 못난 사내다. 그녀들의 외로움과 두려움을 감싸 주지 못하고 되레 제가 안기지 않았는가.

황후가 바뀔 때마다 방의 풍경은 조금씩 바뀌었다. 이제 세 번째 황후의 방이 어떠했는지 잘 기억나지 않았다. 지금 소금을 올려놓은 등나무 거치대가 있는 곳이, 세 번째 황후가 아끼던 경대가 있던 자리였다는 것만 어렴풋이 떠올랐다. 강위가 일어나 소금 앞으로 다가갔다. 손에 들어 보아도 지극히 평범하고 값싼 오죽 소금이었다. 특이한 점이라고는 그런 조악한 소금을 얼마나 오래 불어왔는지 흑색 오죽에 윤기가 번들거린다는 것뿐이었다.

'꽤나 아끼는 것을 보니, 소리가 좋은 소금일지도……. 허긴, 실제로도 소리가 좋았다.'

능행에서 돌아온 난비는 황궁에 도착해 쓰러지면서도 소금을 손에서 놓지 않았었다. 호기심이 인 강위가 소금을 입에 대고 자세를 취했다. 저도 잘하진 못해도 악기를 다룰 주는 알았다.

투웃…….

강위가 인상을 찌푸렸다. 최상의 악기만 다뤄 본 황제였다. 거친 첫 음의 소리가 기대에 미치지 못할 수밖에.

'이 무슨 궁상인가. 그 정도 실력이면 좋은 악기를 가질 만도 하거늘.'

그러나 소금에 대한 호기심을 버린 것은 아니었다. 한참을 그것을 만지작거리다 그녀가 들려준 이별가를 떠올렸다. 침상을 보니 식은땀을 뻘뻘 흘리는 창백한 얼굴이 보였다. 능행에 오르기 전부터 걸음을 옮기는 것조차 힘들어 보였던 그녀는 진혼곡을 연주하는 순간만큼은 아픈 내색 없이 정성을 다했었다.

강위는 다시 소금을 입에 대고 눈을 감았다. 꼿꼿이 서 있던 그녀의 모습을 흉내 내며 그날의 진혼곡을 떠올렸다.

투우…… 툿…….

그 거친 소금의 음이 난비를 깨우고 있음을 모른 채 그는 자신만의 연주에 빠져 있었다.

난비는 시커먼 늪 속에 빨려 들어가며 발버둥 쳤다. 목이 말라 헤맸는데 물웅덩이 대신 늪에 빠지고 말았다. 묵직하게 늪 속으로 가라앉는 몸을 빼내 보려고 허우적대 보지만 소용없었다. 결국 머리까지 다 끈적한 진흙 속으로 잠겨 숨을 쉴 수가 없었다. 목은 뜨겁고 숨은 턱 하고 막히는데, 이상하게 죽지 않는다.

'또 꿈이구나.'

이 악몽에서 깨어나기만 하면 고통은 사라지련만, 수마가 저를 놓아주지 않는다. 그런데 어디선가 맑은 소리가 들려왔다.

투우웅…….

소금 소리가 점점 커졌다. 누군가 진흙을 걷어 내고 늪 속에서 저를 꺼내 주는 것 같았다. 아무것도 보이지 않는데 소리는 점점 다가왔다. 익숙하게 들어 본 연주곡이 저를 어루만졌다. 자세히 들어 보니 그리 매끄럽지도 않고 깨끗한 음도 아니었다. 그런데도 마치 시원한 물을 마신 것처럼 갈증이 가셨다. 어쩐지 누군가를 생각나게 하는 그런 소리였다. 따뜻하고, 믿을 수 있는 사람…….

'스승님.'

안다. 스승님의 소리는 훨씬 더 황홀하다는 걸. 하지만 스승님이 처음 그 곡을 만들 때 꼭 저런 소리가 났다. 이리저리 끊어지면서도 절로 선율이 그려지는 그런 소리. 그 옆에서 저는 새로 태어날 음을 기대하며 얼마나 설레었던가. 스승님과 자신의 노래. 난비의 입가에 미소가 걸렸다.

'은호 선생님……'

투우…… 툿!

소금 소리가 툭 끊어졌다. 서툴게 이별가를 연주하던 강위가 눈을 번쩍 떴다.

"은호…… 선생……님."

팅.

강위는 소금을 떨어뜨렸다. 소금을 잡은 손에 힘이 풀린 탓이었다. 처음엔 잘못 들은 줄 알았다. 소금 소리에 섞여 헛것이 들리나 보다 했다. 헌데 음이 바뀌는 들숨의 순간 또렷하게 들을 수 있었다. 은호를 찾는 그녀의 탁한 목소리를!

"으……음."

그는 눈을 크게 치켜뜨고 신음하는 난비를 노려보았다. 분명 그녀의 입이 열리는 것을 보았다. 목소리를 들었다. 아무렇지 않은 얼굴로 어느새 미소까지 머금고 누워 있지만, 그녀의 입에서 분명 사람의 목소리가 흘러나온 것을 보고 들었다. 말 못 하는 그녀에게서 나온 소리가 아니라면, 이는 귀신의 소리였다. 강위는 저도 모르게 무시무시한 얼굴로 그녀에게 다가가고 있었다.

한편 난비는 여태 기분 좋게 들려오던 소금 소리가 끊어지자 잠시 몽롱한 의식이 찾아왔다.

'목말라……'

소금 소리를 꿈에서 들었다고 생각한 난비는 방 안에 누가 있을 줄은 생각도 못 하고 있었다. 정신을 잃기 전에는 태의며 황상이며 심지어 아랑의 목소리까지 시끄러웠던 것 같은데 지금은 너무도 조용했다.

'물……'

누군가에게 물을 얻어먹긴 글렀으니 타는 듯한 갈증을 해소하려면 어떻게든 스스로 정신을 차려야 했다. 겨우 눈을 뜨자 아른거리던 시야가 조금씩 또렷하게 잡히기 시작했다.

'헉!'

난비는 심장이 아득하게 떨어지는 기분을 느끼고 헛바람을 삼켰다. 야차 같은 황상의 용안이 내려다보고 있었기 때문이다. 정신이 번쩍 들었지만 마음과 달리 몸이 뜻대로 움직여지지 않아서 그대로 그 노기 어린 표정을 마주 봐야만 했다. 그렇잖아도 으슬거렸던 난비는 오한이 몸을 두드리고 지나가자 삭신이 욱신거렸다.

'왜……? 제가 약을 먹지 못하고 이리 누워 있는 것이 못마땅하셔서 이러시는 것이옵니까?'

그녀가 깨어난 것을 확인한 강위는 겁에 질려 의아해하는 난비의 표정을 보고 더욱 화가 났다. 그리고는 화를 억누르느라 부들부들 떨며 한 자, 한 자 힘겹게 입을 떼기 시작했다.

"감히…… 황제를 기만하려 들었느냐……"

다그치고 싶은 것이 산더미 같았으나 당장에 떠오르는 말이 저것밖에 없어 입술을 깨물었다. 저의 질책에도 그녀는 아무것도 모른다는 표정을 짓고서 순진한 눈동자만 데굴데굴 굴리고 있었다. 모습이 너무도 가증스러워 울컥 화가 치솟았다.

강위가 눈썹을 치켜세우며 그녀를 집어삼킬 듯 노려보자 난비는 어찌 된 상황인지 생각하기 바빴다. 머리가 깨질 것처럼 아픈데도 수천 가지 생각들이 떠올랐다 사라졌다.

'기만? 기만? 무슨 말씀이실까. 혹 내 멋대로 진혼곡을 불러 초제를 망쳤다 여기시는 것일까?'

황제의 명을 우습게 여겼다 생각하신 것이다. 그러고도 기어이 약을 먹지 않고 쓰러져 이 소란을 떠는 것이 괘씸하신 것이리라. 난비는 그런 것이 아니었노라 세차게 도리질을 쳤다.

그러나 목소리를 대신한 고갯짓은 지금의 황제에게는 저를 농락하는 것으로밖에 여겨지지 않았다.

"그만두지 못할까!"

황제는 방 안을 쩌렁쩌렁 울리게 소리쳤다. 그 소리에 놀란 난비가 숨을 들이켰고 동시에 방문이 벌컥 열렸다.

"폐하, 어인 일이십니까!"

가장 먼저 뛰어 들어온 것은 적운이었으나 놀란 외침은 사모달에게서 터져 나왔다. 그 뒤로 여러 사람들이 사색이 되어 들어왔다.

"모두 나가 있으라."

"폐하!"

176

"아무도 들이지 말라!"

사모달은 이토록 분노를 표출한 적이 없었던 황상의 모습에 당황하였다. 황후들의 죽음에도 홀로 화를 삭이며 가슴을 치고 통탄해하시던 분 아닌가. 흘낏 침상을 쳐다보니 어느덧 정신이 든 황후가 몸을 일으키려고 끙끙거리고 있는 것이 보였다.

"폐, 폐하. 마마를 일으켜 드린 후에……."

"나가라. 당장 나가!"

섣불리 말을 걸 수도 없을 만큼 단단히 화가 나신 듯했다. 사모달이 이제는 어쩔 수 없다는 듯 황후를 안쓰러운 눈으로 보았다.

'대체 무슨 일이 있었던 겐가? 말 못 하시는 황후께서 황상의 심기를 상하게 할 게 뭐가 있단 말인가.'

황후 역시 아무것도 모르는지 물러서려는 저에게 도움을 요청하는 눈빛을 보내고 있었다. 이곳에 오실 때만 해도 황상은 혹여 황후가 잘못될까 노심초사하시는 듯했는데 왜 갑자기 황후를 핍박하려 드시는지 당최 알 수가 없었다.

"사모달!"

"예, 예. 폐하. 밖에서 대기하겠나이다."

더 미적대지 못한 사모달이 나가고 나자 난비는 절망적인 기분을 느꼈다. 이제는 저 혼자서 황상의 분노를 감당해야 했다. 간신히 상체를 일으켜 벽에 기댔지만 황제를 똑바로 볼 용기는 없었다.

"누가 시킨 것이냐?"

난비의 머리꼭지로 그의 사나운 호통이 느껴졌다.

'그냥 웅장한 진혼곡을 연주할걸…….'

"어서 대답하지 못하겠느냐!"

진혼곡 때문에 노하셨다는 생각이 들자 황제의 마음을 헤아리는 주제 넘는 짓을 한 것이 후회스러웠다. 아마 황상께서는 연주가 마음에 안 드신 게 아니라 제멋대로 그의 심정을 떠본 것이 괘씸하고 자존심이 상하신 것 같았다.

'무슨 대답을 듣길 원하십니까. 시킨 이는 없었사옵니다. 그런 것이 아닙니다.'

그녀의 고개가 천천히 좌우로 움직이자 돌연 황제가 큰 소리로 나무랐다.

"요망한 것! 아직도 고갯짓을 계속할 셈이냐!"

"……?"

난비에게는 의아한 호통이었다. 대답을 하라 해 놓고 말 못 하는 제게 고갯짓을 말라니 어찌하란 말씀이신지 저도 모르게 그를 올려다보았다.

"어미가 그리하라더냐? 동정심으로 황제의 마음을 사로잡으라 알려 주더냐 말이다. 아니면, 경계심을 흩트려 무엇을 도모하려 했느냐!"

황당함에 두려움을 잊은 난비가 눈을 깜빡거렸다. 제 즉흥 연주가 어찌 어머니가 시킨 것이 될 수 있단 말인가? 연월장에 대한 오해가 얼마나 깊은지 이제야 깨달았다. 모든 일에 연월장부터 의심하려 드시는데 무어라 풀어 드려야 할지 방법을 알 수가 없었다. 그의 말대로 지금 황후의 자리를 꿰찬 것은 자신이었고, 제가 죽지 않는 이상은 오해를 풀 길이 없을 듯했다.

"헉!"

황제가 거친 손길로 난비의 어깨를 움켜쥐고 제 앞으로 끌어당
겼다. 갑자기 몸이 움직인 난비는 천장이 뒤집힐 만큼 현기증이 일
었다. 그는 어지러워 고개도 제대로 가누지 못하는 난비를 억지로
제 앞에 마주 앉혀 놓았다.

"대답하라. 굳이 벙어리 행세를 하는 이유가 무엇이냐?"

난비는 갑자기 이게 무슨 말씀이신지 저에게 하는 말씀은 맞는
지, 지금 이것이 악몽인지 생시인지 도통 알 수가 없었다. 말을 못
해 답답해 죽을 지경인데, 벙어리 행세라니 기가 막히지 않겠는가.

"그리 오랫동안 말을 할 수 있는데도 숨겨 온 것이냐? 아니면
언제부터인가 말을 할 수 있게 되었는데도 아닌 척한 것이냐?"

강위는 두서없는 추측으로 모든 것을 의심스러워하기 시작했다.
난비와의 만남이 연월부인의 안배일지도 모른다는 무리한 생각까
지도 들었다. 이제껏 그녀를 숨겨 두고 시집도 보내지 않았던 연월
부인이 그렇지 않아도 의심스러웠던 참에 금비를 앞세워 뒤에서는
난비를 황후로 만들 속셈이었을까 싶었다. 그런데 왜? 무얼 얻고
자? 황후를 잃은 제 앞에 나타나 말 못 하는 여인의 처량함으로 동
정심을 얻으려 한 것일까? 엉망으로 뒤엉키는 생각들이 이성을 흐
려놓고, 답을 알 수 없는 답답함이 감정을 격하게 몰아쳐 갔다.

"아무 말이라도 좋으니 뭐라도 대답을 하라!"

'제가 왜 할 수 있는 말을 안 한단 말입니까? 왜요? 왜?'

혼란스럽기는 난비가 더했다. 황제의 말씀은 어지러운 머릿속을
더 빙글빙글 돌게 만드는 알 수 없는 이야기들이었고, 급기야 안색

이 노래지기 시작했다.

그러나 강위는 그녀의 상태를 지켜볼 만큼 이성이 남아 있지 않았다. 그는 붙잡고 있던 어깨를 밀치듯이 놓고는 세차게 돌아섰다.

그 바람에 벽에 등을 부딪친 난비는 그대로 기대서 쓰러지려는 몸을 버티고 있었다. 문을 열고 나가시는 황제의 모습이 보였으나 이대로 끝날 것 같지 않았다. 아니나 다를까 밖에서 무슨 일이 일어나고 있는지 사람들의 심상치 않은 외침이 들렸다.

"폐하!"

"폐하! 이러시면 아니 되시옵니다."

"고정하시옵소서, 폐하!"

문 밖으로 나간 강위가 사모달을 밀치고 적운의 장검을 빼 들자 사방에서 그를 말리느라 난리 통이었다.

"죽고 싶지 않거든 썩 비켜라!"

"하오나, 폐하……."

사모달이 눈을 부라린 황제의 앞을 가로막았으나, 적운이 고개를 저으며 사모달의 목덜미를 끌어당겼다. 그 틈에 황제가 다시 쾅 문을 닫고 들어가 버리자 사모달이 원망스럽게 적운을 쏘아보았다.

"적운……! 이리 손 놓고 두고 보잔 말인가?"

"……."

"이, 이……! 뭐라 말 좀 해 보게! 폐하께서 황후를 죽이시려 하는데 그냥 칼을 내어 주다니 제정신인가?"

"마, 맞습니다! 이러다 저희 마마는 정말 죽게 되는 게 아닙니까! 어서 말려 주십시오!"

아랑이 적운의 소매 깃을 붙잡고 애원하는데도 그는 대답이 없었다.

"이보세요, 무위비사! 지금 황상을 말릴 수 있는 이는 무위비사밖에 없는데 어째서 더 부추기시는 겝니까. 말려 주시옵소서. 무작정 황후마마를 해하신다 해서……."

연월장의 죄를 벌할 수 없을 거라 말하려던 공 상궁이 아랑을 쳐다보다 입을 다물었다. 모셔 온 황후들이 속절없이 죽어 나갔다. 그분들의 의문스러운 죽음은 제대로 진상조사도 하지 않은 채 사고로 결론지어졌다. 황상께서 제게 지켜 달라 했던 황후들을 한 분도 살리질 못했다. 저도 이제 연월장이라면 치가 떨렸지만 이렇게 해결할 문제는 아니었다. 그때, 적운이 무거운 입을 열었다.

"별일 없을 것이오."

"별일이 없긴? 칼을 들고 가셨잖는가! 화가 저리 나신 걸 한 번도 뵈온 적이 없네!"

사모달이 흥분해서 날뛰거나 말거나 한 번 닫힌 적운의 입은 더이상 열리지 않았다. 이제 물불 가릴 것도 없다 여긴 사모달이 방문을 열었다.

난비는 다시 돌아온 황제의 손에 서슬 퍼런 장검이 들린 것을 보고도 손가락 하나 움직일 기력이 남아 있지 않았다. 황제가 그 칼끝으로 그녀의 턱을 들어 올리자 제 목에 겨누어진 차갑고 날카로운 기운에 소름이 끼쳤다.

"대답하라! 말하지 않으면 이 자리에서 죽이겠다."

"하아……하아……."

축 처진 난비는 쌕쌕 가쁜 숨만 몰아쉬고 있었다.

"황제를 능멸하고, 무엇을 도모했는가! 당장 말하렷다!"

이제 강위는 제가 무슨 말을 지껄이는지도 모를 지경이었다. 또다시 연월장에게 놀아났다는 무력한 분노만이 머리를 지배하고 있었다. 아무리 해도 벗어날 수 없을 것만 같은 연월장과 간신배들의 손아귀에 숨통이 조여 왔다.

"기어이 죽을 셈이더냐! 말하라 어서!"

강위는 목에 핏대를 세우고 소리를 질렀다. 이제 더 이상은 참아 주지 않겠다는 분노의 폭발 같았다.

용기 있게 방문을 열었던 사모달은 더 이상 앞으로 나갈 수가 없었다. 황상은 아무것도 들리지 않는 사람처럼 살기를 내뿜고 있었다. 시뻘겋게 충혈된 눈으로 벙어리 황후를 닦달하는 황제의 모습은 마치 광증에 든 사람 같았다.

"하아……."

지켜보던 모든 이들이 움찔 놀라 떨었음에도, 황후의 얼굴은 오히려 평온해 보였다. 긴 숨을 토해 내며 스르르 눈을 감은 그녀는 실이 끊어진 인형마냥 앞으로, 바로 그 시퍼런 칼날 앞으로 쓰러지기 시작했다.

"악!"

심약한 나인들은 황후의 목이 꿰뚫리는 끔찍한 광경이 두려워 눈을 감거나 고개를 돌려 버렸다. 일순 시간이 멈춘 듯 갑작스런 정적이 찾아왔다.

챙.

엉뚱한 소리에 사람들이 조심스럽게 눈을 떴다. 그들은 바닥에 떨어진 검을 보며 안도의 한숨을 내쉬었다. 검을 떨어트린 황제의 손은 그의 품으로 쓰러진 황후의 어깨를 감싸고 있었다. 아직도 긴장감이 맴도는 적막 속에서 모두들 숨을 죽이고 침을 꿀꺽 삼켰다.

강위의 눈에는 허탈함과 자괴감이 그득했다. 그의 손끝이 난비의 어깨를 파고들며 계속되는 갈등과 갈 곳 잃은 분노를 삭이고 있었다.

'죽일 수가 없다. 죽일 수가 없어……. 지금 너를 죽이면 잃는 것이 더 많다. 그래서다. 그것뿐이다.'

손아귀에 힘이 풀리면서 겨우 평정심을 찾았다. 강위는 자신이 그녀를 안쓰럽게 여기고 있음을 외면하려 했으나, 죽어 가는 작은 새마냥 가슴을 헐떡이는 난비를 품어 주고 싶었다. 손바닥에 그녀의 체온이 느껴졌다. 몸이 불덩이처럼 끓어오르고 있었다.

"태의를…… 부르라."

그의 한마디에 활시위처럼 팽팽했던 공기가 풀어졌다. 공 상궁과 아랑을 따라 우르르 들어온 나인들이 황제의 품에서 난비를 떼어 냈다.

강위는 그녀들이 난비를 침상에 눕히는 것을 보다 말없이 돌아섰다. 등 뒤에 있던 적운과 눈이 마주치자 검을 건네주곤 터덜터덜 걸어 나갔다.

밖으로 나온 강위가 시원한 공기를 한껏 들이마시며 멈춰 섰다. 미친놈처럼 한바탕 휘저었더니, 오히려 속이 시원해지는 것도 같았다. 구름 한 점 없는 하늘이 너무도 깨끗해서 오히려 원망스러운 날씨였다.

"모달아."

"예, 폐하."

"내가 광인이 되면 그들이 나를 두려워할까, 죽이려 들까?"

"폐하. 그 무슨 망극하신 말씀이시옵니까!"

"광증에 걸린 황제라…… 하하…… 하하하!"

모달은 황제의 웃음에 눈물을 글썽거렸다.

"만약…… 폐하께서 광증을 얻으시면…… 제가 끝까지 곁에 남아 지킬 것이옵니다."

모달의 비장한 말에 강위가 고개를 돌리지 않고 말했다.

"그것참, 그럴듯한 광경이겠구나."

황제의 어깨 위에 내려앉은 쓸쓸함을 사모달도, 적운도 떨쳐 낼 수가 없었다.

❀

은호와 성검은 서둘러 산을 내려온 덕에 이틀 만에 도성에 당도할 수 있었다. 그러나 황궁에 들어가기가 말처럼 그리 쉬운 게 아니었다. 객점에 방을 얻어 하루 이틀 여독을 풀며 쉬고는 있었지만 마음은 다급했다.

"하암! 제가 아무리 자는 것을 좋아해도 이건 아닙니다. 겨울도 아직인데 겨울잠 자는 곰마냥 여기 웅크리고 뭘 하고 있는 건지 모르겠소."

은호가 어찌 궁으로 들어갈까를 고심하며 시간을 보내고 있는데 자다 깬 성검 때문에 심란해 집중할 수가 없었다.

게으르긴 해도 험준한 산을 뛰어놀며 거칠게 몸을 움직여 왔던 성검이 객점의 좁은 방 안에서 고지식한 스승과 단둘이 마주 앉아 있으려니 좀이 쑤시는 것은 당연했다.

"아니, 궁에 들어갈 방도도 없이 무작정 짐을 싸고 내려오셨단 말입니까? 난 또 두루마리를 척하니 꺼내 드시기에 문 앞에서 그것만 펼쳐 보이면 다 되는 줄 알았소."

"성검아. 그만 좀 투덜거리거라. 정 그리 심심하거든 장에 나가 구경이라도 할 것이지, 어찌 그리 온종일 입을 나불대느냐."

"장에 나가면 뭐합니까? 사람들한테 치이는 것도 귀찮소."

"황궁에서도 말버릇이 그러했다간, 머리로 떨어지는 것이 접선이 아니라 칼이 될 것이다."

"예, 예. 저도 그 정도는 자알 압니다."

스승의 잔소리가 더 이어질 것 같은 불길한 예감이 들자 성검은 귀찮던 장을 구경하겠다며 객점 밖으로 뛰쳐나갔다. 오랜만에 놀음판이라도 기웃거려 볼까 하고 시장 뒷골목을 배회하는데, 어디선가 사람의 비명 소리와 매를 놓는 소리가 함께 들려왔다.

'하여간, 돈이 없으면 놀음을 안 하든가, 잃지를 말든가 할 것이지. 쯧쯧쯧.'

이런 곳에서 벌어지는 일이야 뻔하고 대부분이 요령 없는 게으른 한탕주의자들과 손버릇 나쁜 잡배들의 말로였다. 혼쭐이 나도 정신 차리기 힘든 놈들 일에 끼어들어 뭐하겠는가. 그런데 모른 척하고 지나치던 성검이 이상한 것을 느끼고 다시 뒷걸음질 쳐서 스윽 쳐다보았다.

퍽.

"으윽! 아이고. 그…… 그만하시구려. 내 돈이라면 얼마든지 드릴 테니 그만, 그마안……."

퍽.

"으악! 나 죽네. 자, 잘못했소이다."

"시끄럽다! 이놈. 감히 어디다 그런 음탕한 눈빛을 보내! 눈을 뽑아 버려도 시원찮을 놈 같으니라고!"

"아이고, 무사님. 음탕하다니요. 그냥 하도 아름다우시기에 눈이 갔을 뿐입니다. 아이고. 아씨, 저 무사님 좀 말려 주십시오."

퍽.

"아악! 나 죽네. 나 죽어. 살려 주십시오! 예?"

이거야말로 생각지도 못한 풍경이었다. 멀쩡한 공자가 바닥을 기며 매를 얻어맞고 있는데도, 얼굴을 반쯤 가린 어린 계집이 눈 하나 깜짝 않고 이를 구경하듯 바라보고 있었다. 그냥 구경만 하는 것이 아니라 아무래도 즐기는 분위기였다. 보아하니 성질이 보통이 넘는 대갓집 여식인 모양인지라 성검의 불쾌지수가 올라갔다.

'잘됐다. 안 그래도 찌뿌둥했는데. 몸이나 풀고 가자.'

성큼성큼 다가간 그는 친근하고 느긋한 목소리로 말을 걸었다.

"여보시오들. 사람 죽일 것이오?"

때리던 자도, 맞던 자도 일제히 고개를 돌렸다. 성검은 저를 빤히 쳐다보는 계집의 어여쁜 눈매에 일순 감탄했지만, 속이 비치는 가리개 속에서 섬뜩한 미소가 맺혔다 사라지는 것을 보고 감흥이 식어 갔다.

"누군데 남의 일에 끼어드느냐? 어린놈이 괜한 일에 설쳐 몸 상하지 말고 꺼져라."

"생각보다 내가 나이가 많소. 스물 넘으면 사내지, 안 그렇소?"

"뭐라? 사내대장부니 의협심을 발휘해 보겠다 이거냐?"

"미쳤소? 의협심에 목숨을 걸게?"

"그럼 나서지 말고 네 갈 길이나 가라."

"그쪽은 사내 아니오?"

"같은 말 하게 할 것이냐! 썩 꺼져라. 협객놀이를 해 보고 싶거든 코흘리개들이나 찾아보든가!"

"그게 아니라, 사내라면 고자가 아니고서야 예쁜 계집…… 아니, 실례. 예쁜 여인을 보면 음심이 동하기도 하는 법이지. 그렇다고 뭐 만진 것도 아닌데, 쳐다봤다고 매를 놓는 경우는 처음 보았소."

여태 흥미로운 눈으로 성검을 바라보던 금비의 미간이 좁혀졌다. 이를 눈치챈 호위무사가 겁대가리를 상실한 성검에게 보란 듯이 호통을 쳤다.

"이놈이! 감히 이분이 누군 줄 알고 그따위 망발을 지껄이는 게냐!"

"알 리가 있소? 지금 첨 봤는데. 아씨, 뉘신진 모르오나 참으로 아름답소. 반만 보긴 했으나 다 안 봐도 사내 홀리는 미모가 이만저만이 아니십니다. 저도 이리 빤히 쳐다보았으니 매를 치실 작정이십니까? 반만 봤으니, 반만 때리시려나?"

금비는 귀한 집의 자제와는 거리가 멀 것 같은 천한 말투와 평복 차림의 사내에게 조소를 보냈다.

'생긴 것은 제법인데, 머리는 나쁜 자로구나. 훗. 어디 놀아 보렴.'

곧 그가 땅을 기며 울고불고 사정할 것을 생각하자 벌써부터 기대가 됐다. 금비의 호위무사가 살벌하게 한 걸음을 내딛고는 평소처럼 주먹을 휘둘러 복부에 꽂았다.

탁.

'탁?'

'퍽' 하는 소리가 아니라 뭔가에 가로막힌 딱딱한 소리에 금비의 눈이 휘둥그레졌다. 배를 감싸 쥐고 엎어져야 할 무지렁이 사내가 아직도 태연히 웃으며 서 있었고, 당황해하는 호위무사의 모습이 보였다. 어찌 된 일인가 생각할 시간도 없이 궁금증이 풀렸다. 사내가 무사의 주먹을 한 손으로 막고는 위로 들어 올리고 있었다.

"이…… 이……. 내, 내려놓지 못할까!"

주인의 앞에서 못난 꼴을 보인 무사가 얼굴이 시퍼레져서 호통을 쳤지만 성검은 심드렁했다.

"그쪽 아씨 생각은 어떠십니까. 이 쓸모없는 자를 아직 쓰실 생각이시오? 아니라면 팔 하나는 부러트릴까 하는데……. 아직 쓰신다면 좀 미안해서."

"이놈이!"

결국 분노가 머리끝까지 치민 무사가 남은 팔로 성검의 얼굴을 치려 했다. 그러나 성검은 그 팔까지 붙잡고 오른발로 그의 배를 세차게 차 버렸다.

퍽.

"컥!"

금비가 듣고 싶어 했던 소리가 이제야 들렸지만 상대가 뒤바뀌었다. 호위무사는 뒷골목 구석까지 날아가 처박히더니 눈을 까뒤집고, 꼼짝도 하지 않았다. 그 틈에 매를 맞던 공자가 냉큼 일어나 도망쳤지만, 아무도 막지 못했다. 금비와 그의 곁에 서 있던 여종들의 얼굴이 새파래졌다. 호위무사는 연월부인이 고르고 고른 뛰어난 무인이었는데, 그를 가지고 놀 듯 팽개치는 괴력의 사내가 두려워 바들바들 떨었다.

금비는 자신에게 다가오는 사내를 보고도 얼어붙은 듯 꼼짝도 못 하고 서 있었다. 결국 그가 코앞까지 다가오자 어쩔 수 없이 뒷걸음질 치다 벽으로 몰렸다. 그런데도 그는 멈추지 않고 바짝 다가오더니 한쪽 팔을 벽에 붙이고 얼굴을 들이밀었다. 그의 얼굴을 피해 고개를 옆으로 돌리고 징그러운 듯 몸을 떨었다. 그런데 더 이상 얼굴은 다가오지 않고 그의 손이 시커먼 그림자를 만들어 얼굴을 덮더니 가리개를 확 벗겨 버렸다.

겁도 나지만 그보다 자존심이 상했던 금비가 입술을 꽉 깨물고 그를 노려보았다. 그러거나 말거나 성검은 고개를 갸웃갸웃거리며 찬찬히 금비의 얼굴을 살폈다.

"뭐 그렇게 대단한 인물이라고. 그렇게 싸고 다닐 정도는 아닌데? 쳐다보는 게 그리 싫으시면 나돌아 다니지 마십시오. 어차피 저 호위무사도 저놈이랑 똑같이 음탕하게 쳐다보고 있었을게요. 사내들이 다 거기서 거기라, 아무리 추녀라도 치마만 두르면 들춰 보고 싶고 그렇거든요."

"뭐, 뭐가 어쩌고 어째?"

생전 이런 모욕은 처음이었던 금비가 불리한 상황을 잊고 발끈했다. 그녀의 뾰족한 외침에 성검이 눈을 찌푸렸다.

"성질머리하고는. 그리 못돼 처먹어서 누가 데려가겠소? 여인네는 마음도 고와야 시집가서 사랑받는 법이오."

"하아! 이, 이…… 이 무례한 놈!"

"목소리도 별로고. 나는 거 너무 앙칼진 계집은 취향이 아닌지라, 이만 실례하겠소. 저놈은 계속 쓸 것이면 깨워서 데려가고, 아니면 놔두시오. 알아서 깰 거요."

성검이 제 할 말만 하고 돌아서자 분을 못 이긴 금비가 그의 등 뒤로 제법 위협적인, 그러나 치졸한 호통을 쳤다.

"네 이놈! 내가 누군 줄 아느냐! 내가 바로 그 유명한 연월장의 둘째 딸 금비다! 현 황후마마의 동생인 금비란 말이다! 나를 모독한 것은 황실을 모독한 것과 다르지 않으니, 네놈을 가만둘 줄 아느냐!"

황후의 동생이란 말에 성검이 걸음을 딱 멈췄다.

'저년이 그 사악한 연월부인의 소생이었구나. 어쩐지 표독스럽더라니. 모전여전이라! 쯧쯧……'

돌아서 한마디 해 줄까 했던 성검은 상대를 말자며 못 들은 척 걸어갔다. 놀음이고 뭐고 흥미가 뚝 떨어져서 발길은 다시 객점으로 향했다.

"가만 안 둬! 고진만 있었어도 네까짓 것!"

금비는 저를 하찮게 여기는 어리석은 사내에게 꼭 본때를 보여
주리라, 주먹을 꽉 쥐고 사라지는 그를 오랫동안 노려보았다.

"너희 둘!"

"예? 예! 아씨!"

숨죽이며 금비의 눈치를 살피던 시비들이 그녀의 부름에 한달음
에 달려왔다.

짝. 짝.

"악!"

"흑!"

매섭게 날아든 손바닥에 시비들의 뺨이 붉게 부풀어 올랐다.

"내가 당하고 있는데 손 놓고 보기만 해!"

"아씨. 저희도 어쩔 수가……."

"닥치지 못해!"

"흑."

금비는 아직도 분이 덜 풀렸지만 훌쩍이는 그녀들을 보며 흥분
을 가라앉혔다.

"방금 떠난 놈 얼굴을 보았으니, 너희가 꼭 저놈이 누군지 알아
내야 할 것이다."

"네?"

"누군지, 어디서 뭘 하는 놈인지! 반드시 찾아내란 말이다!"

"네, 네. 아씨."

"어머니에게는 절대 비밀인 것도 잊지 말고!"

"하지만……."

"오늘 내가 당한 일이 어머니 귀에 들어갔다간 니들도 크게 혼쭐이 날 게다. 그래도 괜찮으냐?"

"아, 아닙니다. 절대 말하지 않고 찾아내겠습니다!"

원하는 대답을 들은 금비가 그제야 호위무사를 깨워 같은 말을 들려주고는 골목길을 떠났다. 그러나 그들이 떠난 자리에 방금 도망쳤던 공자가 다시 모습을 드러냈다.

"허허! 연월장의 둘째 딸 금비? 뭐야 이거? 듣던 것과는 완전 딴판 아니야."

아무래도 도와주려던 사람을 나 몰라라 팽개치고 온 것이 마음에 걸려 다시 와 봤더니 어마어마한 것을 보고 말았다.

"이래서 소문이란 믿을게 못 된다니까. 쯧."

그는 소름 끼치는 금비의 본모습을 보고는 요물이라도 본 것처럼 몸을 떨고 사라졌다.

제법 어둑해졌을 무렵 금비는 평소처럼 태연한 얼굴로 연월장에 들어섰다. 어머니에게 전할 기쁜 소식만을 생각하며 좀 전의 기분 나쁜 일을 떨쳐 내곤 빠른 걸음으로 어머니를 찾았다.

"그래. 궁에는 잘 다녀왔느냐."

"네, 어머니. 잘 다녀오기만 한 게 아니라, 재밌는 이야기를 듣고 왔지요."

"재밌는 이야기?"

"네. 난비 말입니다. 아무래도 곧 죽을 것 같습니다."

"왜? 병세가 많이 악화되었든?"

"글쎄, 그것도 그렇지만 아랑이 말로는 낮에 난리도 아니었답니다."

금비는 황상이 난비를 죽이겠다고 칼을 휘두른 일을 신이 나서 떠들어 댔다.

"말을 했다니. 황상께서 정말 그리 말씀하시면서 칼을 휘둘렀단 말이냐?"

"네. 그랬답니다. 핑계가 아니겠어요? 어떻게든 난비를 죽이고 싶었던 거죠."

"흠……. 멀쩡하시던 폐하께 갑자기 광증이 올 리도 없을 테고……."

"말 못 하는 계집을 끼고 있으려니 속이 탔나 봅니다. 왜 안 그렇겠어요?"

금비의 말을 듣고 있던 부인이 생각에 잠겼다. 자신들이 계획했던 것보다 더 빨리 일이 진행될 수도 있을 것 같았다.

"당장 일을 진행하라 전갈을 넣어야겠다."

"벌써 말입니까?"

"이렇게 몸이 좋지 않을 때 그냥 죽어 준다면 천운일 테고, 그렇지 않다 해도 황상의 미움을 살 테니 일을 시작하기에 딱 좋은 시기이다."

"그렇긴 합니다."

"내일 궁에 한 번 더 다녀와야겠다."

연월부인이 지필묵을 꺼내 들고 글을 써 내려갔다. 이를 지켜보던 금비가 문득 생각났다는 듯이 물었다.

"어머니. 헌데, 고진이 안 보입니다. 어디 갔나요?"

막힘없이 써 내려가던 부인의 붓이 갑자기 멈췄다.

"멀리 갔나. 통 보이질 않네요."

"고진은 왜 찾느냐?"

"왜 찾긴요? 매일 보이던 이가 없으니⋯⋯. 다른 호위들은 아무래도 고진처럼 믿음⋯⋯."

"금비야."

"네?"

금비는 웬일로 어머니가 저를 정색하고 부르실까 어리둥절했다.

"고진도 사내가 아니냐? 네 나이가 몇인데 아직도 그와 가까이 지내느냐?"

"어머니도 참. 고진이 어째서 사내입니까. 어릴 때부터 저를 지켜 주고 보살펴 줬으니 아버지 같다면 모를⋯⋯."

"닥치지 못해!"

"예?"

부인이 갑자기 큰 소리로 호통을 치니 금비는 움찔 놀라 조그만 목소리로 되물었다.

"효씨 가문의 여식이, 황실의 여인이 될 네가 어찌 그깟 호위무사의 딸년이라 자칭하는 게냐!"

"어머니. 저는 그리 말한 것이 아니라⋯⋯."

"시끄럽다! 네가 아무리 일찍 아비를 여의었어도 누굴 감히 아버지라 들먹여? 가당키나 한 소리더냐!"

"어머니, 정말 그런 뜻이 아니라…… 자, 잘못했어요."

금비는 야단맞을 일이 아닌데 혼이 난 것 같아 해명해 보려다가 꼬리를 내렸다. 어머니의 눈을 보니 어떤 말도 통할 것 같지 않아서였다.

"어릴 때야 철이 없어 그런다지만, 이제는 용납할 수 없다. 다시는 고진과 가까이 지내선 안 될 것이다! 알아듣겠느냐?"

"네, 어머니."

제가 언제 고진과 가까이 지냈단 말인가. 성검을 혼내 주고 싶어 찾았다가 억울하게 혼이 난 금비가 울상이 되어 방을 나섰다.

금비가 나가고 나자 연월부인은 들고 있던 붓을 내려놓고 깊은 한숨을 쉬었다. 며칠 전, 꿈자리가 뒤숭숭해 그동안 마음에 걸렸던 일을 해결하기로 하고 고진을 동강으로 보냈다. 하지만 고진이 동강에 간다고 해도 그 일이 잘 마무리된다는 보장이 없는데 괜한 일을 벌인 것은 아닌지 입맛이 썼다.

'어쩔 수 없다. 나와 고진 외에 비밀을 알고 있는 자가 세상에 존재해선 안 돼. 확실히 해 두어야 한다. 깨끗이 처리해야 해!'

사실 효문재가 갑작스럽게 쓰러져 산송장처럼 시름시름 앓다 죽게 된 것도 비밀을 알게 되어서가 아닌가.

충격을 이기지 못한 효문재가 죽어 준 것은 참으로 다행스러운 일이었다. 그때는 조심스럽지 못했던 자신의 입방정을 탓했지만 지금 생각해 보니 들키길 잘한 것 같았다. 그러니 어딘가 살아 있을지 모를 또 다른 한 명도 죽어 줘야만 했다.

부인은 동강으로 간 고진이 일을 잘 마무리해 주길 바라며 다시
붓을 고쳐 잡았다.

❀

적막했던 황궁이 요즘은 하루도 조용할 날이 없었다. 그렇다고
궁에 활기가 도는 것도 아니니 기쁠 일은 아니었다. 황궁의 두 주
인인 황제와 황후의 신경전에 죄 없는 궁인들이 전전긍긍 진땀을
빼고 있었기 때문이다. 그러나 누구보다 힘든 것은 사실 당사자들
이었다.

난비는 황제가 제게 칼을 내민 일로 마음에 큰 상처를 입었다.
이제는 몸이 아파 악몽을 꾸는 것이 아니었다. 황제가 칼로 내리치
는 꿈이 수십 번이나 되풀이되었다. 목에 닿는 섬뜩한 기운이 꼭
진짜인 것만 같아 계속해서 경기를 일으키며 잠에서 깨어났다.

'자고 싶다. 아무 꿈도 꾸지 않고 푹 자고 싶어.'

또다시 눈을 뜨고 절망하는 그녀 앞에 아랑이 수저를 내밀었다.
황후가 입을 열려 하지 않자 태의가 거들었다.

"마마. 이것은 제가 고심해서 만든 탕약, 아니 탕약이 아니라 그
냥 차입니다. 감환에 좋은 과실차이니 조금만 드셔 보시옵소서."

황후에게 확인이라도 해 보라는 듯 코앞에 수저를 내밀었다. 모
과향이 진했다. 계속해서 탕약과 과실을 함께 달여 왔다가 몇 번이
나 퇴짜를 당한 태의가 정말 약은 포기한 모양이었다. 슬쩍 보니
태의의 낯이 매우 지쳐 보여 이러다가는 저보다 먼저 쓰러질 것 같

았다. 고분고분 입을 벌려 뜨거운 과실차를 삼켰더니 달고 따뜻한 것이 목을 넘어가는 게 썩 나쁘지는 않았다.

잠시 후 뜨거운 것을 마신 덕인지 난비는 한결 편안한 기분을 느꼈다. 마음이 안정되는 것이 지금 자면 잠이 올 것 같아 모두를 물리고 잠을 청했다.

쌕쌕거리며 자고 있던 난비는 창이 열리고 복면을 한 괴한이 들어서도 깨지 않았다. 괴한은 침상으로 한 걸음씩 다가갔다. 창백한 얼굴로 잠이 든 난비의 얼굴은 누가 봐도 안쓰러워 보였지만 괴한은 개의치 않고 품속에서 단검을 꺼내 들었다. 검집에서 뽑은 단검은 어찌나 날이 잘 다듬어졌는지 자고 있는 난비의 모습까지 비쳤다. 한 발 더 다가선 괴한이 난비의 목에 칼날을 겨누었다.

목에 닿는 서늘하고 날카로운 기운을 느끼고도 난비는 눈 뜨지 않았다. 그녀는 요즘 계속해서 꾸던 악몽이 또 되풀이된 줄로만 알았다. 황제가 제 목을 치는 차갑고 기분 나쁜 촉감이 스멀스멀 올라왔다. 그런데 이상하다. 촉감은 생생한데 황상의 노한 용안이 보이지 않는다. 시꺼먼 어둠 속인데 칼날의 기운뿐만 아니라 이불을 쥐고 있는 손안에 감각까지 생생했다. 불길함을 느끼자 눈이 번쩍 떠졌다.

"헉! 읍!"

난비가 눈을 뜨고 놀라는 순간 괴한은 그녀의 입을 틀어막고 칼을 더 바짝 갖다 댔다.

난비는 어린 시절 보았던 복면인을 떠올리며 두려움에 사로잡혔다. 그때도 왜 죽어야 하는지 이해가 되지 않았는데 황후가 되고 나서도 저를 죽이려는 사람이 있다니 슬프고도 두려웠다.

'왜? 내가 뭘 잘못했기에? 왜 다들 날 못 죽여서 안달인가?'

그때 자신을 죽이려던 자와 고진의 목소리가 닮았다고 느꼈지만 어머니께 아뢰지 못했었다. 그것도 제대로 밝히지 못했는데, 또 이런 일을 당하고 보니 정말로 제가 죽어야 할 팔자인가 싶었다.

'황상마저 나를 죽이고 싶어 하시는데⋯⋯.'

모두가 저를 없애고 싶어 하는데 기어이 살아 있는 게 수치스럽다. 난비는 이불을 꼭 쥐고 눈을 감았다. 어차피 이제는 끝이었다.

그때였다.

"마마."

"⋯⋯!"

밖에서 들려온 목소리에 괴한이 멈칫하는 것이 느껴졌다.

"마마. 태의가 차를 또 드셔야 한다 하옵니다. 들어가겠사옵니다."

가슴이 두근거렸다. 살 수 있다는 희망을 품은 난비가 괴한의 눈치를 살폈다. 헌데, 괴한은 난비가 생각했던 것보다 더 빨리 그녀를 놓아주고 창가로 뛰어갔다. 그리고는 난비가 비명을 지를 새도 없이 창을 훌쩍 넘어 자취를 감추었고, 그 즉시 상궁이 들어왔다. 그녀는 태연히 걸어와 난비 앞에 차를 올렸다.

"마마, 주무시는데 방해 드려 송구하옵니다. 태의가 지금 꼭 드셔야 한다 해서⋯⋯ 마마!"

아파서 꼼짝도 할 수 없었던 난비가 갑자기 일어서려다 현기증으로 주저앉았다.

"마마! 왜 일어나십니까! 어서 누우십시오."

'밖에 누군가가 있다. 어서 잡아야 해.'

손짓으로 창밖을 가리키며 애타게 말해 본들 이해할 수 있는 사람도 없었지만 모든 것을 다 알고 있는 상궁은 더욱 모른 척했다.

"마마, 왜 이러십니까. 악몽이라도 꾸셨는지요. 이 차를 드시면 좀 괜찮아지실 겁니다. 그저 꿈일 뿐이니 누우십시오."

'아니다. 아니야. 쓸 것을 주렴. 어서! 늦기 전에 잡아야 한다.'

두 사람의 실랑이 소리가 점점 커졌다. 안의 소란을 느낀 나인들이 달려왔고 황후전은 때아닌 소동을 겪었다.

잠시 후 침상에 기대 축 처져 있던 난비는 공 상궁이 내미는 사발을 보고 기겁했다.

"……!"

"마마, 이렇게는 아니 되옵니다. 나중에 제가 벌을 받는 일이 있다 해도 마마께서 약을 드시도록 해야겠습니다."

'못 먹는다지 않았느냐!'

어제 연월장에서 다녀가며 당부하길, 황후의 병세가 심해지면 자해를 할지도 모른다 했다. 감히 누가 황후를, 그것도 연월장의 끈이 닿은 이곳에서 황후를 시해하려 했단 말인가. 다른 황후들이 이런 이야기를 했다면 충분히 수상했을지도 모르나 현 황후는 달랐다. 궁인들은 현 황후가 연월장의 여식이라며 예우가 특별했다. 그녀에게 잘 보이려 노력하는 나인들과 상궁들이 한둘이 아니었다. 보초병들도 어느 때보다 더 황후를 지키는 데 소홀함이 없었으니, 이것이 병중이 아니고 뭐겠는가.

공 상궁은 그녀가 안쓰러웠다. 아마도 황상께서 칼을 들이민 것이 큰 충격이었으리라. 이대로는 병이 더 깊어질 뿐이니 공 상궁은 단단히 결심을 하고 탕약을 가져왔다.

"드셔야 하옵니다. 한 숟갈이라도 넘기셔야 물러날 것입니다."

태의에게 부탁해서 달게 희석한 약이었으나 난비에게는 소용없었다. 공 상궁은 최후의 수단을 써야 했다. 나인들로 하여금 황후의 팔을 붙잡게 하고 재빨리 수저를 황후의 입 안으로 들이밀었다. 하지만 이는 더 좋지 못한 생각이었다. 억지로 붙들려 탕약을 삼키는 것은 어린 날의 기억을 더욱 생생하게 느끼게 했다. 경기를 일으킨 난비가 온몸으로 바동거리며 약을 뱉어 냈다.

"컥! 쿨럭!"

"마마! 조금만 참으시옵소서. 조금이라도 삼키셔야 합니다."

나인들은 더욱 강한 완력으로 황후를 움직이지 못하게 했고, 공 상궁은 간곡한 부탁과 함께 다시 수저를 밀어 넣었다.

난비는 기어이 수저가 비집고 들어오자 먹으면 안 된다는 생각으로 입을 더 꼭 다물었다.

퍽.

"헉. 마마!"

거의 이성을 잃은 난비가 고개를 세차게 흔들며 발버둥을 치다 공 상궁을 넘어트리고 말았다. 쓰러진 공 상궁은 엎어진 약사발에 흠뻑 젖었지만 금방 다시 일어나 태연하게 목소리를 가다듬고 한 자 한 자 또박또박 말했다.

"다시 올리겠습니다."

난비는 기어이 저한테 약을 먹이려는 공 상궁의 오기가 무섭고 싫었다.

황제는 평소보다 더 이른 시각에 일어나야 했다. 황후전에서 온 심상치 않은 전갈 때문이었다.

"또 무슨 일이냐?"

"그것이……. 지금 황후전이 발칵 뒤집혔사옵니다. 황후마마께서 그…… 그……."

"그……?"

차마 난동을 부린다고는 말할 수 없었던 사모달이 단어를 고르느라 주춤했다.

"그…… 바, 발작 증세를 일으키셔서."

"발작? 하아……. 그럼 태의를 불러야 할 일이 아닌가?"

"그것이 말입니다……. 망극하옵게도 누군가 마마를 해하려 했다며 궁 안이 발칵 뒤집힌 모양입니다."

"뭐라? 그래서 황후는 어떠한가?"

"외상은 전혀 없사온데 물 한 모금도 마시지 않겠다며 매우 불안해하신다 하옵니다."

"실수를 잡지 못했단 뜻이냐?"

"마마께 칼을 겨누었다는데 밖에서 번을 서던 나인이나 보초들 말로는 수상한 자가 없었다 하옵니다……."

사모달이 자초지종을 설명한 후 황제를 힐끔 쳐다보았다. 어쩌실 요량이실까 눈치를 살폈는데 잠시 생각에 잠겼던 황제가 조용히 일어섰다.

"가 보자."

사모달이 안절부절못하며 뒤를 따랐다. 말 못 하는 황후가 발작까지 일으키다니 황후의 자리에 있을 인물이 아닌 것 같아 씁쓸했다.

태연해 보이셨던 황제의 걸음이 평소보다 빨랐다. 사모달이 땀을 뻘뻘 흘리며 뒤를 쫓아야 할 정도였으나 황제는 그런 줄 모르고 있는 듯했다. 덕분에 황후전까지 도착하는데는 그리 오래 걸리지 않았다. 막 황후전 대문을 넘는 순간이었다. 여인들의 비명 소리와 간곡한 외침이 들렸다.

"아악! 마마!"

그 소리를 들은 황제의 걸음이 더 빨라졌다. 그는 나인들이 고할 틈도 없이 다가와 문을 벌컥 열어젖혔다.

"폐하!"

방 안의 모두가 일제히 허리를 숙였지만 난비는 숨을 헐떡이며 몽롱한 눈으로 그를 바라보고 있었다.

그녀와 눈이 마주친 강위의 미간이 살짝 좁혀졌다. 헝클어진 머리카락은 땀으로 젖은 뺨에 찰싹 달라붙어 있었고, 흰 속의는 약물이 흐른 흔적으로 곳곳이 더럽혀져 있었다. 난비에게서 눈을 떼고 처소 안을 찬찬히 둘러보니 모든 상황이 한눈에 들어왔다. 바닥에는 약사발이 뒹굴고 있었고, 질퍽한 약물이 이미 여러 번 바닥을 적셔 놓은 흔적이 있었다. 게다가 공 상궁은 머리부터 발끝까지 갈색 약물을 뒤집어쓴 듯했다.

황제가 처소 이곳저곳을 훑어보니 나인들은 겁에 질려 쩔쩔맸고, 방 안의 공기는 좀 전보다 더 살벌해졌다.

"가관이로다."

높낮이 없는 황제의 말이 난비의 귓가로 파고들었다. 정신이 번쩍 든 난비가 그를 한 번 쳐다보다 허리를 낮추었다.

"탕약을 가져오라."

"……!"

이제 상궁처럼 몸싸움을 할 수 없는 황제의 명이었다. 그의 말 한마디에 난비는 심하게 몸을 떨고 호흡이 가빠 왔다.

강위는 불안해 보이는 그녀의 모습에 미세하게 눈썹을 찌푸렸지만 탕약이 올 때까지 별말 하지 않고 있었다.

"폐하. 탕약 대령했사옵니다."

그 소리를 들은 난비는 죽어도 먹기 싫다는 본능에 이끌려 침상에서 떨어지듯 내려와 황제의 앞에 꿇어앉았다. 순식간에 일어난 일에 다들 입을 벌리고 있는데 난비는 신들린 사람처럼 바닥에 쏟아진 탕약을 손가락에 찍어 자신의 하얀 속의에 글을 쓰기 시작했다.

[많이 아프지 않습니다.]

"……."

황후가 치맛자락을 들어 올려 황제의 앞에 내밀었지만 그는 가만히 내려다볼 뿐 별말이 없었다. 말이 없으신 황제와 계속 치마 자락을 펼쳐 보이는 황후로 인해 처소는 일촉즉발의 위기감이 팽팽하게 감돌았다.

난비는 다시 깨끗한 치마 자락에 글을 쓰기 시작했다.

[탕약을 거두어 주십시오.]

"……."

[폐하! 알아서 나을 것입니다.]

"알아서?"

마침내 황제의 입이 열렸으나 목소리는 무척이나 차가웠다. 난비는 눈물이 글썽 차올랐지만 꾹 참고 고개를 끄덕였다.

"한참 단잠을 자야 할 시각에 나를 비롯한 모두가 너의 병증으로 인해 이 소란을 겪고 있는데도 말이지. 언제쯤 나을 작정이냐?"

[지나가는 고뿔일 뿐입니다.]

"지나가는 고뿔에 정신을 잃고 망상증을 보인다더냐?"

'망상이라뇨……. 폐하. 분명 저를 찌르려고 한 자가 있었습니다. 상궁이 들어서지 않았다면 저는 죽었을 것입니다. 왜 모두들 저를 믿지 않습니까?'

난비는 속의 말을 글로 옮기지 못하고 탕약이 묻은 손가락을 말아 쥐었다.

"마셔라."

난비의 고개가 절레절레 움직였다. 상궁은 이제 쓰러질 것 같은 표정이 되었다.

"뭣들 하느냐. 황후께서 약을 드시도록 도와드리지 않고."

황제의 목소리가 높아졌다. 나인들이 다가오자 난비는 입술을 꽉 깨물었다. 강위가 이를 괘씸하게 여겨 눈을 치켜떴다.

"황명에도 먹지 않겠다?"

"······."

"어미를 믿고 기고만장한 것이냐?"

황제가 어머니를 들먹이자 난비는 일이 점점 커지는 것이 두려웠다. 그게 아니라고 고개를 저으며 다시 손가락에 탕약을 묻혀 무슨 말이든 해 보려 했다. 그러나 그녀는 더 이상 글을 쓸 수가 없었다. 어느새 제 앞에 한쪽 무릎을 세우고 앉으신 황제께서 그녀의 손목을 잡고 있었다.

"더는 말하지 않겠다. 황제 위에 올라설 것이 아니라면 마셔라."

이제 난비는 곧 울음이라도 터트릴 것처럼 입을 삐쭉거리며 코를 씰룩거렸다. 약을 먹는 건 죽기보다 싫은데, 황제의 명을 어겼다간 그냥 죽을 것 같지도 않았다.

'이럴 바에야 차라리 살수 손에 죽는 것이 덜 외로울 것 같습니다. 제가 죽으면 믿어 주실 것입니까? 약을 못 먹는 것도, 살수가 있었던 것도. 그때는 절 믿지 않았던 것을 미안해해 주시겠습니까?'

난비의 간절한 눈빛을 강위는 피하지 않고 마주 보았다. 그러나 그는 조금도 흔들림 없이 냉철함을 유지했다. 그의 얼음 같은 표정을 보던 난비는 제게 온 살수가 어쩌면 황제가 보낸 이일지도 모른다는 생각이 들었다. 아니, 그 생각은 점점 더 강렬해졌다.

'막상 궁으로 데려와 보니 아무 짝에도 쓸모가 없었습니까? 첫날 밤도 제대로 치르지 못하고 제멋대로인 연주로 초제도 망친 주제에 날마다 앓아눕는 벙어리 계집을 황후에 두기가 부끄러우셨습니까?'

애처롭기까지 한 난비의 마음이 황제에게 제대로 전해지지 않은 듯했다.

"이제 나도 더는 봐줄 수가 없다. 황명에도 버티는지 봐야겠다. 내가 지켜보는 앞에서 전부 삼켜라!"

누군가의 손에 들린 탕약이 그녀의 앞으로 왔다. 황제가 손목을 잡은 손을 풀어주었다. 모두가 숨을 죽이고 지켜보는 가운데 난비가 떨리는 양손을 들어 약사발을 잡았다. 그러나 매우 천천히 입으로 가져가는 동안 부들부들 떨리는 손에 절반밖에 차지 않았던 약물이 넘쳐흘렀다. 그리고 마침내 반이나 쏟아부은 탕약이 그녀의 입가에 도착했다. 난비는 눈을 내리깔고 약사발에 비친 제 모습을 바라보며 숨을 헐떡였다. 이제 어쩔 수 없다. 눈을 꼭 감은 난비가 약사발을 들이부었다. 그러나 그녀로서는 힘들고 용기 있는 결정이었음에도 불구하고 혀에 약이 닿는 순간 속이 울렁거리며 요동치기 시작했다.

"읍!"

"누가 보면 내가 사약이라도 내린 줄 알겠구나. 너희들은 뭘 하고 섰느냐? 황후를 붙잡아 억지로라도 약을 드시게 하지 않고!"

나인들이 다가와 팔을 붙잡으려 하자 난비는 큰마음을 먹고 목울대를 꿀꺽 넘겼다.

'삼켜야 해!'

향기로운 과일과 달콤한 당과를 떠올리며 애써 자기최면까지 걸었지만 꼭 먹어야 한다는 부담감은 억지로 입을 벌리고 독약을 넘겨야 했던 그때와 다르지 않았다. 온몸을 뒤틀던 고통이 상기되자 구토가 치밀었다.

"끄윽. 끅. 윽. 콜록. 콜록. 퀙."

결국 겨우 한 모금 넘어가던 약물에 사레가 걸렸다. 기침을 하느라 몸이 힘든 것은 둘째 치고 불행하게도 그녀가 뱉어 낸 약물이 황제의 신을 적셨다.

"헉!"

무슨 일이 일어났는지 사모달은 두 눈으로 똑똑히 보았다. 그리고 그의 헛바람 소리에 모두가 고개를 들었다.

"폐하."

"콜록. 퀙. 퀙."

약을 뱉어 내고 괴로워하는 난비와 더럽혀진 황제의 신발 때문에 나인과 내관들 모두 분주해졌다. 그 호들갑 속에서 막상 당사자들은 침묵했다. 아직 상황 파악을 못하고 있는 난비는 그렇다 치고 황제가 말없이 그녀를 보는 것은 조금 이상했다.

'많이 노하신 것인가······.'

다들 그런 생각을 하고 있을 때 황제는 사실 복잡한 제 맘을 돌아보느라 정신이 없었다.

'강위야, 무슨 생각으로 약을 먹인 것이냐. 진심으로 걱정해서이냐, 괴롭히려 한 것이냐. 살리고 싶은 것이냐, 죽이고 싶은 것이냐······.'

강위는 지친 듯 한숨을 쉬었다.

"잠시 나가들 있거라."

"예? 폐하······."

사모달은 황상이 꼭 저희들을 내보낸 뒤에 이상한 행동을 하시니 이번에도 또 그러실까 걱정이 되었다.

"아무 일 없을 것이다. 황후와 긴히 나눌 말이 있다."

황상께서 먼저 이리 말씀해 주시니 모두들 눈치를 보면서도 슬금슬금 문 밖으로 사라졌다.

이제 조금 진정한 난비는 황제가 저를 어찌할 것인가 조용히 처분을 기다렸다.

강위가 고개를 숙인 난비의 턱을 들어 올려 저와 눈을 맞추게 했다.

"말을 못 하니 몸으로 시끄럽게 구는구나."

"……."

"내가 껍데기밖에 없는 황제라서 우스우냐?"

난비는 고개를 저을 수가 없었다. 황제가 그녀의 턱을 더 꽉 붙잡고 있었기 때문이다.

"어째서 금비가 아니라 너였을까……."

눈물이 일렁이는 난비의 눈동자가 크게 흔들렸다.

"내가 뭐에 홀린 게지……."

황제의 갈등을 알 리 없는 난비다. 그의 말은 그저 저를 황후로 맞은 것을 후회한다는 뜻으로밖에 들리지 않았다. 차올랐던 눈물이 뺨을 타고 흘렀다.

"나는 해 볼 수 있는 것은 다 해 보았다. 이제 네 말대로 알아서 일어나거라. 참언대로라면 너는 꽤 오래 죽지 않을 황후이니."

강위는 그녀의 턱을 놓아주고 일어섰다. 꿇어앉은 난비를 보니 두 팔로 바닥을 짚고 힘겹게 몸을 지탱하고 있었다. 안쓰러웠으나 그녀에게 연민을 느끼는 제 모습이 싫어 냉큼 돌아섰다. 그런데 아니나 다를까, 난비가 옆으로 툭 쓰러지며 혼절을 하고 말았다.

"하아……!"

쓰러진 난비를 내려다보며 강위는 사람을 부르지도, 움직이지도 않았다.

'다 내 탓이다.'

무리한 합궁과 비가 올 줄 알면서도 능행을 고집한 자신의 잘못 같았다. 애초에 아무것도 모르는 그녀를 궁으로 들인 것부터가 잘못이었다.

다시 좀 전처럼 주저앉은 강위는 쓰러진 난비의 몸을 일으켜 팔로 감았다. 축 처진 몸이 위태로울 만큼 가벼워 가슴이 철렁했다. 그의 눈에 난비가 삼키다 남긴 약사발이 보였다. 아직 탕약이 제법 남아 있는 것을 보고 무심코 그것을 가져왔다. 강위는 조금도 주저하지 않고 탕약을 한 모금 머금었다. 그리고는 까슬하게 메마른 난비의 입술에 제 입을 포갰다. 정신을 잃은 난비의 입술은 아무런 저항 없이 벌어지는 것 같았다. 그러나 약물이 넘어가는 순간 무의식중에도 몸이 반응하는지 '컥' 하고 거부반응이 오기 시작했다. 강위는 난비의 등을 쓸어 주며 깊은 입맞춤으로 그녀를 달래 주었다.

조금씩 난비의 몸이 부드러워지기 시작했다.

무의식중에도 난비는 생전 처음 느껴보는 입맞춤의 감촉에 빠져들고 있었다. 입 안으로 싸한 액체가 흘러들면 구토를 느낄 틈도 없이 부드러운 무언가가 입속을 휘저었다. 이물감이 불쾌해야 하는데 오히려 따뜻하게 혀를 감싸 주는 것이 좋은 기분을 느끼게 했다. 바짝 말랐던 입술이 촉촉해졌고, 입 안에 남은 약 맛은 금세 다른 달콤함으로 채워졌다. 강렬하게 혀를 휘감을 땐 마치 제 몸을 꽉 안아 주는 것 같았고, 조심스럽게 입술을 적실 땐 가슴까지 촉촉해지는 기분이었다.

'달다…….'

조금씩 의식이 돌아온 난비는 몸이 붕 떠오른 듯한 기분을 느끼며 떨리는 눈꺼풀을 올렸다.

강위는 그녀의 숨결이 뜨거워짐을 느끼고 입술을 뗐다.

이상한 기분에 취해 가던 난비는 그의 입술이 떠나가자 몽롱한 눈을 깜빡거렸다. 그리고 안타까움을 느끼는 자신에게, 황제의 팔이 저를 감싸고 있음에 의아해했다.

'이게…… 어떻게 된 거지?'

난비의 눈을 못 본 척하고 강위는 다시 약을 머금어 그녀의 입술로 전했다. 정신이 혼미한 난비는 지금 일어나는 일을 제대로 이해할 수가 없었지만 안도감을 느낀 무의식은 이대로 그에게 몸을 내맡기고 싶어 했다.

그러기를 서너 번, 강위의 호흡도 거칠고 뜨거워졌다. 그는 마지막 약물을 입에 머금고는 약이 더 없음을 아쉬워했다. 그래서 마지막은 더 길고 깊은 입맞춤을 나누었다. 강위의 이성이 고개를 든 것은 그녀의 혀가 자신을 옭아매는 순간이었다. 강한 전율이 일며 눈이 번쩍 뜨였다.

'강위야, 이게 무슨 짓이냐!'

재빨리 그녀에게서 떨어진 강위는 초점 없는 난비의 눈동자를 들여다보며 마른침을 삼켰다.

"하아……하."

난비가 숨을 몰아쉬는 동안 황제는 그녀를 다시 바닥에 눕혀놓고 벌떡 일어섰다. 그리고는 죄지은 사람마냥 서둘러 문 밖으로 나갔다.

"황후께서 쓰러지셨다. 태의를 부르거라."

강위는 목소리가 떨리는 것을 감추느라 더욱 차가운 말을 뱉고 돌아갔다.

나인과 상궁들이 우르르 들어와 쓰러진 그녀를 일으켰다. 공 상궁은 붉어진 황후의 얼굴을 보고 열까지 올랐구나 크게 걱정했다.

❈

며칠째 객점에 눌러앉은 성검의 불만이 폭발했다.

"도저히 안 되겠습니다. 제가 궁궐 담이라도 넘어 봐야겠습니다."

"이런…… 미친 녀석……!"

스승님이 험한 말씀을 하는 경우가 거의 없었기 때문에 성검은 입을 다물었다. 제가 해선 안 될 말을 한 것도 있지만 지금 스승도 저만큼 심기가 불편하다는 것을 눈치챘기 때문이었다. 낮에 뇌물을 싸 들고 성문을 지키는 보초병들을 만나 태감 사모달에게 전할 것이 있다 전해 달라 했다. 허나 돌아온 그들이 전한 말은 '태감을 직접 뵐 수 없으니 놓고 가라.' 였다. 그것이 사모달의 뜻인지 윗선의 누군가가 판단한 것인지조차도 확인할 길이 없었다.

"내일 다시 찾아가 부탁해 봐야겠다. 황상을 뵙겠다는 것도 아닌데 무작정 만날 수 없다니 고의적인 것이 분명하다."

"뇌물을 더 주려구요?"

"그렇게라도 해 보아야지."

아무래도 잘될 것 같지 않은 예감에 성검은 침상에 드러누워 머리를 벅벅 긁으며 짜증을 풀었다. 헌데, 밖에서 호의적이지 않은 기운이 느껴져 벌떡 일어나 앉았다.

"왜 그러느냐?"

"스승님은 예 계십시오. 잠시 나가 봐야겠습니다."

"왜? 갑자기 어딜 가겠다는 게냐?"

"심심해서 도저히 못 견디겠습니다. 나가서 술이라도 마셔야 숨통이 트일 듯싶네요."

"녀석……. 적당히 마시고 얌전히 놀아야 한다."

"제가 애도 아니고……."

투덜거리며 문 밖을 나선 성검의 표정은 더 이상 느긋하지 않았다. 저쪽에서 살벌한 기운을 내뿜는 무사 몇이 다가오는 것이 보였다. 모르는 척 그들 곁을 지나쳐 걷자 아니나 다를까 시비를 걸어왔다.

"너, 뭐 좀 물어보자."

"물으시오."

"이자가 기억나는지 모르겠군."

두 명의 무사 뒤로 얼마 전 골목길에서 한 주먹에 날아가 처박혔던 사내가 고개를 빼꼼 내밀었다.

"흐음…… 글쎄. 모르겠는데?"

건방진 성검의 태도에 세 사람 모두 욱하고 성질이 치밀어 올랐으나 꾹 참고 대화를 이어 가려 했다.

"얼마 전 네놈이 이 녀석을 손봐 줬다는구나. 우리 아씨를 위협하면서."

"그랬나? 그런 기억은 없는데. 이상하네. 무뢰배의 손에서 누굴 도와준 적은 있었는데…… 흐음."

"잠깐 우리 좀 보자."

"보고 있잖소."

무사는 주먹을 부르는 성검의 말대답에 끊어지려는 인내심을 간신히 붙들었다.

"아씨께서 보자 신다."

"헐. 설마, 얼굴 훔쳐봤다고 사람을 패던 고귀하신 아씨께서 저 같은 놈을 만나시겠다 했단 말씀이시오?"

"여기서 소란을 떨고 싶으냐?"

"갑시다. 이놈의 인기는……."

성검은 끝까지 한마디도 지지 않고 그들에게 끌려갔다.

잠시 후 무사들을 따라 으슥한 골목에 도착한 성검은 그들에게 퇴로가 막힌 채 금비를 만날 수 있었다.

"대낮에 이 무슨 부끄러운 짓이오? 이리 많은 사람들 앞에서."

"무슨 헛소리냐?"

"고귀하신 황후마마의 동생분이 저 같은 천것과 연분 났다 뒷말이라도 나올까 걱정돼서 하는 소리지요."

"미친놈."

"입이 거친 것은 딱 제 취향이신데. 저는 먼저 달라붙는 계집은 또 별로라……."

"닥치지 못해!"

"예. 닥치고 가만히 있지요. 하고 싶은 말씀이 있으시면 후딱 하시고, 두 번 다시 이 몸을 귀찮게 오라 가라 안 하셨으면 좋겠수다."

"오냐! 오고 가는 것이 귀찮지 않게 평생 누워 지내게 해 주마. 지금이라도 내 앞에 무릎 꿇고 용서를 구하는 것이 좋을 것이다."

"사람을 불러 놓고 웬 협박이오?"

"누워 지내는 것이 그리 소원이라면 원하는 대로 해 주마. 알량한 자존심과 주제도 모르는 오지랖을 후회하게 될 것이다."

곧 어두운 골목 안에서는 뼈가 부러지는 소리와 악다구니 같은 비명 소리가 들렸다. 그리고 아무 소리도 들리지 않게 되었을 때, 그곳에는 손을 터는 성검과 겁에 질린 금비만이 남아 있었다. 금비는 부들부들 떨며 경악한 눈으로 성검을 바라보고 있었다.

눈앞에 사내는 들짐승처럼 날뛰며 저보다 덩치 큰 무사 여럿을 한 번에 때려 눕혔다. 이제 남은 먹잇감은 저밖에 없었다. 그는 능글맞은 미소를 지으며 다가왔고, 전과 똑같이 벽에 몰린 자신은 피할 도리가 없었다.

"아씨. 저는 여인의 부름을 무척 좋아합니다만, 보는 눈이 많으면 재미가 없어서요. 이제 우리 둘밖에 없으니, 은밀한 시간을 가져 봅시다."

"시, 싫다. 이러지 말고 썩 비켜라!"

"여인의 싫다는 말은 좋아 죽겠다는 뜻이라던데?"

"헛소리 말고 비키지 못해! 나는 황후마마의……."

"황후마마의 동생분께서 이런 천것이랑 살을 섞었다 소문이라도 나면 큰일이지요. 허니, 이렇게 은밀한 자리를 만드신 게 아닙니까. 제가 잘못 이해한 거요?"

"미친놈! 죽고 싶지 않으면 당장 꺼지는 게 좋을 게다!"

성검은 끝까지 제 잘못을 모르는 금비를 살벌하게 노려보았다.

"아직도 상황 파악이 안 되시나?"

"무, 무슨 상황……."

금비는 좀 전과는 전혀 다른 분위기로 돌변한 성검에게 바락바락 대들 수가 없었다.

"아까 그쪽 말 그대로 돌려주지. 지금이라도 내 앞에 무릎 꿇고 용서를 구하는 것이 좋을 것이다."

"꺄아아!"

두려움에 빠진 금비가 죽어라 비명을 질렀다. 성검이 화들짝 놀라 귀를 막았지만 금비의 비명 소리는 잦아들지 않았다. 이러다간 사람들이 몰려들 것 같았다. 그는 재빨리 그녀의 입을 틀어막았다.

"읍!"

입을 틀어막아도 그녀는 격렬하게 반항했다. 그때 사람들의 웅성거리는 소리가 들렸다.

"비명 소리가 들렸는데? 어디서 나는 소리지?"

"저쪽으로 가 보자구."

그 소리를 들은 금비가 의기양양한 눈빛을 빛내자 성검은 속으로 욕을 지껄이며 그녀를 노려보았다.

'제길!'

두 사람의 눈빛이 고집스럽게 얽힌 순간이었다. 수세에 몰린 성검은 어쩔 수 없다는 듯이 그녀의 목을 가볍게 쳤다. 입이 자유로워진 순간 다시 비명을 지르려던 금비는 뭔가가 툭 끊어지는 충격과 함께 기절하고 말았다. 그녀를 뉘어 놓고 골목 밖으로 재빨리 뛰쳐나간 성검은 다가오던 사람들과 세차게 부딪혔다. 놀란 그들이 성검의 뒤를 쫓아왔지만 어찌나 빠른지 아무도 따라잡을 수가 없었다.

숨이 턱에까지 차오를 정도로 멀리 뛰어온 성검은 시장에 들어서고서야 숨을 돌렸다. 지난번 일은 야단맞을까 봐 스승님께 말하지 않았었는데, 아무래도 솔직히 말씀드리고 그 계집 눈에 띄지 않는 곳으로 옮겨야 할 판이었다. 스승님께 뭐라 말해야 덜 혼날까 고민하던 중, 저 앞쪽에서 낯익은 사내의 등이 보였다.

'스승님?'

설마 했는데, 스승의 뒷모습이 확실했다. 게다가 스승을 에워싼 무리들에게서 금속의 날카로운 빛이 번뜩였다.

'이런 씨! 대체 저것들은 또 뭐야!'

보아하니, 인적 드문 곳으로 끌고 가 살해할 속셈인 듯했다. 성검은 눈빛에 살기를 머금고 그들의 뒤를 밟았다.

05.

고독도 옮아간다

사람들의 부러움 속에서 더욱 명망이 높아진 연월장에 때아닌 변고가 생겼다. 금비와 호위무사가 뒷골목에 쓰러진 채로 발견이 된 것이다. 여인의 비명 소리를 듣고 급히 달려간 몇몇 사람들 덕에 금비는 무사히 집으로 돌아갈 수 있었으나 괴한은 잡지 못했다.

　그런데 그것으로 끝날 문제가 아니었다. 도대체 금비가 왜 호위무사들과 그 뒷골목에 가 있었는지 사람들이 쑥덕대기 시작한 것이다. 납치된 금비를 호위무사들이 쫓아왔다는 옹호적인 소문도 있었지만 그렇지 않은 소문들이 더 많았다.

　그 일로 정신이 든 금비는 연월부인에게 눈물이 쏙 빠질 만큼 야단을 맞았다.

　"내게 말도 하지 않고 그런 짓을 벌이고 다니니, 이런 사달이 나는 게 아니냐!"

"흑. 잘못했습니다. 어머니. 다시는 이런 짓 않겠습니다. 용서해 주세요."

사실 연월부인이 이토록 화가 난 것에는 다른 이유도 있었다. 금비가 업혀 오고 얼마 지나지 않아 은호를 없애러 갔던 이들마저 피떡이 되어 돌아왔다. 고진의 빈자리가 이렇게 큰 것인가 분하고 한심했다. 서생 하나도 제대로 죽이지 못하고, 무사 서넛이서 금비가 희롱당하는 것도 지켜 내지 못했다니 기가 찰 노릇이 아닌가.

"그래. 그 사내가 그리 강하더냐?"

"예, 어머니. 몸이 어찌나 빠른지 주먹이 보이지도 않았습니다."

금비의 대답을 듣던 부인은 어제 은호를 치러 간 자들에게서 들은 말이 떠올랐다.

'마님. 어찌나 날렵하던지 칼을 언제 휘둘렀는지도 모르게 베어져 나갔습니다. 저희의 상대가 아니었습니다.'

부인이 잠잠해진 틈을 타 금비는 변명을 덧붙여 나갔다.

"나이도 어려 보이고 체구도 그리 큰 놈이 아니었습니다. 호리호리한 놈이 무슨 싸움을 그리 잘하는지 한 대만 맞아도 저보다 큰 사내들이 다 떨어져 나가는 게 아니겠어요?"

'생긴 것도 어리고 꼭 계집마냥 낭창한 놈이 어디서 그런 힘이 솟는지 미친놈처럼 칼을 휘둘렀는데 지치지도 않았습니다. 그런 괴물은 처음 봅니다.'

아무래도 그리 닮은 자가 한날 도성 바닥에 출몰한 것이 찜찜했다.

"금비야. 너를 희롱한 자를 어디서 찾았다 했느냐?"

"시전 이화객점에서······."

"뭐? 역시 그랬군! 넌 거기서 은호를 보지 못했느냐?"

"아니요. 저는 그때 같이 가지 않아서······. 무사들 말로는 알아서 나왔다고······."

"이런, 이런! 은호의 옆에 그런 자가 있었다니! 허허!"

"어머니, 그자가 은호 선생의 호위란 말씀이세요?"

"그런 것 같구나. 그런 자까지 데리고 황궁으로 간다면 더 큰일이다. 참! 넌 혹 그자에게 네가 누구인지 밝혔느냐?"

"아······!"

뒤늦게 제 실수를 눈치챈 금비의 얼굴이 하얗게 질렸다.

"이······! 모자란 년 같으니!"

금비는 어머니가 난비에게나 하던 욕을 제게 하자 너무 놀라 입을 다물지 못했다.

"만약에 황상이 그들을 만난다면 내가 한 짓을 그놈이 다 말하지 않겠느냐!"

"하, 하지만 어머니. 그들이 어찌 궁으로 가겠어요? 공지를 빼고 도망친 자들입니다. 게다가 제가 그것을 밝힌 것은 그가 누구인지 모를 때여서······."

"닥쳐라! 일이 한 번 잘못되기 시작하면 계속해서 꼬이는 법이다! 늘 행동거지를 조심하라 일렀거늘 어딜 나돌아 다니다 이런 일을 만든단 말이냐! 오늘부터 한 발자국도 나가지 말고 네 방에서 쥐 죽은 듯이 있어야 할게다!"

금비는 불같이 화내는 어머니에게 한 마디도 못하고 눈물만 뚝

뚝 흘렸다. 저도 그날 너무 화가 나서 정체를 밝힌 것이지 처음부터 그럴 생각은 조금도 없었다. 그놈이 얼마나 사람 약을 올리고 자존심을 짓밟은 줄 아신다면 어머니도 절 좀 이해해 주실 텐데 억울하기만 했다.

❀

요즘 황제는 밤마다 황후의 처소를 방문했다. 밝은 때 가지 않고 굳이 오밤중에 잠을 설쳐 가며 황후전에 드시니 사모달은 영 못마땅했다.

"폐하. 마마께서 이제 많이 좋아지셨다고 하니, 너무 심려치 마시옵소서."

"얼굴은 비추는 것이 도리일 터."

"허나, 폐하. 감환이 전염되실까 두려우니, 나중으로 미루시는 것이 어떻겠사옵니까?"

황제는 사모달이 극구 말리는데도 문을 열고 나섰다.

"어차피 정무에 시달림 없는 황제이니, 그깟 고뿔이 대수겠느냐."

"후…… 허면 오늘은 꼭 일찍 돌아와 주무시겠다고 약조해 주시옵소서. 벌써 며칠째 제대로 침수에 드시지 못하였사오니, 이러다간 감환이 아니라 더 한 병이 올까 두렵사옵니다."

"알았다. 한 놈은 갈수록 말이 적어지는데, 한 놈은 나날이 시끄럽구나."

"병풍 같은 적운으로도 모자라 마마까지 말씀을 못 하시니 소인이라도 떠들어야 덜 적적하지 않겠습니까."

"어째 내 주변은 극과 극이로구나."

사모달은 황상이 제 농을 받아 주시자 이제야 마음을 놓았다. 며칠 전까지만 해도 검은 기운이 용솟음쳐 불안에 떨게 하시더니, 다시 예전처럼 점잖으신 분으로 돌아오신 것 같았다. 물론 그간에 쌓아 두셨던 분노가 얼마나 크셨기에 요번과 같은 기이한 모습을 보이셨을까 생각하면 가끔 이렇게 푸시는 것도 나쁘지 않을 듯했다. 당하는 황후마마에게는 나쁜 일일 테지만 말이다.

"헌데, 폐하. 적운이 이놈은 어딜 갔기에 며칠째 코빼기도 안 보인단 말입니까."

"그럴 일이 있다."

두 사람이 하는 일에 저만 소외된 것이 서운했던 사모달이 한참이나 더 황제의 귀를 괴롭히며 가는 길을 심심하지 않게 했다.

난비는 숨 막히게 불안하고 불편했다. 아직도 제 목에 시린 칼의 기운이 어렴풋이 남아 있었다. 그 칼은 서슬 퍼런 장검이었다가 어느 때는 날카로운 단검이 되기도 했다. 때론 죽이겠다고 소리치는 황상의 목소리도 쩌렁쩌렁하게 귓가를 울려 잠에서 깨어났다. 그런데 이처럼 까무러쳤다가 한 번씩 눈을 뜨면 허상처럼 황상의 모습이 보였다. 거의 매일 밤만 되면 찾아와 제 방에서 꼼짝 않고 앉아 계시는 것이다. 그렇다고 아픈 저를 걱정해서 그런 것도 아닌 것 같았다. 그의 시선에 가슴까지 서늘해지는 오한을 느끼다가 다시 눈이 감기길 여러 번. 이상한 것은 그렇게 다시 잠이 들면 이상한 꿈을 꾸곤 했다. 불편함의 이유는 저를 감시하는 듯한 황상의 시선뿐만 아니라 제가 꾸는 그 꿈도 한몫하고 있었다.

강아지풀 같은 부드러운 바람이 목덜미를 간질이고 가는 그런 꿈. 제가 왜 황상의 팔에 안겨 있는지 알 수 없었다. 매끄럽고 따뜻한 황상의 입술이 몸을 덮혀 주면 온풍이 맴도는 기분 좋은 설렘이 감돌았다. 얼마나 주제넘은 꿈인가. 이룰 수 없는 꿈의 끝에는 또 독사처럼 저를 휘감아 죽이려는 황상이 있었으니, 꿈에서 깨었을 때 그를 보는 것이 싫었다.

나인들이 얼굴을 닦아 주며 하는 말로는 이런 날이 벌써 며칠째 반복되고 있는 모양이었다. 그리고 지금도 그랬다. 침상을 둘러친 은은한 붉은빛 수렴이 그 너머 황상의 모습을 아른거리게 비추었다.

"마마, 폐하께서 근심이 크신 듯 보입니다. 지난번에 역정 내신 일을 마음에 두고 계시는지 마마의 곁을 떠나지 못하십니다. 폐하를 위해서라도 어서 쾌차하십시오."

공 상궁이 목소리를 낮추어 속삭였지만 난비는 못 들은 척 눈을 감았다. 그네들의 잔소리가 지겹기도 했지만, 옷을 벗기는 손길 때문이었다. 천장을 바라보고 누운 채 나인들의 손에 한 꺼풀씩 옷이 벗겨지고 있었다. 하늘하늘 속이 다 비치는 수렴으로 가린들 무슨 소용일까 수줍음에 고개까지 돌려 버렸다.

"폐하!"

나인들의 놀란 음성에 난비가 눈을 떴다. 어느새 침상으로 한 걸음 들어오신 황상이 수렴을 걷어 올리고 무표정하게 저를 내려다보고 계셨다. 적나라하게 드러낸 몸을 가려 보겠다고 꼼지락거리자 공 상궁이 허둥지둥 이불을 덮어 주었다.

"폐하. 어인 일이십니까."

"닦아 주기만 하면 되는 것이냐?"

"예에?"

"내가 할 테니 나가들 있거라."

난비의 가슴이 놀람과 걱정으로 세차게 뛰었다.

"아니 되옵니다. 어찌 이런 일을 폐하께서 직접……."

'안 되지. 절대 안 된다고 말하렴!'

난비는 궁에 들어와 처음으로 공 상궁의 편을 들며 그들의 대화에 귀를 기울였다.

"가만히 있자니 심심해 그런다."

"하, 하오시면 제가 옆에서 거들겠나이다."

"너희들이 있으면 내가 부끄러울 것 같구나."

"허나 법도가……."

"그런 법도가 있었느냐? 나는 몰랐으니 이리 다오."

황제께서 물수건을 달라 손을 내미시니 공 상궁은 난처하기가 이만저만이 아니었다. 그러나 감히 누구의 명을 거스를 수 있겠는가. 그에게 공손히 수건을 건네며 그래도 공 상궁은 웃음을 머금었다.

"폐하께서 황후마마를 이리 성심껏 보살펴 주시니 하늘이 분명 두 분을 오래도록 이어 주실 것입니다."

"고맙구나."

"마마, 폐하께서 황송하옵게도 직접 마마의 몸을 닦아 주신다 하오시니, 병이 금세 나을 것이옵니다."

'말도 안 돼!'

난비의 절박한 외침은 아무에게도 닿지 않았다. 나인들이 종종걸음으로 사라지고 나자, 수건을 건네받은 황제가 침상에 걸터앉았다. 황제의 손이 이불을 향해 다가오자 난비는 이불을 더 꼭 말아 쥐었다. 그러나 힘없는 그녀의 저항은 황제의 가벼운 손짓도 당해 낼 수 없었다. 이불이 확 걷어지는 순간, 난비의 얼굴은 붉게 달아올랐다.

이불을 걷어 내자, 땀에 젖은 몸에서 더운 기가 훅 올라왔다. 강위는 침상 위에 축 늘어진 마르고 하얀 나신을 무심한 눈으로 보았다. 몸을 훑어 내리는 자신의 시선에 어쩔 줄 모르겠다는 듯 무릎을 세우고 움츠러드는 모습이 유혹적이었지만 이를 본체만체하고 물수건을 갖다 댔다. 그러자 난비는 몸을 움츠리고 손으로 가슴과 비소를 가리며 애처로운 시선을 보냈다.

'이러지 마십시오.'

"치워라."

'그냥 죽이시지 않고 이리 모욕을 주시는 연유가 무엇입니까.'

난비의 도발적인 표정이 황제에게 무슨 위협이 될 수 있겠는가. 강위는 그녀가 어떤 방법으로 저를 거부해도 개의치 않겠다는 듯 단호했다.

"그러고 있으면 닦을 수가 없다."

난비는 입술을 깨무는 것으로 상처 입은 제 심정을 표현했다.

"입술."

'……?'

"보기 안 좋으니 그런 짓 말라."

뜬금없는 말씀에 기가 막힌 난비가 저도 모르게 얼굴을 찌푸렸다.

"한 번에 말을 들어먹질 않으니……."

그러면서 강위는 손으로 난비의 뺨을 꽉 눌러 입술을 내밀게 했다.

"윽!"

"새삼 여인의 나신에 동하지 않으니 그 손도 치워라."

황당한 것은 둘째 치고 지엄한 명에도, 그녀는 쉽사리 손을 거둘 수가 없었다. 게다가 황제는 싸늘하게 말하는 것과 달리 서두르거나 위협적이지 않았다. 그래서 난비는 조금 더 오기를 부리며 버틸 수가 있었던 것이다. 끝날 것 같지 않은 두 사람의 기 싸움이 난비에게 불리해질 조짐을 보이고 있었다. 황제의 입꼬리가 올라갔다.

"싫다고 말하면 그만두지."

터무니없는 소리에 난비가 입을 벌리고 멍하게 올려다보자 그는 갈수록 더 말도 안 되는 소리를 했다.

"말이 없는 것은 아직 절박하지 않다는 뜻이겠지. 아니면 내가 닦아 주길 바라는 마음이거나."

기가 막힐 노릇이었다. 제가 말을 못 한 지 육 년째다. 이제는 말을 할 때 입술을 어찌 움직였었는지도 기억나지 않는다. 그때 갑

자기 제 벌어진 입 속으로 황상의 손가락이 들어오더니 턱을 움켜
쥐는 강한 힘이 느껴졌다.

'헉!'

감히 황제의 손을 깨물 수도 없으니, 입을 닫을 수 없었다. 이해
할 수 없는 그의 행동을 두렵게 바라보았다. 요전 날 보았던 광기
가 시작된 것 같았다.

"나는 네가 이 입을 열고 말하는 소리를 들었다."

'있을 수 없는 일입니다. 잘못 들으신 겁니다.'

"태의를 불러 네 목을 진단해 보라 할 수도 있다. 그리해 주길
바라느냐?"

'그리하셔도 달라질 것은 없습니다. 정말 목소리를 찾고 싶은 것
은 저입니다.'

"벙어리 행세가 드러나면, 아무리 내가 힘이 없다 해도 너 하나
벌하는 것은 문제가 없다. 나는 네게 기회를 주려 하니, 말하라."

난비는 벌어진 입술을 씰룩거리며 울먹거렸다. 울지 않으려고 애
써 봤지만, 눈물 한 줄기가 뺨을 타고 내렸다. 제 인생이 어찌 이리
고단할 수 있을까 서러움이 복받쳤다. 벙어리가 되고 더러운 소문
으로 혼삿길이 막히자 어머니는 마땅한 혼처를 찾느라 동분서주하
셨다. 추문에 휩싸인 벙어리 계집을 받아 줄 값싸고 좋은 혼처가
없는 것은 당연지사. 어디서 어떤 낭군을 만나 얼마나 기구한 삶을
살게 될까, 늘 미래가 불안했다. 그런데 황후가 되었다. 비록 저주
받았다는 황후 자리지만, 자신 역시 소문의 효씨 가문의 딸이었으
니 그것은 두렵지 않았었다. 헌데, 이제 두렵다. 아무래도 이 자리

는 금비를 위한 자리였던 것이다. 그러니 황상과의 첫 만남은 악연이었고, 제 실수였다. 동생의 자리를 빼앗은 저의 죗값이 이런 것이었다.

황제는 난비의 눈물을 보고도 감흥이 없는지, 여전히 비웃음이 섞인 말로 다그쳤다.

"상황을 알겠느냐? 두려우면 말을 하면 그만이다."

'못 합니다. 대체 무엇을 듣고 이러시나이까.'

"네가 말할 수 있다는 것을 밝히면, 목숨만은 살려 주마."

'목숨…… 또, 그 지긋지긋한 목숨 말입니까?'

줄곧 생명의 위협을 느꼈던 난비는 목숨을 살려 준다는 황제의 말씀에 차오르던 눈물이 말라 갔다. 역시나 한밤중에 단검을 들고 침입한 이는 황제의 사람이었던 모양이다. 그렇지 않다면 이 삼엄한 궁에서 어찌 흔적도 없이 자취를 감출 수가 있었겠는가. 대체 미천한 이 목숨이, 어찌 이리 수많은 사람들의 앞길에 방해가 되는 것일까 한스러웠다.

'그때 죽지 않아, 계속 이리 망령된 삶을 이어 가는 모양이다. 저주받았다는 황실에 내가 간택되어 온 것부터가 죽으러 온 것이 아니면 무엇이겠느냐? 난비야, 이제 죽어도 그만이다. 그래도 황후로 죽으니, 아버지도 그리 야단하시진 않으시겠지.'

자신이 나약해질 때마다 다독여 주고 아무렇지 않게 웃어 주시던 은호 선생이 지금은 곁에 계시지 않았다. 이 나라의 황제가 제 목숨을 취하고 싶으시다니, 비참하게 구걸해 본들 천한 노비로밖에 살지 못할 것이다. 어쩌면 이게 다, 제 주제에 귀한 이름을 받은 벌일지도 몰랐다. 언젠가 죽임을 당하는 것이 운명이라면, 마음을 졸이고 살아간들 무엇이 즐겁고 영화로울까.

'벙어리에…… 노비라……. 누군가 그것이 죽는 것보다 낫다 말한다면, 너도 그리 살아보라 따지리라!'

강위는 울먹이는 그녀를 보며 이제야 본색을 드러내는구나, 그녀의 입이 열리길 기다렸다. 헌데, 한순간 어둡게 식어 버린 그녀의 표정에 흠칫하고 말았다. 생기를 잃어 가는 그녀의 눈빛이 차갑게 가라앉더니 금세 텅 비는 게 아닌가.

'저는 말을 못 하니, 차라리 지금 죽여 주십시오.'

어느새 난비는 턱을 움켜 쥔 황제의 손을 양손으로 더듬어 잡았다. 강위는 무척 놀라고 있었지만 그녀의 다음 행동이 무엇일까, 내버려 두었다. 그러자 난비는 그의 손을 한 줌도 안 될 것 같은 그녀의 목에 올려놓았다.

"이게…… 무슨 짓이냐."

강위는 부들부들 떨며 그녀의 목을 꽉 움켜쥐지도, 거두지도 못한 채 잡고만 있었다.

"네가…… 지금 무슨 짓을 범한 줄 아느냐?"

'압니다. 죽어 마땅한 죄이옵니다.'

난비는 죽음의 그늘이 담긴 눈을 내리깔고, 보일 듯 말 듯 한 처연한 미소를 지었다. 하지만 분노에 가려진 강위는 그 가엾은 모습을 보지 못하고, 목숨 줄을 내어주는 그녀의 오만함에 조롱당하는 기분을 느껴야 했다.

"네가 나를 진정 우습게 보는구나. 칼을 들고도 죽이지 못했으니, 이 목을 부러트리지 못할 거라 깔보는 것이렸다!"

강위의 손아귀에 힘이 들어갔다.

"흐읍!"

목이 조여 오자, 난비는 짧고 격한 신음과 동시에 양손을 늘어트리고 눈을 감았다. 목을 으스러트릴 줄 알았던 황제의 손은, 아직 숨통을 완전히 틀어쥐진 않았다. 그렇다고 숨 막히지 않을 리는 없으련만 난비는 이를 악물고 헐떡이려 하지 않았다.

강위는 신음조차 없는 난비의 독한 결심에 당황했다. 그녀의 얼굴이 점점 붉어지자 강위는 손에 힘을 푸는 대신 난비의 얼굴을 붙잡았다. 뺨을 눌러 억지로 입술이 벌어지게 하니 난비가 그제야 숨을 뱉어 냈다.

"하아……하……."

강위는 그녀의 얼굴 앞으로 제 얼굴을 바짝 들이대며 무섭게 속삭였다.

"편히 죽게 놔둘 것 같으냐?"

난비는 코끝에 닿는 황제의 떨리는 숨결에서 위협보단 동정심, 분노보단 원망이 느껴졌다. 문득 그 역시 제 인생 못지않게 처량하다는 생각이 들었다. 저를 죽이고 싶은데도 모질지 못한 심성 때문에 스스로를 더 괴롭히는 것 같았다. 이제 저를 죽이고 나면, 후회와 죄책감으로 더 괴로워할 사내였다.

'난비야. 누가 누구를 동정하고 있느냐…….'

난비의 고인 눈물이 눈꼬리에 매달리더니 도로록 떨어져 귓가를 차갑게 적셨다. 두 사람 사이를 팽팽하게 당기던 기류가 일순 툭 끊어져 버렸다.

강위는 그녀의 눈물이 세상에 미련을 거두려는 마지막 울음 같아 보였다. 저도 그런 적이 있었다. 지독한 슬픔과 가슴을 짓이기는 괴로움에 모든 것을 포기하고 싶었을 때, 남몰래 저렇게 조용히 울어 본 적이 있었다. 누군가 자신을 거둬 주길 바라면서 무기력했던 때가 있었다. 울컥, 저도 함께 울고 싶어진 강위가 목이 메는 것을 감추려다 잘게 떨고 말았다.

"오냐……. 지금은…… 죽이지 못한다. 지금은 나는 너를 의심하는 것 외에는 아무것도 할 수가 없다. 그러나 명심하라. 언제고 네 입에서 또다시 목소리가 나오는 순간, 나는 그때를 놓치지…… 않을 것이니!"

강위는 떨고 있는 제 나약함을 감출 셈인지, 눈물에 공명한 탓인지, 말이 끝나기가 무섭게 그녀의 입술을 덮쳤다.

"흡!"

황제의 손이 그녀의 뺨을 감싸고 거칠게 혀를 유린해 왔다. 여태 목이 조여 호흡이 괴로웠던 난비는, 입을 틀어막는 황제의 입맞춤에 놀라면서도 꿈에서 느낀 것과 전혀 다르다고 느꼈다. 역시나 그 다정한 입맞춤은 이룰 수 없는 꿈일 뿐이었다.

'이러지 마십시오. 더는 욕되게 말고 편히 죽여 주십시오!'

강위는 도망가는 난비의 혀를 휘어 감으며, 입술을 빨고 빈틈없이 그녀를 몰아세웠다.

강위가 이성을 잃은 것은 아니었다. 자신의 나약함을 들킬까 봐 그녀가 아무 생각도 못 하도록 하고 싶었을 뿐이다. 그러나 난비가 숨을 헐떡이며 저를 밀어낼 때마다 그녀를 정복하고픈 치졸한 욕망이 샘솟았다. 가슴에 부딪쳐 오는 난비의 무른 젖가슴을 움켜쥐고 제게 내어 주지 않으려는 작은 틈새를 비집고 싶었다.

'그만! 이제 그만둬야 한다! 그만!'

거칠게 그녀를 내려놓은 강위는 난비보다 더 숨을 헐떡였다.

"헉……헉……."

'이제 다 하신 것입니까? 이걸로 되었습니까?'

지친 난비가 눈을 감았다. 이제 아무것도 생각하고 싶지 않았다. 고개마저 옆으로 쓰러트린 난비는 다시금 수마에 빠졌다.

강위는 마치 시체처럼 쓰러진 난비의 몸에서 혐오스러운 제 손을 치워 버렸다.

'진정 말을 못 하느냐……. 정말 아무것도 모르느냐……. 너는 대체 내게 무엇이 되려 하느냐. 죄인이 될 것이냐, 황후가 될 것이냐! 아니면, 광인이 된 황제의 손에 죽임당한 불쌍한 여인이 될 것이냐! 내가 너를 죽이겠다는데, 어째서 빌지도 않아!'

그 외침이 다가 아니었다. 병든 여인을 위협하고 천박한 희롱으로밖에 다그치지 못한 자신이 견딜 수 없이 경멸스러워 주먹을 힘껏 쥐고 마음을 추스르려 애썼다.

'어쩌다가 이런 짓까지 한 것인가…….'

처음엔 이러려던 것이 아니었다. 정신을 잃으면 또 그때처럼 잠꼬대라도 하지 않을까 찾아온 날, 끙끙 앓는 소리가 애처로워 발길을 돌릴 수가 없었다. 그렇게 며칠을 제가 뭣 때문에 이곳에 왔는지 잊은 채 곁을 지키고 있었다. 그리고 오늘 제가 한 짓은 그 노력을 모두 수포로 만들었다.

'너의 가문이 나의 삶을 앗아 갔다. 만인지상의 황제의 삶을 말이다! 그 복수를 하겠다는 것이 잘못된 것이냐? 오랜 시간 나를 슬픔과 괴로움 속으로 빠트린 연월장을 증오하는 것이 그리 못할 짓이더냐 말이다! 어째서 너는 나를 이리 비겁한 미친놈으로 만드는 것이냐! 대체 네가 무엇이건대! 너는 나의 황후가 아니다! 절대 그리되지 못한다!'

자괴감과 슬픔, 억울함과 분노, 두려움과 외로움이 한꺼번에 뒤섞여, 오랜 시간 억눌렀던 감정들이 폭발하기 시작했다.

"웃. 하아아……."

아무도 보지 않는다고 생각하자 한 번 터진 울음은 좀처럼 멈출 줄 몰랐다. 굵은 눈물 줄기가 쉼 없이 흘러내리더니, 침상에 놓인 난비의 손마저 적셨다. 그러나 강위는 뜨거운 눈물로 젖어 가던 그녀의 손이 움찔거리는 것을 보지 못했다. 그 손이 침상을 더듬어 하얗게 질린 제 주먹을 감싸고 나서야, 눈물로 얼룩진 고개를 들고 난비를 보았다. 그녀는 꿈속을 헤매는 평온한 눈을 가늘게 뜨고서 저를 보고 있었다.

"폐하……."

너무 작아서, 개미 소리같이 작아서 겨우겨우 들을 수 있는 소리였다. 강위는 눈물을 멈추고 얼굴을 일그러트렸다.

"아무리 위협해도 입을 꼭 다물더니, 꿈에서야 입을 여는구나. 거짓말을 하려거든 잠꼬대부터 치료할 일이지……. 꿈이다. 알겠느냐? 네가 본 것도, 내가 들은 것도 모두 꿈이다."

어차피 난비의 눈이 다시 감긴 지 오래였지만 강위는 자꾸만 그렇게 당부를 했다.

한바탕 시원하게 게워 낸 강위는 이제 난비의 식어 가는 몸으로 시선이 갔다. 눈물로 젖은 손이 차가워 보였고 핼쑥해진 얼굴이 안쓰러웠다. 아직 대야에 담긴 물에는 미약한 온기가 남아 있었다. 팽개쳤던 수건을 다시 쥐고 더운 물을 수건에 적셔 난비의 얼굴에 이어진 눈물자국부터 닦아 갔다. 입술, 목, 어깨, 팔…… 가슴…… 배를 지나 자신이 거칠게 다루었던 비소까지 부드럽고 조심스럽게 닦았다. 음심이 동할 만도 한데, 아무런 느낌이 없었다.

온몸을 꼼꼼히 닦고 나자 그녀의 몸이 얼음처럼 차가워졌다. 이불을 덮어 주었지만, 이불의 차가운 촉감에 몸을 떠는 것이 보였다. 문득 자신 역시 곤함이 밀려왔다. 의식하기 시작하자 나른한 몸을 침상에 누이고 싶은 생각만 간절했다. 강위는 저 역시 옷을 벗어 이불 속으로 들어갔다.

'깨어나면, 이제 치를 떨고 밀쳐 낼지도 모르겠군.'

그러거나 말거나, 그는 그녀의 몸을 꽉 껴안았다. 얼음덩어리를 감싼 듯 오한이 일었지만 맨살이 맞닿는 느낌이 싫지는 않았다. 난비의 입술에 달라붙은 머리카락을 뒤로 넘겨 주며 다시금 그녀를 감쌌다. 강위의 눈이 스르륵 감겼다. 앞으로 어찌해야 할지, 지금은 너무 지쳐서 아무 생각도 하고 싶지 않았다.

시간이 꽤 오래 지났다. 일찍 돌아가시겠다 하시고선 한참이나 부름이 없자, 사모달이 기척을 보냈다. 그런데도 아무 소리가 나지 않자 살짝 문을 열고 기웃거렸다. 헌데, 처소를 둘러보아도 황상이 계시지 않았다. 가슴이 철렁 내려앉았다.

'무슨 변고가 생긴 모양이다!'

빠르게 방 안을 살피던 사모달의 눈에 침상을 드리운 수렴 속 이불이 유난히 두터워 보였다. 침을 꿀꺽 삼킨 사모달은 경계를 풀지 않고 불안한 마음으로 가까이 다가갔다. 그는 떨리는 손으로 수렴을 열었다. 그리고는 생각지도 못한 침상의 광경에 석상처럼 굳어 버리고 말았다.

'폐하께서……!'

껴안고 계신 여인의 긴 머리카락은 분명 황후마마의 것일 테고, 그것은 그리 놀랍지 않았다. 황상의 연치에 이리 아름다운 여인을 안지 않는 것이 더 이상한 일일 테니 말이다. 그가 놀란 것은 황상의 웃음 어린 표정 때문이었다. 선황께서 돌아가시기 전에 보았던, 천진난만한 어린 태자의 해맑은 표정을 찾은 것이 황후를 안은 지금이라는 것이 충격이었다. 다시금 수렴을 친 사모달이 한동안 넋나간 사람처럼 그 자리에 서 있었다.

잠시 후, 비틀거리며 밖으로 나간 사모달은 무슨 일이냐고 묻는 나인들에게 조용히 일렀다.

"두 분 모두 곤히 주무신다. 소란 떨지 말거라."

황제의 원수이자 간신들을 주무르는 배후 중 하나가 연월장이었다. 그 여식이 폐하의 마음을 사로잡은 것을 기뻐해야 할지 근심해야 할지, 사모달의 마음 또한 황제만큼 혼란스러워졌다.

난비는 궁에 와 처음으로 긴 잠을 자고 있었다. 악몽도, 헛꿈도 없이 새벽이 밝아 오는 어스푸름한 빛이 스며들 때까지 깨지 않았다. 눈을 깜빡이며 서서히 깨어나던 난비는 이불과 다른 촉감과 무게감이 저를 포개고 있는 것을 느꼈다. 게다가 아무리 어둡다 해도 어딘가 꽉 막힌 듯 앞이 전혀 보이지 않는 것도 이상했다. 손을 들어 올리던 난비가 그 이유를 알고 화들짝 놀랐다. 자신을 감싸고 있는 묵직한 팔의 무게가 확실히 느껴졌고, 단단한 사내의 몸이 바위처럼 저를 막은 것도 보였다.

'꿈?'

그러고 보니, 이건 꿈이라는 황상의 목소리가 계속 메아리 쳤던 것도 같다. 몸도 한결 가벼워져 훌훌 털고 일어날 수 있을 것만 같은 것이 꿈속이라 그런 것 같았다. 눈앞에 사내의 목울대가 볼록 솟아난 것이 호기심을 자극했다. 이불 속에서 꼼지락거리며 손을 들어 올리고는 사내의 목울대를 향해 매우 조심스럽게 가져갔다. 슬쩍 손끝을 갖다 대자, 동그랗게 맺힌 그것의 감촉이 신기했다. 그가 간지러움을 느꼈는지 목울대를 움직였다. 올록볼록 움직이는 것에 놀라 손을 거뒀다.

'꿈치고는 너무 생생해.'

꿈속에서는 늘 어둡고 갑갑한 안개 장막이 사람의 얼굴을 가리곤 했다. 혹시나 하고 고개를 들었더니 깊이 잠드신 폐하의 얼굴이 선명하게 보였다.

'헉! 이게 어찌 된 일일까!'

점점 어둠에 익숙해진 난비는 주변을 둘러보다 이것이 꿈이 아님을 알게 되었다. 잠들기 전과 똑같은 풍경에 황상께서 이불 속으로 함께 들어와 있을 뿐이었다. 자신은 여전히 알몸이었고, 그리고…… 그도 알몸이었다. 저도 모르게 이불을 끌어당겨 몸을 감싸자 황제의 벗은 몸이 더 적나라하게 드러났다.

'헉!'

옆으로 돌아누운 그는 웅크린 몸 때문인지 엉덩이에서부터 다리로 이어진 탄력 있는 근육이 도드라져 보였다. 이불을 들어 자신의 다리를 힐끗 보던 난비는 자신과 너무도 다른 사내의 몸에 잠시 넋을 잃고 있다가, 배아래 깊은 어둠이 자리 잡은 수풀을 보고는 허둥지둥 다시 그에게 이불을 덮어 주었다.

'무슨 일이 있었던 거지?'

일단은 옷부터 입어야 했다. 어젯밤 나인들이 가져온 새 속의가 침상 옆 곁탁자 위에 가지런히 놓여 있었다. 일단은 황상이 깨시기 전에 이거라도 입어야 했다. 비틀거리는 것을 참고 주섬주섬 옷을 입었더니 다시 힘이 쏙 빠지고 머리가 어질거렸다. 제자리로 툭 쓰러지듯 누운 난비는, 밤새 차가워진 옷감의 냉기가 싫어 슬금슬금 이불 속으로 파고들었다.

'이리 보니, 또 다르게 생기셨구나…….'

잠드신 황제를 바라볼 기회가 없었던지라, 하나하나 눈에 새겨넣으니, 모든 것이 새로워 보였다. 지난번 능행 때 늠름하고 잘생긴 얼굴에 감탄하긴 했었지만, 가지런한 속눈썹을 늘어트리고 잠이 드신 모습은 한결 더 부드러운 인상이었다. 이런 분이 제게만 유독 잡아먹을 듯 대하시니 가슴이 욱씬 아파 왔다.

'처음부터 나는 실수만 했으니, 미워하시는 게 당연하지.'

황제의 얼굴은 편안해 보였다. 눈을 감고 계시니 그가 가진 어둠을 보지 않아서 차라리 좋았다. 이리 뵈니 불쌍하신 분이다. 풀 곳을 모르는 억울함과 분함이 저와 참 많이 닮으신 분 아닌가. 난비는 저도 모르게 손을 뻗어 손끝을 황상의 뺨에 갖다 댔다.

'죽이겠다 하시고 왜 여기서 주무시고 계실까……'

난비는 황제가 정말 마귀에게 홀려서 광증이 있는 건 아닐까 심각하게 고민했다. 점점 대담해진 난비의 손이 이제는 아예 그의 뺨을 쓰다듬고 있었다. 그런데 손바닥의 촉감이 이상했다. 눈을 찡그리며 멈칫 손을 들어 올렸더니 촉촉한 물기가 느껴졌다. 황제께서 식은땀을 흘리시는 것이다. 설마 하고 이마에 손을 갖다 댔더니 축축한 땀도 그렇지만, 데일 듯한 열기에 깜짝 놀랐다.

'나한테 옮으셨나 보다! 이를 어째!'

놀란 난비는 나인들이 저를 위해 준비해 둔 종을 크게 흔들었다. 챙챙챙.

다급한 종소리에 나인들이 뛰어 들어왔다.

"마마!"

나인들은 혼자 옷을 챙겨 입을 정도로 가뿐해진 그녀가 놀랍고도 반가워 다급한 난비의 표정을 늦게 알아차렸다. 난비가 황상의 이마를 만지며 바쁜 손짓으로 그들을 부르자, 그제야 나인들이 허둥지둥 황상을 살폈다.

"어머나! 폐하!"

이른 새벽부터 난비의 황후전은 한바탕 난리가 났다.

태의가 달려오고, 내관들이 황제를 들것에 실어 모시고 나가는 소란 속에서 난비는 저 때문에 황상까지 병환이 난 것 같아 죄인의 심정이 되었다.

모두가 썰물처럼 빠져나간 후 난비는 침상 구석에 덩그러니 홀로 남았다. 열이 펄펄 끓어오르던 황제의 온기가 아직 침상에 남아 있었다. 손으로 그 자리를 쓸어 보았다. 날씨가 추운 탓인지, 사람의 온기가 빨리도 식어 갔다.

연월호를 덮고 있던 낙엽은 어느새 썩어 없어지고 고요한 수면이 드러났다. 그러나 요즘은 난비가 불어 주는 소금 연주도 들을 수 없고, 찾아오는 이가 별로 없으니 청명한 하늘만을 비추는 연월호는 쓸쓸한 분위기를 자아냈다. 그 와중에 금비마저 방 안에 갇혔으니 연월장의 적막함은 숨이 막힐 지경이었다.

그러나 연월부인은 그런 집안 분위기를 신경 쓸 여력이 없었다. 금비를 집에 가둬 두었으니 궁으로 보낼 사람이 마땅치 않았고, 일을 맡긴 자들에게선 어찌 진행이 되고 있는지 통 기별이 없으니 말이다.

그런데, 때마침 난비가 은호 선생의 안부를 듣고자 아랑을 보내 왔다. 부인은 유난스러울 만치 아랑을 반겼다.

"그래. 마마께선 별고 없으시고?"

"예, 마님. 이제 감환도 거의 나으셨습니다."

"그렇구나. 다행히 병세가 악화되진 않으셨던 모양이지?"

부인은 제가 듣고 싶었던 말을 듣고자 아랑의 대답을 유도하고 있었다.

"아, 그건 아닙니다. 한참 너무 심해지셔서 헛소리까지 하시고…… 꿈인지 생시인지 구분을 잘 못 하시는 것 같더라니까요. 열이 너무 높아서 그랬는데 이제 괜찮아지셨습니다. 그 때문에 황제 폐하까지 오셔서 한바탕 난리였어요."

"저런. 황상께서 크게 놀라셨겠구나. 대체 마마가 무슨 악몽을 꾸셨을꼬?"

"요전 날 폐하께서 마마를 칼로 위협하셨잖아요. 제 생각엔 그 기억이 남았는지 누가 황후전에 침입해 마마를 찌르려 했다지 뭐예요. 그런데 그날 밤은 지나다니는 사람도 많았고 수상한 인물은 한 놈도 없었대요. 호위무사가 몇이나 지키고 있는데 그럴 리가 없죠."

"그리고 또?"

"예?"

부인의 계산으로는 지금쯤 그런 일이 두세 번 더 일어나야 했다.

얼마 전 부인은 황후전에 심어 둔 상궁 모자영과 내관 도지산을 황궁 밖으로 불러냈다. 그들에게 큰돈을 주고 일을 맡겼건만 어찌 된 것이 통 소식이 없었다. 황후가 많이 아팠을 그 무렵이 일을 치르기가 좋았는데 아랑의 밝은 목소리를 들어 보니 그들이 제대로 일을 한 것 같지가 않았다.

"또 그런 일이 없었느냐?"

"네. 그리고 나선 폐하와 두 분 사이가 오히려 좀 좋아지신 것 같아요. 폐하께서 하루도 빠지지 않고 병문안을 오셨고, 심지어 두 분이서 꼭 끌어안고 주무셨지 뭡니까. 히힛. 그러다 그만 황상께서 감환이 옮으신 게 좀 문제긴 하지만요."

'폐하께서 붙어 계시니 일이 진행이 안 됐던 게로군. 헌데 폐하의 마음이 갑자기 이리 변하시다니……'

황상의 마음이 갑자기 난비에게 끌릴 리는 없었고, 그가 뭔가를 꾸민다는 생각이 들었다. 전날은 와서 죽이겠다 설치고 다음 날은 끌어안고 자는 것이 제정신인 사람의 행동 같지 않았다.

"마침 잘 왔다, 아랑아. 내가 그렇지 않아도 모 상궁에게 마마를 잘 보살펴 달라 부탁한다는 것을 깜빡했구나. 언제 한번 찾아뵙겠다고 전하고 마마를 잘 좀 부탁한다 꼭 전해다오."

"예, 알겠습니다. 마님."

아직 병이 다 나은 것은 아니라니 황상께서 몸져누워 있는 이때어서 일을 서둘러야 했다.

❀

여러 사람의 노력으로 황후는 자리를 털고 일어날 수 있었다. 아직 잔기침이 남아 있고 뺨이 설핏 붉긴 했지만 거의 다 나은 것이나 다름없었다. 허나 지금 황궁 안의 근심은 황후의 병증이 아니라 황상의 병환이었다. 생전 감환이라고는 모르시던 황상이 잠도 자지 않고 황후의 곁에 계시다 독한 감환에 걸리신 것이다.

사모달은 황상의 곁을 일분일초도 떨어지지 않고 지키면서 따분하기도 하고 화가 나기도 했다.

"아니, 적운 이 사람은 대체 어딜 간 게야? 이럴 때 폐하의 곁을 누가 지키라고……. 쯧쯧쯧."

황상이 시키신 일 때문에 자리를 비운 것을 알면서도 후딱 해치우고 돌아오지 못한다며 죄 없는 적운을 탓했다. 그러다가 하루 이틀 지나자 이제는 황후가 원망스러웠다.

'폐하께서는 마마의 곁을 그리 정성껏 지켜 드렸거늘, 어찌 잠깐 살펴보러 오시지도 않는단 말인가.'

사모달은 황상께서 깨어나시면 서운하시지나 않을까 잠든 용안을 살피며 한숨을 푹푹 내쉬었다.

한편 난생처음 심한 고뿔과 몸살에 시달리는 강위는 제 육체를 갉아 먹는 듯한 기분 나쁜 경험으로 고생하고 있었다. 제 몸이 제 것이 아닌 듯 바닥으로 가라앉는 무거움과 끈적끈적한 열기가 고통스럽게 저를 옥죄어 왔다. 진한 먹물을 발라 놓은 듯 사방이 갑갑한 어둠이었고, 그 시커먼 공기를 들이킬 때마다 숨이 가빠 왔다. 누가 제 심장을 누르지 않고서야 이렇게 숨이 막힐 수가 없었다. 발버둥 치며 일어나려고 해도 앞으로 나아가지 않을 뿐더러 소리치고 싶어도 목소리가 나오지 않았다.

'꿈이구나.'

몸이 괴로우니 악몽을 꾸는 모양이었다. 하지만, 꿈이라는 걸 아는데도 깨어나지 않으니 답답하고 두려워졌다. 누군가 저를 깨워 주지 않으면 이 시간이 영원할 것만 같아 매 순간 까마득한 절망 속으로 빨려 들어갔다. 아픔은 아무도 대신 해 줄 수가 없었다. 마치 자신이 앓고 있는 마음의 병처럼 외로웠다. 오롯이 혼자 견뎌

내야 하는 고독 속에서 한 없이 허우적대며 누군가 저를 깨워 주기만을 기다릴 때였다. 문득, 벌써 며칠째 이런 날들을 보낸 난비가 떠올랐다.

'너를 돌아보라 나를 여기로 데려왔는가.'

앞이 보이지 않는 뜨거운 혼돈 속으로 떨어진 난비는 저보다 더 오래 앓았다. 그런데도 눈을 뜨면 시퍼런 칼이 위험하고 목을 조여 왔으니 악몽보다 무서운 현실이었으리라. 강위는 제가 겪는 괴로움 속에 그녀의 고통까지 스며 오자 머리가 깨질 것 같았다. 이제 목마름을 참는 것도 한계에 다다랐다.

'흐음……. 목이 타는 것 같다.'

입 천청까지 메말라 까끌까끌하게 갈라진 것 같았다. 힘들게 침을 삼키던 강위가 눈을 떴다.

"무……울……."

"폐하, 목이 마르시옵니까. 여기 있사옵니다."

아무도 없는 줄 알았더니, 사모달의 목소리가 들리더니 입 안으로 미지근한 물이 흘러 들어왔다. 입맛이 너무 써서 갈증에 애가 탔는데도 물맛이 씁쓸했다.

"폐하, 탕약을 들이겠습니다."

물도 쓴데 탕약이 기쁠 리가 없었지만 그 약을 꾸역꾸역 삼켰다.

"다행입니다, 폐하. 여태 사경을 헤매시어 소인들이 얼마나 마음을 졸였는지 모르옵니다."

'독한 황후에게서 옮은 고뿔이니, 어찌 지독하지 않겠느냐.'

아직 그 말을 할 만큼 기력이 없었던 강위가 이를 속으로 삼키고, 한결 살 것 같은 표정으로 남은 탕약을 마셨다. 이 약을 마시는 게 뭐가 그리 대수로워 죽어도 못 먹는다 버티는 것일까. 목에 칼이 들어와도 말을 못 한다며 고집을 피워 놓고, 그 악몽 속에서 저를 부를 건 또 뭐란 말인가.

"황후마마의 병세도 많이 호전되었다 하옵니다. 어서 기력을 찾으시옵소서."

"그렇겠지……."

"예?"

"고독도…… 옮으면……."

"……?"

말을 길게 하기 힘들었던 강위는 속으로 중얼거리며 제가 한 말을 곱씹었다.

'감환이든 고독이든 옮으면, 나누어져야 하는 게 아니냐.'

칙칙한 꿈속을 홀로 헤매고 돌아온 황제의 작은 깨달음이었다.

그렇게 하루가 더 지나자 강위는 침상 위에 앉아 대화를 나눌 정도로 몸이 가뿐해졌다. 아랫것들이 호들갑만 떨지 않으면 걸어 다녀도 될 만큼 멀쩡했지만, 그냥 하라는 대로 쉬는 중이었다.

"그래. 알아보았느냐?"

사모달은 혹시 듣는 귀가 없는지 문단속을 철저히 한 후에야 가까이 다가가 아뢰었다.

"예, 폐하. 소인이 알아본 바로는, 황후마마께서 어린 시절부터 말을 못 한 것은 도성 사람들 모두 알고 있는 사실이었사옵니다."

"혹, 뭔가 충격을 받아 실어증을 얻은 것은 아니고?"

"아니랍니다. 약으로 목이 크게 상해 목소리를 잃은 것일 뿐, 그런 이야기는 없었사옵니다."

"치료한 자를 찾아가 보았느냐?"

"그자가 바로 은호였사옵니다."

"은호가……?"

"예. 그 뒤로도 쭉 연월장의 의원 노릇도 겸해 왔다 합니다."

"그렇군……. 허면, 그 뒤로 정말 그녀가 말하는 소리를 들은 자가 없다더냐?"

"다들 있을 수 없는 일이라 치부하였습니다. 몇 년간 부러 벙어리 행세를 할 이유도 없었사옵니다."

"음……."

황제의 침묵이 무안했던 사모달 조심스럽게 물어왔다.

"저…… 폐하. 아뢰옵기 황공하오나, 참으로 마마께서 말씀하시는 것을 들으셨사옵니까……. 소인의 생각으로는 폐하께서 그때 이미 열병이 오셔서 환청을 들으신 것이 아닌가……."

"분명 들었으나, 네 말대로 몸이 좋지 않아 헛것을 들었을지도 모르겠다는 생각이 들던 참이다. 물론, 두 번이나 그랬다는 것이 영 석연치는 않지만."

괜히 죄송스러운 마음에 사모달의 허리가 더 굽혀졌다.

"그래서 말이다. 은호를 찾아야겠다."

"예에? 갑자기 은호는 왜……?"

"황후가 또 병이 나시면 곤란하기도 하고, 두 사람이 좋은 사제지간이었으니 혹 아는 게 있을지도 모른다는 생각이 들어서 말이다."

"아이고, 폐하. 환청을 들으신 것 같다 하셔 놓고 왜 또 이러시 옵니까."

사모달이 앓는 소리를 했으나 강위는 개의치 않았다.

"찾아오너라. 몰래 찾을 것도 없으니 빨리 찾을 수 있을 게다."

그때였다. 그동안 사모달이 그렇게 찾아 헤맸던 적운이 들어섰 다.

"벌써 왔느냐?"

반가운 기색이 역력한 사모달과 달리 황제는 그리 반기는 것 같 지 않았다.

"예."

"더 있지 않고 왜?"

"잡아 두었습니다."

동문서답 같은 대답을 사모달은 이해할 수 없었지만 황제는 놀 란 눈치였다.

"잡아? 허면……."

"예."

"아이고, 답답해! 내 속이 다 터지네, 이 사람아! 무슨 보고를 그 리하는가!"

사모달이 가슴을 탕탕 내리치며 적운을 탓했지만, 막상 황제는 짧고 두서없는 적운의 보고를 모두 알아듣고 있었다.

그날 밤 황제는 가벼운 마음으로 황후전으로 행차했다. 사모달도

덩달아 기분이 좋은지 걸음에 유난히 힘이 실렸다.

항후전에 거의 다 왔을 무렵, 강위의 귓가에 이제는 제법 익숙해진 소금 소리가 들려왔다.

'확실히 괜찮아진 모양이군.'

음악이 잘 들리는 곳까지 다가간 강위는 안으로 더 들어가지 않고 멈춰 섰다. 아직 몸이 완전히 낫지 않은 난비의 연주는 평소처럼 매끄럽고 훌륭한 것 같지는 않았다. 그러나 즉흥곡일 것이 뻔한, 생경하고 체계도 없는 기이한 연주에 어쩐지 마음이 공명했다. 가락은 곧 끊어질 것처럼 가는 음을 길게 이어 가고 있었다. 마치 숨죽여 우는 사람처럼 소금이 울고 있는 것이다. 강위는 이 소리를 외면할 수가 없었다. 얼마 전 자신이 그렇게 울고 있을 때 난비의 위로를 받았으니 말이다.

흐느낌 같은 소리가 잦아 들며 낮고 음울한 연주로 바뀌었다. 율명(음계)의 한계를 넘은 선율은 끝이 보이지 않는 깊은 암흑, 타들어 갈 것 같은 숨 막히는 열기를 실어 왔다. 아무것도 모르는 사모달마저 속이 답답해져 오는 기분 나쁜 소리였으니, 소리와 공명하던 강위는 귀를 막고 싶은 것을 꾹 참고 안으로 들어갔다.

나인들이 황제가 왔음을 고했지만, 연주에 깊이 빠진 난비는 아무것도 듣지 못한 듯했다. 강위는 다시 한 번 고하는 나인들을 멈추게 하고 그냥 문을 열었다.

침상에 걸터앉아 소금을 부는 난비는 완전히 소금과 동화했는지 강위가 기척을 내고 다가가는데도 모르고 있었다.

투……

밝고 아름다운 음을 내던 난비가 이런 심란한 연주를 하게 된 게 제 탓인 것 같아 강위는 씁쓸했다. 병들어 신음하는 소리와 고독 속에서 꺼내 달라 아우성치는 소리들이 저주처럼 들렸다.

'나에게 하고 싶은 말인가…….'

말 못 하는 여인의 한 서린 곡조에는 감당하기 힘든 슬픔과 외로움이 배어 있었다. 어째서 그녀가 죽음을 두려워하지 않았는지 알 수 있을 것도 같았다. 세상과 소통해 온 유일한 것이 저 작은 소금이었으리라.

'그래……. 너는 말을 못 한다. 너는 그저 꿈을 꾼 게지.'

강위는 성큼성큼 다가가 난비의 소금을 붙잡았다. 그녀가 눈을 번쩍 뜨자 드디어 황후전을 짓누르던 검은 공기가 걷혔다.

'폐하!'

난비는 벌떡 일어나 황제께 예를 갖추려 했다. 하지만 허둥지둥 일어서던 그녀는 제 발로 치맛자락을 밟아 앞으로 몸이 기울고 말았다. 공교롭게도 딱 침상 앞에 서 있던 황제에게로 넘어질 것 같았는데, 그는 얼른 한 걸음 물러서 버렸다. 결국 바닥으로 털썩 넘어진 난비는 부끄러워서 아픈 것도 달래지 못하고 벌떡 일어났다. 황제는 눈썹을 찌푸리고는 탁자 앞으로 걸어갔다. 하지만 돌아선 그는 웃음을 참는 것이 역력한 표정이었다.

'놀라는 표정이 귀엽구나.'

생각은 그리하면서도 짐짓 엄한 표정으로 의자에 앉은 강위가 난비를 나무랐다.

"쯧쯧쯧……. 너는 소금을 불지 않을 때는 항상 그 모양인가?"

'원래 황제들은 사람이 넘어지려고 하면 안 잡아 주시나⋯⋯.'

얼굴을 붉힌 난비가 조금 전의 실수를 만회해 보려는 듯 다소곳하게 걸어가며 의문을 떠올렸다. 인간적으로 이해가 가지 않았지만, 천자는 보통 인간과는 다른 존재라니 그런가 보다 혼자 수긍하고는 공손하게 예를 올렸다.

"심심하진 않겠다."

"⋯⋯?"

난비는 그 말이 꼭 저를 노리개로 취급하겠다는 것으로 들렸다.

'곁에 두실 것도 아니신데 심심하지 않은 것이 무슨 소용입니까.'

배배 꼬인 난비의 심사가 표정에도 드러났다. 강위 역시 이를 받아 싸늘하게 말했다.

"앉거라."

난비는 황제의 얼굴을 보지 않으려고 작정한 듯 조금 비스듬히 앉아 고개를 숙였다.

"몸은 좀 어떠하냐."

'보시다시피 많이 좋아졌나이다.'

난비가 말을 할 수 있었다면 퉁명스럽고 싸늘한 대답이 나갔을 것이다. 그러나 고개를 까딱하는 것으로 충분히 그 마음이 전해졌다.

강위는 난비가 저를 그리 반가워하지 않는다는 것을 눈치챘다. 칼을 휘두르고 목을 졸랐으니 좋을 리가 없겠지만, 그래도 약을 먹여 주고 닦아 주고 재워 주지 않았나. 조금은 고마워해 주길 바랐건만 제대로 기억하지 못하는 눈치였다.

"보기에 멀쩡해 보이는구나. 헌데, 황제가 앓아누웠다는데 한 번도 와 보질 않는 경우가 있다더냐?"

'저를 보시면 병이 더 도지실까 걱정되어 그랬나이다.'

황제의 생각처럼 난비는 탕약을 먹여 준 일을 꿈으로 알고 있었고, 몸을 닦아 준 것은 저를 희롱하고 협박하기 위해서라고 생각하고 있었다. 그러다 보니 아슬아슬하게 예만 갖춘 대답은 성의가 있지도, 곱지도 않았다.

"하아. 답답하군! 밖에 누구 없느냐!"

갑자기 다급한 외침에 난비가 움찔 놀랐다. 여태 느긋하시던 분이 또 왜 이리 돌변하실까 겁이 더럭 나는 것이다. 밖에선 저만큼 놀란 아랑의 목소리가 들렸다.

"예! 폐하. 부르셨나이까!"

"지필묵을 가져오너라."

'언제는 말이 없어 좋다시더니……'

황제에게 서운한 것이 많았던 난비는 그가 하는 행동이 전부 저를 싫어해서 그런 것만 같았다. 말 못 할 불만과 원망들이 산처럼 쌓였으니 강위의 행동은 전부 오해를 사고 있었다.

잠시 후 아랑이 종이를 깔아 주고 필묵을 놓아두고 나갈 때까지 두 사람은 아무 말도 나누지 않았다.

"붓을 잡으라."

강위는 이제 본격적으로 그녀와 대화를 시도해 볼 참이었다. 그녀와 자신 사이에 풀지 못한 난제와 오해들이 산재했으니, 이를 풀어 갈 일이 까마득하고 험난해 보였다.

'천천히 하자.'

그렇게 마음먹은 강위는 좀 전의 질문에 살을 덧붙였다.

"내게 고뿔을 옮겨 놓고 너는 어찌 그리 태평하게 소금이나 불고 있었단 말이냐?"

[황공하옵니다.]

난비의 대답은 짧았다. 강위는 데면데면한 그녀의 태도에 점점 약이 올랐다. 언제까지 이런 태도로 나올 것인가 두고 보자는 투로 강위가 화제를 바꿨다.

"나는 귀신이 있다고 믿지 않는다."

"……?"

"그런데 네가 죽어도 말을 한 적이 없다 하니 귀신에 홀린 기분이다. 아니면 네가 귀신에 씌었거나. 이곳에 아무래도 먼저 가신 세 황후들의 원이 깃든 것 같기도 하고……."

황제가 낮은 목소리로 겁을 주는데도 난비는 표정 하나 바뀌지 않았다. 강위는 무안한 듯 헛기침을 했다.

"흠! 너는 귀신이 무섭지 않은가 보구나."

난비가 붓을 들었다.

[죽은 귀신은 산 사람을 위협하지 못합니다.]

"너는 죽음도, 귀신도, 황제조차도 두려워하지 않으니 내가 널 다스리기가 쉽지 않겠다."

[저를 다스리기로 하셨습니까?]

"무슨 뜻에서 묻는 것이냐?"

[죽이지 않고 발아래 두시기로 마음을 바꾸셨는지요?]

강위는 죽인다는 표현도, 발아래 둔다는 표현도 모두 거슬렸다.

"죽일 작정이었으면 두 번이나 그리 살려 두지 않았다."

탁자 아래로 종이를 떨어트리고 새 종이를 깔기 무섭게 난비는 글을 써 내려갔다.

[두 번이 아니라 세 번이 아니십니까?]

"세 번이라니? 설마 너의 망상증을 내게 덮어씌울 참이더냐?"

[제가 아무리 모자라다 하나 그런 것도 알아차리지 못할 만큼 둔하지 않사옵니다. 대놓고 죽이지 못하시니 그리하신 것이 아니신지요?]

"하! 이거야말로 참으로 망상이로다! 다시 말하지만 누가 보든 말든 너 하나 죽이는 게 무에 두려울까? 설마 내가 연월장의 눈치를 보느라 널 살려 주었다 생각하느냐?"

반박할 말이 없어진 난비가 입술을 깨물고 곰곰이 생각하더니 또 다른 종이 위에 사뭇 조심스럽게 글을 적었다.

[허면 지금은 죽이지 못한다 하신 것도 제가 환청을 들은 것이옵니까?]

"이잇……! 다른 건 기억하지 못하면서 어찌 그런 것만 잘도 기억하느냐!"

"……?"

난비는 제가 기억하지 못하는 것이 무엇인가 하는 눈빛으로 황상을 보았다. 강위는 제 입으로 그런 생색을 내고 싶지도 않았고, 말하기 부끄러운 일이라 손을 내저었다.

"아무것도 아니다."

말은 그렇게 했지만 내심 속이 쓰렸다. 탕약을 먹여 주다 고뿔이 옮은 일은 평생 저만 알고 있게 될 것 같았다. 입을 꾹 다물고 있었더니, 이 분위기가 불편했는지 난비가 먼저 붓을 움직였다.

[헌데, 어쩐 일로 예까지 오셨나이까?]

"아무 일 없이 오면 안 되는 곳이더냐?"

서운함이 쌓인 강위가 못마땅한 어투로 되물었다.

[제가 말을 하는지 못 하는지 아직도 궁금하신가 하여 여쭈었사옵니다.]

"아니. 나는 궁금하지 않다. 네가 말을 하는 것을 분명 보고 들었으니, 못 한다 하면 나는 참으로 귀신에 홀린 것이다. 사람들의 말대로 저주받은 게지. 혹 정말 그런 것이라면 효씨 가문의 여식인 네가 내 저주를 풀어 귀신을 쫓아내야 하지 않겠느냐? 그래서 예서 잘 것이다."

"……!"

쭉 황제의 빈정거림을 무덤덤하게 듣고 있던 난비는 마지막 말에 제 귀를 의심하며 고개를 치켜들었다.

그러자 강위 역시 제가 말해 놓고도 당황하고 있었다. 여기서 잘 계획 같은 것은 애초에 없었다. 단지, 낮에 알아낸 새로운 사실에 뿌듯해 마음이 저절로 이곳을 찾았을 뿐이었다. 그러니 말똥말똥한 난비의 눈에 찔려 아무 말이나 주절거리게 되었다.

"왜? 또 잠결에 지난번처럼 말을 할지 모르지 않느냐? 감시당하는 기분이 편치는 않겠지만 네가 거짓이 아니라면 겁먹을 것도 없을 테지."

[제가 겁을 먹어서가 아니라 편히 침수에 들지 못하시는 폐하의 옥체가 염려될 뿐이옵니다.]

"누가 누굴 걱정하는지……. 쯧쯧……. 네가 잠꼬대하는 버릇이 있는 줄 모르는 모양이군."

난비는 저도 모르게 한숨을 쉬었다. 황상께서 저를 괴롭히시려는 게 아니면 병이 있으신 게다. 황후들의 죽음과 그것이 그의 탓이라는 소문들에 마음을 다치신 게 분명했다. 그날 목을 조르며 위협하실 때도 얼마나 안쓰러운 표정이었는가. 저를 함부로 대하며 죽이려 하시는 것은 서럽지만 그의 처지가 이해는 갔다.

'결국 천자도 사람이다. 넘어지는 사람을 일으켜 주는 정은 배우질 못하셨겠지만…….'

난비가 황제의 광증을 걱정하며 생각에 잠긴 동안 그녀의 한숨을 자포자기로 오해한 강위도 울화통 터지는 가슴을 진정시키느라 호흡을 가다듬었다.

강위는 이 사태를 어찌해야 할까 고민했다. 짧은 시간 동안 쌓아 올린 오해의 벽은 높고 단단했다. 대화를 하면 할수록 더욱 꼬여만 가니 긴말이 필요가 없었다.

"여하튼, 나는 굳이 너를 죽여 분란을 만들 생각이 없다. 네 번째 황후의 상까지 치르고 싶지 않으니!"

[지난번에 제게 황후로 죽게 하지 않으시겠…….]

난비는 그 뒤를 더 쓸 수가 없었다. 갑자기 황상이 종이를 빼앗아 구겨 버렸기 때문이었다.

"……?"

"시끄러워서 안 되겠다!"

용포를 펄럭이며 자리에서 일어난 강위는 난비가 인사할 틈도 주지 않고 밖으로 나가 버렸다. 붓을 들고 덩그러니 남겨진 난비는 눈을 몇 번 깜빡이다 황제가 버리고 간 종이를 펼쳤다. 먹이 덜 마른 종이는 덕지덕지 검게 물들어 있었다.

'황후로 죽게 하지 않으시겠단 말씀은 정녕 무엇이었습니까? 무슨 일을 계획하시기에 저를 이리 혼란스럽게 만드십니까?'

두 사람의 관계는 나아진 것이 아무것도 없어 보였다.

❀

도성 밖 성문에서 멀지 않은 마을은 뜨내기들과 상인들이 오고 가느라 늘 다양한 사람들로 복작거렸다. 그래서 이런 곳에서 죽립을 쓴 두 사내의 모습은 그다지 관심을 끌지 않았다. 성검과 은호는 누런 죽립을 깊이 눌러쓰고 도성 주변을 기웃거렸다. 며칠째 맘 편히 식사조차 할 수 없었던 두 사람의 피로가 극에 달했다.

"성검아."

"예?"

"방법이 없는 것은 아니다."

"있으면 진작 말씀하시지 않으시고 왜 고생이십니까?"

"말을 하면 네가 고생을 해야 하는데 괜찮겠느냐?"

"그럼 하지 마십시오. 그냥 산채로 돌아가는 게 어떻겠습니까?

연월장도 생각이 있으면 또 황후를 죽이진 못할 겁니다."

"내 생각엔 여태 죄를 덮기 위해서라도 반드시 죽이려 할 것이다."

"방법이 없지 않습니까. 도성에 머무는 것도 쉽지 않은데 궁에 들어가는 건 불가능이죠!"

"왜 지난번에 네가 담이라도 넘겠다 하지 않았느냐?"

불길함을 느낀 성검이 스승의 눈치를 살피며 우물거렸다.

"예……. 뭐. 그냥 해 본 헛소리였습니다만……."

"그래. 헛소리라도 불가능하지는 않겠다. 조금 위험하긴 하지만……."

"조금이 아니라 많이 위험한 것 같은데요? 제자를 사지로 몰아넣는 스승이 어딨답니까!"

"네놈이 헤엄도 제법 하는 걸로 안다만. 폭포에서도 놀던 놈 아니냐."

"폭포에서 노는 거랑 황궁을 월담하는 거랑 뭐가 더 위험한지 모르시고 하시는 말씀은 아니시지요?"

"내가 설마 네게 못할 짓을 시키기라도 할까 이러느냐. 다 방법이 있어 이런다."

"또 무슨 꿍꿍이시기에……. 하여간 스승님의 그 능구렁이 같은 속은 알 수가 없소. 애초에 그럼 그렇게 하시든가. 여태 사람 뺑뺑이시키고 진 다 빼놓더니 무슨 수작이신지!"

"네 그 더러운 입도 좀 씻길 겸, 수고를 좀 해 줘야겠다."

두 사람이 산 아래를 한참 돌아가자 밤이 깊어졌다. 잠시 후 차가운 물속으로 몸을 던진 성검은 입을 씻기는커녕 차마 입에 담지 못할 욕을 한 바가지 퍼부으며 스승을 욕했다. 이 추운 날 강 속으로 들어가 수문을 타고 황궁을 넘으라니, 해도 해도 너무하지 않으신가.

'누구 덕에 사셨는데, 제자를 이런 데다 처넣으시다니! 사람도 아니시오!'

며칠 전 스승을 끌고 갔던 무리와 어찌나 치열한 혈전을 벌였던지, 그때 생긴 근육통에 아직도 아침마다 결렸다. 물론 그날 그 무리들이 아직 일어나지도 못하고 있는 것과 비교하자면 아무것도 아니겠지만, 이날까지 살아오며 그토록 치열한 전투를 해 본 적이 없었다. 그 뒤로도 스승을 쫓는 이들이 너무 많아 제대로 쉬지도 못하고 지켜 드렸거늘 어찌 제게 이럴 수 있단 말인가! 숨막히는 물속에서 개고생을 해야 하는 것이 생각할수록 짜증이 치솟았다.

'황제가 우릴 박대하기만 해 봐라! 가만두나!'

수문이 가까워 오자 성검은 이제 헤엄도 아니라 잠수를 하게 생겼다. 수문을 지키는 병사들이 성벽 위를 오고 가는데 한가로이 헤엄을 칠 때가 아니었다.

투덜대는 것과 달리 성검은 하나도 힘들지 않은 것처럼 매끄럽게 물속을 유영해 금세 수문 앞에 도달했다. 이대로 수문을 통과하기만 하면 된다니 스승의 말대로 생각보다 쉬운 것도 같았다. 하지만 수문을 살피던 그는 크게 실망하고 욕을 뱉었다.

'이런 망할! 사람이 들어갈 구멍이 어딨다고! 젠장할!'

수문 아래는 창살로 가로막힌 벽이 있어서 사람의 출입을 금하고 있었다. 일단 숨은 쉬어야겠기에 위로 헤엄을 쳤다. 검은 수면으로 고개를 빼꼼 내밀며 수문 벽에 몸을 바짝 붙였다.

"하아……. 하아……."

다행히, 물살이 흘러가는 소리가 거세서, 성검의 가쁜 호흡 소리는 성벽 위에 사람들에게 전해지지 않았다. 겨우 숨을 고른 성검이 다시 물속으로 들어갔다. 강은 매우 깊었다. 보통 사람이라면 감히 엄두조차 내지 못할 일이었다. 아무리 헤엄을 잘 친다 해도 이렇게 차디찬 물속에서 사람이 고래마냥 오래 숨을 참을 수가 있겠는가. 게다가 강물의 빠른 유속에 휩쓸리지 않고 헤엄치려면 어마어마한 힘이 필요했다.

남들이 못하는 것을 거침없이 하고 있는 성검도 사실은 죽을 맛이었다. 더 깊이 내려가자 수문의 창살과 바닥에 틈이 보였다. 성검은 창살을 붙잡고 아래로 점점 더 깊이 내려갔다. 간신히 창살이 비어 있는 강바닥까지 내려왔지만 물속에서 바닥을 기는 것이 쉬울 리가 없었다. 숨이 막혀 가슴이 터질 것 같았다. 겨우 창살 너머로 몸을 뺀 성검은 죽기 살기로 물살을 갈라 위로 솟구쳤다.

"허푸! 하아!"

가쁜 숨을 토해 내고 조금 살 것 같아진 연후에야 주변이 눈에 들어왔다. 말로만 듣던 황궁의 호수 구하연이 드넓게 펼쳐져 있다. 호수로 모인 강물은 물길을 따라 도성 밖 강으로 흘러가는 모양이었다. 태조께서 아홉 개의 강을 품겠다고 만드신 인공호, 그 구하연을 향해 성금은 또다시 물속으로 들어갔다.

'오긴 왔는데, 제기랄⋯⋯. 갈 때 이 짓을 또 해야 한단 말이지? 아우. 내 정말. 스승만 아니면!'

그냥 헤엄을 치는 것도 아니고 잠수를 해야 하는 것은 큰 고충이었다. 게다가 호수에서 기어 나온 성검은 또 하나의 난관에 봉착했다.

'무슨 사람 사는 집이 이렇게 커? 어디가 어디야 도대체!'

오랜 도적질로 웬만한 집 구조는 다 꿰뚫고 있는 성검이지만, 황궁은 너무 거대했고 길은 마치 미로 같았다.

'뭐, 일단 제일 큰 데로 가 볼까?'

황궁이 커다란 집일 뿐이라는 성검은 황궁의 경비가 대수롭지 않다 여겼다. 젖은 옷이 뒤엉켜 붙고 발자국이 남는 것이 힘들었지만, 얼른 끝내고 돌아가면 될 일이었다. 도적질이 몸에 밴 성검에게는 생각하기 따라서는 간단한 일일 수도 있었다. 하지만 성검도, 은호도 예상치 못한 문제가 생겼다. 머릿속에 펼쳐진 성검의 지도와 실제 황궁의 길이 조금씩 달라지기 시작하더니 나중에는 완전히 뒤엉키고 말았다. 은호가 황궁을 떠나고 황후들이 수차례 죽어 가면서 귀신의 탓이네, 정기가 끊겼네, 하며 전각을 옮기거나 나무와 돌을 옮겨 심는 일이 비일비재했지만 은호는 몰랐던 것이다.

궁은 마치 헤어 나올 수 없는 진이 되어 성검을 조여 오는 것 같았다. 번을 서는 보초병들은 또 왜 이렇게 많은 것인지, 이제 다시 돌아갈 일도 쉽지 않았다.

'말도 안 돼. 이게 사람 사는 집이야? 대체 몇 명이나 산다고 대

궐 같은 전각들이 수십 채가 있냐고!'

전각만 수십 채가 아니었다. 곳곳에 뭐가 있는지 알 수 없는 크고 작은 지붕들이 깔려 있었다.

"거기 누구냐!"

'아우, 씨!'

길을 잃고 혼란스러워하다 그림자를 감춘다는 걸 잊었다. 달빛이 훤한데 몸만 숨기고 있으면 뭘 하냐고 자책하면서 냅다 몸을 날렸다. 어디든 숨어야 했다. 그가 순식간에 담을 넘어 사라진 후, 그림자를 발견한 이가 달려왔다가 고개를 갸웃했다.

"사람이 아니었나······. 무슨 짐승이길래 이리 빨라······."

사람 키보다 높은 담을 소리 없이 뛰어넘는 사람이 있다는 것을, 번을 서는 병사는 알지 못했다.

담을 넘은 성검은 제가 들어온 곳이 여태 지나왔던 전각에 비해 크고 화려하다는 것을 알았다. 심지어 사방에 휘황찬란하게 불까지 밝혔으니, 호화로움이 예사롭지 않았다.

'오! 운이 좋았군. 여기가 황제의 처소로구나!'

황제가 스승을 만나고는 싶어 할지, 무엄하게 담을 넘은 자신을 죽이려 들지는 모르겠지만 여기까지 왔으니 망설일 필요가 없었다.

성검은 이곳이 황제의 처소라는 근거 없는 확신으로 신이 나 전각 안으로 들어갔다. 그곳을 지키는 사람들 중에 내관이 한 명도 보이지 않는다는 것을 눈치챘다면 좋았으련만, 황궁이 낯선 성검에게 그런 것까지 기대하기란 무리였다.

어제 갑자기 찾아오셔서 화를 내며 돌아가신 황제로 인해 난비는 잠이 오지 않았다. 혹시 오늘 또 오시지 않을까 은근 기다리고 있었는데, 사람 맘을 이렇게 복잡하게 만드시고는 다시 오지 않으셨다. 대답을 하라고 지필묵을 깔아 주신 것도 황상이신데, 시끄럽다고 소리치시고 나가 버리시다니 이해가 되지 않았다.

'평소에는 멀쩡해 보이시는데, 왜 내 앞에서만 광증을 보이실까. 이것이 광증의 조짐이라면 참으로 큰일이다. 정말로 먼저 가신 황후들의 원혼이 황상을 저리 만드셨을까?'

황상이 겁을 주던 귀신 얘기가 떠오르자 갑자기 으스스했다.

'귀신이 어디 있다구…….'

덜컹. 끼이익.

"헉!"

큰 소리는 아니었다. 바람에 창이 흔들리는 듯한 소리였으나 무서운 생각에 빠져 있던 난비는 몸을 움찔하며 이불을 머리까지 덮어썼다.

'후. 황상 앞에서 그리 큰소리를 쳐 놓고 이만한 걸로 겁을 먹다니……. 잠이나 자야겠다.'

하지만 그녀는 감았던 눈을 바로 다시 떠야 했다. 창문이 열렸는지 어디선가 찬바람이 흘러 들어왔다. 그리고 그 서늘한 공기와 함께 물이 뚝뚝 떨어지는 규칙적인 소리가 점점 크게 들렸다. 난비는 침을 꿀꺽 삼키고 눈을 꼭 감았다. 마치 물귀신이 다가오는 느낌이었다. 그렇지 않으면 발자국 소리마저 들리지 않을 수야 없었다.

'첫 번째 황후께서 물에 빠져 죽었다고……. 서, 설마 아, 아닐 거야.'

호흡이 가빠지고 있었지만 귀신같은 건 없다고 마음을 다잡았다. 하지만 축축한 소리는 더 가까워졌다. 심장이 입 밖으로 튀어나올 것처럼 세차게 뛰었다.

펄럭.

"읍!"

거짓말 같은 일이 일어났다. 정말로 귀신이 이불을 들추고 자신을 덮친 것이다. 촉촉하게 젖은 차가운 뭔가가 얼굴의 반이나 덮었다.

"으읍! 읍! 으으음!"

난비는 발버둥을 치며 힘껏 저항했지만 입이 막혀 소리 지르는 것도 불가능했다. 그때였다.

"뭐야? 아니잖아."

사내의 실망한 목소리를 들은 난비가 눈을 번쩍 떴다. 머리부터 발끝까지 푹 젖은 젊은 사내가 제 입을 틀어막고 난처한 표정을 짓고 있었다.

'누, 누구?'

귀신이 아닌 것은 다행스러우나 벌써 여러 번 밤중에 이런 일을 겪은 난비는 가슴이 철렁했다.

"아, 진짜……. 일 났네. 일 났어! 아우…… 되는 일이 없네! 왜 이불을 뒤집어쓰고 자고 있습니까? 아닌 줄 알았으면 몰래 나갔을 텐데!"

'뭐지 이 사람?'

아닌 밤중에 이 무슨 황당한 일인가! 황후의 처소를 인기척도 없이 들어온 것으로도 모자라, 너무도 태연하게 저를 나무라기까지 하고 있었다. 보아하니 방을 잘못 찾아온 듯싶은데, 그렇다고 방심할 수는 없었다. 어느 방에 들어가든 몰래 온 밤손님의 의도는 수상쩍기 마련이고, 이를 들켰으니 자신을 어찌 처리할지 두고 보아야 했다.

성검은 겁에 질린 난비의 눈을 보며 골치가 아파 왔다.

'어쩐지 너무 쉽더라!'

황궁에는 초절정 고수 수십 명이 황제를 지키고 있을 줄 알았는데, 보초병 몇몇을 소리 없이 잠재우기가 밥 먹기보다 쉬웠다. 그들은 자신들이 당했다는 것조차 모르게 완전히 정신을 잃었다. 기척을 내지 않고 창을 넘어왔더니 새벽까지 정무에 시달린다던 고단한 황제의 모습은 보이지 않고 이불이 볼록해진 침상만 눈에 들어왔다.

'무슨 황제가 벌써 잠을 자? 이러니 나라꼴이 개판이지.'

깨웠다가 소리라도 지르면 몰래 만난다는 계획이 물거품이 될 것이니, 후환이 두렵긴 하지만 일단 입부터 틀어막아야겠다는 생각을 했다.

'스승님이 다 생각이 있으셔서 시킨 일이겠지 뭐.'

큰 결심을 하고 이불을 들춰 입을 틀어막았더니 웬 여인네가 웅크리고 있지 않나! 조용히 해결하고 사라지려던 계획이 완전히 틀어져 버렸다. 이 여인을 어찌해야 하나 잠깐 사이에 수십만 가지 생각이 뱅뱅 돌고 있었다.

"큼! 저기, 미안합니다. 제가 지금 방을 잘못 찾았는데, 혹, 황상이 계신 곳을 아십니까?"

"······!"

"아니, 오해는 마시고, 늦은 밤에 예의가 아닌 줄은 아나······ 급히 전할 것이 있······! 어? 어! 그리고 보니까, 혹, 황후마마?"

성검은 갑자기 지금 황제에게 후궁이 없다는 사실이 머리를 탁치고 갔다. 고귀해 보이는 여인이 이런 큰 전각에 있다는 것은 후궁이나 황후가 아니겠는가! 반가움에 경어를 잊은 성검의 표정이 환해졌다.

"효.난.비. 맞지요? 황후마마?"

난비는 눈살을 찌푸렸다. 황궁에 황상의 여인이라곤 저밖에 없었으니, 이제야 그걸 알아차린 사내가 이상할 수밖에.

"말을 못 하게 됐다는 얘길 듣고 걱정 많이 했습죠. 그래도 건강하시다는 얘긴 전해 들었는데, 오랜만에 뵈니 감회가 새롭습니다."

난비는 눈을 동그랗게 뜨고 사내를 자세히 살펴보았다. 악의 없는 표정이 순수하고 맑았다. 마치 소년 같은 그의 얼굴이 어딘가 낯익은 느낌이었다.

"아! 기억 못 하실 수도 있겠군. 은호 선생의 제자입니다. 광성검. 스승님 심부름 왔소!"

'광.성.검. 성검. 은호 선생님의 제자!'

6년 전, 제 머리를 쓰다듬어 주었던 어린아이가 이렇게 자랐다.

시간은 두 사람 모두에게 공평했으니 당연한 것이겠지만 이런 식의 만남을 상상이나 했겠는가.

성검이 부드럽게 막고 있던 손을 뗐지만 난비는 조용히 일어나 앉아 그를 바라볼 뿐 아무 소리도 내지 않았다.

06.

한배를 타다

"황후마마, 폐하께서 드시옵니다."

밖에서 들리는 소리에 더 기겁한 성검은 대뜸 침상 아래로 미끄러지듯 몸을 날렸다. 황상의 등장에 가슴이 철렁했던 난비가 이 상황에서도 감탄할 만큼 빠른 동작이었다. 하지만 감탄하고만 있을 때가 아니었다. 난비는 최대한 침상에서 멀어지려고 문 앞까지 와서 황제를 맞이했다.

"여기까지 나와 반겨 주는 일은 처음이군. 마치 날 기다렸다는 듯이."

"……."

방에 들어선 황제의 첫 마디가 빈정거림이었다. 오늘도 황상의 심기가 불안정한 것 같아 난비는 더욱 초조했다. 이럴 때 성검을 들키기라도 한다면 해명이 힘들 것이다. 난비는 탁자로 걸어가시는 황제의 뒤를 쪼르르 따라갔다. 다행히 그는 침상을 등지고 앉았다.

"여태 자지 않고 뭘 했나?"

'그러시는 분은 이 야밤에 어인 일로 오셨는지요? 오실 것이면 일찍이나 오시든가. 하필이면 지금…….'

난비가 속으로 볼멘소리를 했지만 황제는 제 말을 이어 갔다.

"내 곰곰이 하루 동안 생각해 보니 그대가 날 미친놈으로 만들고 있지 않겠소?"

난비는 그가 광증이 있다고 생각은 하고 있었지만 황상께서 험한 말로 스스로를 비하시키자 세차게 고개를 저었다. 그러지 않으면 황상더러 미친놈이라 한 것과 똑같으니 말이다.

"아니. 솔직해져도 된다. 나도 널 미쳤다 생각하고 있으니."

"……."

"그래서 말이다. 미친 취급을 받은 네 입장이 이해가 되는구나. 자객이 들었다는 너의 말을 너무 가벼이 넘긴 것 같다는 생각이 들었다. 해서 널 믿고 그 자객을 잡아야겠다 마음을 먹었다."

황제가 부드러운 목소리로 난비에게 다정하게 굴었다. 그러자 난비는 그가 언제 돌변할까를 기다리며 경계를 더욱 단단히 했다. 원래 광증이란 게 딱 이런 식이니 말이다.

그러는 동안 침상 바닥에서 숨을 죽이고 있던 성검은 언제 나와야 황상께서 놀라시지 않을까 머리를 쥐어뜯고 있었다.

'이 시각에 왜 여길 찾아오셔? 사람 난감하게. 그냥 계셨으면 내가 조용히 찾아뵙고 딱 좋았겠구만!'

애초에 숨지 말 걸 그랬나, 그랬으면 일이 더 커졌을까, 만약에 여기서 자고 간다 하시면 어찌하나, 날이 밝아 버리면 어떻게 돌아가야 하나, 성검은 최악의 사태를 상상하며 괴로워하고 있었다. 그때였다. 황상의 목소리가 갑자기 커졌다.

"적운아!"

난비도, 성검도 새로운 사람이 들어온다니 문 쪽을 주시했다.

덜컹.

"......!"

황당하게도 문과 반대쪽에 있는 창이 열리더니 성검이 들어왔던 것처럼 불쑥 누군가가 들어왔다. 황제의 무위비사 적운이었다. 황상은 놀라는 기색 없이 스윽 일어나 적운이 서 있는 창가로 걸어가셨다.

"그래. 자객이 이리로 들어와 이리로 나갔다지?"

"......."

난비에게 묻는 말이었다. 불길함이 스멀거렸다. 어쩐지 그의 질문 속에 다른 뜻이 있는 것 같았다.

"적운아, 네 생각은 어떠하냐? 직접 들어와 보았으니 느끼는 것이 있지 않느냐?"

"경비가 허술합니다."

적운의 대답을 들은 성검은 제가 밖에 쓰러트려 놓은 보초병들이 떠올라 가슴이 철렁했다. 게다가 바닥에 물이 질펀할 테니 들킨 것은 확실했다.

'젠장, 들켰구나!'

성검은 언제 어떻게 나가야 그나마 모양이 좀 살까를 고민했다.

하지만 황제는 기다려 줄 생각이 없는 듯했다.

"허면, 어찌해야겠느냐?"

적운은 고개만 한 번 숙이고 대답 없이 침상 앞으로 걸어갔다. 그러자 위기를 느낀 난비가 달려 나갔다. 적운보다 더 빨리 침상 앞에 도착한 그녀가 양팔을 벌리고 다가오는 적운을 막았다.

"……."

"……."

황제와 적운은 난비의 그런 행동을 전혀 이상하게 여기지 않았다. 오히려 기다리고 있었다는 듯이 황제가 느긋하게 입을 열었다.

"그래. 둘이 무슨 사이인지 사연을 들어 본 연후에 어찌 죽일지를 생각해 보마."

결국 살려 둘 뜻이 없다는 말이었다. 난비의 얼굴이 아플 때보다 더 창백해졌다. 생명의 은인을 이렇게 죽게 할 수 없는 노릇이었다. 황제가 제정신이기만 하다면 성검의 사정을 듣고 용서해 줄 수도 있겠지만 그를 믿을 수가 없었다.

일촉즉발의 상황에서 성검은 지금이야말로 나갈 때라고 느꼈다. 더 이상 지체했다간 칼부림이라도 날 듯했다.

"아이고……. 갑갑해."

난비는 성검이 앓는 목소리를 내자 움찔 놀랐다. 그리고 적운은 말이 느린 것에 비해 행동은 정말 빨랐다.

챙.

밖으로 기어 나온 성검은 적운의 칼이 목에 닿기 직전 준비했던 단검으로 정확하게 칼을 쳐 내고 몸을 굴렸다. 너무도 빠른 움직임에 적운과 황제의 눈이 놀람으로 커졌다. 그사이 벌떡 일어난 성검이 단검을 머리 위로 들어 올리며 싸울 의사가 없음을 표시했다.

"말로 합시다. 저는 악의가 없습니다."

강위의 눈에 이채가 서렸다. 어린 사내의 동작도 범상치 않았으나 저 당당함이 더욱 놀라웠다.

'믿는 구석이 있는 게 아니라면 간이 배 밖에 나온 자로구나.'

강위는 성검을 무시무시하게 쏘아보며 어떤 변명도 통하지 않을 것처럼 강한 목소리로 물었다.

"대체 황후와는 무슨 사이이기에 황후께서 한밤중에 숨어든 사내를 숨겨 주는지 알아야겠다."

성검은 황제가 병사들을 부를 것이 가장 염려되었다. 스승이 원하신 것은 독대, 조용한 독대였다. 그는 사태가 더 커지기 전에 서둘러 입을 열었다.

"폐, 폐하이십니까?"

"몰라 묻느냐?"

"은호 선생이 보내서 왔습니다."

은호가 보냈다는 말에 강위는 크게 놀라고 있었으나 내색하지 않았다.

"야밤에 황후의 침소에 든 자를 어찌 믿으란 말이냐?"

"믿지 않으시면, 은호 선생을 영원히 못 만나실 겁니다."

"호, 내가 왜 은호를 만나고 싶어 할 거라 여기느냐?"

"스승님께서 가지고 계신 물건을 보셔야 하니까요."

"물건?"

"선황 폐하의 교지를 보고 싶지 않으십니까?"

이번에는 강위도 표정을 숨길 수가 없었다. 대체 선황께서 남기신 교지가 무엇이기에 은호가 제자를 사지로 몰아넣어 가며 제게 보여 주고 싶어 한단 말인가. 하지만 의심이 금방 지워지진 않았다.

"교지가 있다면 차라리 그걸 가지고 오는 게 낫지 않았느냐? 더더욱 수상한 놈이군."

성검이 '쩝' 입맛을 다시며 제 몰골을 가리켰다.

"좀 보십시오. 수문으로 들어오느라 다 젖었는데, 교지를 어찌품고 온답니까?"

"수문?"

강위는 제가 잘못 들은 줄 알고 되물었다. 수문을 통과하려면 거의 강 밑바닥을 헤엄쳐야 하는데, 사람이 그리 오래 잠수할 수 있다는 얘기를 들어 본 적이 없었다.

황제의 놀람을 이해한다는 듯이 성검은 이 상황에서도 너스레를 떨었다.

"제가 원래 좀 야생적인 놈이라 짐승이 하는 건 날짐승 **빼곤** 흉내 좀 내는 편입니다."

'미친놈!'

수문이 어떤 곳인지 모르는 난비를 제외하고 강위와 적운이 동시에 속으로 욕을 내질렀다. 할 수 있고 없고를 떠나 세찬 강물과 깊은 수심 앞에서 두려움을 느끼지 않는다는 것은 무모해 보였기 때문이었다.

성검은 모두가 말없이 이상한 눈으로 저를 쳐다보자 무안해졌다.

"하여튼, 저는 황후마마나 폐하께 해를 가할 생각이 전혀 없사옵니다. 비록 황궁을 무단 침입한 것은 죄가 되겠으나, 이런 경우 어쩔 수 없는 일로 봐야 하지 않겠습니까?"

"교지를 전하고자 했으면 정식으로 뵙기를 청하는 것이 도리이다. 관직에 몸담았던 은호가 이를 모르지는 않을 터. 이 무슨 무도한 짓인가!"

"그러게 말입니다. 황상을 뵙기가 이리 어려울 줄은 소인도 몰랐나이다. 성문 앞에서 뇌물을 쏟아부었는데도 칼부림만 나질 않았습니까? 요샌 도성 안에 기웃거리지도 못해서 산에서 노숙하느라 고생이 이만저만이 아니었습니다."

스승이 험한 일을 당했다니 난비의 얼굴에 놀람과 수심이 가득했다. 강위도 심상치 않음을 느끼고 표정이 굳어졌다.

"대체 그 교지가 무엇이기에? 게다가 은호가 교지를 가진 것을 아는 자들이 있다는 말이냐?"

"그것은 아닐 것입니다."

"허면? 왜 은호가 도성에 들어서는 것을 막는 자들이 있단 말이냐?"

"아마 스승님께서 뭔가 중요한 것을 알고 있지 않을까 걱정하는 자들이 아니겠습니까?"

"그게 무엇이냐? 너는 알고 있는 듯하구나. 내가 은호와 만나면 알게 되는 그 중요한 사실이 무엇이냐?"

"예서는 말씀드리기가 곤란합니다."

성검이 난비를 힐끗 보며 대답을 망설였다. 그리고는 마지막으로 조건을 제시했다.

"저는 스승님의 명을 수행할 뿐입니다. 교지와 함께 스승님께서 꼭 전해야 하는 중요한 것이 있다니 해왕사에 소인들을 데리러 와 주십사 청하옵니다."

"허허! 이런 안하무인을 보았나. 황제에게 데리러 와 달라?"

"어쩔 수 없었다지 않습니까! 몇 번을 설명해 드려야 믿겠사옵니까?"

"오냐. 네 말이 다 사실이라 치자. 헌데, 이것만큼은 짚고 넘어가야겠구나."

"예?"

"은호가 말을 전하라 한 사람이 어째서 내가 아니라 황후인가?"

"예? 무슨…… 아! 소인이 길을 잃어서 그만. 집이 어찌나 큰지, 이런 곳은 도적들도 감히 훔칠 생각을 못 하겠습니다."

"도적들은 아마, 너완 다른 생각으로 훔치러 올 생각을 못 할 것이다."

강위는 진심으로 이자의 머릿속이 궁금해졌다. 궁을 집이라 칭하고, 너무 넓어서 도적질을 못 하겠다니 정신이 온전치 않은 자가 아닌가. 이쯤 되면, 정말 다른 마음을 품고 온 자는 아닌 것 같으나, 아직 더 물을 것이 있었다.

"길을 잘못 들었다니, 이해하마. 허나, 황후께서 너를 이리 감싸주는 것을 보니 두 사람이 매우 가까워 보이는구나. 은호는 핑계일 뿐이고 실은 황후를 만나러 온 것은 아니더냐?"

성검은 황제의 말에서 거센 압박감을 느꼈다.

'질투?'

"은호에게 너 같은 희한한 제자가 있다는 것도 금시초문이거니와 한 스승을 모시고 있다 해도 신분이 다른 두 사람이 자주 만날 일이 있었는지가 궁금하구나."

적운이 겨눈 칼날에서도 살기가 짙어지는 듯하자 성검이 서둘러 대답했다.

"구구절절 설명하려니, 옹색하지만, 어린 시절 한 번 만났을 뿐 오랜만이라 서로 얼굴도 모르고 지냈사옵니다!"

"헌데 그런 자를 보고도 황후께서 비명 한 번 지르지 않고 너를 숨겨 준 것은 또 어찌 설명할 것인가?"

"그거야 제가 마마의 입을…… 막아……."

갑자기 황상의 눈빛이 변하는 것을 보고 성검은 더 이상 입을 놀릴 수가 없었다.

"감히, 황후의 얼굴에 손을 댔단 말이더냐?"

그의 목소리는 낮았으나 위협적이었다. 성검은 이런 것이 천자의 위엄이구나, 마른침을 꿀꺽 삼키고 아무런 변명도 할 수가 없었다.

그러자 난비가 나섰다. 갑자기 황제의 손을 덥석 잡은 난비 덕분에 성검을 누르던 살기가 걷어졌다.

"……?"

황당했던 황제가 난비를 쳐다보자, 그녀는 황제의 손바닥을 펼쳐 그 위로 한 자씩 글을 쓰기 시작했다.

[제가 너무 놀라 비명을 지를 뻔했었습니다. 어쩔 수 없는 일이

었으니 용서해 주십시오.]

손바닥을 간질거리는 느낌 때문인지 강위는 화가 누그러지는 듯했다. 하지만 그래도 성검의 편을 드는 것이 썩 마음에 들진 않았다.

"어찌 알게 된 자인가?"

이번에는 황후에게 하는 질문임을 모두 알고 있었다.

[어린 시절 산에서 보았습니다.]

"산?"

황제가 되묻자, 성검은 두 사람의 대화에서 왜 산이 튀어나오는지 이해할 수가 없었다. 저는 산에서 황후를 만난 적이 없지 않는가. 그러나 그 순간 성검은 어린 시절 기억이 떠올랐다. 그때 제가 주절주절 나불거린 대화들을 죽어 가던 어린 황후가 모두 기억하고 있었던 것 같았다.

'스승님이 도적임을 알고 있었구나!'

만약 그들과의 첫 만남을 폐하께 소상히 고한다면 그 시각에 남의 집에 들어온 저희들의 정체를 뭐라 설명할 것인가. 성검은 난비의 재치에 크게 안도했다.

한편 강위는 산이라는 단어를 본 순간 가슴이 두근거렸다.

"은호와 함께 산을 간 적이 있었단 말인가?"

그러자 난비가 죄인처럼 고개를 떨구고 다시 글을 적었다.

[도적들의 시신이 썩어 가는 것을 스승님께서 그냥 보실 수 없다 하시었습니다. 부디 그 일을 눈감아 주시옵소서.]

"뭐라? 허면, 은호가 데리고 다닌다던 계집종이 그대였는가!"

[예. 폐하.]

"허, 허허!"

난비는 황제의 어처구니없다는 듯한 웃음이 두려웠다. 황제의 앞에서 도적들의 묘를 만들어 주었다고 고했으니 이것은 이것대로 가벼운 죄는 아니었다. 시신 썩는 냄새가 하도 고약한지라 묘를 만들어 주는 것을 관원들이 모르는 척 눈감아 주고 있을 뿐 실은 큰 죄였다.

하지만 강위는 그래서 기막혀 한 것이 아니었다.

'설마설마했는데, 내가 그 연월장에게 속을 뻔했구나!'

어쩐지 금비의 진혼곡은 선율만 같을 뿐 아무것도 느껴지지 않았다. 난비가 집 안에 감금되다시피 하며 집 밖을 나간 적이 없다 했으니 그것을 철석같이 믿고 있던 제가 바보였다.

"이런, 고얀 것들!"

황제가 연월장의 모녀를 떠올리며 이를 가는 것을 보고 난비는 저와 은호 선생더러 하시는 말씀인 줄 알고 급히 무릎을 꿇었다.

그 모습에 평정심을 찾은 강위는 저의 섣부른 판단을 자책하며 한숨만 내쉬었다. 그러다 두 사람의 대화를 궁금해하는 성검을 보고는 대뜸 쏘아붙이기 시작했다.

"칼을 내려놓아라. 황제의 앞에서 협상을 요구하는 놈을 본 적이 없다."

"저기 저자와 동시에 놓는 건 어떻겠습니까?"

두 사람을 조마조마한 심정으로 지켜보던 난비가 얼굴을 찌푸렸다. 제가 봐도 성검의 태도는 어리석어 보였다. 황상 앞에 무릎을 굻고 청해야 하거늘, 도도하고 안하무인격인 저 모습은 도저히 스승님의 제자로 보이지 않았다. 아니나 다를까 황제께서는 이를 그냥 넘기실 것 같지 않았다.

"실력에 자신이 넘치나 보구나. 그렇다면 더더욱 무엇이 두려우냐? 적운의 칼이 닿기 전에 네 말대로 짐승 흉내를 내서라도 도망치면 될 것을."

"높은 분들은 당최 믿을 수가 없어서 말입니다. 혹시 압니까? 창문 너머에 초절정 고수들을 여럿 대기시켜 놓고 사람 뒤통수를 칠지?"

성검의 말투가 갈수록 가관이라 강위는 헛웃음을 뱉었다. 그의 말버릇은 둘째 치더라도, 그 말에 깔린 자만이 그냥 허세 같지는 않았다. 지금이라도 적운을 피해 창을 넘을 수 있다는 듯이 제 실력에 당당했다. 하지만 강위는 물러서지 않았다. 누가 뭐래도 저는 황제였다.

"칼을 내려놓지 않는다면 네가 말한 대로 해 주겠다."

"허면, 황좌를 걸고 맹세해 주십시오. 제가 어쩔 수 없이 무례하게 월담한 것은 눈감아 주시겠다고."

강위는 대범한 성검의 말에도 화내지 않고 자애로운 미소를 머금었다.

"네놈은, 참으로 미친놈이로구나."

성검은 황제가 웃으시며 담담하게 욕하는 모습이 섬뜩했다. 아무래도 황좌를 걸라는 말은 무리수였으나, 궁에 가선 말을 조심하라던 스승님의 당부가 이제야 떠올랐다. 식은땀이 등을 타고 내려가는 동안 황제는 제게서 눈을 떼지 않았다. 무슨 계산을 그리하시는지 머리 굴리는 소리가 예까지 들리는 듯했다.

"좋다. 은호를 믿고, 너를 믿어 주마. 동시에 검을 내려놓자. 네 말대로 황좌를 걸고 해하지 않으마."

황상이 한 걸음 물러나 준 것이다. 더는 버티지 못한 성검이 적운에게 눈빛을 보내자 그도 고개를 끄덕였다.

성검은 마지막으로 황제를 힐끗 보았다. 그리고 고귀함이 깃든 그의 눈을 믿고 단검을 내려놓았다.

"……!"

성검의 표정이 일그러졌다. 적운과 함께 검을 내려놓자마자 이번 엔 황제의 단검이 제 목을 겨누었기 때문이다. 평소의 성검이라면 이리 쉽게 당할 리 없었는데 너무 방심한 탓이었다. 성검이 칼끝에 서린 살기를 이겨 내느라 이를 악무는 동안 황제는 급할 것 없다는 듯이 천천히 입을 열었다.

"다음에도 황후의 침상 밑으로 숨어들어야 할 경우가 생기거든, 그냥 그 자리에서 자결을 하는 게 나을 것이다. 황후의 스승인 은 호의 사람을 능지처참하려니 미안하지 않겠느냐."

다정하게 어르는 황제의 말은 단순한 협박으로 들리지 않았다. 침을 꿀꺽 삼킨 성검이 말했다.

"왜 궁에는 도둑이 안 드는지 잘 알겠습니다."

강위는 이제야 긴장한 성검의 표정이 마음에 들어 단검을 품속 에 갈무리했다.

"해왕사의 행차는 쉽게 결정할 문제가 아니다. 나를 믿는다면 돌아가 기다리고 있거라."

"허나! 이는 모두 폐하를 위해……!"

"그것은 네놈들의 주장일 뿐, 내가 무작정 너희의 진심을 믿어 줘야 한단 말이냐? 여기…… 황후와 상의해 본 뒤 삼 일 이내에 찾아가겠다. 그 안에 오지 않으면 내가 너희를 버린 것이니 떠나라."

갑자기 지목당한 난비가 놀란 표정으로 황제를 쳐다보았지만 그는 이를 못 본 척하고 성검의 대답에만 주목했다. 성검은 황후와 상의를 한다니 한결 안심이 되어 표정이 밝아졌다.

"예, 폐하. 그럼 전 이만 물러가 보겠나이다."

이제 어서 떠나고 싶은 마음뿐인지라 성검의 대답은 씩씩했다.

"어디로?"

"어디긴요. 수문으로…… 큼. 어디겠사옵니까. 수문으로 돌아갈 생각이옵니다."

"그럴 것 없다. 모달아!"

갑자기 황제가 바깥의 사람을 부르자 성검은 혼이 나간 표정이었다. 이제 와 저를 잡아 죽이시고, 스승님까지 없애려는 게 아닌가 싶었다.

"폐하, 부르셨사옵니까."

안으로 들어선 사모달은 모든 것을 알고 있다는 듯 성검을 보고도 놀라지 않았다.

"이자가 병사들에게 들키지 않고 궁을 나갈 수 있도록 해 주어라."

"예, 폐하."

황제가 저를 위해 가는 길을 챙겨 주시니 감격에 찬 성검이 황상께 최고의 예를 다해 인사를 올렸다.

"폐하, 성은이 망극하옵니다!"

다시 찬물로 들어가는 고생이 없을 거라니 왜 기쁘지 않겠는가. 성검은 폐부 깊숙한 곳으로부터 진심으로 우러나온 감사의 인사를 올렸다.

그러나 잠시 후 무사히 궁을 나서면서도 성검의 표정은 밝지 않았다.

'일부러 이런 게 분명해!'

입고 있던 내관 옷을 신경질적으로 벗어 던진 성검은 스승이 기다리는 산을 향해 뛰어갔다.

성검이 돌아간 후 황제는 저를 뚫어지게 바라보는 난비의 눈빛이 부담스러워 그녀를 일으켜 주지 못하고 있었다.

"계속 그러고 있을 것인가? 일어나라."

황제가 탁자로 가 앉자, 약속이나 한 듯이 적운과 사모달이 각각 들어온 방향으로 사라졌다. 무릎을 꿇고 앉는 일에 익숙하지 않았던 난비가 일어서며 비틀거렸다. 쓰러지지는 않았으나 다리를 펴지 못하고 엉거주춤 서 있는데, 황제가 다가왔다.

'송구하옵니다.'

난비는 제가 궁에 들어오고 하루도 조용한 날이 없다는 것이 죄스러웠고, 똑바로 서지도 못해 황제가 다가오게 만든 것도 부끄러웠다.

"말을 못 하는데도 참으로 시끄럽고 손이 많이 가는구나."

제 맘을 읽기라도 하셨을까 싶어 난비는 붉어진 얼굴을 들지 못했다. 그런데 갑자기 번쩍 제 몸이 들렸다.

"헉!"

어느새 황상의 팔에 안겨 그의 가슴팍까지 들어 올려졌으니 얼마나 놀랐겠는가. 그러나 황제는 아무 답도 해 주지 않고 그대로 침상으로 갔다. 침상에 그녀를 눕히고 이불까지 덮어 주시니 뜻밖의 행동에 난비는 어찌해야 할지 몸 둘 바를 몰라 했다.

"오늘은 늦었으니, 내일 얘기하는 것이 좋겠다."

"……!"

난비는 벌떡 일어나 돌아서는 그의 옷깃을 붙잡았다. 이 난리가 있었는데 그냥 돌아가시겠다니, 이런 태평스러운 말씀이 어디 있단 말인가. 해왕사에 갈지 저와 상의한다 하셔 놓고 사람의 애를 얼마나 태우려고 이러실까 난비는 붙잡은 옷깃을 더 꽉 여며 쥐었다.

그러자 황제는 묘한 웃음을 지었다. 그게 무엇이든 초조한 난비의 마음과 달리 황상께서는 여유로운 것이다.

"방금 그놈 말마따나 궁이 얼마나 넓은지 모르는가? 난리 법석을 떨었더니 곤하다. 예서 자면 잠이 올 것 같지 않으니 돌아가 쉴까 한다."

피곤하다는 황상을 잡을 수 없었던 난비가 스르륵 옷자락을 놓았다. 온통 은호 걱정으로 생각이 꽉 차 있던 난비는 황상의 말투가 많이 다정해진 것을 느끼지 못하고 있었다.

이른 아침 연월장의 금비가 잔뜩 긴장한 얼굴로 다급히 어디론
가 향하고 있었다. 드디어 금족령이 풀린 것이다. 저도 지은 죄가
있는 것은 알아 방 안에 꼼짝 않고 틀어박혀 있었는데, 며칠 만에
야 어머니께서 저를 불러 주셨다. 이제야 용서해 주시나 보다 안도
하며 방으로 들어섰더니 어머니의 표정이 심상치 않았다.

"어머니, 무슨 일이 있는지요?"

"……."

"어머니?"

어머니는 저를 불러 놓고도 온 것을 아는지 모르는지 수심에 잠
겨 있었다. 뭔가 큰일이 난 것이 분명했다.

"금비야."

"예, 어머니."

"궁에 심어 놓은 자들이 연락이 없구나."

"예?"

"모 상궁과 도 내관이 기별이 없어."

"다른 자들에게 연통해 어찌 된 일인지 기별을 달라 전하시는
것이 어떻겠습니까?"

"그러려고 했으나, 일이 생겼다."

"무슨 일이기에……."

"아랑의 말로는 어젯밤 황상께서 황후의 처소에 드셨다가 우연
히 숨어든 자객과 마주쳤다는구나."

"네에?"

가슴이 철렁한 금비가 기겁한 목소리로 소리치자 부인이 목소리를 낮추라는 주의를 주고는 다시 이야기를 이어갔다.

"마주치긴 했으나 잡지는 못했다고 한다. 그 일로 황상께서 분노하시어 황후의 처소에 경계를 강화하라 명하셨다 하는구나."

"그럼 천만다행이 아닙니까. 설마 황상께서 우리가 자객을 보냈다고 의심하실 리야 없을 테니 아무 걱정 안 하셔도 될 것 같습니다."

"아니다. 뭔가 이상하다. 그런 일이 있었다면 어째서 그들이 우리에게 보고를 하지 않았겠느냐. 그리고 그는 적운이 마주치고도 놓칠 만큼 무예가 뛰어난 자가 아니다. 더군다나 그 자리에 황상까지 계셨다면 두 사람을 그 혼자 당해 낼 리가 없지!"

"허면 어머니께선 황상께서 그들을 잡고 있으면서 부러 아닌 척하신다는 것입니까? 왜요?"

"아직 그들에게 자백을 받지 못한 것이 아닌가 싶다."

연월부인의 말을 듣던 금비는 그거야말로 비약이라 생각했다.

"어머니, 그 두 사람이 그 정도로 연월장에 대한 충성심이 높단 말입니까? 만약 일이 생겼다면 자신들이 살고자 무슨 말인들 못 하겠습니까. 아직 아무 일이 없는 게 분명합니다."

"정말 그런 것일까?"

"예. 그리고 또 잡혔다 한들 뭐가 걱정입니까? 난비는 어쨌든 어머니의 딸 아닙니까? 그것이 통하는 동안 어머니는 난비를 죽이려 한 적이 없습니다. 끝까지 모르는 척하셔도 될 일이지요."

"그러나 금비야. 그들이 우리에게 연통하지 않는 이유가 걸리지 않느냐?"

"어머니. 저 같아도 연통할 수 없을 것입니다. 이유 없이 사가를 드나들다 황상의 눈에 띄면 지금 같은 때에 무슨 의심을 받을지 모르는 일입니다. 일부러라도 가까이하지 않으려는 것이 분명합니다."

듣고 보니 금비의 말이 그럴듯했다. 하지만 연월부인은 그냥 손 놓고 있을 수만은 없었다.

"혹 모르니 네가 궁에 좀 갔다 와야겠다. 난비에게 무슨 단서가 될 만한 이야기라도 있을지 모르니, 다녀오거라."

오랜만에 그냥 바깥나들이도 아니라 황궁까지 다녀오시라니 금비는 신이 나서 한껏 멋을 부리고 궁으로 떠났다.

한편, 스승님의 거취 문제로 마음을 졸이며 안절부절못하던 난비는 갑작스런 금비의 방문이 편치 않았다. 금비와 소소한 이야기를 나누며 즐길 때가 아니었기 때문이다. 금비에게 스승의 이야기를 상의해 볼까 하다가 말은 옮길수록 아는 자가 많아지는 법이니 관두기로 했다.

"마마, 어젯밤 불미스러운 일이 있었다는 얘기를 전해 듣고 어머니께서 근심이 크시옵니다."

'괜찮다고 전해 드리렴.'

"마마, 혹시 지난밤에 들었다던 자객과 같은 이였는지요?"

정곡을 찔러 오는 금비의 물음에 난비는 애써 당황함을 감추고 모르겠다는 손짓을 보냈다.

"그래도 다행입니다. 폐하께서 그 밤중에 마마를 찾아오신 것도 그렇고, 자객을 놓치고 크게 노하신 것도 모두 마마를 위하는 마음이 달라지신 듯 보입니다."

"……."

"아, 왜…… 저희도 들어서 알고 있사옵니다. 폐하께서 마마를 어찌나 모질게 대하셨는지……."

난비에게 금비는 황후가 되어도 여전히 얄미운 동생이었다. 조심스럽긴 했으나 아픈 곳을 꼭 집어서 저리 말하니 난비가 씁쓸하게 웃었다. 부끄러운 제 처지를 동생에게까지 위로받고 싶지 않은데, 금비는 계속해서 저를 위하는 척 말을 멈추지 않았다.

"세상에, 마마가 어디가 어때서 그토록 박대하실 수가 있죠? 말을 못 한다고 함부로 하시는 게 아닌가, 걱정스러웠어요. 어디 가서 하소연도 못 할 테니, 더 그러시는 게 아닐까 하구요. 그런데 이제…… 한시름 놓았습니다. 흑."

금비가 눈물까지 찍어 내며 울먹이자 난비는 좀 전의 얄미움이 사라지는 것 같았다. 그래도 동생인데 설마 저를 비웃었을까. 언니된 제 마음 씀씀이가 옹졸했다 싶었다. 하지만 왜 그렇지 않았겠는가. 보석 같은 눈에서 정말 옥루가 맺힌 듯 눈물 젖은 모습마저 아름다운 금비였다. 원래는 금비가 이 자리에 있어야 하는데 황상께서 지금쯤 자신의 결정에 후회하고 계실 것만 같아 황후의 자리가 가시방석이었다. 자신이 동생처럼 말도 잘하고, 동생처럼 어여뻤으면 황상도 저를 이렇게까지 싫어하진 않으셨으리란 생각이 나날이 굳어 갔다.

난비의 표정을 살피던 금비가 그녀의 심정을 어느 정도 읽어 냈다. 황상과의 사이가 아직은 그리 좋지 않은 것을 눈치챈 것이다. 이럴 때 더욱 황상의 미움을 받도록 해야 했다.

"마마, 실은 마마께서 울적하실까 봐 선물을 가져왔어요. 집에서 만든 당과예요. 제가 직접 만들었답니다. 그리고 이건 황상 앞에서 좀 더 예뻐 보이시라고 가져온 것들이에요."

'아……! 금비야……'

집에서는 제 장신구를 손도 못 대게 하던 동생이었다. 황후의 권력을 업어서인지, 진심으로 저를 위한 것인지는 모르겠지만, 어쨌든 저를 이리 챙겨 주는 건 처음인지라 가슴이 몽클해 왔다. 그런데 금비가 의미심장한 말을 꺼내기 시작했다.

"마마! 황상도 사내라지요."

'응?'

"솔직히 황후마마의 미모 정도면 말을 못 하는 게 뭐 그리 흠이겠어요? 오히려 고지식한 사내들은 여인네가 말이 많은 것보다는 좋아한다지요. 그러니까 마마께서 잘만 하시면 폐하의 마음을 사로잡을 수 있을 것이에요."

'어떻게?'

"사내란 싫다고 하면 더더욱 집착을 한대요. 폐하께 너무 순종적으로 대하지 마시고, 살짝 뒤로 물러서 보세요. 무슨 핑계를 대도 좋으니, 폐하를 거부하시란 말이죠."

난비의 걱정스러운 표정에 금비가 씩씩하게 당부했다.

"역사상 모든 황실의 여인들이 그렇게 황제의 마음을 잡았다지요. 한번 해 보셔요."

여전히 그녀의 말이 의심스러운 난비였지만, 황후가 되기 위해 교육을 받아 온 금비의 말이라면 틀릴 것 같지 않았다. 난비로서는 지금이야말로 폐하의 마음을 사로잡아야 할 위급한 때였다. 제가 폐하께 잘 말씀드려 스승님을 만나도록 해야 하는데, 폐하께서 저를 싫어하시니 그렇지 않아도 난감하던 참이었다.

'하지만, 가뜩이나 나를 싫어하시는데, 내가 물러선다고 될 일인가……. 게다가 지금은 매달려서 사정해야 할 판인데…….'

그랬다. 내일 얘기하자고 하셔 놓고 여직 아무 기별이 없으셨다. 황상께서 주신 말미는 삼 일. 게다가 삼 일 내에 스승님께 무슨 변고라도 생기면 어쩌나 불안해서 견딜 수가 없었다. 저녁까지 오시지 않으시면 제가 직접 찾아가 봐야 할 판이었다.

"황제 폐하 납시었사옵니다."

갑자기 밖에서 들려온 소리에 금비도, 난비도 깜짝 놀랐다. 때마침 대화의 주인공이 찾아왔으니 어찌 놀라지 않겠는가. 두 사람은 허둥지둥 일어나 황제께 고개를 숙였다.

안에 들어선 강위는 금비가 함께 있는 것을 보고 살짝 눈을 찌푸렸으나 곧 아무렇지 않은 얼굴로 그녀를 반겨 주었다.

"폐하, 송구하옵니다. 제가 있을 자리가 아닌 듯하니, 오늘은 이만 물러가겠나이다."

강위는 깊은 울림이 있는 금비의 목소리가 가식이든 어쨌든 기품과 선량함이 느껴졌다. 그래서 힐끗 책망하는 눈빛으로 옆의 난비를 쳐다보았다.

'동생이 저리 영리하게 가증을 떠는 걸 보고도 너는 어째 그런 것을 배우지 못했느냐? 황궁에서 살아남으려면 계략에도 능해야 하거늘.'

그러나 그는 난비의 어리둥절한 눈빛을 보고 그냥 피식 웃고 말았다. 그러자 난비는 그 웃음소리가 마치 자신을 비웃는 소리로 들려 어깨를 움찔했다. 한 발 물러서 보라는 금비의 조언은 역시 이루기가 불가능할 것 같았다.

"이거 참, 미안하게 되었다. 오늘은 그래 주면 좋겠구나. 황후에게 지난밤 자객에 대해 물을 것이 있으니."

"예, 폐하. 그럼 이만 물러가겠사옵니다."

금비는 조금도 서운한 기색 없이 두 분이서 좋은 시간을 가지라는 미소를 지었다. 그러나 그녀가 문을 열려던 그 순간 황제의 말소리에 미소가 싹 가시고 말았다.

"내 오늘, 그대의 방에 침입했던 자가 황궁 내의 사람일 수도 있다는 보고를 받았다. 혹, 원한을 산 적이 있느냐?"

"……!"

금비는 심장이 세차게 뛰고 손이 떨려 문을 열 수가 없었던 데다, 저도 모르게 황상의 다음 말을 기다리게 되었다.

강위는 금비의 그런 모습을 예리한 눈으로 지적했다.

"나간다더니, 아직 그러고 있느냐?"

"아, 소, 송구하옵니다. 저도 모르게 그만, 마마가 염려되어. 이만 물러가겠사옵니다."

허둥거리며 나가는 금비의 모습이 평소와 달랐다. 강위의 눈초리가 더욱 매서워졌다. 그런데 난비는 황상과 금비의 그런 모습들을 눈여겨볼 겨를이 없었다. 왜냐면 황상의 질문이 너무나 이상했기 때문이었다.

'어젯밤 다녀간 이가 궁인이라니요? 성검이 어째서 궁인입니까?'

금비를 보내고 돌아선 황제가 의문이 가득한 난비의 눈을 마주 보고 고쳐 물었다.

"어제 말고 그전에 말이다."

'아!'

"허긴, 원한이 왜 없겠는가. 연월장의 여식이라면 죽이고 싶어 하는 황후들의 원이 곳곳에 서려 있을 것인데."

'지금은 그 얘기를 하실 때가 아니지 않습니까.'

난비는 이제 귀에 못이 박히도록 들은 황후들의 원 따위는 따지고 싶지도, 억울하지도 않았다. 그보다 더 급한 것을 상의해야 할 때이니, 난비는 제 손으로 지필묵을 챙겼다.

그녀가 종이며 붓이며 급하다고 한 번에 가져오는 것을 보고 강위는 끌끌 혀를 찼다.

'감정을 감출 줄 모르니 큰일이구나.'

그렇게 생각하는 강위는 희한하게도 웃는 얼굴이었다.

난비가 끙끙대며 챙겨온 지필묵을 내려놓으려는데 금비가 가져다 준 당과와 장신구 꾸러미가 올려져 있어 쉽지가 않았다. 옆에 계신 분이라곤 황상뿐이니 자연스럽게 그를 향해 고개가 돌아갔다.

"치워 달란 게냐?"

'예. 옆으로 조금만⋯⋯.'

"금비가 가져온 것이냐?"

'예.'

난비는 동생이 직접 만들어 온 것을 자랑하고 싶은 마음에 연신 고개를 끄덕였다. 그녀로서는 연월장에서 이런 대접을 받아 본 적이 없어 금비의 선물에 특별한 자부심을 느끼고 있었기 때문이다. 그런데 황상의 표정이 바위처럼 굳어 가는 것을 보고 이상한 낌새를 눈치챘다. 아니나 다를까!

타악.

당과며 장신구며 황제의 손에 의해 바닥으로 떨어져 사방에 흩어졌다.

'폐하!'

"이제 되었느냐?"

'제가 치워 달라 부탁드린 것이 이렇게 화낼 정도로 잘못한 것입니까? 차라리 못 한다 하시면 되지 않습니까?'

"왜 그런 눈으로 보느냐? 장신구는 주워 쓰면 그만이고, 당과는 궁에도 넘쳐 난다. 앞으로는 사가의 지저분한 것들을 궁에 들이지 말라."

'아무리 연월장이 싫으셔도 그렇지, 폐하께 드리는 것도 아니고 제게 준 것들을 왜? 도대체 이게 무슨 심술이십니까?'

강위는 그녀의 화난 표정을 모르는 척하고 뒷짐을 지며 말했다.

"그거나 깔아 보거라. 내게 할 말이 있지 않았느냐."

황제에게 화를 낼 수도 없는 노릇이라 난비는 씩씩거리며 입을 꾹 다물었다. 하지만 탁자 위로 지필묵을 내려놓은 난비는 주저앉아 금비가 준 당과를 줍기 시작했다.

'이런 고집덩어리!'

강위는 그녀가 그 당과를 먹게 하고 싶지 않았다. 아직은 말해줄 수 없지만 석연찮은 것이 있었다. 그런데 그런 마음을 몰라주고, 아니 알 수도 없겠지만, 여하튼 난비에게 야속함을 느끼고 더 거친 행동을 하고 말았다.

퍼석.

당과를 줍던 난비의 눈이 커졌다. 막 주우려던 당과가 황상의 발에 완전히 뭉개져 가루가 된 것이다. 그것 하나만이 아니었다. 황상은 보란 듯이 당과를 다 밟고 다녔다.

'왜 이렇게까지 하시는 것입니까!'

너무도 황당하고 화나는 일이라 난비는 벌어진 입을 다물지 못했다. 마침내 모든 당과를 다 밟아 놓으신 황상은 그녀를 돌아보며 차갑게 명령했다.

"그것도 내려놓아라."

난비는 제 손에 든 당과와 황상을 번갈아 가며 힐끗거렸다. 굶어 죽는 백성들이 지천에 널렸는데 먹을 것을 가지고 이러시니 울컥했다.

"어서!"

그가 눈을 부릅뜨고 재촉하자, 급기야는 자존심이 상해 눈물이 날 것 같았다. 그래서 그만 홧김에 손안에 든 당과를 전부 입으로 털어 넣고 말았다.

"이…… 이!"

설마 그녀가 이렇게까지 할 줄 몰랐던 강위가 말도 안 되는 짓거리에 부들부들 떨었다. 그리고 막 호통을 치려던 찰나, 난비의 얼굴이 시뻘게졌다.

"큭…… 컥……!"

난비가 목을 움켜쥐고 괴로워하자 강위 역시 사색이 되었다.

'설마!'

"콜록…… 커윽……."

"왜, 왜 그러느냐?"

강위는 당장 사람을 불러야 한다는 것도 잊고 그녀를 안아 일으켰다. 그러자 난비가 팔을 뻗어 물주전자를 가리켰다.

"물? 물을 달라는 것이냐?"

"콜록……."

난비가 고개를 끄덕이자 강위는 한시름 놓았다는 표정으로 그녀를 의자에 앉혔다. 당과에 독이라도 들었을까 가슴이 철렁했는데, 가만 보니 목이 막혀 사레가 걸린 것이었다. 강위가 급히 물을 따라 난비에게 건넸다. 꿀꺽꿀꺽 물을 삼키는 모습을 보니 한심하긴 했지만 다행스러웠다.

그녀가 물을 마시는 동안 떡을 먹다 죽었다던 세 번째 황후가 생각났다. 황후가 된 것이 두려워 언제 죽을까 전전긍긍하며 식탐을 일삼더니, 누구보다 가장 황후답지 않은 죽음을 맞았다. 제가 좀 더 그녀를 다독여 줬더라면, 적어도 그렇게 가진 않았을지도 몰랐다. 등이라도 쓸어 줄까 팔을 뻗었다. 가엾은 마음이 일어 난비가 그녀라도 된 것 같았던 모양이다.

그런데 난비가 물을 다 들이켜고 잔을 탁자 위에 올려두자 상념에서 깨어난 강위는 얼른 손을 치워 버렸다. 하지만 손을 채 거두기 전에 난비와 눈이 마주치고 말았다.

"하나에서부터 열까지 마음에 드는 것이 하나도 없다!"

무안하기도 하고 골이 나기도 했던지라 강위는 괜스레 버럭 소리를 지르고 나가 버렸다.

황제가 또 그렇게 나가시고 나자 난비는 서러움이 복받쳐 올라 탁자에 엎드려 펑펑 울고 말았다. 아랑과 공 상궁은 너저분한 바닥을 보고 기겁을 하느라 황후가 울고 있는 것은 그보다 나중에 알게 되었다.

"마마, 무슨 일이 있었던 것입니까?"

눈치 없는 아랑이 안타까운 얼굴로 묻자 공 상궁이 그녀를 끌고 밖으로 나갔다. 그러자 난비는 마음 놓고 더욱 큰 소리로 울었다.

'난비야. 폐하는 정신이 온전치 못한 분이시다. 알면서 무에 그리 서럽다 우느냐. 정신 차리거라. 지금은 스승님만을 생각해야 한다. 네 알량한 자존심이 스승님보다 중요하단 말이냐?'

그렇게 엄하게 스스로를 꾸짖은 난비는 눈물을 닦고 일어섰다. 제가 가서 사정해도 모자랄 판에 찾아오신 황상을 화나게 해 돌아가시게 하다니 죄책감이 들었다. 스승의 안위가 위태로운데 무슨 짓이든 못 할까. 어떻게 해서든 황상을 설득해야 했다.

문 밖에서 귀를 기울이고 있던 아랑과 공 상궁은 갑자기 벌컥 열린 방문에 기겁하고 물러섰다가 황후의 얼굴을 보고 또 한 번 흠칫

놀랐다.

"마마, 어디를 가시려 하십니까?"

'폐하께 간다.'

"마마, 어디로 가실지 모르겠사오나 지금은 아니 되옵니다."

그러자 난비가 홱 몸을 돌려 화난 표정을 지었다.

'왜 너는 항상 반대만 하느냐! 폐하께 갈 것이다. 시간이 없다!'

"마마, 얼굴이 엉망이옵니다. 화장을 새로 고치시고 가셔도 늦지 않으실 것입니다."

그제야 제 얼굴을 한 번 만져 본 난비가 코를 훌쩍이고는 공 상궁의 말대로 다시 안으로 들어갔다.

황제의 침소가 휘황찬란하게 밝았다. 그 앞에 서서 떨리는 마음을 추스르고 있는 난비는 어느 때보다 아름다운 모습이었다. 오랜 황궁 생활로 익힌 공 상궁의 화장 기술은 난비의 귀여운 외모를 어느 때보다도 사랑스럽게 꾸며 놓았다. 거기에 금비가 선물한 장신구를 더하니 보는 사람의 숨이 막힐 정도로 아름다웠다. 난비는 이렇게까지 하지 않아도 된다고 생각했지만 오늘은 황상께 어떻게 해서든 잘 보여야 하니 공 상궁이 하자는 대로 가만히 있었다.

이렇게까지 공을 들였는데도 난비는 들어갈 용기가 나지 않았다.

'왜 왔냐고 하시면 어쩌지?'

아니면 한창 정무에 바쁘신 건지도 몰랐다. 제가 방해만 될까 봐 전전긍긍하자 공 상궁이 싱긋 웃으며 재촉했다.

"마마, 들어가셔야지요."

난비는 결국 길게 심호흡을 하고 안으로 들어섰다. 제 방문을 알리는 내관들의 소리가 들리고 그다음 황상의 허락이 들릴 때까지가 긴 시간처럼 느껴졌다.

"드시라 해라."

인사를 올리고 허리를 펴는 순간 난비의 눈이 휘둥그레졌다. 황상은 한창 사모달과 적운과 술판을 벌여 놓고 있었던 것이다. 약주를 얼마나 하셨는지 얼굴이 잔뜩 붉어지신 황제는 흐트러진 자세로 앉아 계셨다.

'때를 잘못 맞춰 왔구나!'

"왜 그러고 있는가, 앉거라."

하지만 난비의 예상과 달리 강위는 그렇게 많이 취하지 않았다. 그가 취한 것처럼 보이는 것은 번민 때문이었다. 이리 생각하고 저리 생각하고, 복잡하게 얽힌 일들을 떨치지도 풀지도 못하니, 가슴이 답답해져 왔다. 심지어 몰랐으면 좋을 여인이었다는 생각이 들었다. 선한 여인에게 가족들의 죽음과 멸문, 그리고 어쩌면 폐위가 될지도 모르는 미래를 안겨 주자니, 제 실수가 쓰라려 오는 것이다.

난비가 자리에 앉자, 적운과 사모달은 자리를 비켜 주었다. 강위는 오늘따라 더욱 화려해진 난비의 모습을 보며 슬쩍 비웃었다. 스승을 위해 제게 잘 보이려고 애쓰는 그 속이 훤히 들여다보였기 때문이었다.

'그래. 초췌한 얼굴로 엎드려 통 사정하는 것보다야 낫긴 하구나.'

강위가 제 술잔에 술을 따라 난비 앞으로 놓았다.

"들거라."

난비는 술을 가져가 입술에 대는 시늉만 했다. 초야의 첫 술맛이 너무도 쓴 기억으로 남았는지 코끝에 매달린 달콤한 향이 가증스럽기만 했다.

"좋은 술이다. 마실수록 더 달지."

더 마시라는 명이었다. 잔뜩 인상을 쓰고 술을 넘겼다. 헌데, 예상과 달랐다.

'달다!'

난비가 빈 술잔을 내려놓으며 다행스러운 표정을 짓자 강위가 웃으며 말했다.

"향이 좋고 맛도 좋으나 달콤함에 맘 놓고 마시다 보면 어느새 취한 줄도 모르고 취해 있지. 방심하는 사이에 주독에 오르니 이거 야말로 독주 중에 독주지."

어쩐지 누군가를 빗대는 말처럼 들려 난비는 고개를 갸웃했다.

"그래. 그렇게 꾸미고 찾아와 내게 스승을 만나 달라 청할 셈인 가 보군."

제 얕은 수를 한 번에 읽어 버리는 황제의 말에 난비의 얼굴이 확 달아올랐다.

"마지막으로 한 번만 더 묻지. 너는 참으로 어미가 한 일을 모르는가?"

난비는 정말 아무것도 모른다는 듯 힘주어 고개를 끄덕였다.

"그럼, 어미의 결백을 믿는다면 나를 못 믿는다는 거로군."

강위는 그녀의 표정이 어두워지는 것을 보았다. 한참 대답을 망설이는 것 같더니 뜻밖에도 난비가 고개를 저었다.

'황상께서 영 없는 소리를 지어냈다는 생각은 들지 않습니다. 어머니가 뭔가 잘못한 게 있으시다 여기고 있습니다.'

어미가 한 일은 모르지만 죄가 있을 것 같다는 난비의 대답은 황제의 번민을 더욱 깊어지게 만들었다.

'어리석은……. 차라리 거짓이라도 내 맘을 돌려 보아야 할 것 아닌가!'

얼마 전 연월장의 죄상을 밝힐 결정적인 단서를 찾아냈으나, 연월장의 죄로 인해 아무것도 모르는 난비마저 다치게 될 것을 얼마나 고민했는지 모른다. 또 한 번의 국상이 아니면 폐비였다. 차라리 연월부인의 죄를 덮고 이를 무기 삼아 산재된 다른 문제들부터 바로잡는 것이 낫지 않을까. 간신들로 인해 썩다 못해 곰팡이가 뒤덮은 조정에서 연월부인은 그 곰팡이들 중에 하나일 뿐이었다. 헌데 그러자니 썩은 살을 도려내지 않는 것은 상처를 곪게 할 뿐이라는 진리가 걸렸다.

미봉책으로 이 나라가 얼마나 달라지겠는가. 게다가 죽은 황후들에게 미안했다. 그럴 거였으면 처음부터 자신들을 죽게 하지 말고, 부인의 딸을 황후로 맞으셔야 했다는 질책이 들리는 것 같았다. 그래서 난비에게 물었다. 죽은 황후들의 질책보다 살아 있는 황후의 생각이 듣고 싶어서, 그녀가 편한 길로 가자고 말해 주길 바라는 맘에서였다.

"아무래도 너는 황후감이 아니로다!"

황제는 자신의 속도 모르는 여인이라 퉁박을 주곤 술잔을 다시 가져와 술을 따랐다.

난비는 그가 뭐라 하든 담담한 표정으로 앉아 있었다. 뭔지는 잘 모르겠지만 연월장으로 인해 고심이 크다는 것은 알 수 있었다. 주위를 둘러보던 난비가 옥궤에 올려진 황상의 지필묵을 발견했다.

황제는 난비가 옥궤로 걸어가는 것을 내버려 두었다. 난비는 황상의 옥궤에는 감히 앉을 생각을 못 하겠던지, 그 앞에 서서 글을 써 나갔다. 그리고는 서안을 곱게 말려 두 손으로 황상의 앞으로 가져갔다.

서안을 받아 든 강위는 정기가 흐르는 필체를 보며 그녀가 얼마나 한 자 한 자 공을 들였는지 알 수 있었다.

[저 같은 무지한 여인네가 황상의 깊은 수심을 어찌 헤아리겠습니까. 허나, 아는 것이 많으면 다스리기가 더 어렵다 했습니다. 저를 다스리기 어렵다 하신 것도 그런 것이 아닐는지요. 하늘의 법도에 따른다면 정치도 어렵지 않다 했습니다. 저는 이제 연월장의 여인이 아닌 황상의 황후입니다. 황상의 뜻이 뭐가 되었든 믿고 따를 것이니, 주저하지 마시고 뜻한 바를 이루소서.]

"앎이 없이 다스리는 것이 나라에 복이 된다……."

강위는 저도 모르게 오래전 읽었던 책 속의 글귀를 중얼거렸다.

'그러나 이미 아는 것을 떨쳐 내기란 쉽지 않다. 더군다나 알아차린 것이 황제의 마음이 아니라 사내의 마음이라면 더욱더.'

하지만 그녀의 글귀가 마음의 짐을 한결 덜어 주었다. 안개가 낀 것 같던 머릿속에 어쩌면 그녀를 품고도 나아갈 길이 보이는 것만 같았다.

그사이 난비는 다시 의자에 앉지 않고 황제가 저를 보아주길 기다렸다. 오늘은 스승님의 얘기를 나눌 때가 아닌 듯해 인사를 드리고 돌아가기 위함이었다. 이렇게 고심하는 황상을 뵌 것만으로 그녀는 만족하고 있었다. 분명 스승님의 문제도 심사숙고하시고 결정을 내리실 것이니, 저는 더 이상 황상을 귀찮게 하지 않는 편이 나을 것 같았다.

마침내 황상이 고개를 들자 난비가 허리를 숙였다.

"앉거라. 내 아직 술이 남았다."

"……?"

강위는 난비의 앞으로 또다시 술잔을 내밀었다.

"은호에게 많은 것을 배웠구나."

"……."

"그가 궁으로 오면 내게도 이런 가르침을 줄 수 있을까?"

"……!"

"어찌 생각하느냐?"

'물론이옵니다. 스승님께서는 폐하의 뜻을 무조건 받들 것입니다.'

난비가 고개를 끄덕이자 강위는 제 술을 한 모금 더 마시고는 혼잣말처럼 중얼거렸다.

"나는 은호가 오면 물어볼 것이 많다. 우선은 황후가 잠꼬대로 스승을 부른 것부터."

말이 끝나기가 무섭게 난비의 표정이 바뀌었다. 강위는 감정이 금세 드러나는 얼굴이 재밌었다. 거짓말은 못 할 상이었다.

"억울하면 말을 하면 된다."

'왜 자꾸 말을 하라 하십니까. 그저 놀리시는 것입니까.'

"네 생각과 달리, 나는 미치지도, 취하지도 않았다. 정신이 너무 맑은 것이 오히려 흠이지. 가끔 미치고 싶을 때가 있다."

난비의 얼굴이 딱딱하게 굳어 갔다. 황제의 외로움과 절망이 너무 무거워서 제가 감당할 수 있는 크기가 아닌 것 같았다.

그러자 강위는 어두운 분위기를 털어 보려는 듯 한층 밝아진 목소리로 말했다.

"오늘이 바로 미치고 싶을 때지. 남기지 말고 다 마셔 보자꾸나."

난비는 그 뒤로 황제가 따라 준 술을 거절하지 못하고 연거푸 마셨다. 얼굴이 화끈거려 오고 몸이 붕 뜨는 것 같았다.

"황후라……. 그래. 그대를 황후로 불러들인 것은 나였소."

황상께 처음으로 경어를 들은 난비는 제가 취한 것인가 싶어 눈을 깜빡거렸다. 그런데 느낌만이 아니라 제 몸이 위로 들어 올려지는 게 아닌가.

"……!"

놀랍게도 난비는 황제의 품에 안겨 있었다.

"혹시 아느냐? 그 기막힌 소문이 참일지. 네가 나의 마지막 황후가 되어 줄지, 오늘 밤 후손이 생길지 한번 보자꾸나."

'폐하!'

강위는 당황한 난비가 쩔쩔매는 것을 못 본 척하고 그녀를 침상

에 눕혔다. 그리고 서두르지 않고 천천히 옷을 벗겨 나갔다. 한 꺼
풀씩 겉옷이 풀어헤쳐지고 하얀 속의마저 치워 버리자 그녀의 나신
이 드러났다. 빨갛게 익은 얼굴과 달리 몸은 눈부신 백색이었다.
강위는 그녀의 몸이 눈처럼 깨끗한 만큼 겨울을 안은 것처럼 시리
다고 생각했다. 얼음 같은 여체를 더듬던 강위의 손안에 난비의 보
드랍고 연한 젖가슴이 만져졌다. 아직 솟아오르지 않은 꼭지를 문
지르며 촘촘한 주름 결이 일어나길 기다리는데 난비는 점점 더 몸
을 웅크리고 있었다.

'두려우냐?'

강위는 그녀에게 닿지 않을 질문을 하며 스스로를 어리석다 여
겼다. 어차피 대답을 듣고 싶지는 않았다. 그것이 다 무슨 소용인
가? 자신도 차라리 백성들처럼 아무것도 모르는 편이 나았으리라.
연월장과 대사농의 만행을 알아냈던 수많은 충신들이 역모의 죄를
덮어쓰고 베어져 갔다. 간신과 소인배들만 남은 조정에서 이제 제
가 할 수 있는 일은 연월장과의 타협밖에 없었다. 도를 넘은 황권
의 침범이라도 막아야 하지 않겠는가.

'오늘 밤 황손이 생긴다면 그야말로 하늘의 뜻이지만, 그게 아니
라면 연월장이 내게 무릎을 꿇어야 할 것이다.'

강위의 호흡이 거칠어졌다.

어둠 속에서 한 줄기 햇살이 난비의 눈을 간질였다. 난비는 추위
와 갈증으로 눈을 떴다. 몇 번 눈을 깜빡하는 동안 정신이 좀 들었
다.

'여기가 어디지? 가만!'

어제 황상과 술을 마신 것은 기억나는데, 그 뒤로 돌아간 기억이 없다. 깜짝 놀라 주변을 둘러보니 황상의 침소였다.

'이런⋯⋯!'

자신의 몸을 보니 겉옷만 벗어 놓은 속의 차림이었다. 침상에는 저만 누워 있어서 기억에 없는 지난밤 무슨 일이 있었을까 궁금하고 부끄럽기도 했다.

'별일이나 있었을라구⋯⋯.'

별일이 있다 해도 못 먹는다는 술을 억지로 먹게 한 황상의 책임이라며 고개를 끄덕였다. 마침 공 상궁이 숙취에 좋은 마실 것을 가지고 들어왔다. 황상께서는 아침 일찍 조회에 나가셨다 했다.

난비가 밖으로 나왔을 때는 해가 벌써 머리 위로 솟아 있었다. 술에 취하면 다음 날 몸이 괴롭다 들었는데 생각보다 괜찮았다.

'역시 황상께서 드시는 술이라 다르긴 다르구나.'

돌아가는 길은 산책이라도 할 겸 느긋하게 걸었다. 궁에 온 이후로 이렇게 구경을 하며 걸어 본 적이 없었다. 어딜 둘러봐도 전각들은 하나같이 웅장했고, 정원 역시 자로 잰 듯 반듯했다. 처음엔 신기한 풍경들이 이제는 지겨워지기 시작했다. 그런데, 저 멀리 다른 길로 향하는 황제의 행렬이 조그맣게 보였다.

'하나에서부터 열까지 마음에 드는 것이 하나도 없다!'

황상의 목소리가 난비의 귓가를 쩌렁쩌렁 울렸다. 뜨끔해진 난비가 가슴 언저리를 부여잡고 있자, 아랑이 어디가 아프냐고 물어왔다.

'그러게……. 폐하께서 싫어하시는 게 당연한데, 왜 마음이 아플까.'

난비가 재빨리 나무 뒤로 몸을 숨기자 영문을 알 수 없었던 나인들도 따라서 그 뒤로 줄줄이 숨었다.

"마마, 왜 숨으십니까?"

아랑이 굼뜨게 서 있자, 난비가 빨리 손짓해서 뒤로 숨게 했다. 헌데, 갑자기 황제의 행렬이 길을 바꾸어 연못밖에 없는 이곳을 향해 다가오고 있었다.

'왜 하필 이리로 오시지?'

쿵쾅대는 가슴을 진정시키느라 난비는 가슴 앞에서 주먹을 꽉 쥐었다. 황상의 이목구비가 뚜렷이 보일 만큼 가까워지자 난비는 빼꼼 내민 얼굴마저 나무 뒤로 숨겨 버렸다.

'정말……. 내가 왜 숨었을까…….'

나무 옆으로 난 길을 따라 걷고 계시니 들키지 않기도 힘들었다. 눈을 질끈 감고 잠시 후 닥칠 무안함을 각오하는데, 이상하게 저쪽에서 아무 반응이 없었다. 슬며시 눈을 떠 보니 황제 일행은 앞만 보고 가는지, 이쪽으로는 눈길도 주지 않고 지나치고 있었다.

'하아! 다행이다…….'

"숨바꼭질 중인가?"

"헉!"

안도의 순간은 짧았다. 사람을 놀래키는 데는 타고나신 분이었다.

"황궁이 아무리 넓어도 그대 하나는 내 손바닥 위에 놓을 수 있다."

강위는 아직도 제 침소에서 잠들어 있다는 난비 때문에 얼른 조회를 마치고 싶은 생각이 간절했었다.

어젯밤 절절 끓어오른 욕정과 싸우느라 한숨도 자지 못했기 때문이었다. 쌕쌕거리는 난비의 숨소리를 듣는 순간 열정적이던 애무의 손길과 들뜬 호흡이 부끄러워졌다. 괜히 독주를 먹였다고 후회했지만 이미 늦었다. 그녀는 잔뜩 달아오른 사내를 앞에 두고서 세상모르고 잠이 들어 버린 것이다. 어쩔 수 없이 떨리는 손으로 다시 그녀의 속의를 입혀 주고 뜬눈으로 고문이나 다름없는 밤을 보내야 했다.

헌데 오늘따라 차고 넘치는 관원들을 더 뽑아야 한다며 천거에, 천거에, 또 천거가 줄줄이 이어졌다. 짜증을 꾹 참고 하나하나 안 되는 이유를 못 박아 두고 오느라 평소 때보다 더 늦어지고 말았다. 혹시나 난비가 아직 있을까 싶어 빠른 걸음으로 돌아가던 중이었는데, 멀리서 저를 보고 숨는 황후 일행이 보이는 게 아닌가.

'아직 은호의 일도 결정이 안 났는데, 벌써 내게 잘 보이려던 마음이 사라진 게냐?'

간절히 매달려야 할 이가 자신이 아니라 난비이거늘 누가 더 아쉬운지 모를 일이었다.

'괘씸한. 어디 오늘 나와 오래도록 함께 있어 보아라.'

그런 결심으로 숨어 있는 난비를 끌어낸 강위는 능청스럽게 운을 뗐다.

"푹 잘 자고 일어난 얼굴이구나."

"……."

"나도 덕분에 아주 잘 잤다."

난비는 힘주어 말씀하시는 황제의 의중이 무엇일까 신경을 곤두 세웠다. 그렇지 않아도 속의만 입고 누워 있던 것이 맘에 걸렸던지 라 제가 실수한 게 있을까 다시 한 번 기억을 떠올려 보려고 애썼 다. 하지만 술을 마시고 황상께서 침대로 옮겨 준 것까지밖에 생각 나지 않았다.

"그러고 보니, 여태 궁에 와 구경도 못 해 봤겠군. 어젯밤 나를 즐겁게 해 주었으니 고맙단 뜻에서 내가 직접 안내해 주마."

'다 똑같은 풍경. 실컷 보고 왔나이다.'

난비는 그 속마음을 굳이 표현하지는 않고 억지미소를 지었다. 한 발 물러서면 더 집착하는 것이 사내라던 금비의 가르침이 떠올 랐지만, 지금은 황상을 거절하기가 후환이 두려웠다. 무엇보다 어 젯밤의 즐거운 기억을 모르는 이상 황상의 의중을 섣불리 판단할 수가 없으니 말이다.

두 사람은 나란히 한참을 말없이 걸어갔다. 안내하겠다 큰소리쳤 던 강위는 돌아올 대답을 기대할 수 없으니 혼자 말하기가 어색했 다. 사실 난비가 아니더라도 강위는 평상시에도 말이 별로 없는 편 이었다. 사모달이 병풍이라 부르는 적운을 불편해하지 않을 만큼 말수가 적었다. 어릴 때부터 그런 것은 아니었는데, 슬픈 일이 계 속되면서 혼자 사색에 잠길 때가 많았기 때문에 자연스레 그렇게 되었다. 그런 강위가 난비를 만나고부터는 부쩍 말이 는 편이었다.

그렇게 말없이 걷던 강위의 걸음이 멈췄다. 그리고 자랑스러운 얼굴로 난비를 돌아보며 말했다.

"여긴 어떤가?"

'와! 이런 곳이 있었구나. 신기하기도 해라.'

강위가 데리고 온 곳은 강줄기를 끌어다 놓은 거대한 호숫가였다. 아홉 개의 강이라는 이름처럼 구하국에서 강은 어디서나 볼 수 있고, 누구나 그 강물을 젖줄처럼 여겼다. 강에서 나는 수산물과, 강이 키운 황금 들판은 구하국의 자랑이었다. 그러나 그 풍요로움이 간신들이 득세하고부터 백성들에게는 그저 한 폭의 그림이 되었다. 사실 이 호수는 그런 일을 막아 보자는 취지에서 태조 때 만들어진 것이었으나, 그 의미는 진즉에 퇴색되고 배를 띄워 향락을 즐기는 곳으로 타락하고 말았다.

"구하연, 구하국의 강물을 모두 담은 호수라는 뜻이다. 아홉 개의 강은 모두 백성들의 것이며, 황궁은 그 백성들을 품어야 하는 곳임을 뜻한다. 거창한 이름답게 궁에서 가장 아름답고도 거대한 호수지. 어떤가?"

난비는 황제의 설명을 들었는지 어쨌는지, 눈을 빛내고 호수의 장관을 구경하기에 여념이 없었다. 호수의 끝은 다시 강으로 돌아나갔고, 멀리 수문을 지키는 병사들이 개미처럼 보일 만큼 드넓었다. 호숫가엔 무성하고 다양한 수풀들이 추위를 견디지 못하고 흙색으로 말라 가고 있었다. 고요한 호수는 초겨울의 운치를 느끼기에 그만이었다.

'스승님과 자주 가던 강가에 온 것 같구나. 다시는 이런 풍경을 못 볼 줄 알았더니…….'

그녀가 호수를 감상하며 은호를 떠올릴 때, 강위는 처음 보는 그녀의 밝은 모습에 미소 지었다. 햇빛이 가루처럼 쏟아진 수면처럼 그녀도 함께 반짝거리는 것 같았다.

두 사람은 한동안 그렇게 다른 곳을 보며 넋을 잃었다. 바람이 난비의 머리카락을 얼굴로 헝클어 놓지 않았다면 언제까지 그러고 있었을지 몰랐다. 긴 머리카락을 귓등으로 넘기던 난비가 그녀를 빤히 바라보는 황제와 눈이 마주쳤다. 황제의 눈동자가 심하게 흔들리는가 싶더니 무안한 듯 고개를 돌렸다.

"흠! 예까지 왔으니, 배는 한번 타 봐야지."

작은 나루터에는 수문을 드나드는 병사들의 나룻배가 있었다. 배가 작다 보니, 노를 저어줄 내관 둘과 적운만 대동하기로 했다. 먼저 배에 오른 강위가 난비에게 손을 뻗었다. 황제가 당연하고 자연스럽게 내민 손이었지만, 난비는 쭈뼛거렸다.

"풍경을 보는 것도 좋지만, 이곳에 오르면 풍경 속에 그대가 있다."

황상은 웬일로 빨리 오르지 않는다 타박하지 않으시고 부드럽게 달래 주었다. 하지만 그래서 난비는 더 주저했다. 묘하게…… 수줍고 설레었기 때문이다.

"겁먹을 거 없다. 그놈은 여기를 헤엄쳐서도 건넜다지 않았나."

더 망설일 수 없었던 난비는 조심스럽게 그 손을 잡으면서도 화내시는 것보다 손을 내밀기 힘든 이유가 뭘까 생각했다. 무섭지도 않은데 가슴이 빨리 뛰는 이유를…….

두 사람이 마주 보고 자리에 앉자, 배는 호수 위를 미끄러지듯 나아갔다. 삐걱거리며 노를 젓는 소리와 참방거리는 물소리, 그리고 휑한 바람 소리만 나룻배 주변을 맴돌았다.

난비는 소리와 풍경이 참 잘 어울린다 싶어 다른 계절에는 어떠할까 상상해 보았다. 다가올 겨울에는 구하연도 꽁꽁 얼어붙을 것이다. 얼음 위로 하얀 눈이 쌓이면 뽀독뽀독 눈 밟는 소리는 어떠할까. 봄에는 호숫가에 피어난 꽃들이 수면을 알록달록한 색으로 물들일 것이다. 따스한 향을 실은 봄바람에 철새가 예쁜 소리로 노래할 테지. 여름에는 짙은 녹색 풀 잎사귀가 호수의 색을 짙푸르게 만들 것이고, 세찬 비가 시원한 소리를 낼 것이다. 그리고 가을……. 난비는 불현듯 다음 가을까지 제가 궁에 있을 수 있을까 하는 생각이 들었다.

난비를 뚫어져라 보고 있던 강위는 그녀가 갑자기 수심에 잠기자 대뜸 말을 꺼냈다.

"소금을 가져왔느냐?"

우울한 상념에 빠져 있던 난비도 차라리 황상의 물음이 반가웠다. 그녀는 소매 품에 항상 가지고 다니던 소금을 꺼냈다.

"내가 시를 지을 테니, 한번 음을 붙여 볼 수 있겠는가?"

'예.'

호수의 잔잔한 수면 바라보던 강위가 잠시 생각에 빠졌다. 깊이를 알 수 없는 호수는 푸르다 못해 먹물처럼 진했다. 제 마음도 들여다보지 못하는 인간이 거대한 물속을 보고 싶어 하는 어리석음이 우습다. 거울처럼 맑아도 바람만 일면 흔들리는 것이 수면이니 믿을 수가 없는 것이 물그림자다. 물에 들어가야 물을 알고, 자신에게 솔직해야 마음을 아는 법인데, 알면서도 그러질 못하니 간사할 수밖에. 그러나 호수가 항상 달을 비추듯이, 변하지 않는 것이 떠오른다면 그것을 의심해선 안 되리라.

시상을 찾다 깨달음을 얻은 강위는 짐을 털어 낸 것처럼 가볍고 포근한 표정으로 난비를 보았다. 난비조차 황제를 마주 보는 데 편안할 정도였으니, 지금 그는 완전히 다른 사람이 된 것 같았다.

한참 시상을 정리한 강위가 마침내 입을 열었다.

"읊어 주마."

호수에 비친 형상은 깨지지 않고 변하니,
映湖水影不破幻(영호수영불파환)
만약 보지 않으려면 겨울을 기다리게.
如果不看等待冬(여과부간등대동)

바람 따라 출렁이는 물결을 어찌 믿을까?
何相信隨風水波(하상신수풍수파)
깊은 물속은 깜깜한 어둠만 가득한 것을.
深淵充滿了黑暗(심연충만료흑암)

폭우가 쏟아지고 낙엽이 수면을 가려도
暴雨驟落葉滿淵(폭우취낙엽만연)
얼음이 녹은 후에도, 형상이 같다면,
若氷泮后看還影(약빙반후간환영)

만개한 꽃을 이 배에 채우고,
斯船上噴滿開花(사선상새만개화)
봄이 보낸 선물을 기쁘게 받으리라.
春的禮物請接受(춘적례물청접수)

　시를 모두 들은 난비가 진지하게 악상에 몰두하자, 강위가 씁쓸하게 웃었다.

　'너는 정말 아무것도 모르는구나.'

　나름 자신의 마음을 전했건만, 난비는 정말 시에 숨은 속뜻을 모르는지 소금에 실을 곡조만 고민하고 있었다.

　강위는 사실 若氷泮后看還影(약빙반후간환영)의 후(后) 자를 뒤후와 황제 후의 이중 뜻을 품은 글자를 선택해 난비에게 마음을 전했다. '얼음이 녹은 후에도, 형상이 같다면'은 '얼음 같은 황제의 마음이 녹은 뒤 그대가 보이면'이란 뜻이었다. 또한 만개한 꽃을 이 배에 채운다는 것은 난비와 한배를 타겠다는 뜻이었고, 봄이 보낸 선물은 연심이었다. 호수에 비친 형상처럼 자신의 마음속에 아른거리는 난비는 여러 가지 모습으로 저를 혼란스럽게 했지만, 어떤 모습이든 제 맘속에 난비를 그리고 있다는 것을 더 이상 부정할 수 없었다.

　한편 난비는 황제께서 쓰신 시가 간신과 충신을 가려내겠다는 시인지, 연시인지 혼란스러워 어떻게 연주해야 할까 고심했다. 하지만 정치를 모르는 자신이 황상의 깊은 마음을 헤아리기란 더 어려울 것 같아, 그냥 연심가를 연주하기로 했다.

난비가 소금을 들고 고민하는 모습을 보고 강위는 그녀의 곧게 선 등허리가 돛대 같다고 느꼈다. 곧 소금을 가로로 잡고 입술을 대자 그녀의 몸은 바람을 품은 돛처럼 만개했다.

포오.

강위는 오늘따라 첫 음이 맑다 느꼈다. 물가에서 물을 노래하니, 한껏 맑은 울림을 내는 모양이었다. 맑은 요음(떨리는 음)으로 아슬 아슬한 심연의 갈등을 곡조에 실어 갔다. 그러다 곧 비바람이 몰아 치듯 강렬한 소리가 몰아치자 타고 있던 배마저 요동치는 것 같았 다. 그것이 잠잠해지자 쓸쓸한 가을바람이 선율을 타고 넘어오더 니, 눈이 오는 싸늘한 고요함이 더 이상 낮을 수 없는 하청(낮은 음)으로 호수를 얼어붙게 했다. 그리고 마침내 봄이다. 청초한 꽃망 울이 터지고, 살랑거리는 바람이 배를 나아가게 하고 뱃놀이에 빠 진 연인이 웃었다. 긴 웃음이 연주가 끝난 뒤에도 강위의 귓가에 맴돌았다. 강위는 그녀가 시를 제대로 이해하긴 했다며 만족해했 다. 물론 연심가의 대상이 누구인지는 모르기에, 이토록 태연하게 노래했으리라.

"좋은 연주였다."

은호 외에 처음으로 칭찬을 들은 난비가 얼굴을 붉혔다. 그러나 그게 다였다. 두 사람 사이는 연주 전보다 더 어색해져 있었다. 한 껏 연심가에 몰두했던 난비는, 마치 자신이 사랑에 빠진 것처럼 취 해 있다가 황제를 뵙기 수줍어했다. 강위는 강위대로 마음을 전한 것이 성급했을까 후회하고 있었다.

가뜩이나 썰렁한 분위기에 휘파람 소리 같은 바람이 지나갔다.

난비는 전날 밤 공 상궁이 입혀 준 옷이 예쁘긴 했으나 추웠다. 목 아래가 드러나는 옷이라 바람이 속에까지 들어오는 것 같았다. 그런데 이 추위에 갑자기 황상이 용포를 벗으셨다. 사내란 참 튼튼하다고 생각한 난비는 곧 눈이 휘둥그레졌다. 황제의 용포가 저를 감싸는 게 아닌가. 이를 사양하려고 벌떡 일어섰더니 작은 배가 기우뚱거리며 자칫 물에 빠질 것처럼 몸이 흔들렸다.

"흑."

그때 황상이 그녀의 손목을 끌어당겼다. 이 와중에도 난비는 사람이 넘어질 때 잡아 주는 법을 모르시는 천자께서 웬일로 저를 잡아 주셨을까 희한해했다. 하지만 이것이 위기를 모면했다 보기는 어려웠다. 물에 빠지는 것은 피했지만 황제를 깔고 포개져 누운 것은 또 다른 난처한 상황이었다. 태연한 황상의 표정과 달리 그녀는 너무 당황해 얼어붙었다.

"황제를 내려다보는 기분이 어떠한가?"

난비가 화들짝 몸을 일으키려는데 강위가 다시 한 번 그녀를 끌어당겼다. 난비는 그가 쥐고 있는 손이 으스러질 것처럼 아팠지만 내색하지 않았다.

"한 가지만 약속해라."

황제의 말투는 나직하지만 힘이 실려 있었다.

"네가 이를 지켜 준다면, 나는 모든 일을 덮을 것이다."

"……!"

"비록 황후들께 했던 다짐을 이루지 못하겠지만, 그 죄책감을 감수하고라도 덮을 것이다. 허니, 약조해라."

'무슨 어려운 명이시기에, 그 원통함을 잊으려 하십니까?'

"나보다 먼저 죽지 않는다고. 다시는 내게 아내의 상주가 되라 하지 않겠다고."

'……!'

"약조해다오. 어서."

황제는 또다시 자신이 말을 못 하는 걸 잊은 듯했다. 손은 여전히 바위틈에 낀 것처럼 아팠지만, 그보다 난비의 마음이 더 아팠다.

'얼마나 괴로운 시간을 보내셨기에 나 같은 것을 황후로 붙잡고 싶으셨을까……. 얼마나 고단하셨기에……. 모든 걸 잊으려 하셨을까.'

그의 흔들림 없는 눈동자를 바라보며 난비의 눈은 쉼 없이 떨렸다. 황제의 굳게 다문 입술은 난비가 대답하기 전까지는 열리지 않을 것만 같았다.

'예, 폐하. 예.'

난비는 그의 입술에 자신의 입술을 부드럽게 갖다 댔다. 황제의 입술은 서늘한 바람에도 뜨거웠다. 가슴까지 따뜻해지는 그의 입술이 좋았다.

너무나 자연스러운 입맞춤이었기에 강위 역시 난비를 감싸 안고 입술을 포갰다. 난비의 솔직한 대답이 기특해 놓아주고 싶지 않았다. 그런데 점점 그녀의 입술에서 짠맛이 느껴졌다.

난비가 울고 있었다. 고개를 든 그녀는 굵은 눈물방울을 그의 적삼에 떨어트렸다.

적삼이 젖어 가는데 강위는 너털웃음을 터트렸다.

"그 눈물을 약속으로 알겠다. 나는 너를 얻는 것으로 모든 것을 잊을 것이다."

잊겠다고 말한 강위는 한쪽 가슴이 으스러지는 고통을 느꼈다. 황후들과 백성들의 원망에 기어이 뭉그러지고 만 것이다. 그러나 남은 한쪽은 더 힘차게 살아 있다고 말하고 있었다. 여태 느껴 본 적 없는 생동감이 두근거리며 아픔을 무디게 만들었다.

"헌데…… 언제까지 그리 있을 것이냐?"

얼굴이 새빨개진 난비가 후다닥 내려와 앉았다. 강위는 느긋하게 몸을 일으켜 옷을 터는 시늉을 했다. 어디론가 숨고 싶었던 난비는 용포를 다시 주워 눈만 보이게끔 몸을 돌돌 감았다.

"그리 추우면 이만 들어가자. 호숫가라 더 쌀쌀한 모양이다."

난비도 이에 동의해 고개를 끄덕였다. 그때였다.

꼬르륵.

민망한 소리에 놀란 난비가 제 배를 감싸 쥐었다. 그렇게 배가 고픈 건 아니었는데, 전날 마신 술 탓인지 빈속에서 이상한 소리가 났다. 난비는 진심으로 차라리 물에 빠질 걸 그랬다고 후회하며 용포를 아예 얼굴까지 푹 덮어써 버렸다. 그도 너무 민망해서 할 말이 없으신 것 같았다.

사실 강위는 황당하기도 했지만 다른 여인들처럼 부끄럼 타는 그 모습이 보기 좋아 싱긋 웃고 있었다. 그래서 손가락으로 그녀의 머리를 툭툭 두들겼다. 그러자 난비가 말아 쥔 옷을 젖혀 빼꼼 얼굴을 보였다. 강위는 품에 넣어 둔 당과 꾸러미를 꺼내 들었다. 아침 일찍 사모달에게 일러 준비해 놓으라고 했던 당과였다. 만나면 주려 했는데 깜빡 잊고 있다 이제야 생각이 난 것이다.

하지만 난비는 달콤한 향이 나는 꾸러미를 섣불리 받지도 못하고 그의 눈치를 살폈다.

"사과의 뜻이라고 해 두지."

제게 사과를 하시겠다는 황상의 의도가 의심스러웠다. 난비는 이게 대체 뭔 일인가 싶어 눈만 말똥말똥 굴리고 있었다. 결국 강위가 직접 꾸러미를 풀어 하나를 제 입에 넣고, 또 하나는 난비의 입속에 밀어 넣었다.

이제 난비는 어쩔 수 없이 당과를 씹었다. 씹을수록 달고 고소해 의심이 단번에 풀어졌다.

"사가에서 만든 것과 비교가 안 될 것이다."

'그 정도는 아니지만…… 맛은 좋습니다.'

강위는 오물거리는 난비의 입술을 보다 탕약을 먹여 준 일이 떠올랐다. 그때는 거칠고 메말랐던 입술이 조금 전의 입맞춤으로 더 붉고 촉촉해졌다. 이제는 참을 이유도 없으니 그는 마음이 이끄는 대로 그녀에게 다가갔다. 그리고 다시금 그녀의 입술에 입을 맞추었다. 달콤한 당과 가루가 느껴져 입술을 한껏 베어 물었다.

"……!"

좀 전의 가벼운 입맞춤과 달라 난비는 순간 숨 쉬는 것도 잊고 꼼짝할 수 없었다.

"내 말은 안 했지만 지난번엔 좀 썼다."

입맞춤도 혼란스러웠던 난비가 그 말을 이해하는 데는 한참이

걸렸다.

'꿈이 아니었습니까?'

달았던 탕약을 떠올리며 난비의 가슴이 터질 듯이 부풀어 올랐다.

노를 젓던 사모달은 여유롭게 뱃놀이를 즐기시는 황제를 보고 눈시울이 붉어졌다.

'폐하께서는 어찌 생각하실지 모르오나, 미천한 노비가 보기에 이제야 비로소 황후마마를 얻으신 것 같사옵니다.'

호숫가에 바람이 잦아들었다. 중천에 뜬 해가 나룻배를 따뜻하게 감싸 주는 것 같았다.

07.

마음이 동하니 진심도 통한다

뱃놀이에서 돌아온 후 두 사람은 함께 황후전으로 갔다. 그곳에서 함께 식사를 하는 동안 서로가 많이 가까워졌음을 느꼈다. 지필묵으로 나누는 이야기도 이제는 어색하지 않아서 차를 마시는 내내 두 사람의 대화가 끊이지 않았다.

　이야기를 나누던 중 강위는 드디어 은호를 만나러 갈 결심을 밝혔다. 난비는 크게 기뻐했으나 은호를 몰래 만나러 가는 것 역시 쉽지 않음을 깨달았다.

　"후사를 기원하기 위해 절에 불공을 드리러 간다 할 것이니, 그리 알고 준비하면 될 것이다."

　[백성들의 원망이 클 것이옵니다.]

　"무슨 원망?"

　[절에 시주하는 재물이 왜 아깝지 않겠습니까? 불공이 쌓인다 해

서 백성들이 배부른 것은 아니니까요. 새 황후가 백성들의 혈세를 낭비한다 수군거릴 것입니다.]

"그럼 무슨 핑계로 해왕사에 가야 한단 말이냐?"

[폐하와 제가 걸어서 해왕사에 가는 것은 어떻겠습니까?]

"그 먼 길을? 그리해서 어쩌자는 것이냐?"

[불공이 어찌 재물만 이르겠습니까? 재물보다 정성이 더한 불공이옵니다. 또한 해왕사에 바칠 공물을 차라리 빈민촌에 나눠 주십시오. 나라님이 가난을 구제하기는 힘드나, 백성들에게 작은 희망을 줄 수는 있을 것입니다. 아직 폐하께서 백성들을 버리지 않았다는 희망을 보여 주십시오.]

"……"

강위는 난비의 생각이 기발하기는 하나 위험하고 실천하기 어렵다는 생각이 들었다. 다시 한 번 곰곰이 생각을 해 봤지만 역시나 안 될 일이었다.

"그것은 아니된다. 빈민촌은 너무 위험하다. 네 말대로 그곳은 굶어 죽어 가는 이들이 꽉 차 있을 것이니, 황실에 불만을 품은 자들이 하나둘이 아니렷다. 흉악한 것들이 꽉 들어차 있다질 않느냐. 더구나 가마에 오르지 않고 걸어서 그런 곳에 갔다 무슨 봉변을 당할 줄 알고!"

[폐하. 백성들은 폐하께서 돌봐 주셔야 할 자식들이옵니다. 그 자식들이 삐뚤어진 것도 폐하의 탓이니, 세금도 못 내는 쓸모없는 백성이라 버리지 마시옵소서.]

"쓸모없는 백성이라 한 적은 없다! 원인이야 어떻든 간에, 그들이 흉악하다는 것을 모르는 이가 없지 않느냐?"

[아닙니다. 그곳에도 아이들이 있고 노모를 모시는 효자가 있고 서로를 아끼는 부부가 있습니다. 그들 중 때로 몇몇이 사랑하는 이를 잃고 죽음을 불사하며 죄를 짓기도 하지만 대부분은 선량한 백성들이옵니다. 폐하께서 선심을 품으시면 그들도 폐하께 해를 가하지 않을 것입니다.]

"그대는 가 본 적이 있다는 듯 말하는구나."

난비는 대답을 회피하고 웃기만 했다.

"은호가 데리고 간 게로군."

"……."

황제가 실눈을 뜨고 추궁하자 난비는 침묵으로 수긍했다.

"그 위험한 곳에 단둘이 갔단 말이냐? 이런!"

황제의 목소리가 높아지려고 하니 난비가 얼른 붓을 들고 변명을 해 댔다.

[하나도 위험하지 않았습니다.]

"그것은 무사히 올 수 있었기에 할 수 있는 변명이다. 세상에 두려울 게 없는 그 성정이 누구 탓인가 했더니, 은호가 그리 만들었군."

[아닙니다. 저도 두려워하는 게 있습니다.]

"탕제를 두려워한다는 것은 잘 알고 있다. 그렇지 않아도 태의에게 보약을 준비하라 해 뒀으니, 기대해도 좋다."

"……."

강위는 보약을 준비했단 농에 의심도 없이 놀라는 난비가 우스웠다.

"아무튼 그대 고집을 꺾을 수 없을 테니, 그렇게 하기로 하자. 단, 병사들을 충분히 데려가야겠다. 그대는 제 몸을 돌볼 수 있는 힘이 없으니 더욱 주의해야 할 것이다."

[예. 폐하. 아무 일 없을 것이니, 염려 놓으십시오.]

"그리고 대신들에게는 그런 얘길 미리 하지 않는 게 좋겠다. 후사를 위해 불공을 드리겠다 하고 공물을 내가는 것이 차라리 나을 것이니. 그러려면, 오늘 밤 우리가 해야 할 일이 있다."

난비가 생각하기에 두 사람이 딱히 내일을 위해 준비해야 할 다른 일은 없어 보였다.

"노력도 없이 후사를 바란다는 소리를 할 게냐?"

"……?"

"황후라면 응당 그 의무를 다해야 하는 법이다."

"……?"

"아무것도 모른다는 표정에 내가 속을 것 같으냐? 초야를 놓쳤으니 제대로 합궁을 치러 보자꾸나."

'폐하…… 저는 아직 마음의 준비가…….'

"나 또한 따로 마음의 준비를 한 것이 아니다. 본래 이런 일은 몸이 동하면 그때가 준비된 것이지."

'저는 몸이 동하지도 않았습니다…….'

난비가 새빨개진 얼굴로 주저하며 적은 한 줄을 보고 강위는 크게 웃었다.

"알았다! 그럼 내가 그것을 도와주마!"

황상께서 그냥 돌아갈 맘이 없으신 듯하자 난비는 울상이 되었다.

"곤하구나."

"……?"

난비는 깜짝 놀랐다. 황상께서 나인들을 불러 돌연 목욕물을 받아 달라 했기 때문이었다.

"긴장을 푸는 데는 역시 따뜻한 물이 제일이지."

'저, 저 말입니까?'

잠시 후 난비는 그녀가 우려했던 것보다 더 난감한 상황에 놓였다.

온갖 한약재를 우린 욕제의 향이 뜨끈한 김에 풀풀 서려 있었다. 그래서인지 꽃잎을 띄운 목욕물은 몸이 녹아내릴 것처럼 따뜻하고 미끈거렸다. 그러나 난비는 몸을 편히 할 수가 없었다. 바로 뒤에 그녀를 안고 계신 황상 때문에…….

난비는 황제의 다리 위에 앉아 잔뜩 몸을 웅크리고 있었다. 강위가 그녀의 살결을 쓰다듬고 주물렀기 때문이었다. 강위에겐 단순한 전희일지 모르나 모든 것이 생소한 난비에게는 편히 몸을 뻗고 쉴 수가 없었던 것이다. 그녀가 할 수 있는 거라곤 이를 꽉 깨물고 간지러움과 민망함을 참아 내는 것밖에 없었다.

난비는 황제의 거침없고 느닷없는 손길이 닿을 때마다 몸을 뒤틀며 묘한 간지러움에 몸서리를 쳐야 했다. 황제는 때로는 따뜻하게 제 살결을 쓰다듬다가 어느 순간 화난 사람처럼 그녀를 쥐어뜯을 듯 움켜쥐었다. 그럴 때마다 난비는 어쩔 수 없이 황제의 몸에 그녀를 비비게 되었다. 물론 그런 그녀의 움직임이 황제를 더욱 달아오르게 할 줄은 모르고 있었다.

"흐으……."

점점 열기에 휩싸여 가던 강위는 그녀의 숨결이 달라졌음을 알아차렸다. 그녀의 가슴이 크게 오르내리고 있었다. 자신의 손끝에도 마침내 단단한 유실이 맺혔고, 난비의 팔이 한결 부드럽게 내려온 것을 보았다. 사내를 모르는 순진한 여체가 이 정도에 잔뜩 농염해지길 기대할 수 없었으니, 여기서 만족해야 했다.

강위가 그녀의 귓불을 깨물며 속삭였다.

"이제 나갈 때가 되었다."

"……!"

난비가 놀랄 새도 없이 강위는 그녀를 안은 채 성큼성큼 걸어갔다. 나인들이 젖은 몸을 닦아 드리려 했지만 모두 뿌리치고 황후의 침실에 들어섰다.

난비의 눈이 휘둥그레졌다. 잠시 목욕을 하는 사이에 침상이 새롭게 꾸며져 있었다. 마치 초야의 밤처럼 홍등이 장식된 침상은 붉은 비단 금침 위에 새하얀 천이 주름 하나 없이 펼쳐져 있었다.

"초야를 치르는 것이다. 당연한 것 아니냐."

강위가 난비의 소리 없는 물음에 답하고는 그녀를 침상에 눕혔다. 두 사람 다 젖어 있었지만 푹신한 금침이 물기를 빨아들였다. 뜨겁게 데워진 방 안은 추위를 느낄 수가 없었다.

강위는 긴장한 그녀의 얼굴을 보고 미소를 지었다. 그러자 시선을 어디다 둬야 할지 당황한 난비는 눈을 감아 버렸다. 강위는 그것을 난비가 모든 것을 제게 내맡겼다고 여겼다.

강위가 난비의 무릎 사이로 바짝 다가가 그녀의 종아리를 들어 올렸다. 그러자 난비의 무릎이 벌어지면서 복숭아처럼 탐스럽고 보드라운 엉덩이 속에 씨를 품는 옥문이 내비치기 시작했다. 목덜미까지 붉어진 난비의 수치심은 떨리는 다리를 보아도 알 수 있었지만, 강위는 부러 못 본 척했다. 어차피 여기서 그만둘 마음도 없으니 말이다. 하지만 그 유연해 보이던 여인의 몸이 나무토막처럼 딱딱하게 굳어 가고 있었다. 비좁고 메마른 비소에 들어가려던 강위의 마음이 약해졌다. 난비에게 들리지 않을 만큼 낮게 한숨을 쉰 강위가 고개를 숙여 그녀의 배에 입을 맞추었다. 그리고 그것을 시작으로 서서히 위로 올라갔다.

"헉!"

황제가 갑자기 덥석 가슴을 베어 물자 난비는 너무 놀라 몸을 들썩였다. 하지만 강위의 단단한 손이 그녀의 어깨를 누르고 있어 들썩임조차 제지당했다. 해서 그녀는 황제가 혀끝으로 유두를 희롱하는 것을 가만히 느끼고 있어야 했다. 다행인 것은 젖은 몸이 나른해서인지 황상의 애무 덕택인지 금세 몽롱해져 긴장감이 사라지고 있었다. 허나 그게 다가 아니었다.

점점 늘어져 가는 몸 아래로 불쑥 황상의 손이 들어왔다. 이상한 기분에 취해 가던 난비가 정신이 번쩍 들 만큼 충격적인 감촉이었다. 제 옥문을 비집고 들어온 그의 손길에 화들짝 놀라 몸을 일으키려 했지만, 어깨가 붙잡힌 덕에 허리가 활처럼 휘어질 수밖에 없게 되었다.

그녀가 벗어나려 할수록 황제의 손은 더 대담하게 그녀를 탐해 갔고, 난비는 흡사 조그만 짐승처럼 앓는 소리를 내야 했다.

"으으…… 끄으……."

따뜻하고 말캉한 그녀의 속살은 더 이상 메마르지는 않았지만, 아직 그를 받아들일 만큼은 아니라고 자꾸만 손길을 밀어내며 겁을 먹고 오므라들었다. 황제는 애정을 담아 좀 더 부드러운 두드림으로 달래었다. 배려가 느껴지는 지분거림 덕분인지 고집스런 꽃잎에 조금씩이나마 이슬이 맺혀 갔다.

시간이 지날수록 황제의 숨소리는 거칠어졌고, 난비는 지쳐 갔다. 이제 그녀의 몸은 스스로 주체하기 힘들 정도였고 황제에게 지배당하기 시작했다. 마침내 강위의 손가락이 그녀의 봉오리를 파고들었다.

"하아웃……."

생경한 뜨거움에 난비는 끊어지는 숨을 토해 냈지만, 황제의 손은 더 깊이 파고들고 있었다. 생각보다 오랜 시간, 겨우 물기를 머금은 난비의 비소는 이 이상 열릴 것 같지 않았다.

강위는 다시 그녀의 다리를 들어 올리고 참을 수 없이 부풀어 오른 제 옥궤를 그녀에게로 향했다.

'이제 나도 더 이상은 기다려 주지 못한다.'

겨우 손가락 하나에도 숨이 넘어갈 뻔한 난비였다. 황제의 옥경이 찔러 오는 저릿함에 이불을 말아 쥔 손이 하얗게 질려 갔다.

"으, 으……으웃……."

난비는 온몸으로 괴로워했다. 뜨겁게 꿰뚫리는 아픔이 허리께까지 타고 올라왔다. 피해 보려 했지만 제 허리를 단단히 잡고 계신 황제 때문에 어쩔 수 없이 참아 내야 했다.

'다들 처음엔 아프다고 했었다. 참자. 참자……'

하지만 파열의 괴로움을 안아야 하는 첫 경험이다. 아무리 다독여도 파르르 떨리는 고통은 나아지지 않았다.

"아윽!"

강위는 더 깊이 그녀를 침범해 갔다. 난비는 살을 찢는 아픔을 느끼는 와중에도 이 고통을 안겨 준 분이 황제라는 것에 기쁨을 느끼는 자신을 발견했다. 비로소 그와 진정으로 부부가 되었다는 안도감이 들어 눈물을 흘렸다. 흐느끼는 소리를 감추고 굵은 눈물만 뚝뚝 떨어트렸으니, 여체에 침식당한 황제의 이성은 더더욱 그녀를 돌아볼 수 없었다. 그는 마치 화차를 끄는 말처럼 뜨거운 불길을 싣고선 오직 절정을 향해서만 숨 가쁘게 달려 나갔다. 황제의 불꽃이 타들어 갈수록 난비도 그 불길에 휩싸여 곧 부서질 것만 같았다. 마침내 그가 파정의 희열을 느끼고 절정에 오르자 난비 역시 그의 허리를 붙잡고 함께하려 애썼다.

난비에게서 떨어진 황제는 긴 한숨을 내쉬며 침상 위로 누웠다. 그가 멍한 눈으로 천장을 바라보며 호흡을 가다듬는 동안, 난비는 간신히 떨리는 팔을 짚어 가며 침상에 몸을 뉘었다.

그러자 강위가 그녀의 팔을 끌어당겨 저를 마주 보게 했다. 강위는 뺨에 붙은 난비의 머리카락을 귀 뒤로 넘겨 주며 속삭였다.

"다음번엔 아프지 않을 게다."

"……"

지금으로서는 다음을 생각하기 싫었던 난비가 눈을 찡그렸다.

"믿지 못한다면 지금이라도 다시 할 수 있다."

난비는 황제의 능글맞은 농에 새치름한 표정을 지었다. 하지만 그것이 농이 아님을, 내일 먼 길을 걸어야 할 난비를 위해 황상 나름의 배려였음을 좀 더 나중에야 알았다.

황제께서 황후와 자주 밤을 보내신다는 이야기가 궁 안에 파다했다. 지금껏 어느 황후와도 사이가 나쁘지 않았으나, 또 어떤 황후와도 애달픈 정을 나눈 적이 없었던 황제였다. 첫 번째 황후와는 어린 시절부터 함께해서 연정이라기보단 가족이었고, 두 번째 황후와는 연정을 나누려고 애쓰셨고, 세 번째 황후는 그가 지켜야 할 의무처럼 보였었다.

대신들 모두 이를 잘 알고 있는지라, 황후에게 쏟아붓는 황제의 애정이 조금 과하다는 수군거림이 오고 갔다. 물론 나쁠 것은 없다. 여인의 치마폭에서 황제는 행복하고, 대신들은 권력을 나누면 그만이니 말이다. 다만, 요즘 황제의 성정이 조금 바뀌고 있다는 것이 꺼림칙했다.

"아무래도 황상께서 좀 이상하십니다. 그동안 우리가 너무 압박을 한 것은 아닌지⋯⋯. 뜬금없이 해왕사라니, 미신이라면 질색하시던 분이 절에서 후사를 기원한다는 것이 이해가 가십니까? 게다가 황후를 들인 지 한 달도 채 되지 않았는데 말입니다."

녹상서사(錄尙書事:현 내각총리) 양자문의 말에 대신들은 하나같이 고개를 끄덕였다. 제가 하고 싶은 말을 시원하게 해 주었기 때문이다. 그러나 승상 해일주가 느긋하게 수염을 쓰다듬기만 할 뿐 말이 없었다. 살이 뒤룩뒤룩한 대사농(大司農:현 재무장관) 서대호의 답답함이 터졌다.

"황후의 처소에서 칼을 휘둘렀던 것이 언제입니까. 갑자기 마음이 바뀌어 법도도 무시하고 날마다 황후를 안으시니, 아랫것들의 불안감이 큰 모양입니다. 이러다 만약 점점 더 성정이 격해지시면……."

"폭군이 되실까 겁이 나시는가?"

마침내 해일주가 입을 열었지만 모두들 그 말을 침묵으로 동의했다. 다들 입이 무거워지자 양자문이 다시 떠들었다.

"그렇게 되는 것을 막자는 뜻 아니겠습니까? 아시다시피, 지금의 황상께서 무너지시면……."

"말조심하게!"

해일주의 일갈이 집무실을 쩌렁쩌렁하게 울렸다. 녹상서사 양자문이 성급하게 말하려던 것은, 입에 담아선 안 될, 입 밖에 내는 순간 이곳에 모인 모두가 역모죄를 덮어쓸 그것이었다. 지금의 황제가 폭군이 되어 만약 그를 처단하고 나면, 불행히도 구하국은 다음 황제가 될 자가 없었다. 물론 황손들이 있지만, 그들은 황실의 직계에서 너무도 멀리 떨어져 있었으며, 또 그런 자들을 내세워 무력을 가진 자가 들고 일어난다면 정권이 수없이 바뀔 것이 불을 보듯 뻔했다. 그리되면 지금 하나로 똘똘 뭉친 대신들 역시 군권을 업고 흩어질 것이니, 그런 분란을 원하는 이가 어디 있겠는가.

"황상의 연치가 올해 몇이신가? 한창 때에 그럴 수도 있는 것을 왜들 나서서 이 소란들이오! 게다가, 드디어 황상께서 후손을 기대하시는 듯하니, 오히려 반길 일이 아닌가! 괜한 잡음으로 황상의 심기를 어지럽히는 것이야말로 경계해야 할 일일세!"

승상의 생각이 그렇다 하니, 다들 더 따지지 못했다. 그러나 해일주는 다른 의미로 이번 황제의 행보를 의심스럽게 여기고 있었다. 어릴 때부터 보아 온 황상의 성정은 고지식할 정도로 침착하고 융통성이 없는 분이었다. 그런 이가 갑자기 가치관이 흔들릴 정도로 여인에게 빠질 리가 없으니, 분명 무슨 생각이 있으실 것이다.

금위군을 대동한 황제 부부의 갑작스런 행차에 도성이 시끄러웠다. 예고도 없이 해왕사를 행차하신다니 백성들이 동요할 만했다. 개중 몇몇은 대놓고 불만을 떠들어 댔다.

"이왕 다리품을 팔아 불공을 들이실 거, 뭐하러 수레를 가득 채워 가신다는 겐지 이해가 안 가는구먼!"

그때 무리 중에 평범해 보이는 두 사람이 나타나 은근한 목소리로 말하기 시작했다.

"이보게들. 내가 궁에 아는 이가 있어 들었는데, 요즘 폐하께서 황후마마한테 푹 빠져서 헤어 나오질 못하신다네."

"아, 나도 그 얘길 들었네. 밤마다 마마께서 피리 소리로 폐하를 유혹하신다는 얘기도 있더라고."

맞장구치는 이가 더 흥미로운 이야기를 꺼내자 사람들이 웅성거렸다.

"역시 하늘이 내린 황후라 그런가, 폐하가 푹 빠지신 모양이네!"

"글쎄, 그게 아니지, 이 사람아! 하늘이 내리신 분이 폐하를 현혹해서 절에나 다닐 리가 있겠는가? 이게 어찌 된 것이냐 하면, 원래는 금비 아씨가 황후가 되어야 하는데, 난비 황후께서 욕심을 부리셨다 이거지."

서로 다른 말을 하는 두 사람의 대화에 백성들은 푹 빠져들었다.

"말조심하게! 그런 소리를 함부로 입에 올렸다가 큰일 나네! 황후마마의 귀에 들어갔다간 혀가 뽑히고 말 걸세!"

그들의 짧은 대화를 듣던 백성들의 뇌리에는 원래 황후가 되어야 할 어진 금비를 제치고, 악독한 난비가 황후가 되어 황제를 움켜쥐고 있는 모습이 그려졌다. 백성들의 마음에 하나둘 분노가 쌓이고 소문은 삽시간에 퍼져 나갔다.

민심이 이리 돌아가는 것을 알 리 없는 황제 일행은 해왕사에 오르기 전 산 아래에서 멈춰 섰다.

"수레를 지키는 병사들을 남기고 일부만 함께한다."

"예? 수레를 놓고 가다니요?"

금위장 왕정이 당연한 질문을 했다. 이 수레는 공물이 아니었단 말인가.

"부처님께서 공물을 바칠 곳을 따로 알려 주셨으니, 잘 지켜야 한다."

"예에?"

무슨 말도 안 되는 소리인가 싶지만 황명은 가벼이 여길 수 없는 것이었다. 어쩔 수 없이 왕정은 병사들 중 반만 데리고 산에 올랐다. 황상 내외께서 걸어가시겠다 하시는 통에 저도 말을 탈 수 없었다. 오랜만에 걸어야 했더니 무인인 자신도 산행이 고되었다. 그런데 막상 황상과 황후께서는 그다지 지친 기색이 없으셔서 저 또한 힘든 내색을 할 수가 없었다.

마침내 해왕사에 도착하자 왕정은 잠시 쉴 수 있다는 것으로 일단은 만족했다. 돌아갈 일이 까마득하긴 했지만 말이다. 그런데, 해왕사에서 황상을 맞이하러 나오는 승려들 중 두 사람이 유독 눈에 띄었다. 그들은 승려가 아니었는데 가까이 다가올수록 낯이 익은 것이다. 그러다 왕정은 그들을 눈앞에 마주하고서야 소스라치게 놀라 소리치고 말았다.

"은호!"

그러자 황상을 비롯한 모든 이의 시선이 왕정에게 향했다. 당황한 왕정이 제 실수를 눈치챘을 때는 이미 늦은 후였다.

"금위장은 은호를 어찌 아는가?"

황제의 물음에 어찌 대답해야 할지 왕정의 머릿속이 까마득해졌다. 대사농 서대호가 은호의 용파(죄인의 인상착의를 그린 그림)를 보여 주며 은호를 죽이라 부탁한 일이 있었는데 이를 어찌 솔직하게 말할 수 있겠는가.

'속았구나. 승상의 말씀이 옳았다!'

행차를 떠나기 전, 승상이 불러서 당부하길, 황상께서 해왕사에서 무엇을 꾸미시는지 알아보라 하셨다. 알아볼 것도 없이 알게 된 일이지만, 그때는 승상의 노파심을 이해할 수가 없었다.

"예? 아, 도성에서 유명한 글 선생이 아니었습니까? 제 자식도 글을 한번 가르쳐 볼까 해서……."

왕정이 침을 꿀꺽 삼키고 변명을 하자 황상은 싸늘한 눈빛을 보내면서도 더 캐묻지 않았다. 마침 가까이까지 다가온 은호가 부드럽게 웃으며 예를 갖추었다.

"폐하, 예까지 오시게 하여 황공할 따름이옵니다. 소인의 절을 받으시옵소서."

"갈 길이 머니 일어나라."

일어선 은호는 황후에게도 인사를 올렸다.

"황후마마, 그간 평안하셨사옵니까."

'목숨이 위태로우셨다면서요? 어찌 이리 태평하십니까?'

"신이 쓸데없는 근심만 끼쳐 드려 송구하옵니다."

'지금은 무사하시지만, 저는 앞으로가 걱정이옵니다.'

"많이 편찮으셨다 들었습니다. 탕제도 드시지 못하시니 얼마나 고생이 심하셨습니까."

'누굴 걱정하십니까. 그깟 고뿔이 무에 대수라고……'

강위는 두 사람이 애틋한 눈빛을 주고받는 것이 썩 마음에 들지 않았다. 여태 잠자코 있던 성검이 긴 한숨을 쉬고 스승인 은호의 옆구리를 툭툭 건드렸다.

"스승님, 인사가 너무 긴 듯합니다. 좀 팔불출 같소."

속삭이면서 한다는 말이 컸던지라 그곳에서 그 얘기를 듣지 못한 사람이 없었다. 은호가 부끄러운 듯 얼굴을 붉히면서도 눈치 없이 기어이 한마디를 덧붙였다.

"이놈아. 내가 마마를 얼마나 뵙고 싶었는지 아느냐."

눈치 없기는 난비도 마찬가지라, 보고 싶었던 은호의 말에 얼굴이 환해지는 웃음꽃을 피웠다.

"대웅전이 어디냐? 안내하라."

보다 못한 황상의 목소리가 둘을 떼어 놓았다.

해왕사에서 빈민촌까지는 그리 멀지 않은 곳에 있었다. 우습게도 귀척들이 드나드는 해왕사 근처에 이런 암울한 빈민촌이 자리 잡고 있는 것이다. 불공을 드리러 가는 이들 중 빈민촌에 자비를 베푸는 이들이 가뭄에 콩 나듯 있었고, 구걸을 하기에도 있는 자들이 나았기 때문이었다.

왕정은 빈민촌에 가겠다는 황상의 명을 따르지 못하겠다고 충심이 절절한 신하마냥 극구 말렸으나,

"정 싫으면 너 혼자 돌아가면 되겠구나."

라는 말씀에 어쩔 수 없이 선봉에서서 비장하게 황제의 행렬을 이끌고 있었다. 성검과 은호는 힘없는 백성들을 만나러 가면서 마치 전쟁터에 온 것마냥 위험하네 어쩌네 유난을 떠는 왕정이 한심하기만 했다. 난비 역시 그 모습이 우스꽝스러웠던지라 이를 지켜보던 강위는 제 낯이 뜨거울 지경이었다.

화려한 황제의 행렬이 냄새나고 비좁은 마을길에 들어서자 빈민촌 사람들의 눈이 휘둥그레졌다. 사람들은 가마와 말도 없이 걸어오는 사람들을 황제의 행렬이라고는 생각지 못했다. 그저 병사들이 떼 지어 몰려오는 것만을 보고 저희를 다 죽이러 왔다 여겼다.

사실 나라에서 저희를 죽여야 할 이유는 차고 넘쳤다. 전염병이 도는 것도 더러운 빈민촌 사람들 탓이라 하고, 세를 못 내는 버러

지 같은 놈들이라고도 하고, 무슨 흉악한 사건만 생기면 저희들에게 덮어씌우니 안 그렇겠는가.

공허한 눈빛으로 행렬을 지켜보던 사람들 중 겁에 질려 허겁지겁 도망치는 이들은 얼마 되지도 않았다. 대부분의 사람들은 도망칠 기운도 없거니와, 이래 죽으나 저래 죽으나 매한가지라며 움직이지 않았던 것이다.

그러나 그들의 생각과 달리 병사들이 싸울 의도가 없다는 듯 마을을 지나쳐 갔다. 사람들은 아이를 끌어안으며 안심하면서도 긴장을 놓지 않았다. 그때 그들의 눈에 행렬의 수레에 가득한 곡식 자루가 보였다. 며칠을 굶어 하나같이 뼈가 앙상한 이들이었다. 배고픔을 이기지 못한 그들의 눈에 탐욕이 들어차더니 살기를 내뿜으며 하나둘 행렬의 꼬리를 쫓아오기 시작했다.

황제는 넓은 공터에 다다르자 일행을 멈추게 했다. 그러자 쫓아오던 사람들이 그들을 동그랗게 에워싸고 거친 숨을 내쉬었다.

"이것들이 뭘 하는 것들이냐!"

금위장 왕정이 눈을 부라리며 호통쳤지만 그들은 눈 하나 깜짝하지 않았다. 오히려 누군가 큰 소리로 사람들을 선동하기 시작했다.

"이보게들! 저기 저 곡식 보이지? 이놈들 싹 다 죽여 버리고 실컷 먹고 죽어 봄세!"

"그러자구! 까짓것 먹고 나면 도망갈 힘이라도 있을지 알아! 새끼들 배 좀 불려 보자구!"

아무리 잘 훈련된 병사들이라도 쪽수로는 밀리지 않으니 자신 있다 생각한 모양이었다. 어리석은 빈민촌 사람들은 기세등등하게 포위망을 좁혀 왔다.

난비는 극단적으로 변해 버린 사람들을 보고 놀랍고도 안타까웠다. 자신이 마지막에 왔을 때보다 빈민촌 상황이 더 악화된 것이리라. 예상치 못한 상황에 난비가 당황하자 강위는 모두가 들으란 식으로 크게 얘기했다.

"하나도 위험하지 않다더니. 믿은 내가 어리석었군."

강위의 말에 난비는 애써 못 들은 척 시치미를 떼고 있었다. 분위기가 살벌해지자 금위장 왕정이 앞으로 나서 호기롭게 외쳤다.

"네 이놈들! 어서 엎드리지 못하겠느냐! 미천한 네놈들이 함부로 뵐 수 있는 분들이 아니시다. 썩 엎드리거라!"

이미 손에 무기를 하나씩 챙겨 든 이들은 왕정의 외침에 더욱 분노하며 외쳤다.

"오냐, 이 귀한 것들아! 어디 천것들 손에 죽어 봐라 이놈들!"

제 협박이 통하지 않자 왕정은 얼굴이 시뻘게져서 다시 소리쳤다.

"이놈들아! 황제 폐하이시다! 네놈들에게 곡식을 나눠 주시러 이곳까지 오신 황제 폐하시란 말이다!"

"황제가 미쳤다고 여기를 가마도 없이 와? 우리 같은 놈들도 눈깔이랑 귓구멍은 열려 있다, 이놈들아! 그런 것도 모를 줄 아느냐!"

그러자 옆에 다른 누군가가 그를 툭툭 치며 말했다.

"이봐. 오늘 황상께서 해왕사에 불공을 드리러 간다는 얘길 들었네."

"나도 들었네. 정성을 들인다며 걸어서 가신다고……."

옆에서 너도나도 거들기 시작하자 사람들은 황제 일행을 천천히 훑어보았다. 자세히 보니 왕정과 병사들의 관복이 그냥 일반 관복과 달랐다. 게다가 한눈에 보기에도 신분이 높아 보이는 여인이 함께하고 있었고, 내관으로 보이는 자들도 여럿 있었다. 금위장은 그들이 일행을 살펴보며 두려운 기색이 역력하자 한 번 더 큰 소리를 쳤다.

"이제야 알겠느냐! 네놈들은 이제 모두 죽은 목숨이다. 황상을 위협한 대역죄를 짓고 살아남길 바라진 않겠지! 뭣들 하느냐! 이 대역죄인들을 모두 포박하지 않고!"

핏대를 세운 왕정의 외침에 황제는 고개를 저었다. 그런 소리를 하면 저들은 더 자포자기해 들고 일어날 것이니 말이다. 아나나 다를까 잠시 주춤하던 무리들의 눈빛이 더 살벌하게 변했다. 병사들이 칼을 빼 들자 마을 사람들도 더욱 흉흉해졌다. 그중 가장 먼저 선동했던 자가 끈적한 목소리로 말했다.

"씨발! 곡식을 나눠 줘? 우리가 거지야? 이걸로 며칠 살고 그다음엔 또 어쩔 건데? 이렇게 될 바에야 이 썩은 세상 다 엎어 버리자구! 황제가 우리 손에 있는데 못 할 게 뭐 있어? 까짓 죽기밖에 더해!"

"그래, 어차피 이렇게 된 거 이미 다 죽은 목숨이라고!"

"뭐, 뭣이 어째? 네 이놈들!"

왕정은 그제야 일이 심상치 않게 돌아감을 느끼고 안절부절못하고 있었다. 일촉즉발의 상황에 드디어 황제가 한 발 앞으로 나섰다. 그리고는 날뛰는 주모자를 바라보며 조용히 입을 열었다.

"그래. 며칠을 살고 나면 또 어떤 일이 생길 것 같으냐?"

"……?"

뜬금없는 물음 때문인지 나직하지만 위엄이 서린 목소리 때문인지 흥분으로 터질 것 같던 좌중의 분위기가 일순 가라앉았다.

"너는 며칠 전에 황제가 곡식을 나눠 주러 올 줄 알고 있었느냐?"

"예, 예?"

"몰랐을 테지. 허면, 오늘부터 또 며칠 후에 세상이 어떻게 바뀔지 아느냐? 전쟁이 날지, 황제가 급사할지, 어찌 알고 지금 죽으려 하느냐?"

"그, 그것은……."

"내가 너라면 일단은 이 곡식으로 며칠을 살 것이다."

"어, 억지십니다! 지금이 아니라면 언제 또 황상께서 여길 다시 오신단 말입니까! 우리는 지금이 벼랑 끝이란 말입니다!"

"물론, 지금으로선 그런 예정이 없다. 허나, 세상일이란 모르는 것이지. 어디 보자. 이 중에 혹 여기 있는 은호 선생을 아는 자가 있느냐? 몇 해 전 이곳에서 돌림병을 치료해 주었다 들었다."

웅성거리던 사람들 중 몇몇이 은호를 뚫어져라 쳐다보다 크게 고개를 끄덕였다.

"헉! 그때 그분 아니신가! 맞네. 맞아!"

술렁임이 번져 가자 황제는 이번에 황후를 가리키며 물었다.

"그럼 이 여인을 아느냐?"

사람들은 고개를 갸웃했다. 저희들이 황후를 어찌 알겠는가.

"이 여인은 그해 은호와 함께 이곳에 왔던 계집종이었다. 그녀가 몇 해 후 황후가 되어 너희들을 돕겠다며 곡식을 가져왔다. 이리될 줄 너는 알았느냐?"

"서, 설마!"

주모자 못지않게 사람들은 경악했다. 황후는 분명 연월장의 첫째 여식인 난비였다. 신분이 높은 그녀가 이곳에 드나들며 돌림병 환자들을 보살펴 주었다니 놀랄 일이 아닌가.

"보아라. 세상엔 이리 예상치 못한 일들이 많은 법이다. 일 년, 한 달, 혹은 하루 사이에 무슨 일이 일어날지 모르는데 며칠 후를 어찌 알고 목숨을 가벼이 여기느냐?"

"……"

사람들은 자신들의 성급함을 크게 깨닫고 아무런 말도 못 했다. 도적떼처럼 앞뒤 가리지 않았던 것이 후회될 뿐이었다. 그러자 누군가가 눈치를 살피며 슬그머니 물어왔다.

"그, 그 말씀은 그럼 저희가 투항하면 살려 주시겠다는 말씀이옵니까?"

모두 묻고 싶었으나 묻지 못했던 물음에 다들 기대에 차 황제의 입만 바라보았다.

"대역죄를 짓고 살아난 이가 있던가?"

"이런 씨이……! 누굴 놀리십니까? 그럼 여태 우리를 훈계한 것은 뭐냔 말입니까! 죽기 전에 후회하고 죽어라 이겁니까!"

감히 황상께 막말을 퍼붓는 놈을 보고 사모달이 쌍심지를 켜고 앞으로 나서자 강위가 제지했다.

"원래라면 살려 둘 수 없는 죄이나, 내 어젯밤 꿈에 부처께서 이곳에 공물을 바치라 하셨으니 신성한 곳에서 살생을 할 수야 없지. 아쉽지만 목숨은 살려 주겠다."

"……?"

황제의 입에서 나온 말치고는 너무 허무맹랑해서 다들 말똥말똥 쳐다보니 강위가 귀찮다는 듯이 손을 저었다.

"뭐하느냐? 어서 나눠 주고 돌아가지 않고?"

"예, 예. 폐하. 뭣들 하느냐? 어서 줄 서지 않고!"

정신없긴 하지만 한순간에 정리가 되긴 했다. 집에서 자루를 가져오겠다 뛰어가는 사람들이 있는가 하면, 그 시간도 못 참아 옷을 벗어 곡식을 담으려는 사람들도 있었다. 며칠이면 어떨까. 당장 배고픔을 해결해줄 귀한 곡식에 무거웠던 분위기가 흥분으로 반전되었다.

난비는 이를 살펴보는 황제를 빤히 들여다보았다. 시선을 느낀 강위가 쳐다보자 난비가 웃으며 황제의 손바닥을 펼쳤다.

[부처가 꿈에서 또 뭐라 하시던가요?]

"하나도 위험하지 않다 하더라."

난비가 곧 부처라는 농담이었다. 기분이 좋아진 난비가 다시 글을 썼다.

[부처도 황상의 정성에 감동하셨으니, 곧 후사를 점지해 주실 것입니다.]

"이왕이면 오늘 밤에라도 점지해 주시면 좋겠군."

능청스런 강위의 대답에 난비는 그만 웃음을 터트리고 말았다.

맑은 황후의 웃음소리는 그렇게 크지 않았는데도 모두가 들을 수 있었다. 은호와 백성들 모두 훈훈한 미소로 그 둘을 지켜보고 있었지만 당사자들은 아무것도 모른 채 둘만의 이야기 속에 빠져들고 있었다.

잠시 후 일행은 올 때와 달리 극진한 예우로 돌아갈 수 있었다. 강위는 사실 내색은 안 했지만 항상 백성들에게 욕만 얻어먹다 진심에서 우러나오는 감사를 받고 무척이나 설레었다. 게다가 모든 일을 끝내고 돌아가려니 빈 수레만큼 마음이 홀가분해졌다.

"부처께서 뭐라 생각하실지 모르겠지만, 가는 길은 편히 가도 될 것 같다."

"……?"

"모달아, 수레가 비었지 않느냐?"

"헉. 폐하. 그래도 수레를 타기는 모양새가 좀 그렇사옵니다."

사모달이 소리를 낮추어 만류했지만 소용없었다.

"체면 따지다 이 옥체가 상하면 네놈이 책임질 것이냐?"

한숨을 푹푹 내쉰 사모달이 내관들의 겉옷을 벗겨 수레에 깔았다.

강위는 난비를 먼저 수레에 태우고 자신도 올라탔다. 돌부리에 걸릴 때마다 덜컹거리는 수레가 많이 편한 것은 아니었지만, 흔들릴 때마다 서로의 몸이 닿는 것이 즐거웠다. 처음으로 해거름이 아쉬운 하루였다.

일행이 환궁한 것은 이미 어둠이 짙어졌을 때였다. 내전에서 은호와 독대한 강위는 어둡고 위엄이 깃든 표정으로 그에게 물었다.

"나는 생각보다 욕심이 많은 황제일세. 그대가 나를 부른 것이 목숨을 하찮게 여기는 충성심뿐이라 믿지 않는다. 이 파국을 뒤엎을 묘책이 있으니, 오랜 은둔생활을 접은 거라 여기고 있네."

은호는 젊은 황제의 치기 어린 기세에 부드러운 웃음을 지었다. 어린 시절부터 간신들의 위협에 당해 왔을 텐데도, 강한 척 고집스럽게 허리를 펴는 황제가 마치 선황의 젊을 시절을 다시 뵙는 것만 같았다.

"세상을 둘러보니, 현 정세를 비판하는 젊고 유능한 자들이 차고 넘치었사옵니다. 해서 제가 그들을 다듬어 놓았습니다. 이미, 그들 중 많은 이들이 폐하의 신하가 되어 때를 기다리고 있사오니, 그들을 어찌 쓰실지는 폐하의 뜻에 달려 있사옵니다."

고관은 아니지만, 여러 귀족의 자제들을 가르쳐 관료로 보낸 은호였다. 늙은 간신들이 언젠가는 쓰러질 터이니, 그들이 세를 대물림하지 못하도록 또 다른 세력을 모아 견제하는 것만이 세상을 떠돌던 그가 할 수 있는 일이었다. 관직에서 물러난 충신이 여전히 나라를 향한 마음을 놓지 않았음에 강위는 일순 아무 말도 하지 못했다.

"폐하. 비록 지금은 미흡하오나, 앞으로 폐하께서 가셔야 할 기나긴 길에 분명 도움이 될 것이옵니다."

"고맙네. 이제 내게 진짜 주고 싶었던 것을 꺼내 보시게."

은호는 품속에서 비단 두루마리를 꺼내 두 손으로 황제에게 건넸다.

강위는 선황의 교지를 받아 들자 문득 그가 그리워져 목이 메어 왔다. 벅차오르는 감정을 추스르고 두루마리를 풀었다. 오랜만에 뵙는 선황의 필체, 그것도 아직 힘과 열정이 넘치시던 그때의 필체였다.

[구하국의 칠대 황제로서 나의 벗 효문재의 여식에게 효난비라는 이름을 내릴 것이니, 다음 대의 황후가 되게 하라. 또 다른 나의 벗 은호가 이를 간직하고 증언할 것이다.]

간략하고 명료한 글귀였으나 옥쇄는 방금 찍은 것처럼 선명했다. 강위는 손이 떨릴 만큼 놀라고 있었다.

"이게 어찌 된 일인가?"

"그 말씀 그대로이옵니다. 선황 폐하와 효문재, 그리고 저는 우연한 기회에 의기투합하여 친분을 쌓았습니다. 서로 자주 만나지는 못하였사오나 현 황후마마께서 탄생하실 적에 동강에서 함께 밤을 지새웠습니다. 그리고 그때 이와 같은 명을 내리셨사오나 효문재가 극구 사양하여 제가 이 친필교지를 갖게 된 것이옵니다."

"그렇다면 항간의 그 떠도는 소문들과 궁무들의 참언이 모두 사실이었단 말인가?"

"소문들은 연월장의 짓이며, 궁무들의 참언은 소인도 확인할 바가 없으나 아무래도 연월장이 배후가 아니겠습니까?"

"허나 연월장에서는 난비가 아니라 금비를 황후로 들이려 했다. 이는 어찌 된 것이냐?"

"폐하. 소인이 폐하를 만나 뵙고자 한 것이 바로 그 이유 때문이옵니다."

"......?"

"마마를 지켜 주시옵소서."

"무슨 뜻이냐?"

은호는 침통한 얼굴로 모든 사실을 담담하게 말하기 시작했다.

"폐하. 연월부인은 황후마마의 친모가 아니옵니다."

❀

그 시각, 연월장의 두 모녀는 머리를 맞대고 앉아 이야기를 나누는 중이었다. 얼마 전 황제 부부의 뱃놀이 이야기를 전해 들은 금비는 잔뜩 약이 오른 상태였다. 게다가 황상께서 난비와의 후사를 위해 불공을 드리신다니 질투심이 치밀었다.

"어머니! 아무래도 황제가 난비에게 빠진 것 같아요. 저는 거들떠도 보지 않으신다구요. 이러다 난비가 죽어도 저를 나 몰라라 하는 거 아닐까요?"

연월부인은 금비의 투정에 눈살을 찌푸렸으나 이는 금비 때문이 아니었다. 자신이 생각하기에도 요즘 들어 일이 제대로 풀리지 않고 있었기 때문이다. 그러나 그녀는 짐짓 금비를 나무랐다.

"네가 어려 사내를 모르는구나. 네 아버지도 전처와 정이 깊었지만, 금세 재가를 하고 너를 낳았다. 그래도 모르겠느냐?"

그렇게 제 입으로 말을 뱉고 보니 틀린 말도 아닌 듯했다. 지금의 황제도 황후를 셋이나 잃고도 난비에게 빠져 허우적대고 있으니 말이다.

'제까짓 것도 계집이라고 사내 홀리는 재주는 타고났구나!'

부인은 난비와의 첫 만남을 떠올렸다. 젖도 떼지 못한 갓난쟁이가 주먹을 쥐고 꼼지락거리던 모습을. 그때만 해도 자신은 난비를 친자식처럼 여길 수 있을 줄 알았다. 그날 선황께서 동강에 오시지만 않았더라면 말이다.

자신의 딸 금비를 황후로 만들려는 야망, 난비가 거추장스럽게 느껴지기 시작한 것은 동강으로 피접 오신 칠대 황제의 방문이 계기가 되었다.

"이게 얼마 만인가."

"황상. 용안이…… 어쩌다가……."

그녀는 범상치 않아 보이는 손님의 방문이 의심스러워 몰래 엿듣다가 '황상'이라는 소리에 화들짝 놀랐다.

"나야 이제 갈 때가 되었네. 허나, 남은 태자가 걱정이니, 나를 도와주겠는가."

"저 같은 필부가 어찌 태자 전하를 도울 수 있겠습니까."

"자네의 딸에게 내가 내린 이름을 기억하는가?"

"폐하, 그 일은 이미 없던 일로 해 주시겠다 약조하시지 않았사옵니까."

"그대와 사돈을 맺고 태자에게 힘을 실어 주고 싶네. 내가 이리 죽고 나면 어린 태자는 누굴 믿고 의지하겠나. 지금으로서는 내가 믿을 이가 그대밖에 없으이."

"폐하, 망극한 말씀이옵니다. 전하께오서는 이미 태자비마마가 있으시고, 제 딸은 그저 평범한……."

"난새가 봉황임을 잊지 말게……. 태자비라 해서 꼭 황후가 되라는 법은 없네."

두 사람의 약조를 들은 연월부인은 금비를 제치고 난비가 황후가 된다니 배가 아팠지만, 어쩌면 금비를 황후로 만들 길이 생길지도 모른다는 생각이 퍼뜩 떠올랐다. 그러나 우선은 도성으로 가야 무슨 수가 날 것 같아 몇 달간이나 지루하게 효문재를 설득했다. 황제의 간청에도 요지부동이던 효문재가 마음을 돌린 것은, 황제가 승하하고 어린 황제가 이어받은 황권이 급격히 약해질 조짐이 보인 후부터였다.

"당신 말이 맞소. 이제라도 폐하께 힘이 되어 드려야겠네. 황후가 안 된다면 후궁으로라도 난비를 궁으로 들여 보아야겠소."

마침내 그의 마음이 돌아섰다. 허락이 떨어지자 연월부인은 일사천리로 집을 정리했고, 오랫동안 살림을 해 왔던 집안의 종복들까지 모두 내보냈다. 나이 든 그들의 걸음으로는 먼 도성까지의 길이 힘든 탓이었다.

그렇게 급히 도성으로 이사했건만, 효문재가 우물쭈물거리는 사이 어린 황제는 대신들의 반대에도 불구하고 태자비를 황후로 만들어 버렸다. 천재일우의 기회를 이대로 물거품으로 만들 수 없었던 부인은 고진과 계략을 짜 황후를 죽일 계획을 세웠다. 어차피 어린 황제를 둘러싼 간신배들은 오합지졸처럼 몰려다니며 제 배를 채우는 데만 급급했으니, 아무리 황후라 해도 어린 계집을 죽이는 일은 생각보다 쉬웠다. 그런데 모든 것이 잘되어 가던 중 난비를 없애지 못했고, 결국 난비가 선황의 원대로 황후가 되어 버린 것이다.

부인이 잠시 옛일을 떠올리는 동안 금비는 아무리 생각해도 의심스럽다는 듯 입을 삐쭉거렸다.

"그렇지만 어머니, 황제께서 다른 황후들에게는 이렇게 유난스럽지 않았어요."

어릴 때부터 아버지의 사랑을 독차지했던 언니였다. 아버지가 돌아가시기 전까지는 모든 일이 언니 중심으로 돌아가고 있었다. 나중에야 아버지가 생모를 잃은 언니를 불쌍히 여겨 그랬다는 것을 알았지만, 그래도 어린 시절 느꼈던 질투심은 가시지 않았다. 제가 언니보다 모자란 게 없거늘, 그깟 소금 하나로 황제를 홀려 황후가 되더니 이제 그의 마음까지 얻으려는 게 아닌가. 헌데 어머니는 이런 불안감을 이해해 주지 못하고 되레 야단만 치셨다.

"그보다 너는 지난번 같은 불미스러운 일이 생기지 않도록 주의하거라. 앞으로 황후가 될 것인데, 몸가짐을 바르게 하고 구설수에 오르지 않도록 해야지!"

"네…… 어머니."

금비는 풀이 죽어 밖으로 나왔다. 어머니는 늘 제게 엄하셨다. 자신이 황후가 될 운명이며, 그러기 위해서는 모든 것이 난비보다 뛰어나야 한다 여기셨다. 황후라니, 그 자리가 싫을 이유가 없었다. 열심히 학식을 쌓았고 황후가 되기 위한 많은 교육을 받았다. 그런데도 제가 못 미더우신 건지, 황후가 될 운명의 아이가 저라고 하셔 놓고 어머니는 난비를 경계했다.

3년 전쯤, 아무리 배다른 언니라지만 그 언니를 어머니가 죽이려 했다는 것을 알고 큰 충격을 받았었다.

'금비야. 네가 한 것이 아니라, 이 어미가 한 것이다. 그러니 너는 몰랐던 일이다. 생각해 보아라. 난비가 살아 있으면 네가 황후가 될 수 있다는 보장이 없다. 네가 못났다는 것이 아니라, 사람의 운은 모르는 일이기 때문이다. 이 연월장에 여식이 둘이나 있는데, 황실에서 난비를 더 눈에 들어 한다면, 어쩔 것이냐. 그동안 네가 갈고닦은 것이 아깝지 않겠느냐? 게다가 다행스럽게도, 난비가 벙어리가 된 것으로 끝났으니 이제 죽일 필요도 없다. 마치 네가 황후가 되라고 복된 길을 열어 주는 것 같아 어미는 기쁘구나.'

더 나중에는 황후들의 시해에 어머니가 연관된 것까지 알게 되었으나 충격은 그때뿐이었고 시해니, 살해니 하는 단어에 점점 무뎌져 갔다. 황후가 되기 위해선 무슨 짓이든 해도 되는 것처럼 죄책감이라는 것이 사라진 것이다.

그러나 요즘 들어 뭔가 답답했다. 저와 어머니가 해 왔던 일들이 되지도 않은 일에 억지를 부린 것 같은 불쾌한 생각이 드는 것이다. 그렇게 노력해 왔는데, 결국 황후의 자리에 오른 것은 아무 노력도 하지 않고, 어떤 짓도 꾸미지 않은 난비였고, 이제는 황제의 사랑을 얻고 있었다. 자신이 어머니 말대로 황후가 될 운명이라면 어째서 늘 무리수를 두어야 하는 걸까?

'아니야. 잘못된 건 없어. 황후가 되는 건 나뿐이야. 황후들이 죽은 건 그들이 내 운명을 가로막았기 때문이고, 난비 역시 죽을

거야. 아니, 죽어야지!'

❀

황제의 정궁에 갑자기 큰 소리가 쩌렁쩌렁 울렸다.

"지금 뭐라 했는가!"

"폐하, 소리를 낮추시옵소서."

강위는 은호의 지적을 듣고 목소리를 낮추긴 했지만 경악한 억양은 그대로였다.

"부인이 난비의 계모라 했는가?"

"예, 폐하. 황후마마의 생모는 마마를 낳고 얼마 못 가 죽었사옵니다."

"너는 그것을 어찌 증명할 수 있느냐?"

"제가 가진 교지는 어쨌든 두루마리에 불과하지 않습니까. 제가 이미 동강에 사람을 보내 생모를 모시던 노파를 찾아오라 일러두었사옵니다. 그 노파가 연월부인의 매파 노릇까지 하였으니 다른 이들보다 더 확실한 증인이 되어 줄 것입니다."

"……!"

"폐하. 신은 벗의 죽음을 뒤늦게 전해 듣고 울적한 마음에 마마의 얼굴이라도 뵐까 해서 연월장의 담을 넘은 적이 있사옵니다. 그런데 그것이 하늘의 뜻이었는지, 어린 마마께서 독을 먹고 괴로워하는 것을 보고 구해 드리게 되었습니다. 이제 폐하께서 부디 마마를 지켜 주시옵소서."

은호는 그날 흉적을 쫓다 고진이 그 범인인 것을 알아낸 것까지 모두 이야기했다.

"이번에 도성에서 저를 해하려 한 자들도 분명 연월부인의 사주를 받았을 것입니다. 어찌 안 것인진 모르겠으나, 제가 황후마마의 탄생비화를 알고 있다 여기고 황상을 뵙지 못하도록 한 것이 틀림없사옵니다. 저를 해하려 한 자들 중 몇몇이 연월장에서 얼굴을 마주친 자들이었습니다."

은호의 말을 모두 듣고 나자 강위는 그간의 일들이 하나, 하나 납득이 가고 정리가 되기 시작했다. 어린 난비가 끔찍한 일을 당했는데도 세상에 알려 범인을 잡으려 하지 않고 되레 난비를 집안에 가둬 둔 것부터가 이상했다. 연월장만 한 세도가에서 딸의 추문을 내버려 두고 시집을 보내지 않은 것은 물론, 악독한 매질 또한 마음으로는 이해가 가지 않았었다. 그리고 가장 알 수 없었던 최근의 일이 이제야 답이 보였다. 그들은 난비마저 시해하려 한 것이다.

"그랬군. 이제 알겠군. 내 그동안 풀지 못한 일이 있어 좀처럼 결론을 내리지 못하였는데, 이제야 알겠군!"

"……?"

"그대에게 보여 줄 것이 있다. 따라오너라."

황제가 은호를 데리고 간 곳은 무위비사 적운의 처소였다. 잠자코 따라온 은호는 안에 들어서는 순간 피 냄새가 섞인 미미한 악취를 맡았다. 방 한구석에는 사람이 들어가도 될 만한 커다란 함이 놓여 있었다. 적운이 그 함을 열자 악취는 더 심해졌다. 놀랍게도 적운은 그 안에서 죽어 가는 두 사람을 꺼냈다. 한 명은 상궁이었고, 한 명은 내관이었는데 두 사람 모두 고신을 당해 죽지도, 살지도 못하는 상태였다.

"내관 도지산과 상궁 모자영이다. 얼마 전 황후를 해하려 한 자들이지."

"그런! 이게 어찌 된 일이옵니까?"

"황후의 처소에 자객이 들었으나 잡지 못했다. 모두가 자객을 보지 못했다고 하니 황후의 병증이 깊어 헛것을 보았다 생각했었다. 허나 돌아가는 길에 곰곰이 생각해 보니 만약 내부에 황후를 해하려는 자가 있다면 병이 든 지금처럼 좋은 기회가 없겠다 싶어 적운에게 감시토록 했다."

강위는 그날 난비를 믿지 못하고 떠나려다 걸음을 멈추고 고심했다. 만약, 만에 하나 난비의 말이 사실이라면 또 한 번 황후를 잃게 된다. 연월장이 난비를 해할 리가 없는데도 모진 매질과 독설을 퍼붓던 부인의 얼굴이 자꾸 떠올랐다. 거기에 괴로워하는 난비의 신음 소리까지 귓가를 떠나지 않았다. 그래서 만에 하나의 경우. 복잡한 생각은 다 접어 두고 만에 하나 있을지도 모를 난비가 말한 자객을 잡아 보기로 결심했던 것이다.

"나 또한 황후가 헛것을 보는지 지켜보고 있었다. 그러다 내가 오지 않은 날을 골라 이들이 또다시 황후를 해하려 한 것을 적운이 붙잡았다는구나."

황궁의 밤은 번을 서는 이들과 횃불들로 무척 밝았다. 수상한 자의 그림자가 지나가기라도 하면 당장 발각될 만큼 밝았으니, 철통 같은 경비였다. 그러나 이 불빛 아래를 당당하게 활보하는 궁인들은 낯이 익은 보초와 인사를 나누며 감시의 대상에서 벗어날 수 있었다. 궁인들에게는 황궁이 제집이니 볼일이 있어 지나가는 것을 누가 뭐라겠는가. 제 구역이 아닌 곳에서 늦은 시각 얼쩡대지만 않는다면 문제 될 것이 없었다.

그런데 딱 그런 자가 있었다. 내관 하나가 당당히 불빛을 밟으며 걸어가다 황후전이 보이는 곳에서부터 걸음걸이가 조심스러워졌다. 그때 황후전에서 무거운 함을 들고 나오던 상궁이 내관에게 다가가 그것을 건네주었다. 아니나 다를까 그들은 병사들의 눈을 피해 황후전 안으로 들어갔다. 그 후 적운은 침착하게 그들의 뒤를 밟아 황후의 침전에 들어가려 한 이들을 붙잡을 수 있었던 것이다.

은호는 황제의 현명한 판단과 치밀한 계획에 감탄하며 들뜬 목소리로 물었다.

"허면 이들이 자백을 하였는지요?"

"이제껏 황후들을 죽인 배후까지 알아내려 했으나 그것은 죽어도 모른다는구나. 내가 이상하게 여긴 것은 난비를 죽이라 명한 자가 연월장이라는 점이었다. 이들 말로는 정신이 온전치 못한 난비를 폐비시키고 금비를 황후로 만들 계획일 뿐, 죽일 작정은 없었다는구나. 대체 무엇을 믿어야 할지 혼란스러웠던 참이었다. 세상에 어느 어미가 제 맘에 드는 딸을 위해 다른 딸에게 고통을 줄 수 있다는 건지 이해될 리가 없지 않은가. 그대 말을 듣고 이제야 머리가 맑아졌다. 계모, 계모니 그리했지!"

은호는 제가 생각했던 것보다 더 빨리 난비에게 위험이 가해졌다 생각하자 오싹해졌다. 제가 조금만 늦었다면 어쩔 뻔했겠는가. 아니, 황상께서 깊이 생각하시지 않고 난비의 하소연을 그냥 지나쳤다면 어쩔 뻔했을까!

"마마를 해하실 작정이었습니다. 소인이 장담하옵건대, 폐하의 의심에서 벗어나고자 반드시 해하려 하셨을 것입니다. 연월장의 여식도 죽을 수 있다…… 보여 주고 싶었을 것입니다."

"나 또한 그리 생각하고 있다. 이제 부인이 대신들을 선동하지 못하도록 폐하의 교지를 널리 알려야겠다. 참언의 명분이 이 교지와 더불어 부인을 막아 줄 것이니, 볼만하겠구나."

"폐하. 하오시면 승하하신 황후들의 일은 어찌 처리하실 생각이십니까?"

"그대도 알고 묻는 것이 아니던가. 연월장이 황후들의 죽음과 관련돼 있는 것을 밝히는 순간 난비 역시 무사하지 못할 것이란 것을……. 계모라도 효씨 가문의 사람이다. 난비가 연좌제(連坐制:죄인과 친족 관계의 사람들에게 연대책임을 지게 하는 제도)에서 벗어나려면 내 힘이 그들보다 강할 때뿐일 것이다. 허니, 잠시 덮겠다. 얼마가 될지는 모르나 덮을 것이다."

씁쓸한 황상의 말을 들으며 은호의 고개가 숙여졌다. 지금은 방법이 이것밖에 없었다.

"소인도 그리 생각하고 있사옵니다……."

"황후는…… 황후는 아무것도 모르고 있을 테지?"

"예, 폐하. 아무것도 모르시옵니다."

난비가 이 사실을 알면 큰 충격을 받을 것은 물론, 이 일이 널리 퍼지게 될 것이다. 그리된다면 당장에는 연월장을 궁지에 몰아넣을 수 있으나 곧 난비와 자신들만 고립될 것이 분명했다. 아직은 모든 사람들이 난비를 연월장의 여식이라고 믿는 것이 황권에는 도움이 되는 일이었다.

"이왕이면 오래도록 모르는 편이 좋을 것이다. 말을 해야 한다면 기회를 보아 내가 할 터이니, 당분간 이 일은 우리 모두 비밀로 해야 한다. 알았느냐?"

"예, 폐하."

함께 있던 모두가 대답을 하자 비로소 황제의 표정이 밝아졌다. 부인을 위협할 증좌를 찾았으니 지금은 이것으로 만족하면 될 일이었다.

다음 날, 아직 연월장에 은호의 입궁 소식이 전해지지 않은 이른 아침이었다. 밤잠을 설친 금비는 이른 아침 또다시 궁을 찾았다. 이틀 전 어쩐지 쫓겨나는 기분으로 궁을 나섰던 것이 영 마음에 걸렸기에 옷과 화장에 더욱 신경을 썼다.

막 아침 수라를 끝낸 난비는 아침부터 어두운 표정으로 찾아온 금비가 걱정스러웠다. 예전에는 잘 웃고 밝은 아이 같았는데, 요즘은 통 웃는 모습을 못 본 것 같았다. 생각 같아서는 은호 선생님이 오신 이야기를 해 주고 싶었지만, 아랑을 비롯해 모두에게 황명으로 함구령이 내려졌기 때문에 그 기쁜 소식을 전해 줄 수가 없는 것이 아쉬웠다.

'무슨 일이 있니?'

한숨을 쉰 금비가 기다렸다는 듯이 하소연을 시작했다.

"마마, 들어 보셔요. 제가 실은 얼마 전에 무섭고 기가 막힌 일을 당했답니다."

세상 무서울 것 없는 동생이 커다란 눈망울을 글썽거리며 하소연을 시작하자 난비가 귀를 쫑긋 세웠다.

"……하마터면 정말 큰일 날 뻔했지 뭐예요. 사람들이 도와주러 몰려오지 않았으면, 그 무뢰배한테 무슨 일을 당했을지……. 세상에, 제가 마마의 동생이라 해도 눈 하나 깜빡하지 않았다고요. 그것도 두 번이나. 너무 분하고……. 어쩜 좋죠?"

"아씨. 그런 일을 당하셨어요? 무서우셨겠다. 뭐 그런 놈이 다 있데요? 근데, 호위무사들을 혼자 때려눕힌 실력이라면 대단한 놈이긴 한가 봐요! 그런 자가 왜 뒷골목에서 그러고 있을까요?"

난비도 마침 그 부분이 놀라웠던지라, 아랑의 말에 고개를 끄덕였다. 황후의 동생이라는 말을 못 믿어서 들은 척도 안 할 수야 있지만, 금비의 호위무사들이 하나같이 실력이 출중한데, 두 번이나 때려눕혔다니 놀라운 일이었다. 더군다나 두 번째는 한 명도 아니고 여럿이서 싸웠다니 보통 실력이 아닌 모양이었다.

'그런 자가 황상의 곁에 있다면 힘이 될 터인데…….'

시국이 혼란스러우니 능력 있는 자를 제 곳에 쓰지 못해 이런 분란들이 이는 모양이었다. 세상에 품은 분기를 다스리지 못하고, 가진 힘을 여인이나 희롱하는 데 쓰다니, 안타까운 일이 아닌가.

'이런! 내가 언제부터 이런 생각들을 했다고……. 정말 황후라도 된 줄……!'

'그대를 황후로 불러들인 것은 나였소.'

'내가 황후라……'

난비의 얼굴이 붉어지자 금비는 뭔가를 눈치채고 예리하게 물었다.

"마마, 제 얘기 듣고 계셔요?"

'아!'

"그리고, 너, 아랑이! 넌 내가 큰일을 당할 뻔했는데, 그자가 뒷골목을 누비는 천것인 게 안타깝다 이거니?"

"아씨. 그게 아니라요……."

금비의 날카로운 질책에 난비도 함께 뜨끔해서 울상이 된 아랑을 외면했다.

"쯧쯧쯧……. 그렇게 눈치가 없으니, 어찌 마마를 모시겠느냐!"

"죄송합니다."

아랑이 기어들어 가는 목소리로 울먹거리자, 난비가 그만하라고 손을 저었다.

"하아……. 마마. 저는 요즘 마마가 너무 그리워요. 어머니께선 제가 밖을 나돌아 다녀서 이런 일을 겪었다고 나무라셨지만, 이제 집에 마마도 계시지 않고, 은호 선생님마저 계시지 않으니 외로워 견딜 수가 없을 지경이에요."

금비가 스승을 그리워하자 난비는 저 혼자만 스승님에 대해 알고 있는 것이 미안해졌다. 그런데 금비는 그 표정을 오해한 것 같았다.

"알아요. 그냥 부러워서 해 보는 소리예요. 마마께서 스승님을 걱정하실 틈이 어디 있겠어요? 며칠 전엔 구하연에 뱃놀이까지 다녀오셨다고 어머니가 크게 기뻐하셨습니다. 드디어 마마가 사람대접 아니, 황후 대접을 받으며 이름처럼 귀해지셨다고, 눈물까지 흘리셨다니까요."

난비는 저를 황후로 만들고 기뻐하시는 어머니의 모습이 떠올라 가슴이 답답해졌다. 무슨 영화를 바라시고 그런 일을 벌이셨을까 숨이 막혀 왔다. 황제께서 이미 모든 죄를 덮겠다고 하셨으나, 어머니의 극악무도하고 대담한 죄를 떠올릴 때마다 죄책감이 드는 것은 어쩔 수가 없었다.

"구하연이 어떤 곳입니까? 선황 폐하 부부께서 생전에 그리 자주 배를 띄웠는데, 선 황후마마께서 병으로 승하하신 뒤로는 그 배도 태워 버리고 단 한 번도 발걸음을 하지 않으신 곳 아닙니까. 지금의 폐하께서도 세 명의 황후를 두셨지만, 결코 근처도 가시지 않으셨다죠. 그곳을 마마와 함께하셨다니, 어머니가 놀랍고 기쁘실밖에요."

난비는 처음 듣는 이야기에 놀라 금비를 빤히 쳐다보았는데, 그녀는 기대를 저버리고 다른 말을 이어갔다.

"구하연은 어떻던가요? 정말 그렇게 아름다운 곳이에요? 황궁에 그런 커다란 호수가 있다니, 얼마나 멋질까. 아, 마마! 우리 구하연으로 소풍 가는 건 어떨까요?"

'소풍?'

난비는 너무 갑작스러운 제안이라 선뜻 결정을 내리지 못했다. 하지만 동생이 이토록 간절히 뭘 부탁한 적이 없어 반짝이는 그녀의 눈을 외면하기 어려웠다.

"안 되나요? 제가 너무 생떼를 쓰는 거죠?"

금비의 얼굴이 들어올 때처럼 그늘이 지자 난비는 결국 자리에서 일어났다.

황후 일행은 먹거리와 자리까지 챙겨 구하연에 도착했다. 호수는 며칠 전과 조금 달라 보였다. 계절이 바뀌지도 않았으며, 날씨가 달라진 것도 아니었다. 다른 것이 있다면, 사람이 다를 뿐이었다. 멍하니 풍경을 바라보던 난비는 배 위에서 읊어주던 황상의 시구가 떠올랐다.

'……폭우가 쏟아지고 낙엽이 수면을 가려도 얼음이 녹은 후에도, 형상이 같다면, 만개한 꽃을 이 배에 채우고, 봄이 보낸 선물을 기쁘게 받으리라.'

'그 시가 설마, 지금 제가 생각하는 그런 뜻이었습니까?'

그때 들을 때는 몰랐으나, 이제는 그 의미가 다르게 와 닿았다. 폭풍우 같은 분노와 공허한 외로움, 스스로 닫아 버린 마음에도 그리운 님의 얼굴이 지워지지 않는다면 님과 함께 기쁘게 연정을 누리리라.

난비의 가슴속에 뜨거운 바람이 불어오는 것 같았다. 원한을 삭이고 죄인을 품기까지 그가 겪어야 했을 뼈를 깎는 감정의 풍랑이 제게도 휘몰아쳤다.

'그렇게까지 하실 만큼 저는 폐하께 의미 있는 사람이 아닙니다. 이 죄를 어찌 갚습니까.'

갑자기 무거워진 난비의 분위기에 금비도 섣불리 말을 걸지 못하고 지켜보았다. 황상과의 금실이 나날이 좋아진다 알고 있었는데, 어째서 저러고 서 있는지 의아했다.

그때 상념에서 깨어난 난비가 소금을 꺼냈다.

투웅.

물안개처럼 낮은 음으로부터 시작한 소금의 음이 좀처럼 올라오지 않았다. 금비는 난비의 연주를 자주 들었지만 한 번도 연주가 감동적이거나, 좋다 느낀 적이 없었다. 저도 그 정도는 할 수 있다 자부하고 있었고 연주를 귀담아 들은 적도 없었기 때문이다. 그런데 지금 난비의 소리를 듣던 금비는 눈이 휘둥그레지고 심장이 뛰었다.

'연심!'

듣는 이의 가슴마저 아련하게 적시는 연심가였다. 그러나 그 사랑이 쉽지는 않았을까, 어딘가 비통함이 느껴졌다.

'두 사람의 마음이 이 정도로 깊이 오고 가고 있었단 말이지. 안 돼. 이대로 있다간 난 정말 언니한테 내 인생을 송두리째 뺏기고 말 거야. 어머니 말씀이 맞았어. 언니는…… 언니가 있으면 난……'

금비가 갈팡질팡하고 있을 때, 연주를 끝낸 난비는 소금을 내려놓고 한결 홀가분해진 표정으로 호수 끝을 보고 있었다.

'폐하, 오늘 밤 꼭 이 답신가를 들려 드리겠나이다.'

제 노래를 듣고, 마음이 통하기를. 이런 제 맘을 폐하께 꼭 드리리라 다짐하며 가슴이 설레었다. 당장이라도 폐하를 향해 달려가고 싫었기에 멍하니 서 있던 금비의 소맷자락을 끌어당겼다.

그제야 정신이 든 금비가 제 생각을 속으로 숨기느라 마른침을 삼켰다.

"아, 마, 마마. 벌써 가시게요? 지금 막 왔는데……."

'그만 가자꾸나.'

"왜 벌써……. 이제 추워지면 정말 못 오잖아요. 온 김에 배 한 번만 타 보면 안 될까요?"

"……."

"한 번만요? 네? 멀리 안 가고 돌아오면 되잖아요."

'알았다. 잠시만이야.'

금비가 데려온 호위무사 두 명이 노를 잡고, 난비와 금비, 그리고 아랑이 함께 배에 올라탔다. 폐하와 탔을 때처럼 좁은 배에 더 많은 사람이 탈 수가 없었다.

"마마께서 타셨으니, 조심, 또 조심해서 모셔야 할 것이다."

"예, 아씨!"

금비가 엄하게 당부하자, 힘찬 대답과 함께 배가 수면을 찢으며 나아갔다.

무슨 생각에 잠겼는지 난비는 얼굴을 붉히고는 웃음 짓곤 했다. 금비는 난비의 그런 넋 나간 표정을 보며 점점 눈빛이 탁해졌다.

호수의 중간쯤에 다다랐을 때 무사들이 노 젓기를 멈췄다.

"이제 돌아가셔야 합니다."

무사들의 말에 금비도, 난비도 웃어 보이며 그러라고 했다. 하지만 난비는 금비가 사공들과 눈빛을 주고받는 것을 살피지 못했다.

그래서 서툴게 돌아가는 배를 대수롭지 않게 여기고, 그저 사공이 아닌 무사들이 배를 돌리려니 익숙하지 않은가 보다 생각했다.

"마마, 이런 곳에서 소금 연주를 들으면 운치 있을 것 같아요. 어차피 이제 돌아가는 길이니, 한 곡 청해도 될런지요?"

금비가 부탁하자 아랑도 고개를 크게 끄덕이며 거들었다.

"마마! 저도 아까 그 연주가 너무 좋았습니다. 또 듣고 싶어요!"

두 사람이 함께 조르니 난비는 수줍어하면서 소금을 꺼냈다. 좀 전과 달리 밝고 경쾌한 소리였다. 반짝거리는 한낮의 수면이 난비의 맑은 연주로 인해 더욱 빛나는 것 같았다. 아랑은 소리에 푹 빠져 턱을 괴고 앉아 있었다. 난비도 흥이 나는지 취구를 막는 손가락이 힘차게 움직였다. 그런데 갑자기 배가 크게 돌아갔다. 그 바람에 난비는 배에 어깨를 세게 부딪치며 넘어졌고, 소금이 물에 풍덩 빠지고 말았다.

"윽!"

풍덩.

난비는 아픔보다 소금을 빠트렸다는 생각에 배를 붙잡고 일어나 물 위로 손을 뻗으려 했다. 하지만 바로 직후 금비가 비명을 지르며 난비를 덮쳤다.

"꺄악!"

"윽!"

몸이 부딪친 것 정도는 괜찮았다. 문제는 가뜩이나 배를 돌리느라 기울어졌는데 금비까지 난비를 덮친 데다, 원래 난비 옆에 앉아 있던 아랑 때문에 무게가 한쪽으로 쏠리기 시작했다. 배는 금방이

라도 뒤집어질 듯 위태로웠지만 바동대며 몸을 일으켜 보려는 난비
와 달리 금비는 비명만 지르며 더욱 그녀의 몸을 짓눌렀다.

"까아!"

난비와 아랑은 금비가 요란을 떠는 통에 여기저기 부딪치며 더
정신이 없었다. 그 와중에 금비가 눈을 빛냈다. 이대로 난비를 살
짝만 민다면 사고로 위장해 죽일 수 있으리라.

제게 위험이 닥치는 줄도 모르고 난비는 떨어트린 소금만을 안
타깝게 보고 있었다.

황제는 조회에 은호를 대동하여 나타났다. 은호에게 선황 폐하의
교지를 읽게 한 후, 모든 것이 순리대로 돌아간 것을 대신들과 함
께 크게 기뻐했다.

"내 진작 그대들의 말대로 하지 않은 것을 얼마나 후회했는지
모르오. 선황께서 효문재와 그리 친한 벗이었을 줄 어찌 알았겠는
가?"

"폐하. 신들도 몰랐던 일이오니 너무 괘념치 마시옵소서. 이제라
도 선황 폐하의 뜻을 받들 수 있게 되었으니 크나큰 복이라 여겨지
옵니다. 백성들에게 이 일을 널리 알려 민심을 안정케 하시고, 비
록 늦었으나 이를 전해 온 은호에게 큰 상을 내려 주시옵소서."

승상 해일주는 황제께서 드디어 대신을 따라 주는구나 기뻐했다.
하지만 기쁨은 오래가지 않았다.

"물론 그럴 생각이네. 내 이번에 큰 공을 세운 은호에게 관직을
내릴까 하네."

"예? 관직이라면……."

"글쎄, 뭐가 좋을지 이야기들을 해 보시게."

"폐하, 아뢰옵기 황공하오나 얼마 전 폐하께서 관료가 차고 넘친다 하시며 신들이 새로이 천거한 이들을 물리시지 않았나이까. 비록 은호의 공이 크긴 하오나 관직은 현 실정상 무리일 듯싶사옵니다."

"지난번에 천거하였던 이들은 한둘이 아니었다. 누구는 들어주고 누구는 들어줄 수 없는 문제 아닌가. 허나 은호는 다르다. 은호 하나에게 줄 관직이 없단 말인가? 더군다난 이 자는 학식이 뛰어나고 전 녹상서사까지 지냈으니 능력 또한 출중하다 여겨진다."

"폐하, 그러니 더욱더 지금으로서는 마땅한 자리가 없는 줄로 아뢰옵니다."

"적당한 관직이 왜 없소? 내가 지금 현 녹상서사(錄尙書事:지금의 내각총리)의 오랜 자리를 내달라 한 것도 아니고, 승상(丞相:천자를 보좌하는 요직)에게 물러나라 한 것도 아닌데, 어째서 자리가 없단 말이오?"

승상 해일주가 좀 전보다 더 허리를 조아려 말하자 흰 수염이 땅에 닿을 것 같았다.

"소신의 늙은 몸이야 언제든 물러나야 옳습니다만, 은호에게 이 자리를 줄 수는 없사옵니다. 은호는 스스로 관직에 물러나 선황 폐하의 부름을 거절한 불충한 자이오며, 근 이십 년의 세월 동안 세상을 떠돈 촌부에 불과하오니, 이제 와 그 관직을 수행할 수 있는 자질이 매우 의심스럽사옵니다."

"그래서 내 적당한 관직을 알아보라 하지 않았던가, 그의 역량에 맞춘 관직을 이야기해 보시게."

"전 녹상서사이옵니다. 이보다 낮은 관직이라 해도 대사농(大司農:현재의 재무장관)과 간의대부(諫議大夫:황제의 고문관) 같은 요직이 아니고서야 어찌 성에 차겠사옵니까. 이보다 더 낮은 관직에 앉혔다가는 사람을 부리는 일이 쉽지 않을 듯하옵니다."

대사농 서대호가 이때다 싶어 해일주를 거들었다.

"전직이 너무 높아 낮은 관직을 줄 수도 없으며, 너무 오래 쉬어 자질이 의심스러우니 높은 관직은 무리다?"

"예, 폐하. 그렇사옵니다. 신들의 고충을 헤아려 주시옵소서."

"그럼 내가 경들의 고충을 받아들여 적당한 관직을 생각해 보세. 어디 보자. 관직이 낮아서도 안 되고, 은호의 자질에 맞추어야 한다……. 흠…… 아! 이건 어떻소? 은호라면 오랜 세월을 학문에 정진하여 잡학에도 두루 그 실력이 뛰어나니, 태상경(太常卿:의례와 제사에 관한 일을 총괄하는 관직)에 명하는 것이 좋겠소."

"그, 그것은……."

"왜요? 태상경이라면 그 관직이 대사농과 같은 9경 중의 하나이며, 은호의 성취가 오경박사들보다 뛰어나니 아무 문제 될 것이 없지 않소?"

신하들은 하나같이 황제의 뜻을 반기는 눈치가 아니었다. 그들은 황제가 천거한 신하들이 늘어나 그를 보좌하길 바라지 않았다. 더군다나 은호라면 선황 시절 이름을 떨쳤던 문재이자 그 성품이 올곧기로 유명한 선비였고, 태상경은 관직의 특성상 황제의 곁에 머무르기가 좋았다. 힘없는 젊은 황제라도 그 명석한 두뇌는 제법 날을 세울 줄 알기에, 이번엔 대신들이 그의 뜻을 꺾을 명분이 부족했다. 그때 녹상서사 양자문이 얼마 전 연월부인의 충고가 떠올라 용기를 내 입을 열었다.

"폐하, 이를 어찌 생각하실지 모르오나 은호는 도적들의 묘를 만들어 주고 다니는 불손한 자이옵니다. 이번 공은 크다 하나 나라의 법을 가벼이 여기는 자에게 관직은 옳지 않다 여겨지옵니다."

"그런 일이 있었단 말인가? 은호, 이게 어찌 된 일인가?"

"분명 그리하였습니다. 허나 다른 특별한 뜻은 없었사옵니다. 최근에 도성에 잦은 전염병이 돌지 않았습니까. 병이란 예방이 중요하니, 시신이 부패하여 악취를 품고 병을 만들 것을 우려하였을 뿐이옵니다."

"그랬구나. 과연 그대는 의술에도 밝으니 태상경의 관직에 어울리는 자이다."

"하오나, 폐하. 관직의 수가 지금도 그리 적지는 않은데, 굳이 은호를 불러들이시려는 뜻을 신들은 알 수가 없사옵니다."

"아, 그렇소? 허긴, 그대들이 나라 안의 인재들을 하도 불러 모은 터에 나의 신하들이 넘쳐 나고 있긴 하지요. 내 구하국의 젊은 인재들이 이리 많을 줄 몰랐다오."

"으음…… 폐하. 그것은 모두 다 폐하의 황권을 굳건히 하기 위한……."

황제가 뇌물로 천거하는 행태를 비꼬았음에도, 신하들의 **뻔뻔한** 대답에는 부끄러움이 없었다. 강위는 그들의 말을 막았다.

"물론이지요. 내 그 뜻을 알기에 늘 그대들에게 감사하고 있지 않소. 그러니, 이번에는 내가 직접 그대들의 수고를 덜어 주기 위해 은호를 천거하는 것이오. 이보다 더 좋은 관직은 없을 터. 모두들 기쁘게 맞이해 주시리라 믿겠소."

황제의 뜻이 너무 굳건하고 명분 또한 허술하지 않으니 대신들은 서로의 눈치를 볼 뿐 더 이상 반론을 제기할 수 없었다. 그러자 해일주가 조심스럽게 입을 열었다.

"폐하. 이번 일을 신들이 좀 더 심사숙고하여 결정할 수 있도록 해 주십시오. 태상경과 같은 높은 관직을 이리 쉽게 결정할 수는 없는 노릇이 아니옵니까."

강위는 그 마음을 이해한다며 그들의 말에 따랐으나 속으로는 크게 웃고 있었다. 그들은 절대 이번 결정을 엎을 수가 없을 것이라 장담하고 있었기 때문이다.

처음으로 조회를 마음에 들게 해낸 강위가 은호와 다음 일을 의논하기 위해 건천궁으로 향할 때였다. 공 상궁이 헐레벌떡 달려와 그들의 앞을 막아섰다.

"이보게! 여기까지 어쩐 일인가?"

사모달은 평소 침착한 공 상궁이 웬일인가 싶어 의아하다는 듯 물었다.

"황공하옵니다. 폐하. 소인이 잠시 자리를 비운 사이에 마마께서 뱃놀이를 가셨다 작은 사고가 있었다 하옵……."

"뭐라? 사고라니!"

공 상궁의 말이 채 끝나기도 전에 파랗게 질린 강위가 큰 소리로 물었다.

"배가 뒤집힐 뻔했다 하옵니다. 금비 아씨가 급히 끌어당겨 물에 빠지는 것은 모면했으나 무척 놀라신 듯……."

"가자."

금비가 구해 주었다는 말이 강위를 더욱 화나게 했다. 위기감을 느낀 강위는 다급하게 황후전으로 달려갔다. 공 상궁이 놀라신 것 외에는 다친 곳이 없다고 다시 아뢰었지만 그는 딱딱하게 굳은 표정을 풀지 않았다.

첫 번째 황후가 물에 빠져 죽었을 때 눈앞이 깜깜했었다. 더군다나 그때는 어릴 때여서 의지할 곳이 없다는 충격이 더 컸었다. 난비가 물에 빠질 뻔했다는 이야기에 가슴이 철렁 한 것은 그날의 기억이 엄습해 온 것과, 난비 역시 안전하지 않다는 경각심이 들어서였다.

'금비와 한시도 함께 있게 해선 안 되겠다!'

황제가 화난 표정으로 황후전에 들자 나인들이 가슴을 졸이며 서둘렀다. 그러나 강위는 그들의 안내가 있기도 전에 문을 벌컥 열어젖혔다.

"폐하……."

금비가 근심 어린 목소리로 황제 앞에 허리를 숙였다. 황제는 그녀에게는 눈길 한 번 주지 않고 침상에서 힘없이 일어나는 난비만을 바라보았다.

"어찌 된 일이냐!"

"황공하옵니다, 폐하. 마마의 곁을 제대로 보필하지 못하였사옵니다."

"어찌 된 일이냐 묻질 않느냐!"

난비가 그 소리에 놀라 강위의 곁으로 한 걸음 다가갔다. 황제의 손을 붙잡은 난비는 눈빛으로 그를 달래기 시작했다.

'괜찮습니다. 아무렇지도 않습니다.'

"황공하옵게도, 소금을 호수에 빠트리셔서 주우시려다가 배가 기울어져서 그만⋯⋯."

갑자기 금비에게로 고개를 돌린 강위는 무서운 눈으로 금비를 다그치기 시작했다.

"황후께서 귀하게 여기시는 물건을 떨어트리셨다면 너희가 먼저 그것을 주워 드려야 한다. 설령 불가능해 보이더라도 무조건 몸이 나가야 하는 법이다. 모르느냐?"

"⋯⋯!"

"모르느냐 물었다!"

분기탱천한 황제의 목소리에 말 잘하던 금비가 찍소리도 못 하고 무릎을 꿇었다.

"폐, 폐하! 너, 너무 갑작스럽게 일어난 일이라⋯⋯."

"아무리 갑작스러워도 황후를 지키는 자들은 화살 앞을 가로막을 정신으로 모셔야 한다! 이를 모르는 자가 어찌 함부로 황후를 배에 태웠단 말이냐!"

"주, 죽을죄를 지었나이다."

난비는 황상이 생각보다 너무 노하신 것 같아 당황했다. 그의 말씀이 틀린 것은 없지만 그래도 금비는 제 동생이었고, 저를 구해주었으니 말리고 싶었다.

'폐하, 금비가 저를 구해 주었습니다. 용서해 주시옵소서.'

강위는 난비가 속도 모르고 끼어들자 나무라지도 못하고 이를 바득 갈았다.

'구해 준 것이 아니라 죽이려다 만 것이다!'

그렇게 외치고 싶은 것을 꾹 참은 강위가 다시금 금비를 향해 호통쳤다.

"마마를 제대로 모실 각오가 되어 있지 않다면 두 번 다시 궁에 발걸음해선 안 될 것이다. 알았느냐!"

"예, 예. 폐하!"

"알았으면 당장 나가거라!"

금비는 안쓰러울 만큼 겁에 질려 밖으로 나갔다. 황상의 분노에 질식할 것 같았기에 밖으로 나오자마자 숨을 내쉬며 바닥에 주저앉았다. 그때였다.

"쯧쯧쯧⋯⋯."

혀를 차는 소리에 고개를 든 금비는 낯익은 얼굴을 마주하고 화들짝 놀라고 말았다.

"너, 너는!"

경악한 얼굴로 벌떡 일어난 금비와 달리 성검은 태연하게 대답했다.

"여기서 소리 지르면 피차 좋지 않을 것 같은데⋯⋯?"

"어찌 아는 사이냐?"

은호가 끼어들자 금비는 더욱 기겁했다. 어머니가 요즘 들어 스승을 잡겠다고 사람을 풀고 있다는 것을 알고 있었기에 여기서 만나게 되자 놀람을 금치 못했던 것이다.

"스, 스승님!"

"오랜만이구나."

스승의 목소리는 예전과 달리 차가웠다. 아무래도 어머니가 무사들을 보낸 것을 다 알고 있는 듯했다.

"둘이 어찌 알게 되었느냐?"

금비 역시 싸늘한 목소리로 말했다. 여기서 당황한 꼴을 보일 순 없었다.

"좋게 아는 사이가 아닙니다. 네놈은 나를 좀 봐야 하지 않겠느냐?"

금비가 침착하게 대답하자, 성검은 기다렸다는 듯이 앞장서서 황후전 밖으로 나갔다. 입술을 깨물고 성검을 따라 나오던 금비는 그가 갑자기 멈춰 서는 바람에 등에 얼굴을 부딪칠 뻔하곤 사납게 소리쳤다.

"네 이놈! 네가 어찌 여기 있느냐!"

"내가 묻고 싶은 말이오."

"난 전에도 분명 말했다. 내가 황후마마의 동생이라고!"

"아니, 나 말이오. 내가 여기 왜 있어야 하는지 나도 모르겠단 뜻이오."

이미 성검이 은호와 한패임을 알고 있던 금비는 두 사람이 어찌 입궁할 수 있었는지를 물은 것이지만, 성검의 대답은 많이 황

374

당했다.

"뭐, 뭐가 어째?"

"그나저나 소인이 아씨께 무례하게 굴었다고 고하실 작정이시오? 뭐 그러셔도 상관없습니다만, 그러자면 저도 살기 위해 아씨가 백성들에게 어찌 굴었는지 밝혀야 하는데 그것이 좀 걱정입니다."

"네 이놈! 아녀자를 희롱하는 무도한 백성들을 가르친 일이 뭐가 잘못되었다고 나를 위협하려 드느냐!"

"무서운 분일세. 쳐다봤다고 희롱이면 난 벌써 잡혀 죽었겠네. 뭐 그리 떳떳하시다니, 제가 먼저 폐하께 자수를 하지요. 그래야 목숨은 건지지 않겠소?"

성검이 뒤도 돌아보지 않고 황제에게로 가려 하자, 금비가 냉큼 달려와 그의 앞을 막아섰다. 당황한 표정이 역력한 금비를 보고 성검이 씨익 웃으며 입을 열었다.

"생각해 보니, 안 되겠지요? 그랬다간 천것한테 더럽혀졌다는 추문이 일 것 같고, 그럼 황후는커녕 혼삿길까지 막힐 테니……."

"너, 너…… 가, 감히, 화, 황후라니! 그런 무서운 말을 입에 담고도 살 수 있을 것 같으냐!"

"그 말 그대로 돌려 드리지요. 허튼 꿈은 꿈으로 끝나야 다시 꿈을 꿀 수가 있는 법."

"하! 네까짓 게 성현이라도 된 듯 주절거리는구나!"

"은호 선생이 하신 말씀이오."

"……"

금비의 입을 봉한 성검은 느긋하게 제자리를 향해 걸어갔다.

"잠깐! 거기 서."

"아직 할 말이 남으셨소?"

금비는 뺀질뺀질한 성검의 얼굴을 바라보며 좀 전까지 당황한 기색을 지우고 웃으며 물었다.

"이렇게 자주 마주치는 것도 인연인데, 이름을 좀 알자꾸나."

"뭐하러요? 뒤에서 무슨 짓으로 사람을 모함할 줄 알고 순순히 이름을 알려 준답니까?"

"우습구나. 네가 알려 주지 않으면 이름을 모를 것 같으냐?"

"성검이요. 광성검."

성검이 퉁명스럽게 내뱉자 금비는 고개를 끄덕였다.

"주제에 이름이 참 거창하구나. 하여튼, 네놈 성품은 못마땅하지만, 재주는 쓸 만한 놈 같으니, 잘 지내고 싶구나. 다음에 나를 보거든, 좀 더 예의를 갖춘다면 더 좋겠고."

"은호 선생 제자 아니시오? 나도 같은 제자이나, 항렬로 따지자면 내가 더 높소. 그쪽이 워낙 지체 높은 대갓집 아씨라니 공손하게 대하고 있다는 것만 알아주시죠."

성검은 제 할 말만 하고 무례하게 자리를 떠나 버렸지만, 금비는 그다지 기분 나쁜 표정이 아니었다.

'까짓, 길들이면 되지.'

은호 선생이 키운 제자라면 뭐가 됐든 한 가닥 하는 놈일 테니, 욕심이 났다. 잘 꼬득여 제 곁에 두면 크게 쓰일 것 같았다. 하지만 지금은 그보다 더 급한 일이 있었다.

'어서 어머니에게 알려야겠다!'

은호의 입궁과 싸늘해진 황상의 태도는 분명 관련이 있으리라. 입궁할 때와 달리 금비의 걸음이 다급해졌다.

　금비가 나간 직후 강위는 난비를 끌어당겨 품에 안았다.

　"앞으로는 내 허락 없이 호숫가 같은 위험한 곳으로는 얼씬도 말라!"

　'예, 폐하. 절대 나가지 않겠습니다.'

　난비가 크게 고개를 끄덕이자 강위가 안도의 한숨을 내쉬며 난비의 침상 앞으로 다가가 앉았다. 강위는 그녀의 젖은 머리카락을 쓸어 주며 다시 한 번 잔소리를 했다.

　"또 고뿔이 들면 어쩌려구⋯⋯."

　'물에 빠진 것도 아니고, 따뜻한 물로 목욕한 것뿐입니다.'

　"많이 놀랐는가? 기운이 없어 보인다."

　난비가 강위의 손을 펼쳤다.

　[소금을 잃어버렸습니다. 은호 선생님이 주신 건데⋯⋯.]

　강위는 난비가 왜 그리 소금에 집착했는지 이해가 갔지만 썩 유쾌하진 않았다.

　"그게 은호가 준 것이었는가? 쯧쯧쯧⋯⋯. 내 생전 그런 조악한 악기는 처음 보았다. 그렇잖아도 준비해 둔 게 있었으니, 버렸다 생각하거라."

　난비는 대답 대신 시선을 내렸다. 황제의 마음이 고맙지만, 여태 함께했던 제 분신과도 같은 악기를 잊기가 쉽지 않았다.

　강위는 잔뜩 풀이 죽은 그녀를 포근하게 안아 주었다. 그리고는 촉촉한 난비의 머리카락에 얼굴을 묻고 그녀의 차가운 등을 쓰다듬었다.

'그대를 만나려고 황후들을 잃은 것만 같다. 그대의 소리를 들은 연못가의 그날부터 그대 생각을 해 보지 않은 날이 없다. 독을 먹고도 살았으니, 아마 그대의 명줄을 천신이 지키고 있을 것이다. 그러나 나를 불안하게는 만들지 마라.'

그의 어깨에 머리를 기댄 난비는 그의 품이 너무 따스해서 한없이 의지하고픈 마음이 일었다.

'저를 이렇게 걱정해 주실 줄 몰랐나이다. 크게 야단맞은 동생이 가여워야 하는데, 묘하게 기분이 좋았습니다. 제가 너무한 것이지요?'

각자의 생각에 잠겨 긴 시간이 흘렀다. 강위가 안아 주고 쓰다듬어 주는 동안 차가웠던 난비의 몸에 조금씩 열기가 돌았다. 강위역시 더워졌으나 난비의 피부를 데워 준 열기와 다른 뜨거움이었다. 한창 욕정이 끓을 시기였으니 당연했지만 강위는 눈을 꼭 감고 애써 난비를 떨어트려 놓았다.

"이만 가 봐야겠다. 은호와 해야 할 일이 많구나."

강위는 묻지도 않은 변명을 하고 서둘러 일어났다.

'제가 배웅해 드리겠습니다.'

난비가 밖까지 따라 나오자 강위는 그녀를 돌려보냈다.

"또 내가 먹여 주는 탕약이 그리운가 보군. 날이 차니, 들어가거라."

사모달은 고개를 숙인 황후와 억지로 돌아서려는 황제를 지켜보다 은근한 목소리로 권유했다.

"폐하, 오늘은 예서 저녁 수라까지 드시는 것이 어떨까 싶사옵니다."

"아니다. 오늘은 황후께서도 곤하신 듯하니, 편히 쉬시는 것이 나을 게다."

황제의 오늘 행보를 보아서는 분명 황후전에서 침수까지 드실 것 같았는데, 그냥 돌아가시겠다니 이래저래 사모달은 맥이 빠졌다.

그러나 실은 사모달보다 더 서운했던 난비는 황제께서 떠난 길을 오래 보고 있었다.

은호와 함께 건천궁으로 돌아간 강위는 급히 연월부인을 궁으로 불러들였다. 이미 금비에게서 소식을 전해 듣고 무언가 일이 벌어질 것을 예상하고 있던 부인은 사색이 되어 궁으로 들어왔다.

"폐하. 어인 일로 저를 부르셨사옵니까?"

"어인 일이라……. 흐음……. 이것을 보여 주면 알까?"

사모달이 선황의 교지를 부인에게 전하자 이를 펼쳐 본 부인은 당황한 기색을 감추며 크게 기뻐했다.

"이런 것이 있다니, 참으로 놀랍습니다! 이것이 어찌 된 일인지……."

"그 정도로 놀라긴 아직 이르다. 더 놀랄 것이 남아 있다네. 들라."

그러자 성검과 은호가 자루 하나씩을 메고 안으로 들어왔다. 그

둘을 본 부인은 드디어 올 것이 왔다 여겼으나 애써 태연했다. 자신이 난비의 계모임을 밝혔음이 분명했지만 그렇다 해도 지금 황후가 된 것은 금비가 아니라 난비이니 문제 될 것이 없었다.

"자루를 풀어 보거라."

부인은 황상이 당장 대질하지 않고 뜬금없는 명을 내린 것이 이상했지만 망설임 없이 자루를 풀었다.

"헉!"

자루에서 나온 토막 난 시신을 보고 그녀는 뒤로 나자빠졌다. 무엇보다 그 시신이 모 상궁의 머리임을 안 순간 혼이 빠져나갈 정도로 놀라 핏기가 싹 가셨다.

"다음도 열어라!"

"폐, 폐하! 이, 이, 이것은!"

"못하겠느냐? 도 내관의 머리도 보아야 하지 않겠느냐?"

"폐하, 저, 저는 아, 아무것도 모르는 일이옵니다. 이것을 왜 제게!"

사색이 된 부인 앞에서 강위는 비릿한 웃음을 지어 보였다.

08.

한밤중의 기이한 연주

며칠 후 황제는 마침내 은호를 정식으로 신하로 맞이할 수 있었다. 은호에게 태상경의 관직을 내리고 사택과 전답까지 내리자, 조정 대신들은 입으로는 그를 반갑게 맞이하면서 경계의 눈초리를 보냈다. 강위는 이를 즐거운 마음으로 바라보았다.

　'내가 황제가 되고 처음으로 그대들의 그런 눈을 보는구나.'

　지금은 단 일보일 뿐이지만, 승리를 거둔 강위의 얼굴은 뿌듯함을 숨길 수가 없었다.

　승상 해일주는 그런 황상의 표정이 못마땅했다. 며칠 전 연월부인과의 회담에서 꺼림칙함이 남아 있었기 때문이다. 은호가 아무리 선황 폐하의 교지를 가지고 와 부인의 환심을 얻었다고는 하나, 하루아침에 부인이 마음을 바꾸는 것이 이상했다. 은호의 사상을 의심하며 그를 죽여야 한다고 대신들을 선동하더니 갑자기 그를 태상경에 올려야 한다고 열변을 토했다. 들어 보니 그 전날 밤 황상과 독대를 했다 하니 더욱더 의심스러웠다. 약점이 잡힌 게 아니라면 황상과 손을 잡고 대신들을 조종해 권세를 더욱 키울 요량이 아닐까 싶었다. 아무래도 후자가 더 가능성이 농후했다.

'딸이 황후가 되니, 이제 황실을 굳건히 하고 싶은 것인가?'

하지만 그것은 힘들 것이다. 연월장이 세를 키울 수 있었던 것은 자신들의 도움이 있었기에 가능했던 것이다. 욕심 많은 부인이 무엇을 꾸미든 후회하게 되리라.

'이제 와 은호가 무엇을 하겠는가? 태상경이 요직은 아니니, 그 노는 꼴을 지켜보는 것도 나쁘지 않겠지.'

이미 결정 난 문제를 왈가왈부할 순 없으니 해일주는 좋은 쪽으로 셈을 하고는 은호와 황상에게 축하를 건넸다.

"선황 폐하의 충신이 이제 다시 폐하를 모시게 되었으니 이 나라의 크나큰 복이옵니다."

계산이 빠른 대신들이 해일주를 따라 너도나도 고개를 조아렸다.

얼마 후 대전에서 나온 강위는 내전에 들어서면서부터 느긋하던 발걸음이 빨라지더니, 건천궁에 들어선 후에야 가쁜 숨을 몰아쉬었다.

"폐하, 괜찮으시옵니까?"

사모달이 걱정스러운 표정으로 부축했으나, 강위는 이를 사리물었다.

"아무 일 없다."

순간 긴장이 풀린 탓이었다. 처음으로 대신들에게 싸움을 걸고 이겼으니, 가슴이 벅차오르고 꿈만 같았다. 연월장을 없애지는 못

했으나 당분간 무기로 쓸 수 있게 되었다. 난비를 황후로 얻으니 은호라는 충신이 따라왔고 연월장의 재력도 손에 들어왔다.

'선황께서 선견지명이 있으셨던 것인가!'

이런 날 난비와 함께 기쁨을 나누지 않고는 견딜 수 없을 것 같았다.

"모달아, 전에 말한 것을 준비하거라."

"예, 폐하!"

사모달은 기다렸다는 듯이 힘차게 대답했다.

선황의 교지가 백성들에게도 널리 알려졌다. 그즈음 빈민촌에서 있었던 황상 일행의 행보까지 알려지면서 난비는 동생의 자리를 빼앗은 교활한 여우에서 하늘이 점지하신 국모로 추앙받기에 이르렀다. 은호와 더불어 황후가 되기 전부터 빈민들을 도왔다는 황후의 덕이 마침내 황상의 마음을 움직였으니, 백성이 잘 살게 되는 나라가 머지않았다며 들떠 있었던 것이다. 더불어 말 못 하는 황후를 훌륭하게 키워 낸 연월장도 함께 칭송받았다.

연월장의 가솔들은 너도나도 어깨에 힘을 주고 다니며 들떠 있었다. 하지만 연월장의 주인이자 부부인인 연월부인은 황상을 독대한 이후로 머리를 싸매고 드러누워 일어나지 못하고 있었다.

"어머니, 이제 어쩜 좋죠?"

"……."

부인은 금비의 물음에 대답할 정신이 없었다. 그녀의 머릿속은 지금 완전히 뒤죽박죽이었다. 사지가 잘린 모 상궁의 시신이 떠올라 잠도 잘 수 없었고, 밥도 삼킬 수가 없었다.

그날 황상은 적운을 시켜 또 다른 자루를 열게 했다. 그 안에서 모 상궁과 달리 아직 숨이 붙은 도 내관이 실성한 눈으로 부들부들 떨고 있는 것을 보고 더 이상 모른다고 잡아뗄 수가 없었다.

'다 불었구나……!'

도 내관과 모 상궁에게 처음 이 일을 맡겼을 때 그들은 친딸인 황후를 위협하려는 명을 의아해했었다.

"예? 왜 마마께 그런 짓을 하란 말씀이신지요?"

"황후를 바꾸어야겠네."

"예에?"

"내 여식을 내 손으로 죽일 순 없지 않은가?"

"금비 아씨가 황후가 되길 원하시는 것입니까?"

"그도 그렇지. 금비는 황후가 되기 위해 태어난 아이일세. 그런 아이를 저리 내버려 둘 수도 없는 노릇이고, 세상천지에 말 못 하는 황후가 가당키나 한가? 다들 속으로 얼마나 비웃고들 있겠는가? 그 모자란 아이를 거기에 두고 내가 무슨 일을 도모할 수 있겠나? 여태 공들인 것이 물거품이 된 게지! 게다가 황상께서 우리를 의심하시고 핍박하시니 뭔가 수를 내야겠네."

"어찌하시려구요?"

"연월장의 여식도 죽을 수 있다는 것을 알려 드려야지. 그래야 금비가 온전히 황후의 자리에 머물 수가 있네. 꼭 죽이라는 얘기가 아닐세. 죽지 않는다 해도 제정신이 아닌 황후를 폐하자 대신들이 먼저 나설 것일세. 무슨 뜻인지 알겠는가?"

죽이라는 것도 아니고 죽이는 시늉만 하라는데도 도 내관과 모 상궁의 얼굴엔 의문이 가득했다. 허나 직접적이든 간접적이든 이미 그들의 손을 거쳐 간 황후들이 셋이었다. 자신이 그들의 명줄을 틀어쥐고 있었으니 제 명을 어찌 거부하겠는가.

그랬던 그들을 이런 처참한 몰골로 만나게 되었다.

이로써 자신이 계모라는 사실과 난비를 폐위하려 한 것. 이를 증언해 줄 자들이 모두 갖춰져 있었다. 사실 계모임이 드러나는 것은 언제든지 동강에서 알아볼 수 있었다. 하지만 선황 폐하의 교지를 가진 은호를 죽이려 한 행적과 난비를 폐위하려 한 것이 맞물리면 죗값을 크게 치르게 될 것이었다. 보다 큰 문제는 그들이 이 꼴이 났으니 과연 황상께 어디까지 자백을 했는지 가늠할 수 없었다.

"여기 도지산이 말하기를, 저는 모 상궁이 시킨 대로 했을 뿐이라는구나. 모 상궁이 도 내관보다 일찍 숨이 끊어진 것이 아쉽지만, 도지산은 다른 걸 알려 준 덕에 목숨을 부지할 수 있었다."

황상이 손을 내밀자 사모달이 또 다른 두루마리를 건넸다. 황상은 그것을 툭 털어 아래로 쭉 늘어트렸다.

"이것을 잘 보거라. 낯익은 이름들이 있는지."

"······!"

두루마리에 적힌 이름들을 보는 순간 눈앞이 깜깜해졌다. 제가 수족처럼 쓰고 있던 궁인들과 하급 관리들이 거의 빠짐없이 적혀 있었다.

"이들을 하나씩 잡아 문초하면 다른 황후들의 시해 사실까지 밝혀낼 수 있지 않을까 싶다."

그 말은 아직 다른 죄들은 밝혀지지 않았단 뜻이었다. 살길을 찾은 연월부인은 다급해졌다.

"그, 그런 일은 없었사옵니다! 저는 정말 이 일과 아무 관계가 없사옵니다. 다만, 다만 저는 벙어리 황후보다 총명한 금비가 좀 더 황후 자리에 어울……."

"닥쳐라! 감히 황후를 뭐라 불렀느냐? 벙어리? 그 혀를 뽑아 네년도 말을 못 하게 해 주어야 방자한 입을 다물 것이냐!"

"요, 용서해 주십시오. 폐하. 소인은 황후마마를 해할 생각을 감히 해 본 적이 없사옵니다! 뉘 앞이라고 거짓을 말하겠나이까? 어차피 마마께서도 궁과는 맞지 않을 듯하여 소인이 사가에서 끼고 보살피고 싶었을 뿐이옵니다. 비록 제가 친모는 아니지만 마마를 기른 정이 어찌 없겠나이까? 소인이 잠시, 아주 잠깐 제정신이 아니었나이다. 용서해 주시옵소서. 폐하! 저는 정말로 마마를 해하려 한 적이 없사옵니다!"

비통하게 울먹이며 사정했으나 황상은 눈 하나 깜짝하지 않았다.

"그랬군. 기른 정이라? 그날은 아직 그 기른 정이 깊지 않았나 보군."

"예? 그날이라니요?"

"은호가 말해 보거라. 그날 무슨 일이 있었는지."

"예, 폐하."

이어지는 은호의 말을 듣고는 이제 모든 것이 끝났음을 알았다. 설마하니, 은호가 그런 것을 알고 있을 줄은 몰랐다. 고진이 저와

짜고 난비를 죽이려 했던 일을 여태 알면서도 숨겨 왔다니 무서운
자였다.

"이래도 네가 아무 죄가 없다 하겠느냐?"

"……."

여기까지 밝혀진 이상 더 이상 무슨 말로 용서를 구한단 말인가.

"대답하라! 너는 분명 효문재를 통해 무언가 들었다. 그래서 난
비가 황후가 된다는 걸 알고 금비로 하여금 이를 대신하도록 하고
싶었다. 아니더냐!"

"폐하……. 금비는…… 금비는 아무것도 모릅니다. 아무 죄도
없사옵니다. 금비는 황후마마의 동생입니다. 비록 반쪽짜리지만 같
은 핏줄이 흐르고 있나이다. 살려 주시옵소서. 폐하!"

"……."

"폐하! 부디, 부디 금비는……!"

"나는 너희 모녀를 죽일 생각이 없다. 물론, 이는 너희들이 어찌
하느냐에 달렸다. 앞으로 황후가 목숨을 잃는다면 그것은 너의 짓
이다. 설사 그것이 아니라 해도 나는 너를 벌할 것이다."

"예? 저, 저를 살려 주신다는 뜻이옵니까?"

"이 명부를 기억하라. 나는 너희 모녀를 지켜볼 것이다. 편히 죽고
싶거든, 황후에게 이 모든 사실을 죽을 때까지 비밀로 해야 할 것이
며, 대신들의 횡포에 앞장서던 짓도 그만둬야 할 것이다. 너는 부부
인으로서 오직 황실을 위하는 일만을 해야 한다. 알아듣겠느냐?"

"예, 예. 폐하. 물론이옵니다. 그것으로 소인의 죄를 갚을 수만
있다면야 그리해야지요! 당연히 그리해야지요!"

"너를 용서하는 것이 아니다. 골치 아픈 연좌제에서 황후를 지키고 싶은 마음에 너를 잠시 지켜보겠다는 뜻이다. 잊지 말라. 이 명부의 사람들을 죄다 불러 죽이는 한이 있더라도 죽은 황후들의 원한을 갚아 주고 싶은 것이 내 오랜 숙원임을!"

간신히 목숨만 건져 돌아왔을 뿐이었다. 이제 황상은 저희를 숨막히게 조여 올 것이 분명했다. 당장 대신들을 모아 은호에게 태상경을 주라 한 것이 그 시작이었다. 게다가 황실의 국고가 비었으니 연월장이 가진 땅을 반이나 상납하라는 어이없는 황명이 전해졌다.

'내가 가진 것을 다 뺏겠다는 게로구나! 이런 식으로 내 손발을 자르고 아무것도 못 하도록 묶어 둘 속셈인 게다!'

황상의 생각인지 은호의 머리에서 나온 계획인지 모르겠지만, 목숨을 구하고 보니 이제는 생명을 구한 고마움보다 두 사람의 잔꾀에 놀아난 것이 분했다. 더군다나 은호는 오랜 세월 저를 속여 제집 밥을 얻어먹은 게 아닌가! 울화통이 터져 견딜 수가 없었다. 괜히 고진을 동강으로 보내는 바람에 은호를 죽이지 못한 것 같아 원통할 뿐이었다.

"으으……!"

부인이 가슴을 쾅쾅 내리치며 괴로워하자 금비가 그녀의 손을 붙잡았다.

"어머니. 어쩌시려고 이러세요? 분명 무슨 수가 있을 테니 지금은 목숨을 부지한 것만으로 다행이라 여기고 일어나세요."

"방법은 무슨 방법! 너하고 나, 두 년 목숨 건진 걸 감사히 여기고 쥐 죽은 듯이 살라지 않느냐! 우리 둘이 죽을 때까지 괴롭히실 작정이다! 내가 은호를 믿는 게 아니었다. 아니었어! 그런 놈을 집에 들이다니, 내가 미쳤지!"

"속이려고 작정한 사람을 어찌 이기겠어요? 그 야밤에 남의 집 담을 넘어 들어오다니, 대단하신 분이네요! 근데, 아버지의 친구분이라면서 왜 몰래 들어왔을까요?"

"……!"

금비가 무심코 한 말에 부인이 갑자기 무릎을 탁 치며 일어났다.

"어머니?"

"털어서 먼지 안 나는 인간도 없다만, 생각해 보면 은호가 수상한 게 한두 개가 아니다. 가난한 백면서생 주제에 어디서 그런 호위를 두었으며, 한 번씩 사라지는 것도 이상했지!"

"그렇긴 했죠."

"일단은 적을 알아야 방비든 공격이든 하겠구나!"

금비는 어머니의 계획을 구체적으로는 알 수 없었지만 누워 있는 것 보단 낫다 싶어 조금 안심이 되었다.

이미 은호와 성검이 황후전에 다녀간 뒤였다. 황제의 환한 용안을 본 난비가 웃음으로 그를 맞이했다.

'경하드리옵니다. 폐하.'

"기다렸는가?"

난비가 수줍은 표정으로 눈을 내리깔자 강위가 그녀의 손을 잡아끌고 의자에 앉혔다. 그리고는 품속에서 소금을 꺼내 난비에게 건넸다. 눈이 휘둥그레진 난비는 그것을 손바닥 위에 올려놓고는 꽉 쥐지도 못하고 들여다보기만 했다.

황죽의 뿌리로 만든 소금은 취구 아래 모란 무늬가 새겨진 금테를 두르고 있어서 한눈에 보기에도 보통 값나가는 악기가 아니었다. 모양만 그럴싸한 것이 아니라, 단단하고 살이 두터운 황죽의 울림이 어떨지 상상이 갔다.

그 모습을 지켜보던 강위가 뿌듯하게 말했다.

"악기는 보는 것이 아니라 부는 것이네."

강위의 재촉에도 난비는 선뜻 소금을 불지 못하고 얼굴을 붉히고만 있었다.

"새삼 뭐가 그리 부끄러운가? 그대는 소금으로 황상의 얼굴도 후려친 여인네다."

그러나 난비는 입술을 오물거리고 손가락을 꼼지락거리면서 소금을 불기를 주저했다.

"혹, 새 악기라 길들여야 하는가?"

황상의 재촉이 미안했던 난비는 그의 손바닥에 글을 썼다.

[답신가를 들려 드리고 싶습니다.]

"답신가?"

[배 위에서 읊어 주셨던 시구를 얼마 전에야 이해했습니다.]

"정말 제대로 이해했다 자신하는가?"

[폐하께서 들어 보신 연후에 판단해 주십시오.]

"알았다. 어디 맘껏 해 보거라."

난비는 그제야 소금을 들어 올렸다. 눈을 감은 난비의 머릿속에 가슴속에 빛나는 너른 호수가 펼쳐졌다. 그날 느꼈던 그 마음을 숨결 하나하나에 내보이도록 자신을 그 풍경 속으로 던져 놓았다.

포오.

금비와 아랑이 들었을 때보다 더 깊어진 울림으로 연주가 시작되었다.

오래 달려온 강줄기가 마침내 호수를 만나 그 크고 깊은 물에 안겼다. 때론 호수가 메말라 강물이 쉼 없이 호수를 적셔야 했고, 때로는 강물을 다 품지 못해 내쳐야 했다. 만약 물고기조차 살지 못하는 더러운 호수라 해도 강물은 끊임없이 호수에 안겨 맑아지길 기다릴 것이다. 그리하면 언젠가는 스스로 강물을 품고 오랜 세월을 함께 누릴 테니 말이다.

소리에서 빛이 난다면 이럴까. 강위는 난비의 연주가 눈이 부셨다. 마치 그날 함께 올랐던 구하연 배 위에서 수면을 바라보고 있는 듯했다.

포오…….

소리가 잦아들자 그는 편안한 미소를 지었다. 서로의 마음이 연모가 되어 만났으니 이제 호수처럼 깊어지기만 하면 되는 것이다.

"이해만 한 것이 아니라, 그야말로 답신가로구나! 고맙다."

황제의 칭찬에 난비는 수줍게 몸을 비틀었다.

"말을 못 하면 어떠하냐? 우리가 마음이 통하니 그것으로 충분하다."

황제의 그 한마디 덕분에 난비는 그간 받았던 설움이 모두 가시는 듯했다. 이 벅차오르는 감동이 행복임을 깨닫는 순간, 아버지가 돌아가신 이후로는 한 번도 행복한 적이 없다는 것도 함께 깨달았다.

밤이 깊어졌지만 시간 가는 줄 모르고 난비와 이야기를 나누던
황제는 돌아가지 않았다.

바닥에 떨어진 수십 장의 종이가 치워지고 조촐한 술상이 차려
졌다. 난비는 황제께서 술을 마시는 동안 우아한 동작으로 흥을 돋
우는 연주를 해 올렸다.

은은한 달빛이 방을 채우는 듯, 잔잔한 선율이 꿈결 같았다. 몇
잔의 술이 마음을 열어 주고 황홀한 음이 귀를 즐겁게 해 주니, 어
느덧 감상에 취해 버렸다.

강위는 소금을 연주하는 난비의 자태가 천상의 선녀 같았다. 술
이 약한 편이 아닌데, 오늘따라 얼큰하게 술기운이 올라오며 소년
처럼 가슴이 뛰었다.

'안 될 이유가 없지.'

오늘 같이 감격스럽고 편안한 날 무엇이 근심스러워 망설일까?

돌연 벌떡 일어난 강위는 눈빛을 희번덕거리며 그녀의 등 뒤로
다가갔다. 연주에 취해 있던 난비가 그 모습을 못 봤으니 망정이
지, 보았다면 분명 광증이 도졌다 여겼을 것이다.

"헉!"

난비는 강위의 입술이 제 귓불을 깨물 때까지 무슨 일이 일어났
는지 짐작조차 할 수 없었다. 귓불에 닿는 뜨겁고 촉촉한 촉감에
놀라 눈을 번쩍 뜨고 연주를 멈췄으나 귓가로 거부할 수 없는 울림
이 전해졌다.

"멈추지 말라."

힘이 실린 황명에 침을 꿀꺽 삼키고 다시 음을 이어 보려고 애썼지만 잘되지 않았다. 떨리는 심장이 고스란히 소금을 공명시켜 음이 제멋대로 튀었다.

"그래, 좋구나."

언제 끊어질지 모를 만큼 불안정한 소리가 어떻게 좋다는 건지 알 수가 없었다. 다만 귓가를 간질이는 황제의 속삭임엔 무언가에 대한 열망이 가득했고, 난비는 그것이 자신과 무관하지 않을 거라는 것을 느끼고 있었다.

"흐읏!"

목을 타고 내려오는 간지러움에 목을 움츠렸다. 귀를 괴롭히던 황제의 입술이 목선을 타고 천천히 핥기 시작한 것이다. 그가 숨을 내쉴 때마다 알싸한 주향이 간지러움을 태웠다. 이를 참지 못해 몸이 저절로 작아졌지만 그의 손이 턱을 잡고 목을 젖히는 바람에 그마저도 마음대로 하지 못했다. 결국 소리는 점점 더 이상해졌고, 음은 끊어질 듯 위태로웠다.

투우툿…….

"계속……. 소금이 없으면, 네 목소리를 들을 수가 없다."

'짓궂으십니다!'

투우우…….

난비의 소금 소리는 한숨 같을 뿐, 더 이상 제대로 된 연주라고 보기는 어려웠다. 그런데도 강위는 그게 다가 아니라는 것을 보여 주려는 듯 난비의 어깨에 팔을 걸치고 가슴 쪽으로 손을 뻗었다.

"흡!"

황제의 손이 옷을 헤집자 난비는 소스라치게 놀라 뒤돌아보았다.

"또 한 번 연주를 멈추면 밤새 이러고 있을지도 모른다."

강위는 그 떨리는 소리가 좋았다. 난비의 진실 된 목소리는 늘 소금을 통해 전해 듣지 않았던가. 당황하는 그녀의 심정이 말보다 더 정확한 소리로 전해지고 있었다.

난비는 그의 손이 젖가슴에 닿자 예상했던 손길임에도 불구하고 흠칫했다. 하지만 연주를 멈출 수도 없었고, 그를 피할 수도 없었다. 사내의 손아귀에 농락당하면서도 소금을 연주하는 것은 보이지 않는 족쇄에 매여져 꼼짝할 수 없는 것과 같았다.

소금 소리는 점점 사정하듯 애처롭게 변했다.

이 얼마나 사랑스러운 애처로움인가! 난비의 가련함은 강위를 사내로 만들어 가고 있었다. 겁내지 말라 아끼고 보듬어 주리라. 거칠었던 초야를 쾌락으로 보상해 주리라. 목숨을 위협했던 지난 일들을 모두 잊게 해 주리라. 더욱더 집요하게 그녀의 살결에 입을 맞추고 그녀를 꼭 끌어안았다.

이제 소금의 울음은 난비의 신음 소리 같았으나 그는 개의치 않았다. 강위의 머릿속은 제 욕정을 정당화시킬 그럴듯하고 아름다운 변명거리가 한가득이었다. 말캉말캉한 젖가슴의 감촉에서 손을 떼기가 싫었다. 부드러운 살덩이 가운데 붉게 매달린 유두는 짓눌릴수록 꼿꼿하게 고개를 내밀며 손바닥을 찔러 댔다. 그에 못지않게 자신의 기둥도 단단하게 부풀어 오르고 있었다. 그녀의 뜨겁고 깊숙한 육체 속에 저를 찔러 넣고 싶은 욕망이 거세졌다. 하지만 벌써 그렇게 아까운 기회를 날려 버릴 수야 없었다.

강위는 들끓는 제 몸을 잠시 외면하고 난비의 고개를 돌려 입을 맞추어 버렸다.

"으읍!"

겨우 소금에서 해방되는가 했더니, 더 큰 구속이 난비를 기다리고 있었다. 그에게 입술이 삼켜지고, 그의 혀가 그녀의 입 안으로 쑥 들어왔다. 그는 거친 호흡을 내뿜으면서도 쉬지 않고 그녀를 자극했다. 가슴을 쥔 손도, 입속으로 침범한 혀도 그녀에게 생각할 틈을 주려 하지 않았다.

입 속에서 두 사람은 발가벗은 남녀 그 자체가 되어 또 하나의 정사를 나누기 시작했다.

강위는 그녀의 붉은 속살과도 같은 혀를 집요하게 쓰다듬고 간질였다. 그러면 그녀는 끈적한 타액에 미끄러지며 잘도 빠져나갔다. 그 요염한 꿈틀거림이 강위를 미치도록 감질나게 만들었다.

강위가 도망가려는 난비를 강렬하게 휘어잡자, 그녀는 전율을 느끼며 소금을 떨어트릴 뻔했다. 번들거리는 성감이 끈끈하게 얽혀 들어 자꾸만 힘이 빠지는 손에 다시 한 번 힘을 꽉 주었다. 소금을 잡은 손바닥은 이미 땀으로 질펀하게 젖어 있었다.

난비는 노골적으로 저를 탐하는 강위처럼 제 몸의 변화를 솔직하게 받아들이지는 못했다. 하지만 그녀는 조금씩 취해 가고 있었다. 황제에게서 나는 독한 주향 때문인지, 숨 막히는 입맞춤 때문인지는 알 수 없었으나 정신이 점점 혼미해져 갔다.

이제 가슴에서 손을 뗀 강위는 그녀의 허리를 동여맨 비단 띠를 풀어 버렸다. 그리고는 옷을 팔꿈치까지 끌어내렸다. 난비의 하얀 등이 등잔불에 붉은 물이 들었다. 강위는 그녀의 입술을 놓아주었다.

"하아! 하아⋯⋯."

"하아⋯⋯."

잠시 떨어져 숨을 몰아쉬는 것도 잠시, 난비의 동그랗고 아담한 어깨로 입을 가져간 강위는 그녀의 겨드랑이 안으로 손을 넣어 가슴과 쇄골을 쓰다듬었다. 그녀의 가슴이 가쁜 숨을 숨기지 못해 크게 부풀곤 했지만 그는 더욱 그녀를 몰아세울 셈이었다.

"흐음⋯⋯. 이번엔, 운우지정을 연주해 보아라."

"웃⋯⋯."

난비는 황제가 원래 이렇게 짓궂은 분이셨나, 궁금했다. 정신을 쏙 빼놓을 땐 언제고, 이제 와서 정신 차리고 연주를 하라니, 왜 그렇지 않겠는가. 그냥 더 이상 거부하려 하지 않고 편안히 그의 손길에 몸을 내주려 했다. 이제는 마음까지 녹아내리고 있었는데 다시금 흐트러진 심신을 추슬러야 하는 것이다. 난비는 마음속으로 낯 뜨거운 노랫말을 떠올리며 소금을 잡았다.

'얼음 위에 댓잎 자리 만들어 님과 내가 얼어 죽을망정, 시린 얼음 누운 자리 다 녹아 님과 내가 더워 죽을망정, 정 나눈 오늘 밤 더디 더디 새시라. 더디 더디 새시라.'

예부터 백성들 사이에서 전해 내려오는 솔직하고 자유로운 가사로 소금을 흥얼거렸다. 고귀하신 황제께서는 모르시는 노랫말일 테니, 그가 얄미워 부러 천박하고 음풍한 노래를 선택해 그의 행동을 비꼬았다.

이를 아는지 모르는지, 강위는 은밀한 속삭임을 경쾌하게 연주하는 것이 마음에 들 뿐이었다. 여태 등 뒤에서 그녀를 괴롭히던 강위는 싱긋 웃으며 난비의 앞으로 다가와 제가 만들어 놓은 작품을 감상했다. 마치 껍질처럼 벗겨 낸 붉은색 의복이 허리 아래로 아슬아슬하게 걸쳐졌다. 난비는 달콤한 과실처럼 하얀 속살을 드러냈다.

그의 시선을 느낀 난비가 수줍은 듯 다리를 바짝 모아 고쳐 앉으려 했다. 하지만 강위의 발이 그녀의 발을 막아서곤 더 벌어지게 만들었다. 덕분에 그녀는 순백색의 늘씬한 몸을 반 이상 드러낸 채 다리를 벌려 앉게 되었다. 그러나 소금을 잡은 난비는 여전히 등을 꼿꼿하게 세우고 당당한 자태로 앉아 있었다. 얄궂게도, 수치심을 모르는 듯한 그런 모습조차 천한 색기가 아닌 고혹적인 분위기를 풍겼다.

'달 선녀가 밤의 풍류를 즐기는 모습도 이러할까?'

강위가 손가락으로 그녀의 뺨을 쓰다듬자 난비의 몸이 흔들렸다. 그 바람에 홍색 치마가 흘러내려 짧은 속의와 그 아래 뽀얀 종아리가 드러났다. 그것만으로도 충분히 사내를 달아오르게 했지만, 그는 그 속의마저 위로 들췄다. 비소를 감싼 하얀 속곳이 비칠 만큼 바짝 말아 올렸으니 수줍게 떨고 있는 부드러운 허벅지까지 드러났다. 게다가 벌어진 다리 때문에 숨겨 둔 그녀의 비소가 갈라졌다. 그 계곡 틈새로 속곳이 파고들어 도톰한 꽃잎 한 장이 도드라지게 삐져나왔다.

난비 역시 제 속살로 파고든 그 감각을 모를 리가 없어, 얼굴이 터질 듯이 붉어졌다. 황제께서 막고 계시니 감추지도 못하고 민망함에 몸 둘 바를 몰라 결국 소금을 그치고 손으로 가렸다.

난비의 수줍은 자태에 강위의 이성은 아득한 절벽 아래로 추락했다. 강위는 더 참지 못하고 난비를 번쩍 안아 올렸다.

"웃!"

텅.

난비는 불현듯 황제에게 안겨 몸이 들리는 통에 새로 받은 소금을 떨어트리고 말았다. 바닥에 떨어진 소금이 요란하게 굴러가자 그 소리가 밖에 있던 사모달에게까지 전해졌다.

"폐하. 혹, 무슨 일이 있사옵니까?"

"있다. 있으니 세 걸음, 아니, 열 걸음 뒤로 다들 물러나 있으라."

그렇게 내지르듯 명령한 강위는 거치적거리는 이불을 치워 버리고 난비를 침상에 눕혔다. 그리고는 난비의 다리 사이로 들어가 벗은 것과 다름없는 그녀의 겉옷을 마저 벗겨 버렸다. 잘록한 허리 아래로 물결처럼 부드럽게 엉덩이가 이어졌다. 젖 가리개와 속곳만을 남겨 두고 강위는 난비의 배를 쓰다듬으며 감질남을 즐겼다. 이 밤을 간단히 끝내고 싶지 않은 욕심 때문이었다.

한참 난비를 몸 둘 바 모르게 애태우던 강위는 몇 겹이나 입고 있던 옷을 천천히 벗기 시작했다. 바위같이 단단하고 매끄러운 몸이 드러났다. 그는 난비의 시선을 의식하지 않고 여유롭게 긴 팔을 뻗어 그녀의 머리 옆에 손을 짚었다. 그리고 앙증맞은 난비의 배꼽에 입을 맞추었다.

"으음……."

난비는 배꼽을 적시는 황제의 혀로 인해 간지러움을 참지 못하고 연신 꿈틀거려야 했다. 그러다가 점점 배꼽이 아닌 더 아래쪽이 아니, 그보다 더 깊숙한 곳에서 간지러움을 해소해 달라 아우성치기 시작했다. 할 수만 있다면 다리를 꼬고 싶은 초조함에 발가락을 꼼지락거렸다.

작지만 탄력 있는 몸부림이 강위에게도 전해지고 있었다. 난비가 몸을 비틀자 그는 그녀의 엉덩이를 붙잡고 움직이지 못하게 했다. 그리고는 배꼽 아래를 향해 천천히 내려왔다.

'아…… 안 됩니다.'

손도 아닌 입술이 제가 더럽게 여기는 비소에 닿을 생각을 하자 부끄러움을 넘어선 다급함에 제 손을 가져가 막아 보려 했다.

"치워라. 나를 더 자극할 셈이냐?"

목소리를 들어 보면 지금 그는 꽤 이성적인 것처럼 차분하고 냉정해서 난비를 혼란스럽게 했다.

그녀가 계속 주저하자 속곳을 바로 앞에 두고 강위가 입술을 뗐다.

"그만뒀으면 좋겠느냐?"

난비는 그를 멀뚱히 쳐다만 보다, 용기를 내서 고개를 끄덕였다.

"오호라. 거짓말은 아닐 테지."

난비가 다시 힘주어 고개를 끄덕이자, 그는 여유 있게 웃어 보이며 자신의 긴 손가락을 속곳에 갖다 대고 지그시 눌렀다.

"헉!"

"거짓말이면 벌을 각오하라."

강위는 그녀의 애원하는 눈을 뚫어지게 쳐다보며, 속곳 아래 감취진 갈라진 틈을 따라 천천히 파고들었다.

"으……읍!"

몸을 가만두기 힘든 자극이었다. 허리를 움직여 피해 보려 하면 오히려 자극은 더 심해졌다. 입술을 꼭 다물었지만 부끄러운 신음 소리가 자꾸만 새어 나갔다. 이대로는 안 될 것 같아 난비는 머리 위로 크게 물러났다.

"어허!"

황제가 무섭게 노려보자 그녀는 울상이 되어 다시 내려왔다. 이제 반항은 포기했기에 눈을 꼭 감고 그의 손에 저를 맡겼다. 그리고 그 고문 같은 행위가 다시 시작되었다. 그가 문질러 주는 곳에서 찌릿한 쾌감이 타고 올라와 배꼽 아래를 간지럽혔다. 간지러움은 해소되지 않고 점점 더 부풀어 오르는 것 같았다. 그러더니 그의 손길에 맞춰 허리를 움직이고 싶어졌다. 무슨 말도 안 되는 짓일까 싶은데도 종아리가 제멋대로 들썩이며 바들거렸다. 이제는 쾌감이 지나간 자리에서 더 강렬한 것을 원하는 음란한 갈증이 고여 가고 있었다.

마침내 황제가 승자의 미소를 지으며 손길을 멈추었다. 그에게 짓눌린 속곳이 반투명하게 젖어 들었다. 강위는 시시각각 변하는 그녀의 표정이 우스웠다. 엄한 표정을 지었더니 손가락 하나 까딱하지 않고 참으려 애쓰는 것이 기특하기도 했다.

"다시 물으마. 그만두길 바라느냐?"

차라리 그냥 하시지 왜 이런 걸 물으셔서 난처하게 만드실까, 난비는 그를 원망하며 쏘아보았다.

"벌이 무엇인지 궁금하다면야……."

그가 슬쩍 말꼬리를 불길하게 잡아 끌자, 난비는 세차게 도리질을 쳤다.

'바라지 않습니다! 계속해 주시옵소서!'

"진즉에 그럴 것이지."

황제는 전장에서 승기를 꽂은 장수처럼 의기양양해 보였다. 그는 두말없이 속곳을 끌러 치워 버리고 아까 멈추었던 그 자리에 입을 맞추었다. 그의 입술이 아래로 내려올수록 난비는 저도 모르게 조금씩 밑으로 내려가 그를 피하려 했다. 그것이 괘씸해서일까? 아래로 내려가던 난비는 황제의 혀가 불쑥 비소를 헤집고 들어오는 통에, 까무러칠 뻔한 촉감과 전율을 느끼고 부르르 떨고 말았다.

"하……으……읏!"

도무지 소리를 내지 않을 수가 없었다. 그는 자신의 입을 탐했을 때처럼 속살을 유린했고, 난비의 몸은 끈적한 열기에 잠식당할 것 같았다. 머리부터 발끝까지 몸 구석구석으로 전달되는 기이한 쾌감은 그가 좀 더 빠르고 강렬하게 자신을 충족시켜 주길 바라고 있었다.

'이, 이러면 안 돼!'

욕망에 번들거리는 음란한 내면이 수치스러웠고, 그것을 깨워 낸 황제의 마수로부터 다시금 슬금슬금 도망가려 했다. 그러자 황제가 그녀의 다리를 붙잡아 냉큼 자신의 허리 옆으로 들어 올렸다.

'아! 폐하. 제발…….'

강위는 그녀의 간절한 눈빛을 태연히 응시한 후 보란 듯이 다른 곳으로 시선을 돌렸다. 완전히 드러난 난비의 그곳은 붉은 수술이 보일 만큼 활짝 피어났다. 붉게 번들거리는 그것은 나비가 꿀을 빨아 주길 기다리는 것 같았다. 그러나 더 이상은 쳐다보지 말라는 듯 새침하게 꽃잎을 오므린다. 참을 수 없이 적나라한 광경에 이성을 뺏긴 강위는 자신의 허리를 그녀에게 바짝 붙였다. 그리고 꿀샘을 두드리는 나비의 대롱이 되어 그녀와 하나가 되기를 시도했다. 여체의 두터운 입술을 헤집고 물컹한 구멍 안으로 조금씩 자신을 밀어 넣으니 숨 막히는 조임에 등허리가 한껏 젖혀졌다.

"으윽."

난비는 천천히 몸을 뚫는 뜨거움에 허리를 비틀며 신음했다. 음란한 본능은 아래를 꽉 채워 주길 바라건만, 좁은 입구는 비명을 지르며 그를 밀어내려 하고 있었다. 첫날 밤, 그리고 두 번째보다 훨씬 수월하게 들어가는 것 같았지만 그래도 저릿한 거부감이 들었다.

강위는 난비의 반응을 살피며 조금씩 밀어 넣었다가 빼기를 반복했다. 그의 움직임은 부드러웠고, 때론 완전히 빠져나와 꽃 속에 숨겨 둔 씨앗 같은 돌기를 문질러 그녀를 달래곤 했다. 그러면 그녀는 텅 빈 안을 채워 달라는 듯 벌어진 입술을 조이곤 했다. 그의 기둥이 따뜻한 살덩이에 점점 더 많이 덮여 갔다. 화끈하게 조여 오는 감각이 뿌리 근처까지 닿자 마침내 그의 입에서도 쾌감에 떠는 한숨이 터져 나왔다.

"하아!"

난비 역시 조금씩 파고드는 감각을 받아들이기가 쉬워졌다. 허리 아래가 뻐근하게 찔러 왔지만, 촉촉하고 매끄러웠다. 게다가 그가 좀 더 깊이 들어와 저를 더 숨 막히게 해 주길 바라고 있었다. 결국 그녀는 식을 줄 모르는 그의 불기둥을 전부 집어삼키고 부들부들 떨었다. 터져 나올 것 같은 신음 소리를 갈무리하느라 꽉 쥔 손아귀가 하얗게 질렸다.

강위가 그 손을 잡았다. 커다란 손바닥이 주먹을 포개자 그녀가 눈을 떴다. 눈가에도 식은땀이 송골송골 맺혀 마치 눈물에 젖은 듯했다.

"긴장할 것 없다. 너는 그냥, 내가 하는 대로 너를 내버려 두면 되는 것이다."

'잘되지 않습니다.'

강위는 그녀의 손을 펴 자신의 목을 감싸게 했다. 그리고 제 허리를 움직여 그녀에게 좀 더 밀착했다.

"읍! 하웃!"

"그래. 소리가 나면 나는 대로, 지금은 그저 내가 연주하는 악기가 되는 것이다."

"훗……하아!"

난비는 뱃속에 꽉 찬 이물감의 움직임에 황망해했다. 황제의 목을 끌어안은 손을 어찌해야 할지 모르겠고, 다리는 또 어디에 두어야 하는가. 몸은 자꾸만 가만있지 못하고 움직여 달라 하는데, 황제의 몸에 꼭 맞물려 붙들려 있으니 애가 탔다.

"흐으음……. 음을 연주할 때는 악기와 하나가 되어야 한다 했으니, 내가 너를 길들일 수밖에."

'차라리…… 그리해 주십시오. 제가 폐하와 함께 연주할 수 있

도록 길들여 주십시오.'

"그대의 마음까지도 나만이 조율할 수 있도록 말이다."

'예, 예. 폐하. 어서 끝내 주십시오.'

난비의 눈동자에 간절함이 짙어지고 붉은 입술 사이로 농염한 숨결이 새어 나왔다. 그러나 강위는 그녀를 꽉 채워 놓고도 쉽사리 움직이지 않고 그녀 위로 포개었다. 그의 단단한 가슴에 난비의 젖가슴이 짓눌렸지만, 조그마한 돌기는 반항하듯 찌르며 그를 자극했다. 그리고 숨가빠하는 난비의 입속을 틀어막고 그녀가 아무 생각도 못하도록 혀를 유린했다. 입술이 촉촉해질수록 저를 삼킨 그녀의 또 다른 동굴에도 물이 차올랐고, 혀를 빨아들이면 그녀는 아래도 꽉 물어 주었다.

강위는 허리를 움직이기 시작했다. 뿌리까지 집어넣을 것처럼, 더 들어갈 수 없을 만큼 빡빡하게 밀어 넣었다. 그리고는 그녀가 마음껏 교성을 뱉을 수 있도록 입술에서 떨어졌다.

"아흑!"

몸을 꿰뚫는 아찔한 고통 뒤에는 발끝을 저릿하게 만드는 희열이 따라왔다. 난비는 점점 아픔보다는 쾌감을 탐해 갔다. 그가 제 안에서 여린 살갗을 긁어 대며 거칠게 움직이는데도 아픔은 잊혀져 가고 몸은 점점 달아올랐다. 완벽하게 교접한 두 사람에게서 쾌락의 열기가 아지랑이처럼 피어올라 그들을 둥실 띄어 놓는 것 같았다.

그는 잠시 멈추어 몽롱한 그녀의 눈에 입술을 가져갔다. 난비가 눈을 깜빡였고, 젖은 눈꺼풀에 입을 맞추었다.

"하악······. 아직······이다."

난비도 알고 있었다. 음이 절정에 닿을 때는 온 힘을 다해 숨을 죽인 다음이라는 것을. 강위는 그녀의 젖은 머리카락을 빗어 넘겨 주며 다시 눈을 뜬 그녀를 따뜻한 눈으로 마주 보아 주었다. 난비의 심장이 쿵쿵 울렸다. 그가 여태 보여 준 어떤 모습보다도 어떤 강렬한 입맞춤과 쾌락보다도 가슴을 설레게 했다.

"이제······. 너도 내게 오너라."

난비가 고개를 끄덕이는 것이 신호였다. 그는 천천히 속도를 높여 배를 부딪혀 갔다. 그가 눈으로 재촉하자 난비는 입술을 깨물고 조금씩 허리를 움직여 그와 장단을 맞추기 시작했다. 질퍽한 소리에 그녀의 얼굴이 붉어졌지만 그럴수록 쾌감은 더 커져만 갔다. 점점 빨라진 몸짓에 그녀의 안에 열꽃이 흐드러졌다. 강위는 건강한 말처럼 질주했고, 난비는 마치 그 위에 올라탄 것처럼 정신없이 절정을 향해 엉덩이를 들썩거렸다.

강위는 곧 터져 버릴 만큼 부풀어 올랐지만 마지막으로 한 번 더 정욕을 억눌렀다. 그녀를 태우고 정상으로 오르기까지 힘겹게 참아 온 쾌락의 분수가 폭발을 앞두고 꿈틀거렸다. 이제 한껏 당겨 놓았던 시위를 그대로 쏘아 냈다. 온 힘을 다해 그녀를 짓눌렀고, 마침내 파정하고 말았다.

"······!"

난비는 태어나 처음 맛보는 거대한 쾌감에 빠져 허리를 들어 올리며 황제의 목을 꽉 끌어안았다. 안에서 일어나는 거대한 폭풍은 두 사람의 머릿속까지 소용돌이치게 만들었다. 절정의 충만감에 심장이 터질 것 같고 숨조차 내쉴 수 없었다. 짧지만, 영원과도 같은 시간의 장막이 서서히 걷어졌다. 힘이 풀린 난비가 먼저 축 늘어지고 황제가 그 위로 털썩 고개를 떨구었다.

"하아……하아……하……."

"헉……헉……."

숨을 고르는 동안에도 난비의 몽롱한 눈동자는 쉬이 돌아오지 않았고, 아직도 남아 있는 쾌감의 잔해에 간헐적으로 떨었다. 먼저 정신이 든 황제가 그녀의 얼굴을 양손으로 붙잡고 입술을 살짝 깨물었다.

"힘들던가?"

그녀가 고개를 저었다.

강위가 씨익 웃으며 그녀의 가슴에 맺힌 붉은 열매를 만지작거렸다.

"그렇군. 그렇다면 아직 괜찮겠구나."

난비가 불안하게 그의 다음 말을 기다렸다.

"한 번은 거짓말을 하지 않았더냐."

난비가 눈이 휘둥그레지건 말건, 술이 덜 깬 강위는 아직 힘이 남았다.

"악기는 다룰수록 더 좋은 소리를 내는 법."

밤새도록 울린 기묘한 연주 소리는 사모달을 비롯한 많은 이들의 가슴을 뿌듯하게 만들었다.

황제가 조회를 거르고 늦도록 황후를 품고 있다는 소식이 대전에 전해졌다. 대신들은 겉으로는 황제의 허물을 험담하면서도 속으로는 기뻐하고 있었다. 연월장의 여식이라, 과연 황제를 구워삶는 데도 재주가 있었다며 기특해한 것이다. 어차피 황제가 나와 봐야 하는 일도 없고 서로 얼굴 보기만 불편하니, 황후가 계속 그렇게 황제를 구워삶아 준다면야 뭐가 문제겠는가. 헌데, 승상 해일주의 표정만은 밝지 않았다.

'황제가 난비에게 푹 빠져 연월장의 꼭두각시가 되면 어찌 되는 가…….'

해일주는 황제가 어릴 때부터 보아 왔다. 마음이 여리면서도 감정을 잘 드러내지 않는 분이었다. 여인에 한에서는 그런 성정이 더욱 잘 드러났다. 황후들에게 늘 예의 바르고 부드럽게 대하셨으나, 크게 정을 준 것 같지도 않았다. 그런데 유독 현 황후를 대할 때는 감정적이셨다. 얼마 전까지 칼을 휘두르며 분노하시더니 이제는 황후를 끌어안고 놓아주질 않고 있었다. 늘 감정을 죽이고 살던 황제가 웬일로 큰 소리를 내고 거친 행동을 하셨을까 했는데, 그때부터 이미 난비 황후에게 마음이 있었던 것이다.

'남녀의 일은 아무도 모른다더니, 황제가 벙어리한테 홀릴 줄이야! 허허!'

해일주는 앞으로 다가올 일이 어쩐지 순조롭지 않다 여기며 무거운 발걸음으로 궁을 나섰다. 아무래도 연월부인을 한번 봐야 할 모양이었다.

사모달은 우르르 대전을 나가는 대신들을 보며 머리를 긁적였다. 황상을 깨우지 않은 것은 아니었다. 그 역시 황제를 깨워 어떻게든 대전으로 모시고 가야 한다는 걸 잘 알고 있었지만, 오늘은 그릴 수가 없었다. 문 밖에서 기척하기를 수십 번, 갑자기 문이 벌컥 열리는가 싶더니 천 조각 하나 걸치시지 않은 황상께서 잠이 덜 깬 얼굴로 내다보셨다. 황망스런 모습에 깜짝 놀라고 있는데, 태연히 손가락을 입술에 대시고는 조용히 하라는 신호를 보내시는 게 아닌가.

"폐. 폐하. 대, 대전에 나가 보셔야……."

쾅.

황상은 더 듣기도 싫다는 듯 문을 소리 나게 닫고 들어가셨고, 어쩔 수 없이 대전에 나와 폐하께서 옥체가 피로하시다 전하였던 것이다. 하지만 황후전에서 주무신 것을 그들이 모를 리가 없다.

'뭐 다 생각이 있으시겠지.'

가끔 좀 어긋날 필요가 있다는 게 사모달의 태평한 생각이었다.

강위는 점심때야 겨우 잠에서 깨어날 수 있었다. 난비는 시뻘겋게 붉어진 얼굴로 고개를 들지 못하고 식탁 앞에 앉았는데, 허리가 불편한지 등받이에 기대고 있었다.

쭈뼛대며 젓가락질을 하던 난비가 그를 신기하게 쳐다보았다. 함께 식사를 하는 것이 처음이었는데, 황제께서는 참으로 맛나게도 드시고 계셨다.

'만날 맛난 것만 드시는 폐하께서도 배가 고프실 때가 있구나.'

"왜 그리 보는가?"

"……."

"이거 참. 매일 종이를 가져다 놓을 수도 없으니……."

난비가 죄스럽게 고개를 숙였다.

"말을 못 하면 답답하지 않더냐?"

'예.'

"허면 말을 하면 될 것을."

'왜 또 이러십니까.'

"답답해 죽을 지경이 되면 말문이 트일지도……. 흠! 나만 또 이
상한 놈이 되겠군."

"후우……."

난비가 한숨을 쉬자 강위가 가볍게 웃었다.

"그리 심각할 것 없다. 말을 못 하면 또 어떤가? 어제 밤도 말없
이 즐겁지 않았느냐?"

난비는 새침한 얼굴로 밥을 떠먹으며 그의 말을 조용히 무시했
다.

"왜? 즐겁지 않았던 모양이구나. 그럼 오늘 제대로 즐겁게 해 주
마."

"……!"

"오, 바라는 표정인가?"

'폐하!'

"아니라면, 확실히 싫다고 말하면 된다."

말을 못 해도 괜찮다고 하면서, 또 말을 하라 부추기니 난비는
약이 올랐다. 왜 하필 황제와 혼례를 해서 맘대로 화도 못 내게 됐
을까, 양쪽 볼이 퉁퉁해졌다.

강위는 그런 난비를 재밌다는 표정으로 보다가 다시 한 번 능글

맞은 소리를 해 대 그녀의 복장을 터트렸다.

"그대가 말을 못 하니, 서로간의 소통이 순조롭지 않은 것은 사실. 이리되면 몸이라도 주고받아야 마음이 통하는 길이 열리지 않겠는가? 나는 여태 오늘만큼 배가 고파 본 적이 없으나 내가 그대를 선택했으니, 감수해야지. 오늘 밤도 성심성의껏 지도 편달할 것이니, 목욕재개하고 기다리게."

강위는 입을 삐쭉거리는 난비의 표정을 외면하며 식사가 끝나자마자 곧장 나가 버렸다.

배웅을 나갔던 난비는 멀어지는 그의 뒷모습을 보다 슬그머니 웃음을 머금었다. 그러다 하늘을 보고 불만을 터트렸다.

'곧 겨울인데, 해가 길구나.'

바깥의 찬 공기에 추위를 느낀 난비는 아랑을 불러 차를 달라 하려 했다.

"마마, 누구를 찾으시옵니까?"

나인의 물음에 주위를 살펴보니, 오늘따라 아랑도, 공 상궁도 보이질 않았다. 그런데 뒤뜰에서 훌쩍거리는 울음소리와 공 상궁의 노한 음성이 들렸다. 난비는 그리로 걸음을 옮겼다.

"이곳은 사가가 아니라고 몇 번을 말해야 알아듣겠느냐! 정녕 네가 매를 맞아 봐야 정신을 차릴 테냐!"

"흑. 저는 그냥……. 모르고 실수한 것뿐입니다. 흑."

"닥쳐라! 모르고 한 일이 어디 한두 번이냐? 말씀을 못 하시는 황후마마께서 너를 편히 여기시기에 그냥 두고 보는 것이지, 그렇지 않았다면 당장이라도 내쳤을 것이다!"

가만 보니 아랑이 무슨 실수를 한 모양이었다. 난비는 평소 냉정하기로 유명한 공 상궁에게 마음 여린 아랑이 호되게 야단맞는 모습이 안쓰러웠다. 상궁을 말리려 한 발 옮기려는데, 그녀의 다음 호통 소리가 난비의 걸음을 멈추게 했다.

"연월장의 힘을 믿고 그리 오만방자한 것이냐! 이제 마마께서는 황실의 법도를 따르고 지켜야 하는 황후마마가 되셨다. 사가에서 자유롭게 지내시던 대로 모시면 안 된다고 그렇게 누누이 일렀건만, 배를 타게 하신 걸로도 부족하였느냐!"

"그 일은 이미 충분히 혼이 났는데 왜 또 꺼내십니까……."

"아무리 꺼내도 부족하지 않다! 네가 머리가 나쁜 것 같으니 다시 한 번 일러 주마. 마마께서 배를 정히 타시고 싶어 하시면, 반드시 내게 먼저 알려야 하며, 마마께서 소금을 주우려 손을 뻗기 전에 네가 먼저 물에 들어가서라도 주워야 한다. 황후마마를 모시는데 천것들의 목숨을 아낀다니 가당키나 한 것이냐! 또 한 번 이런 소홀함이 있다면 폐하께 아뢰어서라도 더는 용서치 않을 것이다."

난비는 상궁의 말을 듣고 고마운 마음이 일었다. 억지로 약을 먹일 때는 그렇게 미울 수가 없었는데, 오히려 저를 위하는 진심에서 한 행동이었음을 알았다.

"황후마마께서는 탕제도 드시지 못하시는 특이체질이신 것을 네가 나보다 더 잘 알 터! 헌데 이 추운 날 감환에라도 드시면 어찌하려고, 자꾸 찬 음식을 올리고 방을 춥게 하는 것이냐? 마마께서 싫다고 하셔도 불을 땔 때는 일을 멈추지 말라 했거늘!"

난비는 자신이 덥다고 불을 줄이라고 부탁한 것이 떠올랐다. 아랑이 두말 않고 알겠다고 나갔었는데, 그전에 그래선 안 된다는 잔소리를 듣고 잊어버린 모양이었다.

'아랑아, 혼이 날 만하다.'

그녀는 울고 있는 아랑을 내버려 두고 그냥 방으로 들어갔다. 상궁의 말대로 고뿔에 들지 않게 조심해야 할 것 같았다.

성검은 펄쩍 뛰었다.

"이런 법이 어디 있습니까!"

"나도 반댈세!"

황제는 더 펄쩍 뛰었다.

말없이 두 사람을 지켜보던 은호가 천천히 고개를 저으며 엄하게 말했다.

"그럼 황후마마를 저리 두어도 괜찮단 말씀이시옵니까."

그렇게까지 경고를 했으니 아무리 연월장이라 하더라도 황후를 암살할 생각은 못 할 것이라는 게 은호와 황제의 생각이었다. 다만 전 황후들처럼 사람들이 다 지켜보는 대낮에 사고로 위장해 암살할 위험은 여전히 남아 있었다. 은호가 지적한 것은 그것이었다.

"차라리 저기 적운인지 뭔지 병풍 같은 놈이랑 바꿔 주시면 되잖습니까!"

성검이 생떼를 쓰자 당사자 적운은 가만히 있는데 사모달이 나서서 호통을 쳤다.

"이런 경우 없는 놈을 보았나! 무위비사다, 이놈아! 무위비사는 황제의 직속 호위무사로 아무나 할 수 있는 자리가 아니다!"

"아무나 못 하니까 제가 무위 뭔지를 대신 한다지 않소!"

"뭐, 뭐? 이런…… 고얀!"

"성검아."

성검은 은호가 점잖게 이름을 부르자 그제야 나불거리던 입을 다물었다. 하지만 사모달은 분이 풀리지 않았다.

"너 같은 천둥벌거숭이를 어찌 황상의 곁에 두겠느냐!"

"그럼 뭐 저 같은 천둥벌거숭이가 황후마마의 곁에는 있어도 된답니까?"

"이놈이 그래도!"

"그마안!"

황제의 호통이 아니었다면 두 사람은 더 싸울 기세였다. 특히 사모달은 입을 삐죽거리는 성검을 잡아먹을 듯이 노려보았다.

"은호의 말이 맞다. 황후의 곁을 지킬 자가 필요하긴 하지. 너 같은 천둥벌거숭이가 황후의 곁에 있는 것이 썩 내키지는 않는다만, 너는 오늘부터 황후의 호위무사다."

"저는 마마가 아니라 스승님을 지켜 드리고자 따라온 것입니다! 왜 제 의사는 묻지 않으십니까!"

"너의 의사? 오냐. 관두거라. 대신 나 또한 네가 은호의 곁에 있는 것을 허락할 수 없으니 그리 싫으면 그냥 궁 밖으로 나가면 된다."

"끙……."

"황후의 호위무사가 되어 함께 궁에 남든지, 아니면 네놈 살던 곳으로 돌아가든지 해라."

"예, 예! 알겠습니다! 황후마마의 호위무사, 까짓 하면 될 거 아니옵니까!"

이렇게 해서 성검은 울며 겨자 먹기로 낮 동안은 황후의 호위무사라는 직책으로 궁에 남을 수 있게 되었다.

❀

연월장은 요즘 너무 조용했다. 드나드는 사람도 없었지만, 연월장의 사람들이 대문을 꼭 걸어 잠그고 안에서 나오질 않았기 때문에 더 그랬다. 이는 부인이 황제와 은호의 눈을 속이려는 계획 중하나였다. 이미 은호의 뒤를 밟으라 사람을 보내 놓았으니 성과가 있을 동안은 쥐 죽은 듯 숨어 지내며 황상의 경계에서 조금이나마 벗어나 보려 한 것이다.

금비 역시 한동안 황궁에 갈 생각도, 집 밖에 나설 생각도 없었다. 며칠째 제 방에만 틀어박혀 자수를 놓거나 그림을 그렸다. 연월부인은 그런 딸이 기특해 어쩔 줄 몰라 했다. 이렇게 힘든 상황속에서도 동요하지 않고 제 할 일을 묵묵히 하고 있으니 크게 될아이라 기뻐한 것이다. 비록 금비가 황후를 배에 태운 일로 황상의화만 더 돋구었으나 이는 황상이 가진 패를 모를 때 한 일이니 칭찬받아야 마땅한 일이었다.

"네가 나보다 배포가 크고 영특하구나. 난비를 죽이지 않은 것은잘한 일이다. 사람을 죽이는 것보다 살려서 이득을 얻는 것이 한수 위가 아니겠느냐. 만약 그날 난비가 죽었다면 우리 모두 황제의 손에 죽고 말았을 것이다. 잘 참았다. 덕분에 적어도 너는 황후들의 죽음과 아무 연관이 없다는 반증을 할 수 있게 된 셈이다. 어미 혼자 한 일로 몰아갔으니 황상께서도 널 그리 의심하지는 않으실 게다. 그러니 지금처럼 황후가 될 준비를 하면서 차분히 때를 기다리면 된다."

금비는 여태 어머니로부터 그런 과한 칭찬을 들어 본 적이 없었지만, 이상하게 기쁘지가 않았다. 금비의 어두운 표정을 본 부인의 눈빛이 예리하게 바뀌었다.

"헌데, 금비야. 네가 난비의 목숨을 살리려 한 것이, 혹, 반쪽짜리 혈육에 끌려 그리 한 것은 아닐 테지?"

"······!"

연월부인의 날카로운 질문에 금비는 순간 대답을 놓쳤다.

"왜 대답을 못 하느냐? 설마 사사로운 정에 끌려 나약해진 것이란 말이냐?"

"아, 아니에요. 갑자기 너무 당연한 것을 물으셔서 순간 제게 그런 맘이 있었을까 한 번 더 생각해 보느라······."

"그래? 한 번 더 생각해 보니 어떻든?"

"저는 난비를 한 번도 언니라고 생각해 본 적이 없어요. 그날은 솔직히 질투 때문이었어요. 충동적으로 배를 타고 사고를 일으킬까 했으나 다시 생각해 보니 그랬다간 황후를 지키지 못했다는 죄로 저 또한 위험해질 것 같아 마음을 접었을 뿐이지요."

연월부인은 그녀의 대답에 무척이나 흡족해했으나, 금비는 그날 난비의 모습을 떠올리며 마음이 무거워졌다. 두 사람이 구하연에서 서로의 사랑을 주고받았을 게 분명했는데 제가 그것을 빼앗아야 하는 게 싫었다. 제가 황후가 될 운명이었다면 황후의 순서는 어긋났으나 황상과 사랑을 나누는 것은 제가 되어야 하는 것이 아닌가?

'황제의 마음을 뺏을 수 있을까.'

이런 것을 어머니에게 말해 보았자, 황후가 되는 것이 더 중하다 여기실 게 뻔했다. 하지만 난비와 자신의 싸움은 그게 아니었다. 제가 황후가 된다 해도 난비를 그리워하는 황제의 옆에서 죽을 때까지 외롭고 괴로운 나날을 보내고 싶지 않았다.

'아니야. 사내들이란 원래 마음이 깊지 못해. 금방 다 잊고 새 황후를 찾을 것이야. 암, 난비 전에도 특별히 황후들과 의가 좋지 않다는 얘긴 들리지 않았어. 본래 성품이 그러신 거야.'

하지만 아무리 좋게 생각해 보려 해도 저를 윽박지르던 황제의 두려운 음성과, 그의 품속에서 여인의 얼굴을 하고 있던 난비를 떠올리면 자신감이 사그라지고 있었다.

"요즘 우리에게 여러 시련이 닥쳤으나 큰일을 하는 자들에게는 위기의 순간이 여러 번 오기 마련이다. 그러니 너무 걱정 말고 지금처럼 네 본분을 지키면 되는 것이다."

금비의 근심 어린 표정을 불안감으로 해석한 부인이 그녀를 타일렀다. 그러자 금비가 한숨을 쉬며 지금의 상황을 비관했다.

"어머니, 지금 이렇게 앉아 있기만 해서 어찌 폐하의 마음에 들 수 있겠어요? 마음에 들어 하긴커녕 저희 모녀를 저주하고 있을 게 분명한데요."

"네 말도 일리가 있다. 그래서 말이다. 이왕 땅을 내어 줄 거 생색을 좀 내자꾸나."

"네?"

"네가 궁으로 가 황상을 찾아뵙고 오너라."

"황상께서 당분간은 궁에 얼씬도 말라 하셨습니다."

애써 황궁 출입을 자제하고 있는데 황후도 아닌 황상을 만나라니? 금비는 어머니의 생각을 읽을 수가 없었다.

"가서, 어미의 죄를 용서해 주십사 간청하거라. 그리고 그 죗값으로 황상께서 필요로 하시는 전답을 기꺼운 마음으로 드린다 하고, 앞으로도 연월장은 황실을 위해 아낌없이 내어 드릴 테니 어미를 용서해 달라 청하거라."

"하지만 어머니, 그랬다가 우리가 가진 것을 전부 빼앗기면 대신들을 어찌 부리시려고요?"

"걱정할 것 없다. 황제가 그리 섣불리 전부를 빼앗을 순 없을 것이다. 보는 눈이 많으니, 한 번에 빼앗지는 못해. 그전에 우리가 은호의 꼬리를 밟아야지! 범상치 않은 인물이 그냥 떠돌이 행세를 할리가 없어. 분명 뭔가가 있을 것이다."

결국 그날 금비는 썩 내키지는 않았으나 부인의 성화에 못 이겨 황궁에 들어섰다. 그때쯤 한창 황제는 내전에서 성검이 호위무사가 되는 일로 일행들과 티격태격하던 중이라 금비는 그를 만나기 위해 내전으로 안내받았다.

내전에 청을 넣은 금비가 시린 땅 위로 무릎을 꿇고 처연한 표정으로 기다리기 시작하자 황제와 연월장의 일을 모르는 내관들은 죄인처럼 앉아 있는 금비를 보고 쑥덕거렸다. 황후마마의 뱃놀이 사건 때문에 이러는 줄 안 것이다. 아름답고 가녀린 여인이 저러고 있으니 내관들은 측은지심이 들었다. 서둘러 황제께 고하고자 내관 하나가 바삐 걸음을 옮겨 문고리를 잡았다. 헌데, 갑자기 안에서 벌컥 문이 열리더니 누군가가 조심성 없이 밀고 나오는 바람에 그 와 부딪쳐 나뒹굴고 말았다.

"아이고! 아야!"

"뭐야아? 좀 조심 좀 하지. 그러다 허리 다쳐. 아무리 쓸데가 없 어도 그렇지……. 쯧."

"뭐, 뭐? 이, 이놈이!"

제가 잘못해 놓고서 반말지거리로 나무라고 약 올리는 성검 때 문에 다들 기가 찼다. 내관들이 이를 갈며 성검의 등 뒤로 욕을 퍼 붓는 동안 그는 꿇어앉은 금비를 발견하고 으스대는 걸음으로 다가 갔다.

금비는 깊은 생각에 잠겨 있어 앞에서 일어난 작은 소란을 알지 못했다. 그런데 사내의 커다란 신이 제 무릎 앞에서 멈추자 놀라서 고개를 들었다. 그런데 제 앞에 성검이 기분 나쁘게 저를 내려다보 고 있는 게 아닌가!

"너!"

성검은 말없이 웃기만 했다. 그 웃음의 의미가 불쾌했던 금비는 거만하게 눈을 치켜뜨고 쏘아붙였다.

"저리 비키지 못해?"

천것이라 깔보았던 성검이 무릎 꿇은 저를 내려다보고 비웃고 있으니, 치가 떨릴 만큼 굴욕스러웠다. 금비가 이를 물고 위협적으로 말했으나, 그녀를 내려다보는 성검의 낯엔 점점 더 농후한 비웃음이 서려 갔다.

"내가 가는 길을 아씨께서 막고 있는 것뿐이오. 공무 중이니 아씨가 비켜 주셔야겠소."

"공무?"

"그렇소. 나도 이제 그냥 천한 놈에서 황후마마의 호위무사로 신분이 상승한 것 같소."

"하! 마마의 호위무사면 거기 가 있을 것이지, 왜 여기서 알짱대고 있는 게냐!"

"그러니까. 나 지금 호위하러 가는 길인데, 마마의 호위무사를 이리 막으시면 어쩌오? 방해 말고 비키시오."

"이, 미친……놈. 내가 지금 뭘 하는지 안 보이느냐? 썩 물러가지 못해?"

얼마나 어이가 없었으면 금비가 막말을 할 정도였으나, 본래 입이 거친 성검에게 그 정도 욕지거리는 달콤했다. 궁에 들어와서 오랜만에 들어 보는 자유로운 언어의 유희 아닌가.

"글쎄. 어미의 죄를 사해 달라 청하는 것인지, 뱃놀이에서 마마를 죽이려 한 죄를 용서해 달라는 것인지, 뭐가 되었든 잘될까 모르겠소."

"뭐, 뭐? 나는 마마를 해하려 한 적이 없다! 이 무슨 엄한 소리냐!"

"큭. 그렇다 치고 비키기나 하시죠?"

성검이 피식 코웃음을 치며 저를 농락하자 금비는 얼굴을 시뻘

젊게 물들였다. 그러나 여기서 큰 소리를 낼 처지가 못 되니 한 자한 자 낮은 목소리로 힘주어 따졌다.

"길이 이리 넓은데, 왜 나더러 비키라느냐? 정 지나가고 싶거든, 돌아가거라!"

"나는 돌아가는 법을 모르는 사내 중의 사내 아니겠소? 길이 이리 넓은데, 왜 하필 여기 앉아 그러고 있소? 사람 다니는 길에 이러고 있음 민폐인 줄 모르나……."

숨을 깊이 들이마시고 천천히 숨을 고른 금비는 지금 이 잡것과 실랑이를 할 때가 아니니 제가 물러나자며 스스로를 다독였다. 그렇게 꾹 참고 일어서려 할 때였다.

"어라? 황상께 용서를 구하러 오신 게 아니었소? 일어서도 되는 거요?"

백번 양보해 자리를 비켜 주려고 선심을 썼거늘, 그조차도 시비를 거니 금비는 도저히 그냥 넘길 수가 없었다.

"너…… 너! 네놈이 비켜 달라지 않았느냐!"

버럭 소리를 지르려던 금비는 제 목소리가 안까지 들릴까, 다시 목소리를 낮추어 으르렁거렸다.

"그럼, 앉아서 살짝 비켜 주면 되겠네."

"뭐가 어쩌고 어째? 나더러 지금 네놈 앞에서 무릎걸음을 하라이 말이냐!"

"내 앞에 무릎 꿇고 있는 것은 괜찮고?"

"허! 하! 하아! 뭐, 이런…… 하!"

금비는 숨도 못 쉴 만큼 기막히고 화가 나는지 가슴을 탕탕 쳤다. 그 모습을 지켜보던 성검이 웃는 낯을 대번에 차갑게 바꾸곤 무시무시한 눈으로 금비를 노려보았다. 그리고는 눈 깜짝할 사이에 한쪽 무릎을 세우고 그녀의 앞에 가까이 다가와 앉았다. 갑작스럽기도 했지만, 성검의 얼굴이 어찌나 무섭던지 금비는 그만 숨이 멎고 말았다.

"헉!"

"이 정도로 기가 막혀 가슴을 치면, 지금 황상의 심정은 어떨 것 같소? 살을 도려내는 심정으로 목숨을 살려 줬으니, 나대지 않는 게 좋을 거요. 남의 가슴에 못 박고 그 가슴은 온전할지 내 즐거운 마음으로 지켜보리다."

할 말을 끝낸 성검은 순식간에 일어나 그녀의 시야에서 사라졌다. 하지만 금비는 그의 살벌한 눈빛이 뇌리에 박혀, 심장이 계속 벌렁거렸다.

'말도 안 돼. 저런 것이 뭐가 두렵다고 심장이 뛰냐고! 대체 왜?'

금비는 제멋대로 날뛰는 심장을 손바닥으로 꾹 누르며 마른침을 삼켰다. 무엇보다 성검에게 휘둘리는 자신의 모습이 두렵고 당혹스러웠다.

"멈춰!"

벌떡 일어난 금비가 내전을 나가던 성검의 걸음을 멈춰 세웠다. 성검은 언제 화를 냈냐는 듯 다시 능글맞게 웃으며 그녀를 바라보았다. 그러자 금비는 그의 당당한 모습에 하려던 말을 잊고 더듬거리고 말았다.

"나, 나는…… 나는……."

"뭐요? 난 바쁘오."

"나, 나는 아, 아무것도…… 아무 짓도……하지……."

그때였다. 금비의 등 뒤에서 익숙한, 그러나 두려운 목소리가 들렸다.

"아무것도 모르고 아무 짓도 하지 않았는데, 내게 용서를 청하러 온 것이냐?"

"헉! 폐, 폐하!"

"대체 여긴 왜 온 것이냐? 어미가 가서 빌라 시키더냐? 그러면 너만은 의심에서 벗어날지 모른다 하더냐?"

"아, 아니옵니다. 폐하!"

"용서를 구하러 왔다기에 무릎이라도 꿇고 반성하는 모습을 구경할까 했더니, 둘이 대거리를 하며 잘못한 게 없다 하고 있을 줄 몰랐다."

"폐하! 오해이십니다! 저자가 저를 농락하여 잠시 제가 휘말린 것뿐이옵니다. 소녀를 믿어 주시옵소서. 저는 어머니를 살려 주신 폐하를 뵐 낯이 차마 없었사오나, 찾아뵙고 용서를 구하는 것이 도리일 것 같아 온 것이옵니다! 믿어 주시옵소서!"

"그래. 어디 들어나 보자꾸나."

성검으로 인해 계획이 완전히 틀어져 버렸다. 금비는 입술을 깨물고 부들부들 떨었으나 천천히 어머니가 시킨 말을 옮기 시작했다.

그리고 그녀의 지루하고 가증스러운 이야기를 모두 들어 준 강위는 짧은 한마디로 그녀를 돌려보냈다.

"자승자박이라 전하거라."

더 이상 나대지 말고 얌전히 있으라는 협박에 하얗게 질린 금비
가 비틀거리며 궁을 나갔다.

성검 덕분에 금비의 수작을 물리친 강위는 은호와 차를 마시며
승자의 여유를 맛보고 있었다. 그러다가 드디어 미뤄 뒀던 이야기
를 꺼냈다.

"내 궁금한 게 하나 있는데……."

"하문하시옵소서."

"흐음…… 큼!"

은호는 황상이 무슨 어려운 질문을 하시려고 뜸을 들이실까 잔
뜩 긴장했다. 그런데 머뭇거리던 황상이 자신의 눈을 피해 계면쩍
게 물은 것은 매우 뜻밖의 것이었다.

"황후에게…… 탕제를 먹일 수 있다던데……?"

"예?"

"뭐, 특별히 제조한 탕제를 먹게 했다던데, 비법이 있다면 태의
에게 전수를 좀 해 주게. 매번 그렇게 약을 먹일 수도 없고……."

"아! 하하. 그것은 사실 탕제를 특별하게 만들었다기보다 최면술
이었습니다."

"최면술?"

"예, 그런 게 있사옵니다. 마마께서 거의 정신을 잃으실 만큼 되
면 지푸라기라도 잡는 심정으로 몇 번 시도했었지요. 열에 한 번

정도 성공했었습니다."

"최면술이 무엇인가? 탕제를 그런 식으로 만들면 맛이 달라지는가?"

"하하. 아니옵니다. 약맛이 느껴지지 않는 특별한 탕제를 만들겠다 미리 언질을 해 놓고 실은 그냥 탕제를 드렸습니다. 맛과 냄새가 느껴지지 않는다고 믿으시게 하는 것이 최면술이옵니다."

"그런 게 가능하단 말인가?"

"사술 같아 보여도 암시를 걸어 인위적으로 무의식에 가까운 상태로 만드는 것입니다. 할 수 있다 되뇌어 자신감을 얻는 것과 원리는 같습니다. 다만, 본인의 반대 의지가 강할 때는 성공 확률이 매우 낮습니다."

"흐음……. 무의식이라, 허면 잠이 든 것과 비슷한 것인가?"

"예. 그리 보셔도 무방합니다."

"잠이라…… 잠……. 잠꼬대! 그렇지, 잠꼬대에서 말을 한 것도 무의식이기에 가능했구나!"

"예?"

"아, 내 자네에게 아직 말하지 못한 게 있었네."

강위는 그제야 난비가 잠결에 말을 한 사실을 털어놓았다.

"그런 일이 있었사옵니까?"

"혹, 사가에서는 그런 일이 없었는가?"

"글쎄요. 있었어도 제가 알 리가 없지요."

"아……. 그렇지 참."

함께 잠을 자지 않는 이상 모르는 일이니, 알면 이상한 일이었다.

"저는 마마께서 위독한 순간에 응급처치만 하고 사라져 그 이후

426

에는 따로 목을 살펴볼 일이 없었습니다. 마마께서 말을 못 하시고 의원도 목이 상했다 하니 그런 줄로만 알고 있었는데, 이번 기회에 다시 살펴봐야겠습니다."

"만약 외상이 없다면 여태 말을 못 하는 이유는 충격 때문인 것이냐?"

"그 당시는 분명 목이 상해 말을 못 하게 된 것이 맞을 겁니다. 그것이 서서히 기적적으로 나았으나 본인이 말을 못 한다 여기고 그것이 습관처럼 굳어졌을 가능성이 클 것입니다."

말이 나온 김에 해결해 보겠다고 두 사람은 서둘러 황후전으로 갔다.

여인들만 득실거리는 황후전에서 성검은 따분하고 불편했다. 게다가 나인들의 동경 어린 시선을 받을 때마다 간지러워 견딜 수가 없었다. 하지만 그것도 처음 며칠, 이제는 이곳에서도 즐겁게 보낼 수 있는 방법을 찾았다.

"그렇지! 잘한다! 넣어, 넣어!"

두 패로 나뉜 나인들이 치마를 말아 쥐고 공을 쫓아 달리고 있었다. 상대의 문에 먼저 공을 넣겠다고 우르르 몰려다니는 모습에 공 상궁은 이마를 짚었다. 하지만 성검의 옆에 앉은 난비는 모처럼 활짝 웃고 있었다.

"오! 청군 일 점! 잘했……."

벌떡 일어나 박수를 치던 성검은 분위기가 싸해짐을 느끼고 말을 잇지 못했다. 왼쪽 귀에 따끔한 시선이 느껴져 슬며시 고개를 돌려보니, 언제 오셨는지 황제 일행이 떡하니 서 있지 않은가! 특히나 스승님의 눈빛이 살벌했다.

"아, 언제 오셨습니까?"

무심한 적운조차도 고개를 절레절레 흔들었으니, 성검을 도와줄 이는 아무도 없는 듯했다.

잠시 후, 난비는 은호에게 진맥을 받았다. 그리고 놀랍게도 강위의 생각처럼 목의 상처는 거의 회복되어 있었다.

"내 뭐랬는가! 그대는 말을 할 수 있대두!"

처음엔 눈만 깜빡거리고 믿지 못하던 난비도 감격한 은호가 눈물을 글썽이는 것을 보고 그만 왈칵 울음을 터트렸다. 다시 말을 할 수 있다니 꿈만 같고, 그동안의 설움이 복받쳐 올랐다. 그러다가 그날 밤의 지독했던 아픔과 두려움이 다시 떠올라 몸을 떨었다.

강위는 그런 그녀를 꼭 안고 마음껏 울도록 다독였다.

"할 수 있다. 할 수 있으니 된 게다. 영 가망이 없는 게 아니었다니, 이제 그대가 말문이 열리면 되는 것이다. 거봐라. 내가 미친 것도 아니요, 꿈을 꾼 것도 아니질 않느냐."

"흑. 흐윽……."

난비는 울면서도 연신 고개를 끄덕이며 웃었다.

그 뒤로 며칠 난비와 강위는 희망에 들떠 있었다. 당장은 말이 나오지 않았지만 금방 할 수 있을 거라 생각했다. 하지만 예상과 달리 쉽지 않았다. 말을 하겠다고 얼굴이 시뻘게질 때까지 온몸에 힘을 주며 애써 봤지만 몸만 괴로웠지 며칠째 아무 성과가 없었던 것이다.

그러다 강위는 요즘 날마다 황후전을 찾아 한 가지 일에 몰두하고 있었다.

"그대는 이제 말을 할 수 있다."

난비는 말똥말똥한 눈으로 황제의 진지하고 그윽한 눈동자를 들여다보았다.

"내가 셋을 세면 너는 '예' 라고 대답한다. 하나, 둘, 셋……!"

아무리 해도 안 되니 은호가 최면술을 이용해 보자고 해서 이 장난스런 짓까지 하게 되었다. 은호도 해 보고, 은호에게서 최면술을 배운 강위도 해 봤지만 난비가 긴장한 탓인지 최면이란 것도 신통치 않았다.

"자, 다시 세마. 하나, 둘, 셋!"

이 우스꽝스러운 짓에 난비는 최선을 다했다. 입술을 오물거리며 목소리를 내려고 애썼지만 아무리 해도 소리가 나오지 않아 숨이 차올랐다. 주먹을 꽉 쥔 강위가 함께 애를 쓰다 깊은 한숨을 토해 냈다.

"후우! 다시! 처음부터 다시 하자!"

'폐하……'

난비가 그의 손등에 손을 포개고 죄스러워하자 강위가 허허롭게 웃었다.

"괜찮다. 내 취미 생활이다. 그대가 말을 못 해도 나는 괜찮다지 않았느냐."

황제가 재미로 하는 거라 위로했지만 난비의 마음은 편하지 않았다. 멀쩡한 목을 가지고도 말을 못 하는 게 바보 같아 고개를 푹 숙였다.

강위는 풀이 죽은 난비가 안쓰러워 그녀의 손바닥을 펼쳐 글을 써 주었다.

[말보다 중요한 것은 마음이 통하는 것이다.]

난비는 황상이 부드럽게 쓴 글자들이 날아가기는커녕 손바닥에 깊이깊이 파고들며 새겨짐을 느꼈다. 물끄러미 앉아 몇 번이나 그 글귀를 되뇌다 이번엔 제가 황상의 손바닥을 펼쳤다.

[그 마음이 늘 통하지 않으면 어찌합니까? 오해가 쌓이고 불만이 생기면 서로 그 복잡한 마음을 어찌 풀어야 합니까?]

[그때는 네 목소리를 들려주면 된다.]

[그때쯤이면 제가 말할 수 있을 것이라 자신하시는 것입니까?]

[아니. 그대는 다른 소리를 낼 수 있지 않느냐? 네 얼굴도, 신분도 모르던 야산에서, 연월장에서, 구하연에서, 너는 끊임없이 내게 말을 건넸다.]

[제가 뭐라 말을 하였습니까?]

황제는 난비의 뺨을 쓰다듬으며 웃기만 했다. 그리고 그는 난비의 얼굴로 서서히 다가와 조심스럽게 입을 맞추었다.

대답을 기다리던 난비는 떨리는 눈을 감고 그의 입술을 받아들였다. 짧고 따스한 입맞춤 끝에 황제가 속삭였다.

"제 이야기를 들어 주세요."

"……."

"너는 늘 그렇게 노래했다. 그래서 내가 그것을 들어 준 것이다.

앞으로도 그것을 놓칠 리가 없지 않느냐?"

난비가 울지 않으려고 입술을 깨물자 강위가 손가락으로 그 입술을 꾹 눌렀다. 난비의 입술이 벌어지고 대신 눈물이 떨어졌다.

"말을 하는 것은 나를 위해서가 아니다. 나는 조금도 불편하지 않다."

[폐하께선 말도 못 하는 제게 왜 이리 잘해 주십니까? 폐하의 연심이 연민인 것만 같아 저는 늘 송구할 뿐입니다.]

"내가 왜 널 좋아하느냐 돌려 묻는 것이냐?"

"……."

"이유를 알면 좋아하는 마음을 진즉 떨칠 수 있었을 테지."

"……."

"내가 너에게 바라는 것은 하나밖에 없다."

난비는 그가 뭐라 당부를 할지 알고 있었다.

"절대 나보다 먼저 죽어선 안 된다. 절……."

그래서 그의 말이 끝나기도 전에 그에게 안겨 입술을 포갰다.

이날은 다른 날보다 조금 일찍 황후전에 밤이 찾아왔다.

〈2권에서 계속〉

모란꽃
향기를
품다

1판 4쇄 찍음 2016년 2월 1일
1판 4쇄 펴냄 2016년 2월 5일

지은이 | 류도하
펴낸이 | 정 필
펴낸곳 | (주)뿔미디어

출판등록 | 2002년 9월 11일 (제1081-1-132호)
주소 | 경기도 부천시 원미구 소향로 17, 303(두성프라자)
전화 | 032)651-6513 / 팩스 032)651-6094
E-mail | scarlets2012@hanmail.net
블로그 | http://blog.naver.com/dahyangs
홈페이지 | http://bbulmedia.com

값 9,000원

ISBN 978-89-6775-145-6 04810
ISBN 978-89-6775-144-9 04810(세트)

※파본은 구입하신 서점에서 교환하여 드립니다.

※이 책은 (주)뿔미디어를 통해 독점 계약되었습니다.
저작권법에 의해 보호를 받는 저작물이므로 무단 전재와 무단 복제를 엄금합니다.

Scarlet
스칼렛

www.bbulmedia.com

Scarlet
스칼렛

www.bbulmedia.com